TODO SOBRE EL AMOR

Amor y Aventura

TODO SOBRE EL AMOR

Stephanie Laurens

VERGARA

GRUPO ZETA

Barcelona • Bogotá • Buenos Aires • Caracas • Madrid • México D.F. • Montevideo • Quito • Santiago de Chile

Título original: *All about Love*
Traducción: Dolors Gallart
1.ª edición: enero 2006

© 2001 by Savdek Management Proprietory Ltd.
© Ediciones B, S.A., 2006
    para el sello Javier Vergara Editor
    Bailén, 84 - 08009 Barcelona (España)
    www.edicionesb.com

Printed in Spain
ISBN: 84-666-2090-7
Depósito legal: B. 47.663-2005

Impreso por LIMPERGRAF, S.L.
Mogoda, 29-31 Polígon Can Salvatella
08210 - Barberà del Vallès (Barcelona)

El árbol genealógico de la Quinta de los Cynster

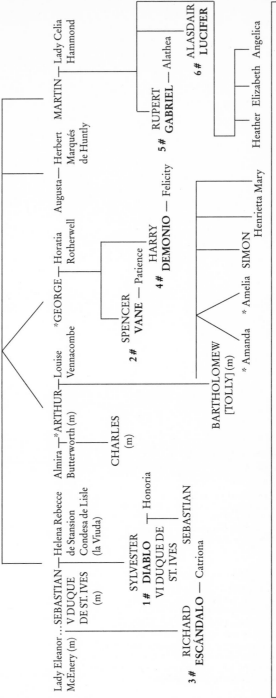

LA SERIE DE LA QUINTA DE LOS CYNSTER

1 # *Diablo* - 2 # *El juramento de un libertino* - 3 # *Tu nombre es Escándalo* - 4 # *La propuesta de un canalla* - 5 # *Un amor secreto*

6 # *Todo sobre el amor*

Los varones de la familia Cynster se nombran en letras mayúsculas. - * indica gemelos

1

Junio de 1820
Devon

«Abstinencia.»

La sola idea le produjo una sensación de incomodidad.

Alasdair Reginald Cynster, a quien muchos llamaban, y no sin motivo, Lucifer, ahuyentó aquella palabra nefasta y con un bufido pasó a concentrarse en la conducción del par de corceles negros por un recodo del estrecho camino. Éste continuaba hacia el sur, en dirección a la costa. Colyton, su punto de destino, quedaba más allá.

A su alrededor, el incipiente verano expandía su esplendoroso abrazo sobre el campo. El maíz se ondulaba con la brisa y en lo alto las golondrinas planeaban impulsadas por las corrientes, cual negros dardos recortados contra el cielo azul. Desde el pescante del carruaje, Lucifer apenas veía algo más allá de los densos setos que bordeaban el camino. De todas formas, no había mucho que ver en aquellos remotos parajes rurales.

Sin otra distracción, volvió a ensimismarse en sus cavilaciones. Imprimiendo a los caballos un paso sosegado pero regular, acorde con lo sinuoso de la ruta, se replanteó la molesta perspectiva de tener que sobrevivir sin la clase de compañía femenina a que estaba acostumbrado. Aunque no era de su agrado, prefería sufrir aquella tortura a correr el riesgo de sucumbir a la maldición de los Cynster.

No era una maldición que hubiera que tomarse a la ligera. Ya habían sido víctimas de ella cinco de sus parientes varones más cercanos, los restantes miembros del famoso grupo que durante tantos años había campado a sus anchas en la alta sociedad londinense. Los Cynster habían causado estragos entre las filas femeninas, dejando un gran número de embelesadas y exhaustas damas a su paso. Habían sido temerarios, diabólicos, invencibles... hasta que, uno tras otro, habían sucumbido a la maldición. Ahora él era el último componente del grupo libre, sin ataduras, un auténtico soltero impenitente. No tenía nada contra el matrimonio en sí, pero la triste realidad —la cruz de la maldición— era que los Cynster no sólo se casaban, sino que se casaban por amor.

Sólo de pensarlo le daban escalofríos. La vulnerabilidad que ello conllevaba era algo que no estaba dispuesto a aceptar.

El día anterior, su hermano Gabriel había dado el sí.

Ése era uno de los dos motivos por los que se encontraba allí, decidido a recluirse en las profundidades del condado de Devon.

Él y Gabriel habían estado siempre muy unidos; sólo se llevaban once meses. Aparte de Gabriel, la otra persona que conocía mejor que nadie en el mundo era su amiga y compañera de juegos de infancia, Alathea Morwellan. Ahora Alathea Cynster. Gabriel acababa de casarse con ella y con ello Lucifer había tomado plena conciencia de la fuerza, del irresistible carácter de la maldición. El amor había florecido en el terreno más imprevisible. La maldición se había abatido sobre Gabriel con poderosa y desconsiderada osadía y había salido vencedora contra todo pronóstico.

Pese a que era sincero en sus deseos de felicidad para Gabriel y Alathea, no tenía ninguna intención de seguir su ejemplo, ni entonces ni posiblemente nunca.

¿Qué necesidad tenía de casarse? ¿Qué iba a conseguir que no tuviera ya? Las mujeres —las damas— estaban muy bien. Le gustaba flirtear con ellas, disfrutaba con las sutilezas que entrañaba conquistar a las más difíciles, atraerlas hasta su cama. Le gustaba enseñarles todo cuanto sabía acerca del placer carnal. Hasta allí llegaba, no obstante, su interés. Estaba implicado en otros terrenos y sentía apego por su libertad, su capacidad de no tener que rendir cuentas a nadie. Prefería proseguir su vida tal como era y no sentía necesidad de cambiarla.

Estaba decidido a evitar la maldición; podía perfectamente prescindir del amor.

Con tal resolución se había escabullido del banquete de boda de Gabriel y Alathea para abandonar Londres. Con la boda de éste, había heredado el título de principal soltero de oro para las damas de la buena sociedad; como consecuencia de ello había declinado todas las invitaciones para las fiestas veraniegas de las casas de campo y se había ido a Quiverstone Manor, la propiedad de sus padres en Somerset. Dejando a su criado Dodswell con su hermana, aquella mañana había salido temprano de Quiverstone, cruzando campos en dirección sur.

A su izquierda se hicieron visibles tres casitas en torno a la intersección con un camino aún más estrecho que discurría al amparo de una loma. Redujo la marcha y, pasando junto a las viviendas, se desvió junto a ésta. Mientras el pueblo de Colyton aparecía ante él, tiró de las riendas para observar.

Esbozó una mueca de disgusto. No se había equivocado. A juzgar por el aspecto de Colyton, las posibilidades de encontrar alguna dama local con la que flirtear, una señora casada que se ajustara a sus exigentes gustos y con la que poder apaciguar la persistente ansia que acuciaba a todos los Cynster, eran nulas.

Tendría que conformarse con la abstinencia.

Pulcro y ordenado bajo el luminoso sol de verano, el pueblo parecía la imagen artística de un rústico paraje ideal, impregnado de paz y armonía. Más adelante, a la derecha, el prado comunal se prolongaba pendiente arriba hasta la iglesia, un sólido edificio de estilo normando flanqueado por un cuidado cementerio. Tras el camposanto descendía otro camino que seguramente convergía con la carretera principal. Bordeada por una hilera de casas contiguas al terreno comunal, ésta se curvaba hacia la izquierda, dejando atisbar el letrero de una posada antes de perderse de vista. Más próximo se hallaba un estanque de patos, cuyos graznidos inquietaron a los caballos.

Una vez que los hubo calmado, Lucifer dirigió la mirada a la izquierda para observar la primera vivienda de la población, rodeada de jardines. En el pórtico había grabada una leyenda: «Colyton Manor.» Aquél era su punto de destino, la casa solariega de su amigo.

Se trataba de una hermosa mansión de pálida piedra arenisca, de estilo georgiano, de dos pisos más los desvanes, con hileras de largas ventanas dispuestas en torno al pórtico y la puerta principal. Encarada al camino, la mansión quedaba a distancia de la pared que delimitaba un espacioso jardín de rosales y diversas plantas de flor. En el centro, una fuente circular interrumpía el sendero que unía la puerta de la casa y la verja exterior. Más allá del jardín, una arboleda protegía la propiedad de la vista desde el otro lado del pueblo.

Un camino de grava bordeaba el lado más próximo de la casa, para desembocar sin duda en un establo situado detrás de otra masa de árboles. Una explanada de césped salpicada aquí y allá de viejos árboles de hoja caduca terminaba en un bosquecillo de arbustos algo descuidado que se prolongaba casi hasta donde se encontraba el carruaje. Del sonido de agua que se percibía más allá cabía deducir la existencia de un lago ornamental.

Colyton Manor tenía la apariencia de lo que era, una próspera residencia señorial. Era el hogar de Horacio Welham y por eso Lucifer lo había elegido como refugio temporal.

Había recibido la carta de Horacio tres días antes. Su viejo amigo y mentor en todas las cuestiones relativas al coleccionismo lo invitaba a visitarlo en Colyton en cuanto le viniera bien. Le había venido bien de inmediato. Como las grandes damas estaban centrando sus miras en él, era una buena excusa para desaparecer del torbellino social.

En otra época había frecuentado la casa de Horacio, en Lake District, pero aun cuando su relación con él había seguido igual de estrecha que siempre, durante los tres años posteriores al traslado de Horacio a Devon se habían visto sólo en encuentros de coleccionistas, en el campo o en Londres. Aquélla era la primera vez que iba a Colyton.

Los caballos agitaron la cabeza, produciendo un tintineo de arnés. Mientras tomaba las riendas, Lucifer cobró conciencia de la impaciencia que crecía en él. Impaciencia por ver a Horacio, por estrecharle la mano, por disfrutar de su erudita compañía. Había además otro aliciente, que había sido el motivo de la invitación de Horacio. Éste quería recabar su opinión sobre un artículo que, según sus palabras, podría incluso hacerle caer a él en la tentación de ampliar su colección más allá de sus categorías predilectas, la plata y las joyas. Había pasado el trayecto desde Somerset haciendo conjeturas sobre qué artículo podría ser aquél, pero no había llegado a ninguna conclusión.

Pronto lo averiguaría. Con un chasquido de riendas, puso en marcha el carruaje. Tras realizar un impecable giro entre los altos pilares de la entrada, lo condujo junto a uno de los lados de la casa haciendo crujir la grava.

Nadie acudió, sin embargo.

Aguzó el oído, pero no oyó nada salvo los sonidos de los pájaros e insectos.

Entonces recordó que era domingo; Horacio debía de estar en la iglesia con todo el servicio. Alzó la mirada hacia lo alto de la loma y vio que la puerta de la iglesia estaba abierta de par en par. Luego miró la puerta de la mansión, entreabierta. Al parecer, había alguien dentro.

Descendió del carruaje y caminó por el sendero de grava hasta el pórtico. Magnífico con la floración de verano, el jardín lo atrajo y retuvo la mirada. Su visión invocaba un recuerdo enterrado hacía mucho. De pie ante el pórtico, se esforzó en traerlo a la conciencia.

Aquél era el jardín de Martha.

Martha, la difunta esposa de Horacio. Ella había sido el ancla en torno a la cual había girado la casa de Lake District. Le gustaban las plantas y trabajaba para lograr en todas las estaciones del año espléndidas combinaciones como aquélla. Lucifer las observó con atención. La disposición era similar a la del jardín de Lake District. No obstante, Martha había muerto tres años atrás.

Aparte de su madre y sus tías, Martha había sido la mujer mayor por quien había sentido más apego. Había ocupado un lugar especial en su vida, hasta el punto de que había escuchado con frecuencia sus sermones, mientras que a los de su madre siempre había prestado oídos sordos. Martha no era pariente suya, y por ello siempre había sido más fácil escuchar la verdad de su boca. Su muerte había sido la causa de la mengua de entusiasmo de Lucifer por visitar a Horacio en casa. Demasiados recuerdos y un sentimiento compartido de pérdida demasiado agudo.

Le produjo una sensación extraña ver el jardín de Martha, como una mano posada en su brazo cuando no había nadie allí. Frunció el entrecejo... casi alcanzaba a oír a Martha susurrándole algo con su suave y sosegada voz.

Giró bruscamente sobre sí y entró en el pórtico. La puerta de la casa estaba entreabierta pero no había nadie en el recibidor.

—¡Hola! ¿Hay alguien?

No hubo respuesta. Lo único audible era el zumbido de los insectos de fuera. Franqueó el umbral y se detuvo. La casa estaba fresca, silenciosa y en calma... como a la espera. Avanzó por el suelo de losas blancas y negras, en dirección a la primera puerta de la derecha. La empujó sin obtener resistencia.

Percibió el olor de la sangre antes de llegar. Después de Waterloo, le resultaba inconfundible. Aminoró el paso, con el vello de la nuca erizado.

A su espalda, el sol lucía cálido y resplandeciente, intensificando el frío silencio de la casa.

Se paró en el umbral, fijando la vista en el cadáver tendido unos pasos más allá.

Se quedó inmóvil. Tras un breve instante, hizo acopio de fuerzas para pasear la mirada por el anciano y arrugado rostro y los rebeldes cabellos blancos cubiertos por un gorro con borlas. Con su camisón blanco, el chal de punto encima de los fornidos hombros, tumbado de espaldas con un brazo separado del cuerpo, los pies desnudos encarados hacia la puerta, el muerto parecía dormido, allí en su salón rodeado de sus viejos libros.

Pero no estaba dormido, ni siquiera desmayado. La sangre manaba aún de una pequeña herida en el costado izquierdo, justo debajo del corazón.

Lucifer respiró hondo. «¡Horacio!»

De rodillas, le tentó el pulso en la muñeca y la garganta. En vano. Al posar la mano en el pecho, notó un resto de calor, y las mejillas del anciano aún conservaban un asomo de color. Lucifer se quedó en cuclillas, desconcertado.

Horacio había sido asesinado hacía sólo unos minutos.

Se sentía aturdido, insensibilizado. Una parte de su cerebro continuó registrando los hechos, como correspondía al competente oficial de caballería que había sido en otro tiempo.

El golpe mortal había sido una estocada asestada al corazón desde abajo, lo que había dejado una herida similar a la de bayoneta. No había mucha sangre, sólo un poco... tan poco que parecía raro. Volvió a mirar, extrañado. Había más sangre debajo del cadáver. Alguien había vuelto a Horacio de cara con posterioridad; primero había caído de bruces. Vislumbrando un destello dorado bajo el chal, Lucifer alargó una trémula mano y extrajo un largo y fino abrecartas.

Con los dedos crispados en torno a la ornada empuñadura, escrutó la zona contigua pero no detectó ningún vestigio de lucha. La alfombra no estaba arrugada y la mesa se hallaba correctamente colocada, en su sitio habitual.

El aturdimiento comenzaba a ceder. Las emociones afloraban y la conciencia reclamaba su lugar, con violenta furia.

Se puso a maldecir para sus adentros; se sentía como si le hubieran propinado una patada en el estómago. Después de la serenidad del exterior, encontrar a Horacio muerto parecía obsceno... una pesadilla de la que sabía que no iba a despertar. El sentimiento de duelo lo embargó, el anterior entusiasmo reducido a amarga ceniza en su lengua. Con los labios prietos, respiró hondo...

De pronto intuyó súbitamente que no estaba solo. A continuación oyó un sonido metálico y un arrastrar de pies detrás de él.

Se levantó de un salto, aferrando el abrecartas...

Algo muy pesado se abatió sobre su cabeza.

Sintió un dolor terrible.

Se encontraba tendido en el suelo. Debía de haberse desplomado como un saco, pero no alcanzaba a recordar el impacto. No tenía idea de si había perdido el conocimiento y acababa de recobrarlo, o de si había caído justo en ese momento. Recurriendo a toda su fuerza de voluntad, entreabrió los párpados. La cara de Horacio apareció borrosa un segundo, para disiparse de inmediato. Cerrando los ojos, reprimió un gruñido. Con suerte, el asesino pensaría que estaba desmayado. Lo estaba, casi. La negra marea de la inconsciencia subía y bajaba, tratando de engullirlo.

Todavía tenía el abrecartas en la mano, pero el brazo derecho le había quedado atrapado bajo el torso. No podía moverse. Sentía el cuerpo como un lastre de plomo que lo apresaba, incapaz de defenderse. Debería haber registrado antes la habitación, pero al ver a Horacio en el suelo desangrándose... «¡Maldita sea!»

Aguardó, con una curiosa indiferencia, para ver si el asesino le daría el golpe de gracia o simplemente se marcharía. No había oído salir a nadie, pero tampoco estaba seguro de estar en condiciones de oír algo.

¿Cuánto tiempo llevaba tendido allí?

Desde detrás de la puerta, Phyllida Tallent observaba con ojos desorbitados al caballero que ahora yacía inerte junto al cadáver de Horacio Welham. Un chillido de espanto brotó de su garganta. Espoleada por aquel ridículo sonido involuntario, decidió pasar a la acción. Tras respirar hondo, se inclinó para agarrar con las dos manos el asta de la alabarda que había caído de la pared.

Contó hasta tres antes antes de tirar. La pesada punta de la alabarda se levantó mientras ella trastabillaba pugnando por depositarla a un lado.

No había sido su intención hacerla caer.

Acababa de entrar y descubrir el cadáver de Horacio, por lo que no pensaba con mucha claridad cuando oyó los pasos del desconocido en la gravilla de fuera. Se había dejado dominar por el pánico, ante la idea de que el asesino regresara a retirar el cadáver. Estando todo el pueblo en la iglesia, no se le ocurría quién podía ser si no.

El individuo había llamado, «Hola», pero también podría haber hecho lo mismo el asesino para comprobar si había aparecido alguien más en escena. De modo que había buscado con frenesí un lugar donde esconderse, pero el largo salón estaba revestido de estanterías y el único hueco que la habría ocultado se hallaba demasiado lejos. Desesperada, se había refugiado en el único sitio disponible, en la sombra que procuraba la puerta abierta, entre el marco y la última biblioteca, acomodándose a duras penas al lado de la alabarda.

El escondite había resultado útil. Una vez que se hubo dado cuenta por su forma de actuar y sus juramentos contenidos que aquel hombre no era un asesino, se planteó la conveniencia de dejarse ver. Había que tener en cuenta que ella era la hija de un magistrado del lugar y que a su edad resultaba un despropósito introducirse a hurtadillas en una casa ajena en pantalones para buscar las pertenencias extraviadas de otra persona. No obstante, visto que se hallaba ante un asesinato, descartó los escrúpulos y se decidió a abandonar su escondite. Dio un paso al frente y fue entonces cuando descolgó sin querer la alabarda con el hombro.

La caída había sido inexorable.

Ella la había agarrado en un intento por detenerla o desviarla, pero lo único que había logrado era torcerla un poco para que la pesada hoja no golpeara la cabeza del desconocido. De lo contrario, habría muerto. Sin embargo, la bola contigua al hacha le había proporcionado un estremecedor golpe.

Cuando por fin tuvo la alabarda desplazada a un lado, la depositó en el suelo. Sólo entonces tomó conciencia de que había estado susurrando sin parar: «¡Dios mío! ¡Dios mío!»

Enjugándose las manos en los pantalones, observó con el estómago encogido a su inocente víctima. El ruido que había provocado la alabarda al chocar contra su cabeza resonaba aún en sus oídos. Para acabar de arreglarlo, él había elegido ese preciso momento para levantarse de un salto. Se había incorporado como impulsado por un resorte para topar con la alabarda en su descenso. Se había desplomado con un horripilante sonido, y desde entonces no se había movido.

Armándose de valor, pasó por encima del asta.

—¡Ay Dios mío, que no lo haya matado, te lo suplico!

Horacio había sido asesinado y ahora ella había asesinado a un desconocido. ¿Qué estaba pasando? Presa del pánico, se dejó caer de rodillas; el caballero yacía boca abajo, al lado de Horacio...

Lucifer notó que alguien se arrodillaba a su espalda. El asesino. Tenía que ser él. Si al menos pudiera reunir fuerzas para levantar los párpados... Pero no lo consiguió. La inconsciencia crecía, reclamándolo, pero él se resistía. Sentía un rugido en la cabeza. No obstante, percibió cuándo el asesino alargó la mano. El estruendo se intensificó en su cabeza...

Unos dedos, unos dedos pequeños, le tocaron con suavidad la mejilla, vacilantes.

El contacto le prendió una hoguera en el cerebro. «No es el asesino.» El alivio lo inundó y se lo llevó sin contemplaciones al reino de la negrura.

Phyllida recorrió la mejilla del hombre, cautivada por la belleza de su rostro. Parecía un ángel caído, con aquellas facciones clásicas tan puras que más parecían propias de una estatua. Tenía frente ancha, nariz aristocrática y un pelo espeso y negro azabache. Los ojos eran grandes bajo el negro arco de las cejas. A la joven se le encogió el estómago al ver que los párpados no se movían. Después reparó en los labios, delgados y móviles, que se aflojaron como si hubiera expirado.

«¡No se muera, por favor!» Frenéticamente, le buscó el pulso en la garganta, desaliñándole la corbata. Poco le faltó para desmayarse de alivio cuando identificó el pálpito, fuerte y regular. «¡Gracias a Dios!» Se dejó caer un instante. Luego, sin pensarlo, volvió a arreglarle con cuidado la corbata, alisando los pliegues. Era tan guapo y afortunadamente no lo había matado...

En el camino de grava sonó un crujido de ruedas.

Phyllida se incorporó de un brinco, con ojos desorbitados. ¿Sería el asesino? Pese al terror guardó la calma suficiente para distinguir las voces que acompañaban la llegada de un carruaje. No era el asesino, sino los criados de la casa. Volvió a mirar al desconocido.

Por primera vez en su vida, le costaba pensar. Tenía el corazón desbocado y una sensación de mareo. Respiró hondo buscando concentrarse. Horacio estaba muerto y ella no podía hacer nada para remediarlo. Tampoco sabía nada relevante respecto al crimen. Y aquel desconocido estaba inconsciente y tardaría bastante en recobrar el conocimiento. Tendría que asegurarse de que se ocuparan como se debía de él. Era lo menos que podía hacer.

El problema era que se encontraba en el salón de Horacio, en pantalones, en lugar de estar acostada en su cama de la granja aquejada de un terrible dolor de cabeza, y no podía explicar por qué si no quería revelar el motivo de su presencia allí... aquellos objetos personales extraviados. Lo peor era que ni siquiera le pertenecían a ella. Ignoraba por qué eran tan importantes, por qué había que evitar a toda costa que se supiera nada al respecto. Y ella había jurado guardar el secreto.

«¡Maldita sea!» Iban a descubrirla de un momento a otro. La señora Hemmings, el ama de llaves, debía de estar entrando ya en la cocina. «¡Piensa!» ¿Y si, en lugar de quedarse esperando y caer en una maraña de imposibles explicaciones, se iba a casa por el bosque, se cambiaba y luego regresaba? Ya se le ocurriría algún recado como excusa. En cuestión de diez minutos estaría de vuelta. Entonces se cercioraría de que hubieran descubierto el cadáver de Horacio y de que el desconocido recibía los cuidados necesarios.

Era un plan sensato.

Phyllida se puso en pie. Le temblaban las piernas y todavía se sentía mareada. Se disponía a volverse cuando el sombrero que había encima de la mesa contigua al cadáver de Horacio reclamó su atención. ¿Llevaba sombrero el desconocido cuando entró? No se había fijado, pero era tan corpulento que podría haberlo depositado en la mesa sin que ella lo hubiera visto. Los sombreros de hombre solían llevar bordado el nombre de su propietario en el interior. Sorteando el cuerpo de Horacio, Phyllida tendió la mano hacia el sombrero marrón...

—Iré arriba un momento para ver al amo. Vigila esa olla, por favor.

Phyllida se olvidó del sombrero y se marchó como una exhalación. Salió por la puerta y corrió por el césped hasta adentrarse en el bosquecillo de arbustos.

—Juggs, abra esa puerta.

Las palabras, pronunciadas en un tono que Lucifer solía asociar con su madre, lo devolvieron a la conciencia.

—Ni hablar —contestó una recia voz masculina—. Puede ser peligroso.

—¿Peligroso? —La mujer elevó la voz. Tras una pausa, durante la cual Lucifer casi alcanzó a percibir cómo se contenía, preguntó—: ¿Acaso ha recuperado siquiera un instante el conocimiento desde que usted lo recogió en la mansión?

De modo que ya no estaba en la mansión. ¿Dónde diablos se encontraba, pues?

—¡No, no! Está como un tronco.

No le faltaba razón al hombre, porque aunque oía no le funcionaban muy bien los sentidos. Lo único que notaba era un punzante dolor de cabeza. Estaba tendido de costado en una superficie muy dura. Hacía frío y el aire tenía un atisbo de polvo mohoso. Todavía era incapaz de realizar el menor movimiento, ni siquiera abrir los párpados.

Estaba indefenso.

—¿Y cómo sabe que está vivo? —A juzgar por su imperioso tono, la mujer debía de ser una aristócrata.

—¿Vivo? Pues claro que está vivo. ¿Por qué no iba a estarlo? Está desmayado, nada más.

—¿Desmayado? Juggs, usted que es tabernero, dígame, ¿cuánto tiempo les dura el desmayo a los hombres, y más si están expuestos al traqueteo de un carro a la intemperie?

—Éste es un ricachón —bufó Juggs—. Vaya usted a saber cuánto les dura el desmayo a ellos, con lo delicados que son.

—Lo han encontrado tendido al lado del cadáver del señor Welham. ¿Y si en lugar de un desmayo hubiera padecido una agresión?

—¿Que hubiera padecido...? ¿Se refiere a que le hubiesen dado una paliza?

—Quizá forcejeó con el asesino, en un intento por salvar al señor Welham.

—¡Qué va! Entonces tendríamos a este señorito de aquí y al asesino en otra parte. Y eso nos daría dos personas venidas de fuera el mismo día sin que nadie los viera ni a uno ni a otro, y eso sí que no puede ser.

—¡Juggs, abra esa puerta! —exigió con impaciencia la dama—. ¿Y si el caballero muere porque usted se obstina en creer que está desmayado cuando no es así? Tenemos que comprobarlo.

—Que está desmayado, le digo. Ni yo ni Thompson le hemos visto ninguna marca.

Lucifer hizo acopio de la escasa fuerza que le quedaba. Si quería ayuda, iba a tener que apoyar a la dama; no le convenía que se fuera, dejándolo con aquel desconsiderado tabernero. Levantó una mano y con el brazo tembloroso logró llevarla hasta la cabeza. Oyó un gemido y luego cayó en la cuenta de que lo había emitido él.

—¡Mire! ¿Lo oye? —exclamó con actitud triunfal la dama—. ¡Rápido, Juggs, abra la puerta! Aquí pasa algo.

Lucifer dejó caer la mano. De haber podido, habría reclamado a voces que Juggs abriera la maldita puerta. Por supuesto que pasaba algo... el asesino le había asestado un porrazo. ¿Qué demonios creían que había pasado?

—Igual se ha golpeado la cabeza al caer —concedió Juggs.

¿Por qué diantre imaginaban que se había caído? El tintineo de unas llaves distrajo los pensamientos de Lucifer. Acudían en su ayuda. Después del ruido de la cerradura, sonó el chirrido de una pesada puerta. Unos pasos rápidos se acercaron a él.

Una mano menuda le tocó el hombro. Una cálida presencia de dulzura femenina se detuvo a su lado.

—Todo se arreglará —dijo en voz baja—. Sólo le miraré un momento la cabeza.

Se había inclinado hacia él. Su percepción se había afinado lo bastante como para advertir que no era tan mayor como había pensado. Aquel descubrimiento le confirió vigor para abrir los ojos, aunque sólo una fracción de segundo.

Ella se percató y lo animó con una sonrisa, al tiempo que le apartaba un mechón que le había caído sobre la frente.

El dolor de cabeza se esfumó. Volvió a abrir los párpados para observar con detalle la cara. Sin ser ya una muchacha, todavía entraba en la categoría de joven. Con poco más de veinte años, en su rostro se traslucía más carácter, más fortaleza y determinación de lo que era común a esa edad. Si bien no dejó de notarlo, no fue aquello lo que lo retuvo, lo que despejó su conciencia hasta el punto de excluir el debilitante dolor de cabeza.

Los ojos pardos eran grandes, imbuidos de compasión y de una franca empatía que traspasó su coraza de cinismo, conmoviéndolo. Aquellos hermosos ojos estaban enmarcados por una frente amplia, delicadas cejas curvas y un cabello oscuro, casi tanto como el suyo, que llevaba bastante corto a la manera de un esbelto yelmo. Tenía nariz recta, barbilla afilada y labios...

Alto ahí. No era momento para dejar afluir pensamientos e impulsos sensuales: Horacio estaba muerto. Dejó que se le cerraran los ojos.

—Pronto se sentirá mejor —prometió la joven—, en cuanto lo trasladamos a una cama más cómoda.

—Bah —bufó a su espalda Juggs—, apuesto a que es de esos caballeros finolis. Y encima, un asesino.

21

Lucifer no le hizo caso. La dama sabía que él no era un asesino, y ahora era ella la que tenía las riendas. Le deslizó los dedos por el pelo para palparle la herida. Él se tensó y reprimió un gruñido al notar la tenue presión.

—¿Ve? —Le apartó el cabello, poniendo al descubierto la herida—. Le han golpeado la cabeza con algo... alguna arma.

—Hummm. Insisto en que se golpeó con la mesa del salón de la mansión. Cuando se desmayó.

—¡Juggs! Sabe tan bien como yo que esta herida es demasiado profunda para eso.

Con los ojos cerrados, Lucifer respiró afanosamente. El dolor lo asaltaba en horribles oleadas. Presa de la desesperación, evocó el rostro de la dama e intentó concentrarse en él para mantener el dolor a raya. Tenía la garganta esbelta y grácil, lo que constituía un buen augurio en lo tocante al resto del cuerpo. Había mencionado una cama... Se contuvo, de nuevo molesto con la dirección de sus pensamientos.

—A ver, déjeme ver —masculló Juggs.

Una mano le tocó sin mucho miramiento, y la cabeza le estalló de dolor.

—Papá, este hombre está gravemente herido.

La voz de su ángel de la guarda devolvió a Lucifer al mundo de los vivos. No tenía noción del tiempo transcurrido desde que se había ausentado de él.

—Ha recibido un golpe muy fuerte en la parte posterior de la cabeza. Juggs ha visto la herida tambien.

—Ah. —Sonó ruido de pasos—. ¿Es así, Juggs?

Era otra voz, profunda, de pronunciación cultivada aunque impregnada con el acento del condado. Lucifer se preguntó quién sería el tal «papá».

—Sí. Por lo visto le han arreado bien. —Juggs, el paleto, seguía con ellos.

—¿Y la herida está detrás de la cabeza, decís?

—Sí... aquí. —Lucifer notó cómo la dama le separaba el cabello—. Pero no lo toques. —Su padre se abstuvo de hacerlo, por fortuna—. Parece muy sensible... Había recuperado el conocimiento un momento, pero se desmayó cuando Juggs le tocó la cabeza.

—No me extraña. Ha recibido un golpe de consideración. Administrado con esa antigua alabarda de Horacio seguramente. Hemmings dice que se encontraba al lado de este caballero. Dado el peso de esa arma, es un milagro que no esté muerto.

—Entonces es obvio que él no es el asesino —declaró la dama, soltando el pelo.

—No con esa herida y la alabarda tirada a su lado. Se diría que el asesino se escondió detrás de la puerta y lo agredió cuando él descubrió el cadáver. La señora Hemmings jura que ese trasto no podría haber caído por sí solo. Parece bastante claro. Así pues, tendremos que esperar a que este caballero pueda contarnos algo una vez que recobre el conocimiento.

Bien poco, respondió para sus adentros Lucifer.

—Bueno, pues no va a mejorar mucho si continúa aquí en esta celda —replicó con tono tajante la dama.

—Es verdad. No entiendo qué le ha dado a Bristleford para pensar que este hombre era el asesino y que se había desmayado al ver la sangre.

«¿Desmayado al ver la sangre?» De haberse hallado en condiciones, Lucifer habría lanzado un bufido burlón, pero seguía sin poder moverse ni hablar. El dolor de cabeza estaba acechando una oportunidad para arrastrarlo a la inconsciencia. Lo más que podía hacer era escuchar y enterarse de lo máximo posible. Mientras la dama llevara la batuta estaría a salvo, pues por lo visto se había tomado a pecho protegerlo.

—Creía que Bristleford había dicho que tenía el abrecartas en la mano.

La observación provenía de Juggs, por supuesto.

—Pura cuestión de autodefensa —replicó el «papá»—. Dispuso de un momento cuando el asesino apareció por detrás y agarró la única arma que había a mano. No es que sirva de mucho contra una alabarda, por desgracia. No, es evidente que alguien encontró el cadáver y le dio la vuelta. No veo por qué el asesino iba a tomarse esa molestia. No parece que Horacio hubiera llevado efectos de valor en el camisón.

—Por consiguiente, este hombre es inocente —reiteró la dama—. Deberíamos trasladarlo a Grange.

—Regresaré a caballo y haré que envíen el carruaje —respondió su padre.

—Yo esperaré aquí. Dile a Gladys que ponga cojines y almohadas en el carruaje y...

Dejó de oír las palabras de la joven cuando ésta se alejó. Había dicho que se quedaría a su lado. Todo indicaba que Grange debía de ser la residencia de su padre, de modo que probablemente ella vivía allí. Deseó que así fuera, porque tenía interés en seguir viéndola una vez que hubiera remitido el dolor. El dolor de cabeza y el dolor en el corazón.

Horacio había sido un gran amigo. Hasta ahora, que había muerto, no se había dado cuenta de hasta qué punto lo quería. Rozó la pena, pero estaba demasiado débil para bregar con ella. Desechó esos pensamientos y trató de hallar una forma de sortear el dolor, pero era como si éste se alimentara del esfuerzo.

No tuvo más remedio que seguir inmóvil, esperando.

Oyó que la dama regresaba, acompañada de otra gente. Lo que ocurrió luego no resultó muy agradable. Por fortuna estaba medio inconsciente y sintió sólo vagamente que lo levantaban. Esperaba notar el traqueteo de un carruaje, pero el vaivén no logró hacer mella más allá del dolor.

Después lo pusieron en una cama y lo desvistieron. Alcanzó a percibir que había dos mujeres, de mayor edad que su ángel de la guarda, a juzgar por sus manos y voces. Las habría ayudado de haber podido, pero incluso aquello quedaba fuera de su alcance. Las señoras insistieron en introducirle un camisón por la cabeza, pero tuvieron mucho cuidado de no rozarle la herida.

Después, tras acomodarlo entre mullidos cojines y olorosas sábanas, lo dejaron solo disfrutando de una bendita calma.

Phyllida fue a visitar a su paciente en cuanto Gladys, el ama de llaves, la informó de que ya estaba acostado.

La señorita Sweet, su antigua institutriz, bordaba instalada en una silla junto a la ventana.

—Descansa tranquilo —musitó.

Phyllida asintió antes de aproximarse a la cama. Lo habían dejado tendido boca abajo para no exponerle la cabeza al roce. Era más corpulento de lo que había advertido antes. Con los anchos hombros, la extensa espalda y las largas piernas, su cuerpo ocupaba toda la cama. Aun sin ser el hombre más robusto que había visto, sospechó que sí era el más vital. Sin embargo, una tensa pesadez le agarrotaba brazos y piernas. Le observó la cara; la parte que quedaba visible estaba pálida y pétrea, y pese a que conservaba su belleza, aparecía carente de vida. Los labios, que deberían haber conservado el rescoldo de una maliciosa sonrisa, estaban apretados, reducidos a una fina línea. Sweetie se equivocaba: estaba inconsciente, pero no descansaba en realidad.

Phyllida se enderezó, atenazada por la culpa. Ella había sido la responsable de que recibiera aquel golpe.

—Voy a la mansión —anunció a Sweetie—. Volveré en cuestión de una hora.

Sweetie asintió sonriendo. Tras mirar una vez más en dirección al lecho, Phyllida abandonó la habitación.

—Pues no sabría decirle, señor.

Al entrar en la mansión, Phyllida se encontró con Lucius Appleby, que interrogaba a Bristleford, el mayordomo de Horacio, justo delante de la puerta del salón. Los dos se volvieron hacia ella.

—Señorita Tallent —la saludó Appleby con una inclinación.

—Buenas tardes, señor —correspondió ella, inclinando también la cabeza. Las damas de la localidad consideraban atractivo al rubio señor Appleby, pero ella lo encontraba demasiado frío para su gusto.

—Sir Cedric me ha pedido que investigue los detalles relativos a la muerte del señor Welham —explicó Appleby, consciente de la necesidad de justificar su intrusión. Era secretario de sir Cedric Fortemain, un terrateniente de la zona. Nadie se sorprendería del interés de sir Cedric—. Bristleford me estaba diciendo que sir Jasper cree que el caballero descubierto junto al cadáver no es el asesino.

—En efecto. El asesino está aún por descubrir. —Sin ganas de entablar más conversación, Phyllida se dirigió a Bristleford—. He pedido a John Ostler que se ocupe de los caballos del caballero.

—Sus magníficos caballos. Incluso para ella, que distaba de ser una experta, era patente que se trataba de un par de hermosos y caros ejemplares. Su hermano gemelo, Jonas, correría a verlos en cuanto se enterara de su existencia—. Los pondremos en los establos de aquí, porque los de Grange están llenos a causa de la llegada de mi tía Huddlesford y mis primos.

Habían llegado esa tarde, justo cuando se disponía a acudir a rescatar al desconocido. Por culpa de los inútiles de sus primos, había llegado demasiado tarde para salvarlo de las garras de Juggs.

—Si usted cree que es lo mejor... —concedió, frunciendo el entrecejo, Bristleford.

—Sí. Parece obvio que el caballero venía de visita a esta casa. Seguramente es un amigo del señor Welham.

—No lo sé, señorita. Los Hemmings y yo no llevábamos tanto tiempo con el amo como para conocer a todos sus amigos.

—Sí, claro. Covey lo conocerá sin duda. —Covey era el criado de Horacio y había estado a su servicio durante muchos años—. Todavía no ha vuelto, ¿verdad?

—No, señorita. Se quedará desconsolado.

—Ya. Bien, sólo he venido a recoger el sombrero del caballero.

—¿Sombrero? —repitió Bristleford, extrañado—. No había ningún sombrero.

—¿Está seguro?

—No había nada ni en el salón ni aquí fuera. —Bristleford miró en derredor—. ¿Y en el carruaje?

—No, no —repuso, con una sonrisa forzada, Phyllida—. Sólo he supuesto que debía de llevar sombrero. ¿Tampoco había bastón?

Bristleford negó con la cabeza.

—Bien, en ese caso, me voy.

Tras dirigir un mudo saludo a Appleby, que se lo devolvió con cortesía, Phyllida salió de la casa. Se detuvo bajo el pórtico y, observando el esplendoroso jardín de Horacio, sintió un escalofrío en la espalda. Había un sombrero... un sombrero marrón. Si no pertenecía al caballero y si ya no estaba allí cuando los Hemmings y

Bristleford habían descubierto el cadáver... El escalofrío se intensificó. Levantando la cabeza, paseó la mirada en derredor y luego echó a andar para regresar presurosa a su casa.

El dolor de cabeza había empeorado.

Lucifer se revolvía en su afán por escapar de aquellas agujas que se le clavaban en el cerebro. Unas manos trataron de contenerlo, al tiempo que unas suaves voces procuraban apaciguarlo. Se dio cuenta de que querían que permaneciera inmóvil. Lo intentó, pero el dolor no se lo permitía.

Entonces regresó su ángel de la guarda. Oyó su voz al borde de la conciencia y gracias a ello encontró fuerzas para quedarse quieto. Ella le lavó la cara, el cuello y el hombro con agua de lavanda y después le aplicó unos paños fríos sobre la herida. Lucifer emitió un suspiro. El dolor había disminuido.

La joven se marchó y entonces la agitación lo ganó de nuevo. No obstante, antes de que el dolor llegara a su punto culminante, ella volvió a cambiarle los paños y se sentó junto a la cama, apoyando una fresca mano en su muñeca.

Se relajó y acabó por dormirse.

Cuando despertó, ella se había ido.

Estaba oscuro. En la casa reinaba el silencio. Lucifer alzó la cabeza y el dolor lo detuvo. Apretando los dientes, se puso de costado y estirando el cuello un instante miró en torno. Una mujer mayor con cofia dormitaba en un sillón junto a la ventana. Aguzando el oído, alcanzó a percibir unos leves ronquidos.

Lo tranquilizó el hecho de poder oírlos. Apoyándose de nuevo en la almohada, analizó su estado. Si bien aún le dolía al moverse, la cabeza estaba mucho mejor. Era capaz de pensar sin tormento. Se estiró y flexionó los brazos, procurando no mover la cabeza. Relajando el cuerpo, hizo lo mismo con las piernas; todo parecía funcionar bien. Aunque no se encontraba en óptimas condiciones, estaba entero.

Una vez realizada dicha comprobación, examinó lo que lo rodeaba. Poco a poco, el pasado inmediato fue adquiriendo forma y los recuerdos se ordenaron con coherencia. Se hallaba en una habitación de lujoso mobiliario, propio de una vivienda aristocrática. Recordando que habían llamado a «papá» para que se pronunciara sobre su implicación en el asesinato de Horacio, era posible que éste fuera el magistrado de la localidad. De ser así, había entrado en contacto con la persona que más le convenía frecuentar. En cuanto estuviera en condiciones de levantar la cabeza, se dispondría a encontrar al asesino de Horacio.

De pronto pensó que su ángel de la guarda no se encontraba allí. Seguramente estaría dormida en su cama... Más valía no seguir por esos derroteros. Suspiró para sus adentros. Después cerró los ojos y se abandonó a la pena.

Abrió la puerta al dolor por los buenos momentos que ya no compartiría con Horacio, por la muerte del hombre que había sido, en cierto modo, como un padre. Ya no volvería a disfrutar de las alegrías de los descubrimientos efectuados juntos, de la excitante búsqueda de información, de las pesquisas dedicadas a identificar el oscuro origen de alguna pieza. Los recuerdos vivían, pero Horacio no. Con ello tocaba a su fin un capítulo formativo de su vida. Era duro aceptar que había llegado a la última página y que no le quedaba más opción que cerrar el libro.

El dolor lo inundó hasta dejarlo vacío. Había presenciado demasiadas veces la muerte como para que la conmoción perdurase en él. Provenía de una casta de guerreros y la muerte inmerecida era el detonante de una de sus reacciones más básicas: la venganza, no por la satisfacción personal, sino en nombre de la justicia.

La muerte de Horacio no quedaría impune.

Mientras yacía entre las suaves sábanas, la aflicción se transmutó en rabia, que a su vez cristalizó en fría determinación. Endurecidas las emociones, regresó mentalmente al lugar del crimen y evocó cada paso, cada recuerdo, hasta que llegó al roce en la mejilla... Unos dedos tan pequeños tenían que ser de un niño o una mujer. Dada la fascinación originada en él, una clase de fascinación que reconocía de forma instintiva, habría apostado a que una mujer había estado allí. Una mujer que no era el asesino. Aun siendo viejo, Horacio no estaba tan impedido como para dejarse apuñalar de forma tan precisa por una mujer. Pocas mujeres poseían la fuerza y el conocimiento para ello.

De modo que primero habían asesinado a Horacio, después había entrado él y el asesino lo había golpeado con la alabarda, y finalmente la mujer lo había encontrado tendido en el suelo.

No, allí fallaba algo. Alguien había vuelto el cadáver de Horacio boca arriba antes de la llegada de Lucifer. «Papá» tenía razón; no había sido el asesino quien lo había hecho. Debía de haber sido la mujer, antes de esconderse cuando había aparecido él. Ella debía de haber visto cómo el asesino lo agredía y se marchaba a continuación. ¿Por qué no había alertado a nadie? Había sido un tal Hemmings quien había dado la voz de alarma.

No obstante, algo se le escapaba. Repasó los hechos, pero sólo logró arribar a la misma conclusión.

En el pasillo crujió un tablón. Lucifer aguzó el oído. Al cabo de un momento, se abrió la puerta. Él permaneció de costado, con los ojos casi cerrados para dar la impresión de que dormía mientras veía entre las pestañas. Oyó el chasquido de la puerta al cerrarse y ruido de pasos; la orla de una luz de vela se aproximó.

Era su ángel de la guarda, en camisón.

Se detuvo a un par de metros y se puso a escrutarle la cara. Con una mano sostenía la vela; la otra reposaba entre sus pechos, sujetando el chal. Era la primera vez que la veía de cuerpo entero y no hizo nada por dejar de mirar, evaluando cada detalle. La cara era como la recordaba: grandes ojos, mentón afilado y reluciente pelo oscuro que le confería un aspecto de inteligencia y femenina fortaleza. Era de estatura normal, esbelta aunque no delgada. Tenía pechos turgentes y firmes, apenas discernibles bajo el chal. No podía evaluar la cintura debido al camisón, pero sí apreciar las curvas de las caderas y los muslos bien torneados. Iba descalza. Lucifer clavó la vista en la cautivadora imagen de los pies, que enseguida quedaron tapados por el camisón. Pequeños, desnudos, marcadamente femeninos. Despacio, desplazó de nuevo la mirada hasta el rostro.

Mientras la observaba, ella había estado examinándolo a él. Sus ojos oscuros le recorrían con curso errabundo la cara, reparando al parecer en cada surco. Luego le dio la espalda.

Lucifer reprimió las ganas de llamarla. Quería darle las gracias, decirle que había sido un dechado de bondad y desvelo, pero no quería sobresaltarla hablándole repentinamente. Miró cómo se detenía junto a la mujer dormida; entonces dejó la vela a un lado, levantó una manta y la sacudió antes de cubrirla con ella. Cuando se volvió, de nuevo con la vela en la mano, la tenue luz de ésta alumbro su sonrisa.

Se encaminó hacia la puerta pero, como si hubiera oído su mudo ruego, se paró de golpe. Miró en dirección a él y luego se acercó, titubeante. Siguió avanzando.

Manteniendo la vela a un lado de tal forma que su cuerpo resguardaba de la luz la cara de él, se apoyó en la cama a unos centímetros y le escrutó de nuevo el rostro. Lucifer se esforzó por no mover los párpados. Sólo alcanzaba a verle la cara, de expresión y mirada insondables. Entonces ella soltó la mano del chal y la adelantó, despacio. Con la punta de los dedos le rozó levemente la mejilla.

Lucifer sintió como si lo hubieran marcado... y reconoció la marca. Apoyándose de súbito en un codo, la agarró por la muñeca al tiempo que la traspasaba con la mirada. La joven lanzó un gritito de sorpresa. La luz de la vela vaciló enloquecida antes de estabilizarse. Con los ojos dilatados, lo miró con fijeza.

Lucifer incrementó la presión en su muñeca, sosteniéndole la mirada.

—Fue usted —le dijo.

2

Phyllida posaba la vista en unos ojos de un azul tan intenso que casi parecían negros. Los había visto con anterioridad, pero apagados por el dolor, desenfocados. Si ya la habían impresionado antes, ahora clavados de modo implacable en ella, nítidos y brillantes como oscuros zafiros, la dejaron sin respiración.

Se sentía como si hubiera sido ella la que había recibido el impacto de la alabarda.

—Usted estaba allí. —La mirada la mantenía prisionera—. Usted fue la primera en llegar después de que el asesino me golpeara. Usted me tocó la cara, como acaba de hacer ahora mismo.

Ella mantuvo el semblante inexpresivo. Los pensamientos afloraron y después se hundieron, como maderos arrastrados por el torbellino de su mente. Los dedos se habían cerrado en torno a su muñeca sin darle tiempo a reaccionar. Movió el brazo, tratando de aflojar la presa pero él aumentó la presión, lo justo para que ella tomara conciencia de que no podría zafarse.

Ella notó que le faltaba el aire. Se había olvidado de respirar. Desviando la mirada, inspiró por fin. Con la vista posada en sus labios, se planteó qué iba a decir. ¿Cómo podía tener él la certeza sólo por un roce? Debía de ser una suposición con la que intentaba ponerla a prueba.

Envuelto en sombras, su semblante resultaba aún más imponente de lo que ella recordaba. El impacto de su presencia física era potente; parecía más peligroso, aun cuando antes ya le había transmitido una intensa impresión de peligro. Estaba tapado con toda decencia con uno de los camisones de su padre, pero el cuello desabrochado dejaba al descubierto el nacimiento de un rizado vello pectoral. De repente cayó en la cuenta de que se encontraba junto a la cama de un hombre mirándole el pecho, de madrugada y en camisón. Notó que se ruborizaba. Gladys estaba cerca, pero... Miró al otro lado de la habitación. Como si percibiera su deseo de que Gladys no se despertara, él se tumbó de espaldas, atrayéndola hacia sí.

Phyllida reprimió otra exclamación.

—Cuidado con la cabeza —susurró.

—Descuide —repuso él con ojos ardientes y casi en un ronroneo.

Mantenía extendido el brazo con que le aferraba la muñeca. Ella tuvo que inclinarse sobre él, al tiempo que controlaba la vela con la otra mano. Él la arrastraba de modo inexorable. Phyllida tragó saliva mientras sus senos se aproximaban a aquel musculoso pecho. Con el corazón desbocado, trepó a la cama.

—Ahora podrá decirme —la conminó él con una sonrisa arrogante— qué hacía con tanto secreto en el salón de Horacio.

Phyllida irguió la barbilla ante aquel descaro. A sus veinticuatro años, no estaba dispuesta a dejarse apabullar.

—No sé de qué me habla.

Trató de zafar el brazo, en vano. Arrodillada a su lado en la cama, con una mano apresada en la suya y la vela en la otra, se hallaba en absoluta desventaja.

—Usted estaba allí —reiteró él endureciendo la expresión—. Dígame por qué.

—Me temo que aún delira.

—No he delirado ni ahora ni antes.

—No paraba de hablar del diablo. Después, cuando le hemos asegurado que no se iba a morir, ha preguntado por el arcángel.

—Mi hermano se llama Gabriel y mi primo mayor, Diablo.

Ella lo miró desconcertada. Diablo. Gabriel. ¿Cómo se llamaría él?

—Oh. Bien, pero se le ha metido una idea estrafalaria en la cabeza. Yo no sé nada sobre el asesino de Horacio.

Lo miró por fin a los ojos, y cayó en un abismo azul. Era una sensación rarísima, una especie de hormigueo en los nervios, bajo la piel, acompañado de un calor que le subió por todo el cuerpo. La noción de estar prisionera se acentuó. Descartó, por ridícula, la idea de que su camisón fuera transparente.

—¿Así que no me encontró tumbado en el suelo del salón de Horacio?

Las palabras, quedas, transmitían un sutil desafío; una corriente subterránea de peligro palpitaba bajo ellas. Atrapada por su mirada, por la presa de su mano, Phyllida apretó los labios y negó con la cabeza. No podía decírselo... todavía no. Primero tenía que hablar con Mary Anne y quedar libre de su promesa.

—¿De modo que estos dedos —con destreza, cambió la posición de la mano para sujetárselos con los suyos— no son los que me tocaron la mejilla cuando yo yacía junto al cadáver de Horacio?

Le levantó la mano y la miró; ella miró también. Unos dedos largos y atezados rodeaban los suyos. La mano del hombre cubrió la suya en un cálido apretón. Después, despacio, acercó los dedos a la cara.

—Así. —Hizo que las yemas le tocaran la mejilla y después los deslizó.

Ella notó que le había crecido la barba, lo que no hizo más que recordarle que aquellas facciones de estatua no eran de piedra sino de carne. Fascinada nuevamente, Phyllida observó cómo los dedos descendían hacia la tentadora línea de los labios... entonces se dio cuenta de que él había aflojado la presión. Sus dedos se estaban moviendo por impulso propio.

Apartó la mano de un tirón, pero él fue más rápido y volvió a aferrarle la muñeca.

—Usted estaba allí. —Había una feroz determinación en su voz, vibrante de convicción.

Phyllida miró aquellos ojos de azul profundo; todos sus instintos la urgían a que huyera.

—Suélteme —pidió y dio un tirón para liberarse.

Sólo logró un arqueamiento de aquellas negras cejas. Él estaba reflexionando. Nerviosa, Phyllida se preguntó qué alternativas estaría sopesando. Luego él aflojó los labios, aunque no la intensidad de la mirada.

—De acuerdo... por ahora.

Ella trató de zafar la mano, pero él se lo impidió y le levantó los dedos... hacia sus labios, esta vez con la vista clavada en su cara. Ella rogó que no fuera perceptible su reacción de pánico mezclado con una insidiosa excitación.

Él le rozó los nudillos con los labios y ella se quedó sin aliento. Pese al frescor de aquéllos, la piel le ardía donde le habían tocado. Con ojos desorbitados, notó cómo perdía el control de los sentidos. Sin darle margen a recobrar la respiración, él le volvió la mano para estamparle un ardoroso beso en la palma.

Phyllida retiró la mano y él la soltó. Retrocediendo, ella se puso en pie y el camisón cayó tapándole decentemente las piernas. Después de haber contenido el aliento, ahora respiraba con excesiva rapidez.

Los ojos del hombre resplandecían de satisfacción.

Irguiendo la cabeza, ella se ajustó el chal y, tras un instante de vacilación, se despidió con gesto altivo.

—Vendré a verlo por la mañana.

Se volvió hacia la puerta, inundada por una peculiar oleada de calor. Sin atreverse a mirar atrás, optó por escapar.

Lucifer observó cómo se cerraba la puerta. La había dejado huir. No era eso lo que habría deseado. Sin embargo, no había necesidad de darse prisa, y las cosas podrían haberse precipitado más de lo conveniente si la hubiera mantenido de rodillas encima de su cama.

Aspiró hondo y captó todavía su aroma, a tierno cuerpo femenino impregnado del calor de su cama. Pese a su opacidad, el camisón había marcado las hermosas curvas que cubría. Y al soltar las puntas del chal le había brindado una distracción completa. Si la otra mujer no hubiera estado en la habitación...

Transcurrido un minuto descartó tales pensamientos. Desde un punto de vista táctico, no había sido sensato poner al descubierto con tanto descaro sus intenciones. Por fortuna, su ángel de la guarda parecía empeñada en cuidar de él, pese a la amenaza que ahora captaba con toda claridad. Sus últimas palabras habían sido más que nada una declaración, pronunciada ante todo para sí misma. Si lo había encontrado tendido en el salón de Horacio pero se había visto obligada, por algún motivo, a dejarlo allí, su actitud era comprensible: se sentía culpable. Por más que él le planteara complicaciones, procuraría hacer lo correcto. Y era la clase de mujer que perseveraría en hacer lo que consideraba correcto.

Se estiró, relajando los músculos que había tensado y luego se colocó de lado, en la mejor posición para la cabeza. Todavía le dolía, pero lo cierto era que mientras ella había permanecido en la habitación, no se había dado cuenta. Toda su conciencia se había concentrado en ella. Incluso antes de que le tocase la cara.

No obstante, al saber que había sido ella quien se había arrodillado junto a él en el salón de Horacio para tocarle la mejilla con aquel tanteo vacilante, se había intensificado la atracción que él se había esforzado por acallar. La revelación implicaba que ya no tenía que fingir indiferencia; su atracción, la fascinación de ella y su consiguiente aprensión iban a resultarle sumamente útiles.

La joven sabía algo. Lo había leído en sus grandes ojos oscuros. Era fácil leer en ellos; no así en la cara. Pese a lo franco de su expresión no transmitía información, las emociones quedaban veladas. Incluso cuando él le había besado la mano, sólo los ojos habían reaccionado con un chispazo. Parecía circunspecta; a juzgar por todo lo visto, estaba acostumbrada a mandar, a llevar las riendas.

En todo caso, no había peligro de que desapareciera, lo cual le proporcionaría tiempo para insistir con sus preguntas y presionarla. Nadie sabía mejor que él cómo persuadir a las mujeres para que hicieran lo que quería, para que le dieran lo que deseaba... Al fin y al cabo, ésa era su especialidad. Y una vez que hubiera averiguado lo que sabía sobre el asesinato de Horacio...

Cerró los ojos, vencido por el sueño.

A las once de la mañana, Phyllida entró en el dormitorio del extremo del ala oeste. Mantuvo la puerta abierta para dejar paso a Sweetie y Gladys, que traía una bandeja.

—Buenos días. —Se dirigió a la habitación en general, como si el cuerpo que yacía en la cama fuese un elemento más del decorado.

Tal vez siguiendo instrucciones suyas, Sweetie se había apresurado a bajar en su busca no bien el paciente había despertado. Phyllida sabía que estaba despierto: sentía aquella mirada de azul nocturno posada en su rostro y en el resto de su cuerpo, ahora ataviado como de costumbre con un vestido de muselina adornado con un ramito. Era muchísimo más fácil mantener la compostura cuando una vestía debidamente.

—Buenos días. Señoras.

El saludo, pronunciado con vibrante y profunda voz, fue acompañado de una airosa inclinación de cabeza. Phyllida se contuvo de fruncir el entrecejo. Aquel directo «buenos días» iba dedicado a ella, mientras que el «señoras» estaba destinado a las demás. Armada con su habitual porte sosegado, siguió a Gladys hasta la cama, haciendo caso omiso del calor que aún persistía en la palma de su mano. También pensaba hacer caso omiso de él. Estaba decidida a no sucumbir a la alocada fascinación que se había adueñado de ella la noche anterior.

—Le hemos traído un poco de caldo, que es lo que necesita para recuperarse. —Paseó la mirada sobre él, con una confiada sonrisa en los labios, si bien puso cuidado en no mirarlo a los ojos.

—¿De veras?

Sweetie y Gladys se irguieron, satisfechas; a Phyllida le bastó con una breve mirada para comprobar que estaba sonriéndolas a ellas.

—Así es —confirmó con cierta aspereza—. ¿Cómo va esa cabeza?

—Ha mejorado de forma considerable. —La miró un instante—. Gracias a usted.

—¡En eso no le falta razón! —apoyó Sweetie—. Phyllida hizo muy bien en insistir en que lo trajeran aquí. Si estaba como si hubiera perdido el sentido y todo.

—Eso tengo entendido. Espero que en mi delirio no haya dicho ninguna inconveniencia.

—Por supuesto que no. No se preocupe por eso. Gladys y yo tenemos hermanos varones, así que no crea que nos sorprendió en lo más mínimo. Y ahora, permítame ayudarlo...

Lucifer trató de incorporarse; Sweetie lo tomó del brazo para subirlo. Phyllida le ahuecó las almohadas, procurando no tocarle los hombros. Una vez que estuvo sentado, Gladys depositó la bandeja en su rodillas.

—Gracias.

La sonrisa con que acompañó el agradecimiento dejó embobadas a Gladys y Sweetie. Phyllida experimentó una sensación de alarma. Aquel hombre era más que peligroso. Sus siguientes palabras acabaron de confirmarlo.

—Este caldo es excelente. ¿Lo ha preparado usted?

Gladys reconoció que así era. Sonrojada de satisfacción, se excusó por tener que ir a atender sus obligaciones y se fue, no sin antes asegurarle que si necesitaba algo no tenía más que pedirlo.

Phyllida reprimió un gesto de indignación. Luego se apartó de la cama y dejó que él comiera. Lo hacía de forma mesurada, sin dificultad, sin el menor temblor en las manos. Fuertes, de largos dedos, se movían con una gracia natural, sosteniendo la cuchara o partiendo el pan.

—¡Vaya por Dios! —se agitó Sweetie—. Hemos olvidado la mantequilla. Iré a buscarla ahora mismo. —Se precipitó hacia la puerta.

Phyllida se encontró con que la puerta se cerraba ya sin darle tiempo a protestar. No era nada decoroso quedarse sola con un caballero en su dormitorio. De todas formas, ¿qué podía pasarle? Él estaba prácticamente postrado en la cama. Además, ella era perfectamente capaz de mantenerlo en su sitio, con o sin aquella inquietante mirada azul. No había ningún hombre en la zona al que no pudiera mantener a raya y, a pesar de su elegante fachada, él no dejaba de ser un hombre más. Cruzándose de brazos, se encaró a la cama.

—Supongo que tiene algunas preguntas pendientes...

—Oh, sí.

Ella inclinó la cabeza, rehuyendo la mirada.

—Intentaré responder a ellas mientras come. Necesita reponer fuerzas. —Él asintió con la cabeza y ella siguió hablando—. En este momento se encuentra en Grange, la casa solariega de mi padre. Está al sur del pueblo. A usted lo encontraron en Colyton Manor, que como tal vez recuerde se encuentra en el extremo norte del pueblo.

—Eso sí lo recuerdo.

—Mi padre es sir Jasper Tallent...

—¿El juez municipal?

—Sí.

—¿Tiene él alguna idea de quién mató a Horacio?

Phyllida apretó los labios antes de responder.

—Aún no.

—¿Y usted?

Ella lo miró sin pensar y él le atrapó la mirada. Phyllida observó unos ojos de un azul diabólico, captó las duras líneas del rostro, la firme resolución, la implacable máscara que en nada disimulaba sus intenciones.

—Tampoco.

Tras retenerle un instante la mirada, Lucifer acabó por asentir con la cabeza.

—La creo.

Phyllida casi exhaló un suspiro de alivio, pero él añadió:

—No obstante, usted sabe algo. —Su voz reflejó un convencimiento absoluto.

Ella estuvo a punto de darse por vencida; era evidente que no valía la pena discutir. Apoyando los codos en las manos, dirigió la mirada hacia la ventana.

—Parece que está hambriento —dijo al cabo de un momento—, pero en su estado no sería sensato que tome más de lo que pueda masticar. Aunque su constitución es excelente, sufrió un fuerte golpe... Necesitará tiempo para recuperar el uso pleno de sus facultades.

Con el rabillo del ojo atisbó un temblor de labios y cómo le dirigía una mirada ponderativa. Repasó sus palabras, complacida consigo misma. Transmitían una sutil advertencia y una clara afirmación de que no pensaba someterse a la fuerza. Con la mayoría de los hombres, el simple interrogante sobre lo que había querido decir realmente habría bastado para desconcertarlos y anular la amenaza que pudieran suponer para ella.

—Mis facultades están retornando a marchas forzadas —murmuró él.

Sugerente y claramente amenazadora, la asombrosa calidez de su voz resbaló sobre la piel de ella a la manera de una voluptuosa caricia. Phyllida contuvo el aliento y se volvió para encararse a él, como si se tratara de un depredador. De improviso tuvo la certidumbre de que así era.

—Será preciso que vaya con tiento —declaró con semblante inexpresivo y voz monocorde.

Él abrió más los ojos, pero no fue inocencia lo que expresaron.

—¿No debería mirarme la contusión?

—Sólo necesita tiempo para sanar. —Ningún poder en la Tierra la haría acercarse a la cama. Con el entrecejo fruncido, Phyllida se ciñó a su papel. Era ella la que tenía la batuta y no él—. Papá querría que nos acompañara para el té de la tarde, si se encuentra en condiciones.

—Lo estoy —afirmó él con una sonrisa que a ella le provocó un hormigueo.

—Perfecto. —Se volvió hacia la puerta—. Mandaré que le suban el equipaje. Por precaución, lo dejamos abajo.

—¿Precaución?

—Sí, claro. —Al llegar a la puerta, lo miró—. Dejamos la ropa fuera de su alcance por si se obstinaba en levantarse de la cama.

Él curvó los labios, al tiempo que le centelleaban los ojos, en una combinación de efecto malicioso.

—Pues estar en la cama es uno de mis pasatiempos favoritos... No obstante, si hubiera querido levantarme, la mera ausencia de ropa no me habría disuadido. —Y le dio un buen repaso con la mirada—. En lo más mínimo —añadió con voz grave.

Agarrada a la manecilla de la puerta, Phyllida le sostuvo la mirada sin mudar de expresión, rogando que el rubor no traicionara su azoramiento.

—Le comunicaré a papá que se reunirá con nosotros más tarde. ¿Su nombre, por favor?

—Lucifer —contestó él, ensanchando aquella inquietante sonrisa.

Phyllida se quedó mirándolo; aun con la distancia que mediaba entre ellos, su instinto le gritaba que no se lo tomara como una fanfarronada. Algo le decía que no era la clase de persona dada a fanfarronear. Iba contra su naturaleza dejar que jugara con ella sin recibir su merecido, pero ponerse a discutir con él sería caer en su trampa. Venciendo su impulso de replicar, asintió con la cabeza.

—Sweetie, la señorita Sweet, regresará dentro de poco —anunció con altivez—. Ella se llevará la bandeja.

Luego abrió la puerta y se marchó con envarado porte.

Más tarde, tras haberse bañado y vestido, Lucifer se hallaba sentado junto a la ventana de la habitación, contemplando las tierras que se extendían hacia el norte, más allá de un denso bosque. A través del cambiante dosel de los árboles de vez en cuando distinguía el tejado de pizarra de Colyton Manor.

Con la mirada perdida, pensó en Horacio y Martha, y en lo que debía hacer a continuación, en la mejor manera de avanzar. Por más que hubiera aceptado interiormente la muerte de su amigo, el asunto no había hecho más que empezar.

Más allá de la ventana reinaba la tranquilidad. La soñolienta tarde de verano recubría el pueblo y, sin embargo, en medio de aquella paz había un asesino al acecho, preocupado y alerta. La muerte de Horacio no había sido un crimen perfecto. Aparte de él, que había irrumpido en el lugar casi enseguida, Phyllida Tallent también había estado allí. Lucifer sopesó esto último, preguntándose sobre sus posibles implicaciones.

Una llamada a la puerta lo distrajo de sus cavilaciones. Volvió la espalda a la ventana, impaciente por comprobar si su intuición era correcta.

—Adelante.

Phyllida entró y él se felicitó por su acierto. Debía de haberle costado retirarse antes; pese a su recelo, él había previsto que no se mantendría lejos. La joven echó un vistazo a la habitación hasta localizarlo. Tras un titubeo, dejó la puerta abierta y avanzó hacia él. Con ceño, ella escrutó su rostro, sus ojos. Él aguardó a que estuviera cerca antes de levantarse con cuidado; no convenían los movimientos bruscos.

En los hermosos ojos de ella se hizo patente el asombro, al tiempo que se detenía en seco.

—Ah... —Desde un metro de distancia, lo miró con expresión indescifrable. Dejó vagar un instante la mirada, más allá, antes de volver a posarla en su rostro. Entonces él le devolvió el favor. Ella abrió los ojos de golpe, pese a la inalterable pasividad de su semblante—. ¿Está seguro de que se encuentra bastante recuperado para bajar?

Él seguía sonriendo, disfrutando con su resistencia.

—Estoy bastante recuperado como para enfrentarme a todo un salón. —Viendo que el ceño de la joven se acentuaba, agregó—: Todavía me duele la cabeza, pero ya no es un martilleo constante.

—Bien... —Volvió a mirarlo a los ojos—. Siento decirle que mi tía y mis primos han llegado para pasar el verano y están, por supuesto, ansiosos por conocerlo. Prométame que no se excederá.

Pese a que no soportaba que lo atosigaran con atenciones, le producía una curiosa satisfacción la idea de que ella se hubiera erigido en cuidadora suya y estuviese decidida a cumplir con su tarea aun cuando el sentido común le aconsejara mantener las distancias. Lucifer esbozó una encantadora sonrisa, dejando de lado toda afectación.

—Si me siento débil, usted será la primera en saberlo.

Ella lo miró con escepticismo, pero la preocupación que reflejaban sus oscuros ojos era bien real. Como también lo era su recelo.

—De acuerdo. —Irguió la cabeza—. Y ahora, por favor, ¿cuál es su verdadero nombre?

Lucifer la miró, sin hacer ningún esfuerzo por disimular el significado de su sonrisa.

—Ya se lo he dicho.

—Nadie se llama Lucifer.

—Yo sí. —Dio un paso adelante y ella dio otro hacia atrás.

—Es absurdo. Ése no puede ser su verdadero nombre.

Él insistió en su avance y ella siguió retrocediendo.

—Por ese nombre me conocen todos. Muchos asegurarían que encaja con mi personalidad. —Le sostuvo la mirada, sin detener sus pasos—. Si pregunta a alguien por Lucifer en los círculos distinguidos de Londres, enseguida le indicarán cómo encontrarme.

La joven, con los ojos desmesuradamente abiertos, lo miraba con una expresión que denotaba que nunca había conocido a un hombre como él. A la fascinación y el recelo se sumaba seguramente cierta dosis de reprobación. Su deseo se avivó con un fogonazo

41

que él se apresuró a sofocar para que no asomara a sus ojos. Ella no debía saber cuánto le encantaba convertir mojigatas damiselas en lascivas huríes.

Él dio otro paso, obligándola a retroceder hasta el umbral de la puerta, de modo que de pronto se encontró en el pasillo. Envarando el cuerpo, Phyllida se hizo a un lado a la vez que le lanzaba una mirada airada. Y cargada de sorpresa. Él tuvo que reprimir una sonrisa. Todo indicaba que nadie la había dominado de ese modo. La había hecho salir de la habitación sin recurrir a las manos, ni a la voz, con su sola presencia. Y aquel hermoso día de verano todavía no había dado todos sus frutos.

—No debería estar a solas conmigo —dijo mirándola, mientras cerraba la puerta—. Y menos en un dormitorio.

Ella le sostuvo la mirada y él tuvo que esforzarse por mantener la vista en sus ojos en lugar de centrarla en sus turgentes pechos, que se elevaron cuando ella inspiró hondo. Con los labios apretados, Phyllida contuvo la respiración y también la cólera.

Él enarcó una ceja, como si formulara una inocente pregunta.

Los ojos de la joven despidieron chispas. Fue algo tan breve que él casi creyó haberlo imaginado, pero la reacción de su cuerpo le confirmó que no. En cuestión de un instante, los ojos volvían a ser oscuros remansos de compostura, y armada como a menudo de una expresión de engañosa serenidad, inclinó la cabeza y echó a andar por el pasillo.

—Gracias por la advertencia —replicó sin volverse—. Quizás a papá sí le dirá cuál es su verdadero nombre. ¿Tiene la amabilidad de seguirme? —Con la cabeza erguida, se dirigió a las escaleras.

Lucifer observó el natural y seductor balanceo de sus caderas, los exquisitos hemisferios de su trasero y la airosa silueta de las piernas que de vez en cuando el vestido resaltaba. La siguió, contento de obedecerla.

Lo condujo a una estancia que daba a la terraza que bordeaba la parte posterior de la casa, la de los jardines. Los ventanales abiertos dejaban entrar la fragante brisa estival. Un grupo familiar estaba congregado en torno al carrito del té, situado delante de una *chaise longue*. Una dama de mediana edad y de expresión dura sostenía la tetera; a su lado permanecía tumbado con expresión petulante un dandi que, a juzgar por sus facciones, debía de ser su hijo. En el otro lado se hallaba repantigado un caballero más joven, otro hijo, con semblante malhumorado. No era de extrañar que la dama tuviera un aspecto tan desmejorado.

Al lado de la *chaise* había otros dos hombres. El más joven, una versión despreocupada de Phyllida, lo recibió con una ancha sonrisa. El mayor, un hombre corpulento de enmarañadas cejas, vestido con el traje de *tweed* habitual en las zonas rurales, examinó con detenimiento a Lucifer.

Phyllida se acercó a aquel caballero.

—Papá...

Lucifer se apresuró a reunirse con ellos.

—Permíteme presentarte a... —Lo miró de soslayo.

Sonriente, él tendió la mano al padre.

—Alasdair Cynster, señor. Aunque suelen llamarme Lucifer.

—Lucifer, ¿eh? —Sir Jasper le estrechó la mano con calma—. Menudos nombres se ponen los jóvenes. ¿Y qué, cómo se encuentra?

—Mucho mejor, gracias a los cuidados de su hija.

Sir Jasper miró con satisfacción a Phyllida, que se había vuelto hacia el carrito del té.

—Pues claro que sí. Desde luego, recibió usted un golpe tremendo. Bien, ahora le presentaré a mi cuñada. Después tomaremos el té y podrá contarme todo lo que sabe acerca de este preocupante asunto.

La cuñada, lady Huddlesford, logró esbozar una sonrisa al tiempo que le tendía la mano.

—Es un placer conocerlo, señor Cynster.

Lucifer se la estrechó cortésmente, y luego sir Jasper señaló al dandi.

—Mi sobrino, Percy Tallent.

Percy era, por lo visto, el hijo de la señora y de su primer marido, el difunto hermano de sir Jasper. Tras un minuto de afectada conversación, Lucifer ya había catalogado a Percy: estaba pasando una temporada de descanso. Su presencia en el Devon rural no podía deberse a otro motivo. Su sombrío hermanastro, Frederick

Huddlesford, estudió sin disimulo la chaqueta de excelente corte de Lucifer, apurado al parecer por encontrar unas palabras para dirigirle un simple saludo.

Lucifer se volvió hacia el joven que tanto se asemejaba a Phyllida, quien lo acogió con una alegre sonrisa al tiempo que le tendía la mano.

—Jonas, el hermano menor de Phyllida.

Lucifer esbozó un gesto de extrañeza observando al desgarbado Jonas que, aun dotado de la misma gracia espontánea de su hermana, le sacaba más de un palmo. Después la miró a ella. Pese a su radiante despreocupación, Jonas no parecía más joven.

—Somos mellizos —explicó Phyllida—. Pero yo soy la mayor —precisó irguiendo la barbilla.

—Entiendo. Siempre en primer lugar.

Phyllida enarcó las cejas con altanería y Jonas rió entre dientes.

—Sí, bastante —abundó sir Jasper—. Phyllida nos lleva a todos a punta de vara... No sé qué haríamos sin ella. —Señaló los sillones dispuestos en un extremo de la habitación—. Vamos allí para que me cuente lo que pueda sobre este lamentable suceso.

—De acuerdo, papá —dijo Phyllida—. Creo que el señor Cynster debería sentarse. Yo les llevaré las tazas.

Sir Jasper asintió y Lucifer cruzó la estancia tras él. Se instalaron en sendos sillones de orejas, con una mesita baja entre ambos. La amplitud de la habitación les garantizaba privacidad; los otros los observaron alejarse con curiosidad, pero tuvieron que conformarse con la compañía que les quedaba.

Apoyando con cautela la cabeza en el respaldo, Lucifer observó a sir Jasper. Su anfitrión encajaba en una tipología de persona bien conocida. Los hombres como él eran el pilar de la Inglaterra rural. Amables y joviales, aunque poco imaginativos, distaban de ser cortos de miras. Se podía contar con ellos para mantener el consenso, para hacer lo necesario a fin de garantizar la estabilidad de su comunidad, pese a que no ambicionaban poder. Su estímulo radicaba más en el apego a su cómoda situación, al que venía a sumarse un impecable sentido común.

Lucifer lanzó una ojeada a Phyllida, ocupada con el té. ¿De tal palo, tal astilla?, se preguntó. Seguramente sí, al menos en parte.

—Y dígame —sir Jasper estiró las piernas—, ¿conoce bien Devon?

Lucifer fue a negar con la cabeza, pero se contuvo a tiempo.

—No. Nuestra casa solariega queda al norte de aquí, al este de Quantocks.

—En Somerset, ¿no? ¿Así que es también de la región del oeste?

—En el fondo sí, pero he vivido en Londres los últimos diez años.

Phyllida llegó con las tazas de té y se las entregó antes de alejarse de nuevo. Sir Jasper bebió un sorbo, al igual que Lucifer, que tomó conciencia de lo hambriento que estaba. Un instante después, Phyllida regresó con un plato de pastel. Tras ofrecerlo a ambos, se instaló en un confidente junto al sillón de su padre, dispuesta a escuchar.

Lucifer consultó con la mirada a sir Jasper, que al parecer no veía ningún inconveniente en que su hija estuviera al corriente de la investigación. Su frívola observación acerca de las dotes de liderazgo de Phyllida no se hallaba, al parecer, desencaminada.

Con las manos en el regazo, se la veía serena y contenida. Lucifer la examinó mientras daba cuenta de un trozo de pastel. Superaba los veinte, pero ¿cuántos años tenía con exactitud? Su fría compostura se le antojaba engañosa. A Jonas era más fácil calcularle la edad, pues su cuerpo era todavía un armazón de largos huesos. Le estimó entre veintidós y veinticinco años, cuatro menos como mínimo que él, que contaba veintinueve. De ello se desprendía que Phyllida tenía los mismos, lo cual presentaba un nuevo interrogante. No llevaba ningún anillo, ni entonces ni con anterioridad. Había reparado en ese detalle la noche anterior; aun en condiciones in extremis, su instinto de libertino siempre permanecía alerta. Así pues, tenía veintitrés o veinticuatro años y seguía soltera. Desconcertante.

Aunque era consciente del escrutinio de Lucifer, ella no se inmutó. A él lo asaltó el impulso de zarandearla, de hacerle perder aquel frío control. Bajando la mirada, dejó a un lado el plato del pastel para tomar la taza. Sir Jasper hizo lo mismo.

—Y ahora entremos en materia. Comencemos por el momento de su llegada. ¿Qué le llevó a Colyton Manor ayer por la mañana?

—Recibí una carta de Horacio Welham. —Lucifer volvió a apo-

45

yar la cabeza en la oreja del sillón—. Me la entregaron en Londres el martes. Horacio me invitaba a visitar su casa solariega en cuanto me viniera bien.

—Es decir, que usted tenía tratos con el señor Welham.

—Mi relación con Horacio se inició hace nueve años. Lo conocí cuando yo tenía veinte años y me alojaba en casa de unos amigos en Lake District. Horacio me inició en la afición al coleccionismo. Fue mi mentor en ese terreno y pronto se convirtió en un amigo muy querido. Yo lo visitaba con frecuencia, a él y a su esposa Martha, en su casa situada junto al lago Windemere.

—¿Lake District? Siempre me pregunté de dónde había salido Horacio. Él nunca lo dijo y a uno no le gusta ir sonsacando a la gente.

—Horacio estaba muy unido a Martha —contó Lucifer tras un instante de vacilación—. Cuando ella murió hace tres años, no soportó vivir en la casa que habían compartido tanto tiempo, de modo que la vendió y se trasladó al sur. Devon lo atraía por su clima más benigno. Solía explicar que eligió instalarse aquí por sus viejos huesos y porque le gustaba este pueblo. Decía que era pequeño y agradable. —Lucifer lanzó una mirada a Phyllida. ¿En qué concepto la había tenido Horacio?

A ella se le había ensombrecido el semblante.

—Ahora entiendo que nunca hablara de su pasado —comentó—. Debió de amar mucho a su esposa.

—En efecto.

—¿Y lo reconocería a usted alguno de los sirvientes de Welham? —preguntó sir Jasper.

—Ignoro a cuáles conservó. ¿Covey?

—Sí.

—Pues él sí me conoce. —Lucifer frunció el entrecejo—. Si Covey está aquí, ¿por qué sospecha la servidumbre que yo maté a Horacio? Covey conocía muy bien la amistad que me unía a su señor.

—Covey no estaba aquí —dijo Phyllida—. Todos los domingos va a visitar a una vieja tía en Musbury, un pueblo cercano. Cuando regresó, usted se encontraba ya aquí.

—Covey debe de estar muy afectado por la muerte de Horacio.

Phyllida asintió y sir Jasper emitió un suspiro.

—Ayer no hubo forma de que se resignara. Seguro que hoy tampoco está mucho mejor.

—Covey sirvió con absoluta dedicación a Horacio durante todos los años en que yo lo traté.

—Veo que no hay motivo para suponer que Covey tenga algo que ver con la muerte de su amo —apuntó con expresión astuta sir Jasper—. Veamos, pues. ¿Ésta es la primera vez que usted viene a Colyton?

—Sí. Hasta ahora, siempre había habido algún inconveniente para una visita. Horacio y yo habíamos hablado al respecto, pero... Nos veíamos cada tres meses, a veces con mayor frecuencia, en Londres y en los encuentros de coleccionistas que se celebran a lo largo del país.

—¿De modo que usted también es coleccionista?

—Mi especialidad es la plata y las joyas. Horacio era un reconocido experto en libros antiguos y una autoridad muy bien considerada en otros terrenos. Era un profesor excelente. Para mí fue un honor aprender con él.

—¿Hubo otros que aprendieron con él?

—Pocos, pero ninguno trabó lazos tan estrechos. Los demás optaron por coleccionar lo mismo que Horacio, lo que los convirtió en cierto modo en competidores.

—¿Podría haberlo matado alguno de ellos?

—No, no creo.

—¿Otros coleccionistas? ¿Por envidia, tal vez?

—No. Por más que los coleccionistas sean capaces de matar en sentido metafórico por determinados objetos, raras veces llegan a tales extremos. Para la gran mayoría, la mitad del placer radica en exhibir las propias adquisiciones ante otros coleccionistas. Horacio gozaba de una alta estima y respeto en el sector, y su colección era muy conocida. Cualquier elemento de ésta que apareciera en la colección de otro llamaría de inmediato la atención. Es poco verosímil como móvil de asesinato el que un coleccionista conocido pretendiera hacerse con determinada pieza. No obstante, podemos comprobar que no falte ninguna, si bien llevará su tiempo. Horacio llevaba un registro meticuloso de todo.

—Sabíamos que Welham era coleccionista, pero no imaginaba

que estuviera tan bien considerado —comentó sir Jasper. Luego miró a su hija, que lo confirmó con un gesto de la cabeza.

—Todos sabíamos que tenía visitas de gente que no era de la región, pero aquí nadie entiende gran cosa de antigüedades. No teníamos ni idea de que Horacio ocupara una posición tan destacada en ese terreno.

—Me parece que ése era para Horacio uno de los atractivos de Colyton —apuntó Lucifer—. A él le gustaba ser uno más del pueblo.

—Entiendo —asintió sir Jasper—. Ahora que lo dice, se integró con mucha rapidez. Cuesta creer que llegó hace sólo tres años. Compró Colyton Manor y la restauró. Añadió ese jardín, que era su mayor orgullo. Se pasaba horas haciendo de jardinero, hasta el punto de que sus éxitos hacían reconcomerse de envidia a las damas de por aquí. Siempre colaboraba... Iba a misa los domingos y ayudaba de muchas maneras. —Hizo una pausa antes de concluir—: Lo echaremos de menos.

Guardaron silencio hasta que Lucifer preguntó:

—Si iba siempre a la iglesia, ¿por qué no fue ayer? Yo no había avisado de mi llegada.

—Estaba enfermo —explicó Phyllida—. Tenía un resfriado fuerte. Insistió en que sus sirvientes fueran como de costumbre y en que Covey no le diera una decepción a su tía. La señora Hemmings dijo que lo dejó leyendo arriba.

—Repasemos lo que ocurrió según nuestro conocimiento. —Sir Jasper cambió de postura en el sillón—. Usted llegó para realizar una visita de carácter social...

—No exactamente. Puesto que dejé la carta de Horacio en Somerset, tendrá que aceptar mi palabra, pero él me pidió de forma expresa que viniese para darle mi opinión respecto a una pieza que había descubierto. Estaba muy entusiasmado... Me quedó la impresión de que se trataba de un hallazgo totalmente inesperado. Supuse que él estaba seguro de su autenticidad, pero que de todos modos quería recabar una segunda opinión.

—¿Alguna idea de qué pieza se trataba?

—No. Lo único que puedo asegurar es que no era ni plata ni joyas.

—Pero si ésas son sus especialidades...

—Sí, pero Horacio escribió que si la pieza era auténtica, podría incluso tentarme a ampliar mi colección más allá de la plata y las joyas.

—Algo muy atractivo, pues.

—Atractivo y valioso. El hecho de que Horacio pidiera mi dictamen sobre algo ajeno a mi especialidad, cuando podría muy bien haber solicitado la opinión de cualquier coleccionista reconocido de esa clase de objeto, indica que era uno de esos hallazgos del que ningún coleccionista habla a nadie hasta haber hecho constar su propiedad y tal vez tomado otras medidas de seguridad. Aunque fuera viejo, Horacio tenía la mente muy clara.

—Pero si se lo confió a usted, ¿por qué no a otros?

Lucifer le devolvió la mirada a Phyllida.

—Porque por diversos motivos, entre ellos nuestra larga amistad, él sabía que no había peligro en decírmelo a mí. Es muy posible que yo sea el único a quien mencionó la existencia de la pieza.

—¿Cabe que Covey estuviera al corriente?

—A menos que haya habido algún cambio en sus funciones, lo dudo. Covey ayudaba a Horacio con la conservación de la colección y la correspondencia, pero nunca participaba en las valoraciones ni en los tratos.

—De modo —concluyó sir Jasper tras reflexionar un momento— que usted vino para ver a su amigo y de paso valorar esa nueva pieza suya. —Lucifer asintió—. ¿Llegó en carruaje al pueblo?

Lucifer se arrellanó, con la mirada más allá de Phyllida.

—No me crucé con nadie en el camino y tampoco vi a nadie. Giré en la entrada del jardín... —Describió de manera sucinta lo que había hecho—. Y después alguien me golpeó en la cabeza y caí al lado del cadáver de Horacio.

—Le golpearon con una antigua alabarda —le informó sir Jasper—. Un arma terrible... Tuvo suerte de no haber muerto.

—En efecto —confirmó Lucifer, posando la vista en el sosegado rostro de Phyllida.

—El abrecartas con que apuñalaron a Horacio, ¿lo recuerda?

—Era suyo, de estilo Luis XV. Lo tenía desde hacía años.

—Hummm... de modo que no es esa pieza especial. —Sir Jasper

mantuvo la cabeza gacha—. Así pues, no tiene idea de quién pudo haber matado a Welham, ¿verdad?

Phyllida escrutó aquellos ojos azul oscuro, rogando que no se trasluciese el creciente pánico que sentía. Hasta que él no había comenzado a detallar sus movimientos, no se le había ocurrido que, en realidad, Lucifer la tenía a su merced. Si le contaba a su padre que alguien había estado allí después de la agresión del asesino y que él creía (no, sabía) que esa persona era ella... Su padre inferiría al instante que le había mentido, no por obra sino por omisión. Caería en la cuenta de que el dolor de cabeza que de forma tan inopinada la había aquejado el domingo por la mañana había sido una argucia, que para ella habría sido fácil atajar camino por el bosque y llegar a Colyton Manor sin ser vista. Y que ella sabía que en principio no iba a haber nadie más en la casa. Lo que él no entendería era por qué lo había hecho y por qué después había guardado silencio, engañando a todos. Eso era precisamente lo que no podía explicarle, al menos de momento, hasta verse liberada de su promesa.

La mirada azul no titubeó lo más mínimo.

—Pues no, sir Jasper.

Con respiración agitada, ella esperó, consciente de que él sabía, de que estaba sopesando si debía denunciarla o no a su padre, una de las pocas personas cuya opinión era importante para ella. El tiempo quedó en suspenso. Como desde la distancia, oyó formular a su padre la pregunta fatal, la que había previsto que acabaría por plantear.

—¿Y no hay nada más que pueda añadir en relación con este penoso asunto?

Lucifer mantuvo la mirada clavada en sus ojos. Ella se sentía próxima al vértigo. De improviso se le ocurrió pensar en la alternativa siguiente: ¿qué pasaría si no se lo decía?

—Pues no —dijo Lucifer.

Ella parpadeó. Él le retuvo aún un instante la mirada, antes de dirigir la suya hacia el padre.

—No tengo ninguna noción sobre quién mató a Horacio —añadió—, pero, con su permiso, tengo intención de averiguarlo.

—Un objetivo muy loable —aprobó sir Jasper.

—¡Por Dios, Jasper! —Lady Huddlesford se aproximó a ellos—.

Llevas una eternidad interrogando al señor Cynster. Seguro que debe de dolerle la cabeza.

Lucifer se puso en pie, al igual que el anfitrión.

—Tonterías, Margaret, tenemos que aclarar esta cuestión.

—Sí, claro, eso sí. No me había llevado un susto semejante desde hace años. La mera idea de que un asesino londinense se colara en el pueblo y apuñalara al señor Welham basta para producirme escalofríos.

—No hay razón para pensar que sea de Londres.

—¡Hombre, Jasper! —Lady Huddlesford se quedó mirando con asombro a su cuñado—. Este pueblecito es muy tranquilo y todo el mundo se conoce. Por fuerza tiene que ser alguien de fuera.

Phyllida intuyó la reticencia de su padre. Él se aferraba al enfoque lógico, lo que significaba que de un momento a otro iba a volverse hacia ella, su hija, para preguntarle si conocía a alguna persona de la localidad con motivos para desear la muerte de Horacio. Aun cuando no la conocía, su respuesta habría sido lo más parecido a una mentira. Una terrible mentira. Ella evitaba por principio el engaño, salvo si era para conseguir algo bueno. Mientras su mirada rozaba al señor Cynster —a Lucifer—, lamentó haber efectuado una excepción. No había más que ver adónde la había conducido aquello. Primero a los tremedales de la culpa, y ahora estaba con el agua al cuello, apresada en la deuda.

Percy se acercó con paso lento. Phyllida lo observó un momento y luego posó la mirada en Lucifer. Percy habría hecho mejor en no colocarse a su lado, porque allí se veía como un afeminado paliducho y falto de carácter. Percy era pálido pero presentable, era la comparación lo que lo dejaba mal parado.

Su tía seguía proclamando la imposibilidad de que el asesino fuera una persona del lugar. Phyllida aprovechó el momento en que hizo una pausa obligada para respirar.

—Tengo que ir a ver a la señora Hemmings, papá, para comprobar si tiene todo lo necesario para el velatorio. Y luego me pasaré por la iglesia para hablar con el señor Filing.

—¿Tal vez yo podría acompañarla, señorita Tallent? —propuso su justo castigo.

—Eh... —Traspasada por aquellos ojos azules que la advertían de que no tenía otra opción que aceptar, Phyllida reprimió una negativa y formuló una educada objeción con respecto a la herida de su cabeza.

—Sé que no debo excederme —concedió él con un asomo de sonrisa, sin apartar la mirada de ella—, pero estando en su compañía, seguro que no correré ningún riesgo.

Él había guardado su secreto y ahora ella tenía que pagar el precio.

—Como quiera —aceptó—. Un paseo al aire libre podría ser beneficioso para su cabeza.

—Excelente idea —aprobó sir Jasper y, mientras Lucifer se erguía tras dedicar una reverencia a la cuñada, lo miró un instante—. Eso le servirá para ir conociendo mejor el lugar, ¿eh?

—Así es. —El muy malvado se volvió hacia ella con un brillo triunfal en los ojos. Sonriendo, gesticuló con elegancia—. Usted primero, mi querida señorita Tallent.

3

Lo llevó a Colyton Manor por el camino que atravesaba el pueblo; era demasiado peligroso ir por los bosques en compañía de un depredador, en especial de uno que la tenía en sus manos. Su padre no sospechaba nada, por supuesto. Al contrario, parecía agradablemente impresionado con aquel desalmado.

Mientras caminaba al sol con él a su lado, tuvo que reconocer que, de no haber constituido una amenaza tan opresiva para ella, tal vez se hubiera sentido impresionada también. Su reacción con respecto a Horacio era totalmente honorable. Sin embargo, para ella era una experiencia inédita que alguien dirigiera sus actos, y no le gustaba. De todos modos no había llegado al extremo imperdonable de darle un ultimátum: ponerla en la disyuntiva de contarle toda la verdad o revelar a su padre que ella había estado en el salón de Horacio. Sólo por eso estaba dispuesta a complacerlo.

Lo miró un instante. Su oscuro pelo relucía con destellos de color caoba a la luz del sol.

—Se olvidó del sombrero —le dijo.

—No suelo llevar.

No era suyo pues. Siguió andando. El núcleo del pueblo quedaba justo delante.

Lucifer la miró; el sombrero le impedía verle la cara.

—Yo creo —aguardó hasta que ella levantó la cabeza— que,

puesto que hemos formado una especie de alianza, sería mejor que me explicara qué ocurrió después de que encontraran el cadáver.

—Lo descubrió Hemmings, el jardinero de Horacio —le informó ella tras escrutarle los ojos—. La señora Hemmings, el ama de llaves, subió al piso de arriba suponiendo que su señor estaba allí. Hemmings fue al salón a encender el fuego. Cuando él dio la alarma, Bristleford, el mayordomo de Horacio, mandó llamar a Juggs y Thompson.

—¿Para que me llevaran custodiado, en calidad de asesino?

—Sí. Bristleford estaba muy afectado, y pensó que usted era el asesino. Debajo de la posada hay una celda en la que encierran a los prisioneros en espera de su traslado al tribunal. Thompson es el herrero... Usaron su carreta para llevarlo.

—¿Y usted dónde estaba?

Ella le dedicó una fugaz mirada. Luego dejó transcurrir más de un minuto antes de responder.

—Me encontraba en cama aquejada de una fuerte jaqueca. Por eso no fui a la iglesia.

—Después se presentó en la celda e insistió en que yo no era el asesino —señaló, tras aguardar en vano a que añadiera algo más.

—No sabía si lo recordaría.

—Lo recuerdo. ¿Cómo se explica su presencia allí?

—Horacio me prestaba a menudo libros de poesía. Como el dolor de cabeza había remitido, se me ocurrió ir a buscar otro volumen. Pero en cuanto llegué al portal de mi casa, delante paró el carruaje de la tía Huddlesford. Me había olvidado de que llegaba esa mañana, aunque todo estaba previsto... o eso creía.

—¿Pero...? —inquirió Lucifer, advirtiendo la irritación que impregnó aquellas últimas palabras.

—Percy y Frederick... no los esperaba. No suelen concedernos la gracia de su distinguida presencia.

—Apuesto a que Percy necesitaba un descanso.

—Es muy posible, pero como llegaron ellos tuve que esperar hasta que el servicio volviera de la iglesia para mandar que preparasen más habitaciones, aparte de darles conversación a ellos y a la tía hasta que aparecieron papá y Jonas.

—¿Y qué ocurrió después?

—Me fui en cuanto pude, pero cuando llegué a Colyton Manor ya se lo habían llevado a la posada.

—¿Es esto la posada? —Lucifer se detuvo ante un edificio medio enmaderado, un tanto desvencijado, aunque no ruinoso.

—Sí. Se llama Red Bells.

—Y Juggs es el posadero.

—Le pagan por vigilar a los detenidos —explicó, poniéndose de nuevo en marcha—. No lo juzgue, pues, con demasiada dureza.

—¿Qué sucedió a continuación? —preguntó él, pasando por alto la observación.

—Una vez que hubieron mandado a buscar a papá, vine a la posada. —Lo miró a los ojos—. ¿Qué es lo que recuerda?

—No todo, pero bastante. Usted se quedó hasta que llegó su padre y después él se fue a caballo para enviar el carruaje. El único recuerdo claro que conservo después de eso... —le escudriñó los ojos mientras evocaba lo sucedido— es que me desperté a medianoche.

—Sí, ya, pues eso es más o menos todo. —Con la mirada fija al frente, siguió andando—. Se le veía agitado, pero tenía el cráneo intacto... Lo molesto era el dolor.

Lucifer se quedó extrañado. ¿Por qué no había aprovechado para decirle que había estado velando junto a su cama? Él la había puesto en una posición que le exigía gratitud. ¿Por qué no había igualado ella las deudas?

Tras dejar atrás una hilera de pulcras casitas, doblaron un recodo y la mansión apareció a la vista.

—Bien —dijo—. Ahora conozco su versión. También sé que estuvo en el salón de Horacio antes de que entrara yo y también después de que me golpearan.

—No es cierto que lo sabe. —Mirándolo de soslayo, advirtió sus aires de suficiencia—. No puede afirmar que fui yo sólo por el mero contacto de una mano. —Le lanzó una mirada airada e insegura a un tiempo.

—Sí puedo. Sé que era usted.

—No puede estar seguro.

—Hummm... tal vez no. ¿Por qué no me toca otra vez, sólo para ver si estoy seguro?

La joven se detuvo en seco y se plantó frente a él, lanzando chispas por los ojos...

—¡Eh! ¡Señorita Phyllida! —Un corpulento individuo con delantal de cuero bajaba por la pendiente en dirección a ellos.

—¿El herrero?

—Sí, Thompson.

Thompson se acercó e inclinó respetuosamente la cabeza para saludar a Lucifer.

—Señor. —Dirigió también un mudo saludo a Phyllida—. Quiero pedirle disculpas por si le ha salido alguna magulladura de resultas de haberlo transportado en mi carreta. Claro que nosotros pensábamos que usted era el asesino y además pesaba bastante para moverlo, pero no querría que me guarde rencor.

—Descuide. No me salen magulladuras casi nunca.

—Estupendo. —Thompson respiró con alivio—. Entonces no pasa nada. Menudo porrazo tenía usted en la cabeza.

Phyllida disimuló su agitación volviéndose a observar la mansión.

—¿Y tiene sir Jasper algún indicio de quién pueda ser ese asesino, señor?

El «No» de Phyllida se superpuso al «Ninguno» de Lucifer. La turbación de ella fue completa cuando se dio cuenta de que la pregunta no iba dirigida a ella.

—Las investigaciones de sir Jasper aún no han concluido —informó Lucifer con una sutil mirada de hilaridad.

—Ya.

Phyllida esperó mientras Thompson señalaba en dirección a la herrería, situada al otro extremo del municipio, y aseguraba a Lucifer que podía contar con él para lo que necesitara, ya fuera la persecución del asesino o algo relacionado con sus caballos.

Tras agasajarlo con una última inclinación, el herrero desanduvo sus pasos.

Phyllida echó a andar de nuevo. Lucifer caminaba a su lado con flexibles zancadas que eran todo un dechado de gracia y desenvoltura.

—Parece un pueblecito muy tranquilo —murmuró.

—Normalmente lo es. —Lo miró y vio que observaba la loma y la iglesia ubicada en el punto más alto.

Sorteando el estanque, con los inevitables graznidos de los patos, llegaron a la verja de Colyton Manor. Ella entró primero y él tuvo que agacharse para esquivar las ramas de glicina que colgaban del arco superior. Phyllida avanzó rodeando la fuentecilla. En el porche, advirtió que él se había rezagado. Estaba absorto en la contemplación de un arriate de peonías, y luego pasó a observar un macizo de rosas y lavanda, antes de reparar en que ella lo esperaba.

Avivando el paso, se reunió con ella en el porche, pero volvió a posar la vista en el jardín.

—¿Qué ocurre? —preguntó ella.

Él la miró con expresión indescifrable y los ojos entornados.

—¿Quién creó este jardín?

—Ya se lo ha dicho papá: Horacio. Bueno, Hemmings lo ayudó, claro, pero Horacio siempre fue el alma del proyecto. —Observó su semblante—. ¿Por qué lo pregunta?

—Cuando vivían en Lake District, Martha se ocupaba del jardín, era totalmente suyo. Yo habría jurado que Horacio era incapaz de distinguir una malva de una ortiga.

Phyllida miró el jardín como si lo viera por primera vez y dijo:

—Pues durante todo el tiempo que estuvo aquí se volcó de manera especial en el jardín. —Y reparó en el pétreo semblante de Lucifer.

La casa estaba en silencio. Entraron con paso quedo y se detuvieron delante de la puerta abierta del salón. El ataúd de Horacio reposaba en la mesa situada justo más allá del lugar donde habían encontrado su cadáver. Se quedaron un momento mirándolo y después Phyllida entró la primera.

A un metro del ataúd, tuvo que pararse. De repente le costaba respirar. Unos largos dedos tocaron los suyos; de forma instintiva, se aferró a ellos. Cerrando una mano, cálida y viva, en torno a la suya, él avanzó para detenerse a su lado. Phyllida sintió que la miraba a la cara. Sin levantar la cabeza, asintió. Así juntos, se acercaron al féretro de pulida madera.

Permanecieron un rato allí, cabizbajos. Phyllida halló consuelo en la sosegada expresión que se había asentado en el rostro de Horacio. Era la misma que tenía cuando lo había encontrado, como si a pesar de su carácter violento e imprevisible, su partida de este mundo hubiera sido una liberación. Tal vez existía realmente un cielo.

Ella le tenía aprecio y le entristecía su muerte. Podía darle su adiós y dejarlo ir, pero no podía pasar por alto las circunstancias de su fallecimiento. Lo habían asesinado en el pueblo que ella llevaba prácticamente dirigiendo durante doce años. El hecho de ser ella quien lo había encontrado, sin poder hacer nada ya por él, no hacía más que agudizar su sentimiento de ultraje. Era como si aquello por lo que había trabajado toda su vida —la paz y la serenidad de Colyton— hubiera sido violado, mancillado.

A su recuerdo regresó, prístino como un cristal, el momento en que había visto el cadáver de Horacio. Volvió a sentir la conmoción, el gélido roce del horror, el paralizante espanto cuando se había dado cuenta de que no había oído salir a nadie...

Levantando la cabeza, posó la mirada en la sala. Acababa de acordarse de algo. Había entrado en el salón desde el fondo del vestíbulo, proveniente de la cocina. Desde allí, si alguien hubiera abandonado la casa, ella habría oído pasos en el vestíbulo o en la grava del sendero. Nada se había movido. Ella se había quedado un poco en el vestíbulo antes de decidirse a entrar en el salón. ¿Cuánto rato había sido en total? ¿Cuánto tiempo llevaba muerto Horacio antes de que ella lo encontrara?

Reparó en el hueco que quedaba entre dos estanterías, casi en el extremo de la estancia. Era el único sitio donde habría podido esconderse el asesino. Ésa era la única explicación de la desaparición del sombrero. Seguramente había transcurrido un lapso entre su partida y el instante en que Hemmings había decidido preparar el fuego. La señora Hemmings debía de estar arriba. Una breve oportunidad que el asesino había aprovechado para coger el sombrero y esfumarse sin dejar huella.

Phyllida respiró hondo. La calidez de la mano de Lucifer envolviendo la suya le servía de sostén, y no sólo físico. Observando el arrugado rostro de Horacio, formuló el solemne juramento de descubrir a quienquiera que se hubiese escondido entre las estanterías y la había visto descubrir el cadáver.

Aquel asesino no iba a escapar.

Mientras daba forma a su silenciosa promesa, era consciente de que a escasos centímetros de ella estaba tomando cuerpo otra muy parecida. La determinación con que Lucifer había hablado a su padre le bastaba para saber que él se tomaría su juramento con la misma seriedad que ella. Podrían trabajar juntos. Juntos tenían posibilidades, mientras que sola, aun con la ayuda de su padre, ella no conseguiría llevar al asesino ante la justicia. Pese a sus dudosos talentos, abrigó la esperanza de que aquel desalmado forastero que tenía a su lado fuese capaz de conseguir cuanto se proponía.

Lo miró de soslayo. Necesitaba contarle todo lo que había ocurrido, incluso reconocer que había sido ella quien le había provocado aquel golpe en la cabeza. Aunque no sería cómodo, debía hacerlo. Era preciso, sobre todo, que él supiera lo del sombrero. De ello se desprendía que tenía que hablar con Mary Anne sin dilación.

Reparó en el sombrío semblante de Lucifer, en la dureza de sus facciones que no mostraban el menor asomo de risa. Los grandes ojos estaban entornados. Él había tenido una relación estrecha con Horacio. Soltando la mano de la suya, se apartó para dejarlo a solas con su pena.

Lucifer la oyó marcharse. Una parte de su cerebro siguió el rastro de sus movimiento, mientras que otra se relajó cuando ella se adentró en la casa. Recordó que había mencionado su intención de hablar con el ama de llaves y, tranquilizado, centró toda la atención en Horacio. Su último adiós... Dejó que los recuerdos afluyeran a su cabeza, como agua que se escurre entre los dedos. Sus intereses comunes, sus logros, su aprecio mutuo, las largas tardes pasadas en la terraza frente al lago Windemere. Buenos momentos sin excepción, siempre. Por fin, tras suspirar, apoyó la mano en la de Horacio, posada en su pecho.

—Ve con Martha y sus trinitarias. En cuanto a la venganza, déjalo de mi cuenta.

Por más que la venganza fuera privativa del Señor, a veces éste necesitaba algo de ayuda.

Cuando se disponía a irse, reparó en los estantes que recubrían las paredes. Caminó distraídamente junto a ellos, rozando de vez en cuando el lomo de algún volumen, de algún viejo amigo reencontrado. Hacia el final de la habitación, reparó en tres ejemplares que sobresalían de la estantería. Tras colocarlos bien en su sitio, paseó la vista por la pared revestida de libros. Era apropiado que Horacio hubiera pasado sus últimas horas allí, rodeado de sus más preciadas posesiones.

Se encontraba frente a los grandes ventanales, mirando el jardín que tanto lo había desconcertado, cuando una discreta tos sonó en el umbral. Se volvió; un hombre enjuto y cargado de hombros tenía la vista fija en el ataúd.

—Covey —lo saludó Lucifer, acercándose—. Le ruego que acepte mi pésame. Sé el afecto que profesaba a Horacio... y él a usted.

—Gracias, señor. —Covey pestañeó para liberar de lágrimas sus ojos azules—. Tallent me dijo que se encontraba aquí. Lamento que sea tan terrible ocasión la que vuelva a reunirnos.

—Terrible, en efecto. ¿Y tiene alguna idea...?

—En absoluto. No tenía ningún indicio, ninguna razón para suponer... —Señaló con desespero el ataúd.

—No se culpe, Covey. Usted no podía preverlo.

—Si hubiera sospechado algo, no habría ocurrido esto.

—Por supuesto que no. —Lucifer se interpuso entre Covey y el féretro—. Horacio me escribió para comentarme de una pieza que había descubierto, respecto a la cual quería conocer mi opinión. ¿Sabe de qué se trataba?

—No. Sé que había encontrado algo especial. Ya sabe cómo se ponía... con los ojos brillantes como un niño. Así estuvo durante toda la semana pasada. Hacía años que no lo veía tan excitado.

—¿No le mencionó nada al respecto?

—No, pero nunca lo hacía con los hallazgos especiales. Sólo hablaba de ellos cuando estaba listo para exhibirlos. Entonces ponía todas los elementos en la mesa y me lo explicaba todo. —Covey esbozó una melancólica sonrisa—. Disfrutaba mucho con eso, pese a que le constaba que yo no entendía ni la mitad.

—Usted fue un buen amigo suyo, Covey —declaró Lucifer posándole una mano en el hombro. Luego, tras una breve vacilación, añadió—: Estoy seguro de que Horacio debe de haber tomado disposiciones que lo incluyen en su testamento, pero ocurra lo que ocurra, encontraremos una solución. Es lo que Horacio hubiera deseado.

—Gracias, señor. Le agradezco el detalle.

—Otra cosa más. ¿Había acudido algún otro coleccionista últimamente? ¿Jamieson? ¿Dallwell?

—No, señor. El señor Jamieson vino hace unos meses, pero últimamente no lo hemos visto. El amo no había... no había estado muy activo en la compraventa desde que nos trasladamos aquí.

Lucifer titubeó un instante.

—Imagino que me quedaré en Grange unos días más.

—Muy bien, señor. —Covey inclinó la cabeza—. Si me excusa, debo volver a mi trabajo.

Lucifer lo despidió con un gesto, intrigado por la identidad de los herederos de Horacio. Una vez que decidió que hablaría con ellos para que tuviesen en cuenta los años de servicio y la dedicación de Covey, volvió junto a la ventana, pensando en la excitación que, según éste, había embargado a Horacio.

Si lograba comprender por qué habían matado a Horacio, podría deducir quién lo había matado. El móvil era la clave. Parecía posible, incluso probable, que fuera la misteriosa pieza descubierta por Horacio, dado el escaso lapso de tiempo que había transcurrido entre el hallazgo y su muerte violenta. Si el misterioso artículo era la clave, cabía la posibilidad de que el asesino proviniera de otra zona, tal como afirmaba lady Huddlesford. Por fortuna, se hallaban en una región rural en la que no pasaba inadvertido ningún forastero. Era seguro que alguien habría reparado en él, si no en Colyton, en alguna localidad del camino.

Se volvió para escudriñar el salón. Horacio podría haber ocultado su último descubrimiento a la vista, entre los muchos tesoros de su colección.

Cuando Phyllida regresó, lo encontró examinando la alabarda responsable de la contusión de su cráneo.

—¿Siempre la tenían aquí, detrás de la puerta? —le preguntó.

—Eso tengo entendido.

Tras escrutarla a ella, miró la cabeza del hacha. Después levantó la alabarda y la dejó caer en la otra mano, observando cómo descendía la pesada punta.

—Yo diría que si hubiera caído o la hubieran blandido con intención...

En ese caso el hacha le habría partido el cráneo. Phyllida no quería ni pensarlo.

—Fue esta parte de aquí —señaló el lado redondeado— la que por lo visto entró en contacto con su cabeza.

—Ah ¿sí? —Dejando erguida el arma, la miró—. ¿Y cómo cayó?

Ella le sostuvo la mirada, sin responder.

Él mantuvo la vista fija en su cara, dejando prolongar la tensión. Pero Phyllida aguantó el tipo.

—Tengo que ir a la iglesia —anunció, irguiendo la barbilla— para elegir las flores del funeral, y luego hablaré con el párroco. Usted puede quedarse, si lo desea.

—La acompañaré —repuso él, y fue a brindar su último adiós a Horacio.

Taciturna, ella salió en primer lugar al jardín. Lucifer se paró junto a la fuente.

—Las flores para el funeral... sugiero esas peonías. Eran las preferidas de Martha.

Deteniéndose, ella lo miró y luego a las flores, y con un asentimiento de la cabeza siguió andando.

Tras cruzar el camino, iniciaron el ascenso por el terreno comunal. La extensión de hierba, que mantenían a raya los corderos que allí se permitía pastar, subía de forma gradual hasta la cresta donde se hallaba la iglesia.

Lucifer ajustó su larga zancada al paso de Phyllida y respiró hondo. En el límpido y tibio aire flotaban, envolviéndolos, los aromas y sonidos propios de una tarde de junio. El dolor de cabeza remitía, y la mejor distracción que podía ofrecerle Colyton era la mujer que caminaba a su lado, pese a que no acababa de comprender por qué. En realidad se sentía un poco incómodo. Hasta entonces, sus preferencias se habían decantado hacia damas de más generosos encantos y, sin embargo, la esbelta gracia de Phyllida Tallent ejercía un poderoso efecto en su vigorosa virilidad. Tenía que ser una jugarreta del destino el que ésta se despertara tan fácilmente con una testaruda e inteligente virgen algo malcriada, que además no efectuaba el menor esfuerzo por atraerlo. Tal vez el golpe en la cabeza lo había trastornado más de lo que creía.

Fuera cual fuese el motivo, lo cierto era que caminando a su lado o un poco más atrás no dejaba de notar con exacerbación cada vez que la juguetona brisa amoldaba el vestido a las piernas o las nalgas, o cuando le levantaba el borde de la falda, dejando al descubierto unos delgados tobillos. Su esbelta figura contenía una energía reprimida que una parte de sí reconocía al instante, la del indómito pirata; ansiaba estrecharla entre sus brazos y luego poseerla.

La subida le estaba aliviando el malestar de la cabeza a costa de intensificar el dolor en la entrepierna, un dolor destinado a permanecer sin cura. Inspirando hondo, miró al frente y procuró alterar el rumbo de sus pensamientos.

En la iglesia, ella fue directa al altar. Allí tomó un jarrón y luego entró en una pequeña habitación contigua.

Él se instaló en un banco. El pequeño templo estaba bien provisto de tallas y vidrieras. El ventanal de encima de la entrada era particularmente bonito. Aquel lugar era adecuado para celebrar el funeral de Horacio, que habría apreciado su belleza.

Una belleza de otra clase volvió a hacerse presente y a acaparar sin esfuerzo su atención.

Phyllida se sobresaltó cuando unas largas manos le cubrieron las suyas, que en ese momento acarreaban el jarrón de la pila bautismal.

—Permítame.

Ella le cedió la urna. La resonancia de su voz le dejó una flojera en todo el cuerpo. En silencio, lo precedió por la sacristía hasta la puerta de atrás. Allí señaló un montón de flores marchitas.

—Vacíelo allí.

Él lo hizo. Ella lo recuperó de sus manos y, sin que se lo pidiera, Lucifer abrió el grifo para que pudiera enjugarlo. Tras inclinar a modo de agradecimiento la cabeza, ella regresó a la sacristía, donde con ayuda de un paño secó vigorosamente el recipiente.

Él se quedó parado en el umbral, impidiendo casi el paso de la luz. Con un hombro apoyado contra la jamba, la observaba.

De repente, a ella la sacristía se le antojó muy pequeña y sintió un hormigueo en la piel.

—El funeral será a última hora de la mañana. Enviaré las flores a primera hora —comentó—. Con este tiempo, se marchitan muy rápido. —Estaba hablando por hablar, algo que nunca hacía—. Sobre todo si no se recogen antes de que les dé el sol.

—¿O sea, que estará revoloteando entre las flores al amanecer?

Ella quiso mirarlo, pero se contuvo.

—Por supuesto que no. Nuestro jardinero se encargará de ello.

—Ah. No habrá necesidad entonces de levantarse muy temprano.

Fue su tono sugerente lo que confirió al comentario su pleno significado. Por un instante, ella se quedó paralizada sujetando el jarrón con ambas manos. Tras inspirar hondo, lo depositó en su sitio y se volvió hacia él. Creía que su expresión reflejaría una calma superior, una imperturbable serenidad. Nadie del pueblo veía nunca más allá, con lo que le resultaba muy fácil protegerse a sí misma y dominarlos.

No obstante, la mirada de él se posó en sus ojos. Él veía más lejos, más hondo, y ella no se sintió muy cómoda con lo que pudiera percibir.

—Necesito hablar con el señor Filing, el párroco —dijo Phyllida—. Dado que usted está convaleciente, debería descansar unos minutos. Le sugiero que se siente en un banco y disfrute del frescor de la iglesia. Nos iremos cuando haya terminado con el señor Filing.

Él seguía escrutándole los ojos. Al cabo de un embarazoso momento, apartó por fin la vista.

—¿Ésa es la casa parroquial?

—Sí. Es la rectoría.

Si bien él se apartó de la puerta, el movimiento no redujo en nada la sensación que ella tenía de estar atrapada.

—La acompañaré.

Phyllida inspiró y retuvo el aire. Con cualquier otra persona habría protestado, pero algo en su voz la advertía que sería inútil. Para ello tendría que pelear, y luchar con él era demasiado peligroso.

—Como desee.

Él retrocedió y la joven, pasando por su lado, salió al soleado exterior. Tomó el sinuoso sendero que conducía a la rectoría, situada en una hondonada justo debajo de la cresta. Tras cerrar la puerta de la sacristía, él echó a andar pisándole los talones.

Era imposible confundir su intención. Sabía que ella ocultaba algo; iba a pegarse a su lado, a exasperarla cuanto pudiera, hasta que le revelara qué era. O hasta que lo descubriera por sí solo.

La última opción era un riesgo que más le valía no correr. ¿Cuándo podría ver a Mary Anne?

Lucifer la siguió hasta la rectoría, demasiado consciente de la elástica gracia de su porte, de la espontaneidad con que se movía. Para un observador avezado en la apreciación de lo femenino, ella destacaba muy por encima de lo habitual. Infinitamente más deseable, e infinitamente más difícil de conseguir.

¿Por qué no quería que él estuviera presente en su encuentro con el cura?

Éste, que los había visto acercarse, los aguardaba ya en la puerta de su casa. Pálido, rubio, de complexión delgada y con una acartonada pulcritud en la vestimenta, Filing tenía el aspecto de un diletante aristócrata. Recibió a Phyllida con una cálida sonrisa propia de una vieja amistad.

—Buenos días, señor Filing. Permítame presentarle al señor Cynster, un viejo amigo de Horacio.

—Ah ¿sí? —Filing le tendió la mano y Lucifer se la estrechó—. Qué desgraciado acontecimiento. Debió de ser horroroso para usted.

Lucifer asintió con la cabeza.

—Como ya sabrá, el funeral es mañana por la mañana. ¿Tal vez, como amigo suyo, le gustaría pronunciar el elogio fúnebre?

—No, gracias —declinó Lucifer tras una breve reflexión—. Con este golpe en la cabeza, no sé si estaría en condiciones y, con franqueza, creo que Horacio consideraría más importante su relación con la gente de aquí en estos últimos años que sus allegados por motivos profesionales. —Además, sospechaba que sería de más utilidad para Horacio que se dedicase a observar a los asistentes al funeral.

—Comprendo. En ese caso, si no hay objeción, yo mismo me encargaré del elogio. A menudo compartía una copa de oporto con él en las veladas. Poseía una espléndida colección de textos eclesiásticos a la que tuvo la amabilidad de brindarme acceso. Era un auténtico caballero y erudito. Ése será el tema de mi elogio.

—Muy acertado. —Lucifer desplazó la mirada a Phyllida y aguardó; Filing hizo lo mismo.

Con expresión serena y ojos perspicaces, ella le devolvió la mirada.

—Hay diversas cuestiones sobre la organización que debo tratar con el señor Filing.

Lucifer asintió, como dándole permiso para hablar. Volviéndose, se puso a contemplar el pueblo y las casitas que bordeaban el camino.

—La conversación durará unos minutos. Quizá debería descansar en ese banco de ahí.

El banco se hallaba bastante más abajo, en la pendiente desde la que se dominaba el estanque, lo bastante alejado como para que no pudiera oír nada.

—Sería más sensato que descendamos juntos. Por si acaso me sobreviniera un mareo.

La contrariedad de ella le llegó en forma de oleada de calor, al tiempo que sus ojos se iluminaban con un chispazo de cólera. Aun así, inclinó la cabeza, con semblante impasible, cual perfecta máscara social. Filing los miraba de forma alternativa. Intuía algo que no alcanzaba a definir. No solía ver nada más allá de su fachada. Lucifer se preguntó por qué él sí podía... y por qué deseaba ver aún más allá, averiguar mucho más.

—En relación a las flores para mañana... —empezó Phyllida.

Con la vista posada en la población, Lucifer prestó poca atención al diálogo. Parecía que el asunto de las flores requería gran atención. Sin la menor alteración en el tono, Phyllida prosiguió:

—Lo que nos lleva a la siguiente cuestión.

Lucifer reprimió una cínica sonrisa. Era una mujer hábil. Por desgracia para ella, él lo era todavía más.

—Tiene la colección completa, ¿no es así?

Por el rabillo del ojo Lucifer vio cómo Filing asentía antes de lanzarle una mirada furtiva.

—¿Y no prevé dificultades en la distribución de los proveedores?

—No —murmuró Filing—. Todo parece... correcto.

—Bien. La próxima salida se realizará en la fecha fijada. He recibido una carta para confirmar que no hay alteración en los planes. ¿Podría comunicarlo a los interesados?

—Desde luego.

—Y recuérdeles que necesitaremos que el grupo esté reunido a tiempo. No podemos esperar a quien se demore. Si no llegan a tiempo, no podremos incluirlos y se perderán la excursión.

—Si alguno quiere discutir ese punto, les indicaré que hablen con Thompson.

—Está bien. —Phyllida se puso en pie—. Hasta mañana, pues.

Lucifer se despidió de Filing con un gesto.

—Debemos regresar —señaló Phyllida—. Será mejor que repose la cabeza.

Descendieron la pendiente con paso tranquilo.

¿Qué diantres se traía entre manos aquella mujer?

Pretendían hacerle creer que estaban hablando de una excursión de la parroquia, y él habría mordido el anzuelo de no ser por los repetidos intentos de ella de mantenerlo al margen. No obstante, no podía creer que se tratara de algo vituperable o ilegal. Ella era la hija de un juez, entregada a las buenas obras, y saltaba a la vista que Filing era una persona honrada. ¿Por qué no quería entonces que él supiera qué estaba tramando? Si ella hubiera sido más joven, habría sospechado que era alguna travesura, pero no sólo era demasiado mayor para ese tipo de cosas, sino que además tendía a una forma de comportamiento maduro, dominante. No era una atolondrada irresponsable.

El misterio que la envolvía no hacía más que acentuarse. Cada vez crecía más su urgencia de llevarla a algún sitio discreto, inmovilizarla contra una pared y tenerla allí hasta que le dijera todo cuanto deseaba saber.

Le lanzó una mirada y se vio recompensado con la visión completa de su rostro, encarado a la brisa que agitaba los lazos de su sombrero. Se embebió en la contemplación de sus facciones, la resolución del semblante, el desafiante mentón adelantado. Apartando la vista, se recordó que era una virgen de buena familia. No era una presa adecuada para él, no era la clase de mujer con que solía jugar.

Descubriría sus secretos y después tendría que soltarla.

Llegaron al camino. Allí aguardaba un carruaje ocupado por un corpulento caballero y una dama mayor.

—Sir Cedric Fortemain y su madre, lady Fortemain —le informó en voz baja Phyllida.

—¿Quiénes son?

—Cedric es el propietario de Ballyclose Manor, la mansión que hay en lo alto de aquella colina.

Se aproximaron al carruaje. Sir Cedric, próximo a cumplir los cuarenta, con entradas e incipiente barriga, colorado de cara, se levantó y tras dedicar una reverencia a Phyllida se inclinó hacia el costado para estrecharle la mano.

Phyllida efectuó las presentaciones. Lucifer se inclinó ante la dama y estrechó la mano de Cedric.

—Tengo entendido que usted fue el primero en descubrir el cadáver, señor Cynster —dijo lady Fortemain.

—¡Qué asunto más desagradable! —se lamentó Cedric.

Luego, mientras mantenían una banal conversación sobre Londres y el tiempo, Lucifer advirtió que Cedric apenas despegaba la vista de Phyllida. Sus comentarios tenían un algo protector, excesivamente comedido. Cuando, impasible ante sus atenciones, ella dio un paso atrás, dispuesta a irse, Cedric la retuvo.

—Me alegra ver, querida, que no paseas sola por el pueblo. No sabemos si el asesino de Welham todavía merodea por aquí.

—Ay, sí. —Lady Fortemain sonrió a Lucifer—. Es reconfortante ver que cuida de nuestra querida Phyllida. Sería terrible que le ocurriera algo al tesoro de nuestro pueblo. —Acompañó sus palabras de una radiante expresión de aprobación, que hizo fruncir el entrecejo al tesoro del pueblo.

—Tenemos que irnos.

—¿Por qué la considera un tesoro, lady Fortemain? —murmuró Lucifer cuando se alejaban.

—Porque quiere que me case con Cedric. Y porque en una ocasión la ayudé a encontrar un anillo que había perdido en un baile. Y otra vez adiviné dónde estaba escondido Pommeroy en una de las ocasiones en que se escapó, aunque eso fue hace años.

—¿Quién es Pommeroy?

—El hermano menor de Cedric. —Y añadió—: Es mucho peor que Cedric.

Tras ellos sonó el traqueteo de un carruaje. Aminoraron el paso, haciéndose a un lado. El vehículo pasó de largo, conducido por una dama de afilado y pétreo semblante, que les dirigió tan sólo una mirada altiva.

—¿Quién era esa encantadora y rutilante aparición? —preguntó irónico Lucifer, y miró a Phyllida a tiempo de percibir un temblor en sus labios.

—Yocasta Smollet.

—¿Quién es?

—La hermana de sir Basil.

—¿Y quién es sir Basil?

—El caballero que viene hacia nosotros. Es el propietario de Highgate, que se encuentra siguiendo el camino de la rectoría.

Lucifer examinó al caballero en cuestión. Ataviado con severa pulcritud, aparentaba la misma edad de Cedric. No obstante, mientras éste tenía una expresión colérica pero franca, la de Basil era recelosa, como la de quien se considera poseedor de grandes ideas que no se digna exponer ante nadie.

Primero se tocó el sombrero a modo de saludo y, tras ser presentado, estrechó la mano a Lucifer.

—Un asunto terrible, ciertamente. Todo el pueblo está nervioso. Nadie estará en paz hasta que atrapen a ese desalmado. Le ruego acepte mi pésame por la muerte de su amigo.

Lucifer le dio las gracias y, tras inclinar la cabeza, Basil prosiguió su camino.

—Muy etiquetero —murmuró Lucifer.

—En efecto. —Phyllida volvió a ponerse en marcha, pero enseguida aminoró el paso—. ¡Oh, Dios mío!

Pronunció la exclamación con la mandíbula apretada, como si fuese una maldición. Lucifer miró al individuo causante de su consternación, un pelirrojo de unos treinta años que caminaba hacia ellos con aire decidido. Apenas más alto que Phyllida, iba vestido de manera sencilla con calzones de pana, botas de montar y un sombrero de ala caída.

Irguiendo la barbilla, Phyllida se decidió a avanzar.

—Buenos días, señor Grisby. —Inclinó la cabeza sin detenerse, pero Grisby se plantó delante de ella—. Señor Cynster —dijo entonces Phyllida, volviéndose hacia Lucifer—, le presento al señor Grisby.

Lucifer lo saludó escuetamente con la cabeza y, tras un instante de vacilación, Grisby le correspondió con el mismo gesto.

—Señorita Tallent, permítame que la acompañe a su casa —se ofreció a continuación, al tiempo que lanzaba a Lucifer una mirada de desagrado—. Me sorprende que sir Jasper no le haya prohibido pasearse por aquí, estando suelto ese asesino.

—Mi padre...

—Uno nunca sabe —prosiguió con tono sentencioso— de qué lado vendrá el peligro. —Y quiso agarrar a Phyllida del brazo.

La joven lo ofreció, en cambio, a Lucifer. Cubriéndole la mano con la suya, éste la atrajo hacia sí y luego clavó en Grisby una mirada torva.

—Le aseguro, Grisby, que la señorita Tallent no corre peligro alguno frente a asesinos ni cualquier otra clase de villano, estando a mi cuidado. —Había aguardado una señal por parte de Phyllida antes de intervenir, y de no haberse hallado convaleciente, el tal Grisby se encontraría ya chapoteando en el estanque con los patos—. Nos disponíamos a regresar a su casa. Puede estar seguro de que la señorita Tallent volverá sana y salva al lado de su padre. —Dedicó una inclinación de cabeza al ruborizado Grisby—. Y ahora, si nos permite...

Sin dejarle alternativa, se llevó con actitud solícita a Phyllida, que lo secundó con altivo porte. La mantuvo cerca, de tal forma que el borde del vestido le rozaba las botas. Sus dedos evidenciaban su agitación bajo la mano de él, hasta que al final se relajaron.

—Gracias.

—Ha sido un verdadero placer. Aparte de un patán, ¿quién es exactamente ese Grisby?

—El propietario de Dottswood Farm. Está más allá de la rectoría, un poco más lejos de Highgate.

—¿Así que es un próspero granjero aristócrata?

—Entre otras cosas.

Su tono de disgusto le inspiró una sospecha.

—¿Debo deducir que el señor Grisby es otro aspirante a vuestra gentil mano?

—Sí, todos lo son... Cedric, Basil y Grisby —confirmó ella con una mueca.

—Está causando estragos en la localidad.

Tras lanzarle una mirada de censura que ni su tía, la duquesa viuda de Saint Ives, hubiera podido mejorar, enderezó la cabeza y tendió la mirada al frente.

La localidad terminaba justo delante, en la intersección entre el camino del cementerio y la herrería con el camino principal. El primero estaba flanqueado de casas de menor tamaño que Colyton Manor o Grange, provistas de jardín vallado. De uno de éstos salió un caballero que, ataviado con calzones, medias y zapatos de tacón alto, echó a andar hacia ellos. Con su chaqueta verde botella, un pañuelo amarillo y negro atado con un gran lazo en torno al cuello y una peluca en la cabeza, el hombre componía la figura más recargada que Lucifer había visto desde hacía meses.

Miró a Phyllida, que absorta en sus pensamientos no lo había visto.

—No sé si debo preguntarlo, pero ¿ese caballero es otro de sus pretendientes?

—No, loado sea Dios. Es insoportable. Se llama Silas Coombe.

—¿Y siempre viste así?

—Según me han contado, antes se vestía como un petimetre. Hoy en día, se conforma con adoptar todos los extremos de la moda y combinarlos al mismo tiempo.

—¿Es un caballero con fortuna propia?

—Vive de rentas heredadas. Su principal interés en la vida es presumir. Eso, y leer. Hasta que llegó Horacio, Silas poseía la mayor biblioteca de la zona.

—Así pues, él y Horacio debían de ser amigos, ¿no?

—No, más bien lo contrario. —Calló, advirtiendo que el hombre se acercaba, pero éste tomó el recodo del camino sin dedicarles ni una mirada. Siguieron caminando y cuando ya habían dejado el pueblo atrás, Phyllida musitó—: En realidad, Silas es quizás el único del pueblo que odiaba a Horacio.

—¿Lo odiaba? Pero Horacio era una persona muy difícil de odiar...

—Pues sí. Verá, durante años Silas se había vanagloriado de ser un prestigioso bibliófilo especializado en libros antiguos. Ésa era su ambición, creo, y aquí en el campo nadie podía hacerle sombra.

A los demás les tenía más bien sin cuidado, pero para él era importante. Entonces llegó Horacio y desbarató su impostura. Eclipsó por completo la biblioteca de Silas con la suya, y Silas no sabía tanto de libros como él. Incluso para nosotros, que no entendemos mucho de la cuestión, la diferencia era evidente. Horacio era auténtico y Silas una mediocre imitación.

La verja de Grange apareció ante ellos; mientras entraban en la propiedad, Phyllida retiró la mano de su brazo y se volvió para mirarlo.

—¿No creerá que...?

—No sé qué pensar. En este momento, me limito a reunir información.

—Silas es afeminado. No me parece un hombre fuerte.

—Los débiles son capaces de matar con bastante eficacia. La rabia proporciona fuerza hasta al más apocado.

—Supongo... —Frunció el entrecejo—. De todas formas, no me imagino a Silas apuñalando a alguien.

—¿Quién cree entonces que mató a Horacio? —preguntó él tras una breve pausa.

—Yo no sé quién mató a Horacio —repuso Phyllida erguida, mirándolo a los ojos y pronunciando cada palabra con extrema claridad.

Mantuvieron un pulso con la mirada, hasta que ella le volvió la espalda. Con porte altivo, se alejó caminando. Al cabo de un momento, él la alcanzó con sus largas zancadas, más pausadas que las suyas.

—Y dígame, ¿cuántas personas hay en la localidad, del tipo de los Fortemain, que podían mantener un trato social con Horacio?

—No muchas. Ya ha conocido más o menos a la mitad. —Siguieron caminando por el sinuoso paseo bordeado de árboles de la finca—. ¿De veras cree que fue alguien del pueblo quien mató a Horacio?

—A Horacio lo asesinó alguien a quien conocía bien, alguien a quien dejó acercarse a menos de un metro de distancia. —Viendo su expresión dubitativa, agregó—: No había ninguna señal de forcejeo.

La duda desapareció del semblante de Phyllida al rememorar,

pero cuando volvió a centrar los ojos en el presente, percibió la intensidad de la mirada de él y desvió la vista.

—Quizá fue alguien de fuera del pueblo, otro coleccionista, por ejemplo.

—En ese caso lo averiguaremos. Voy a realizar indagaciones en las poblaciones de los alrededores.

Siguieron caminando en silencio. Phyllida sentía la mirada de él. Habían avanzado otros cincuenta metros cuando él decidió formularle la pregunta.

—Sé que puedo parecer indiscreto, pero ¿por qué, teniendo tantos pretendientes, no está casada?

Ella lo miró pero no vio en sus ojos otra cosa que simple interés. Aun cuando se trataba de una pregunta impertinente, no experimentó ningún escrúpulo en contestar; conocía demasiado bien la respuesta.

—Porque todos los hombres que me han pedido en matrimonio han querido casarse conmigo por su propio interés, ya que teniéndome como esposa mejorarían su situación. Cedric y Basil consideran muy sensato casarse conmigo, puesto que soy una mujer distinguida de la comunidad y sería capaz de dirigir sus casas con los ojos cerrados. En cuanto a Grisby, casarse conmigo le reportaría un ascenso social; él es ambicioso en ese terreno.

Alzó la vista y comprobó que Lucifer estaba observándola.

—¿Y no tiene ningún deseo —preguntó él—, algún requisito del matrimonio, algo que ellos deban proporcionarle?

—No. Todo lo que pueden ofrecerme es una casa y una posición, y eso ya lo tengo. ¿Por qué casarme y cargarme con un marido cuando no ganaría nada con ello?

Lucifer esbozó una sonrisa.

—Ciertamente tiene las ideas claras. —Aquel peligroso ronroneo regresó a su voz y en sus ojos destelló algo que ella no entendió.

Optó por volverse hacia delante y continuar.

Ya estaban cerca de la casa cuando él la detuvo posando la mano en su brazo. Phyllida se giró con ademán de interrogación y él la miró de una forma penetrante.

—¿Qué ocurrió en realidad?

Ella le sostuvo la mirada y se planteó contárselo. No obstante, era una cuestión de todo o nada. Una vez que admitiera haber estado allí se vería obligada a revelárselo todo. Él no la dejaría reservarse ningún detalle. Y, por primera vez en su vida, dudaba de su capacidad para salir airosa ante un hombre. Aquel hombre era distinto, de una clase que ella no había conocido hasta entonces. Poseía la edad y la sensatez suficientes para detectar la diferencia y reconocer para sus adentros que sería inútil desafiarlo.

El no contarle lo sucedido constituía, por supuesto, un puro desafío, pero no podía obrar de otro modo. No iba a faltar a su promesa. Ella era capaz de mentir por una buena causa, pero la promesa hecha a una amiga era algo sagrado.

—No puedo decírselo. Todavía no. —Dio media vuelta. Él la retuvo por el codo. Ella lo miró ceñuda—. Yo he cumplido mi parte del trato.

—¿Qué trato?

—Usted no le ha dicho a papá que cree que estuve allí, en el salón de Horacio, y por eso yo lo he acompañado por el pueblo, lo he presentado a los conocidos de Horacio y le he dado las explicaciones pertinentes.

Él reaccionó con un enojo más evidente en los ojos que en la cara. La mantuvo frente a él sin soltarle el brazo. Ella le escrutó los ojos y lo dejó hacer. En el plano emocional, no tenía nada que ocultar.

—¿Por eso cree que he querido que me acompañase?

—Y para ver si podía pillarme desprevenida. ¿Para qué si no?

Él la soltó, pero le retuvo la mirada.

—¿Y si sólo hubiese tenido deseos de pasar un rato en su compañía?

La sugerencia le resultó tan inesperada que al principio Phyllida no acabó de hacerse a la idea. Luego la verdad se reveló por sí sola: le habría gustado que así fuera. Que él sólo hubiera querido pasar una relajada tarde de verano paseando con ella por el pueblo, haciendo comentarios intrascendentes. Notó una opresión en el pecho y, envarada, se apartó de él.

—No, ése no ha sido el motivo por el que ha querido que lo acompañase.

Lucifer la dejó alejarse conteniendo el impulso de replicar. Era una mujer muy dada a llevar la contraria, y resultaba difícil y hasta peligroso intentar manejarla. Definitivamente, nunca había conocido a otra igual. Dios era testigo de que jamás se había sentido tan atraído por una virgen.

Una virgen obstinada, voluntariosa, inocente, inteligente y demasiado pura.

Aquello complicaba todo mucho más.

4

Alcanzó a Phyllida al final de la última curva del camino. Ante ellos se abría el verde patio lateral de Grange, donde un grupo de gente reunida en torno a unas mesas disfrutaba del atardecer. Ambos se detuvieron en seco, pero ya los habían visto: lady Huddlesford los animó a sumarse a ellos con gesto imperioso.

—¿Quiénes son?

—Parte de la mitad que le queda por conocer. —Phyllida escrutó a los congregados y al ver a Mary Anne sintió un súbito alivio—. Venga. Se los presentaré.

Presidiendo la reunión desde un sillón de hierro forjado, lady Huddlesford los recibió con alborozo.

—¡Señor Cynster! ¡Magnífico! Precisamente ahora le estaba diciendo a la señora Farthingale...

Phyllida dejó que Lucifer se desenvolviera solo, cosa que era a todas luces muy capaz de hacer; sonreía con un encanto natural, y la mujeres enseguida se sentían halagadas. Tras dirigir una sonrisa general a los presentes, fue a situarse al lado de Mary Anne.

—Es... —La joven señaló a Lucifer.

—De Londres. —Phyllida tomó del brazo a Mary Anne—. Tenemos que hablar.

Mary Anne la miró con sus enormes ojos azules.

—¿Las has encontrado? —susurró mientras se alejaban.

Tenía los dedos crispados alrededor de su muñeca y ansiedad en la mirada.

—La rosaleda es más discreta —propuso Phyllida—. Simula que estamos paseando.

Por fortuna, todos los congregados —la madre de Mary Anne, la señora Farthingale, lady Fortemain, la señora Weatherspoon y un corro de otras damas, junto con Percy y Frederick como fermento— permanecían pendientes de cada una de las palabras de Lucifer. Phyllida miró atrás antes de entrar junto con Mary Anne a la avenida de tejos que conducía a la rosaleda. Lucifer parecía totalmente concentrado en su público.

Rodeada de recios muros de piedra, la rosaleda era un recoleto paraíso de lujuriante vegetación, con vibrantes toques de color y potentes y exóticos aromas. En cuanto se hallaron en él, Mary Anne abandonó el recato que mantenía en público.

—¡Dime que las has encontrado! —exclamó, atenazando las manos de Phyllida—. ¡Por favor di que sí!

—Las he buscado, pero... Ven, vamos a sentarnos. Tenemos que hablarlo con calma.

—¡No hay nada que hablar! —chilló Mary Anne—. ¡Si no recupero esas cartas mi vida quedará arruinada!

Phyllida la condujo hasta un banco adosado al muro.

—No he dicho que no vayamos a recuperarlas... Te prometí hacerlo. Pero ha surgido una complicación.

—¿Una complicación?

—Una muy grande. —De más de metro ochenta de altura y difícil de superar. Tomó asiento y obligó a Mary Anne a imitarla—. Y ahora, dime, ¿estás absolutamente segura de que Horacio fue quien le compró el secreter a tu padre?

—Sí. Yo misma vi cómo Horacio se lo llevó el pasado lunes.

—¿Y no hay el menor asomo de duda de que escondiste las cartas en su compartimento secreto?

—¡Eran demasiado peligrosas para dejarlas en otro sitio!

—Nos estamos refiriendo al secreter de viaje de tu abuela, ¿verdad?, el que tiene un revestimiento de cuero rosa en la parte superior.

—Sí. Ya lo conoces.

—Era para comprobar. —Phyllida la observó, sopesando hasta dónde convenía contarle las cosas—. Fui a casa de Horacio el domingo por la mañana para localizar el secreter.

—¿Y bien? —Mary Anne aguardó, hasta que comprendió el significado de la pausa. La ansiedad de su semblante se trocó en horror—. ¿Presenciaste el asesinato? —preguntó con un hilo de voz.

—No, no exactamente.

—¿No exactamente? ¿Qué significa eso? ¿Viste algo?

—Te lo contaré desde el comienzo. —Le relató cómo, tras quedarse en casa aduciendo una aguda jaqueca, se había puesto botas altas y pantalones, las prendas viejas de Jonas que a menudo se ponía para las actividades a solas que pudieran exigirle correr—. El domingo por la mañana era el momento perfecto porque en principio no debía haber nadie en la mansión.

—Pero Horacio estaba enfermo.

—Sí, aunque yo no lo sabía. Llegué por el bosque y registré ese cobertizo que utilizaba como guardamuebles y después pasé por la cocina y miré en las despensas. Estaban llenas de mobiliario también. Como no vi el secreter de tu abuela en ninguna parte, supuse que estaría en las dependencias principales. Volví a cruzar la cocina, salí al vestíbulo y...

—Y viste al asesino.

—No. Encontré a Horacio recién muerto.

—Y al señor Cynster desmayado por el golpe que le dio el criminal, ¿no?

—No —corrigió a su pesar Phyllida—. Yo llegué antes que Cynster.

—¿Viste cómo el asesino lo golpeó?

—¡No! Escucha y calla —pidió con impaciencia.

Escuetamente, refirió lo sucedido. Cuando acabó, el horror de Mary Anne se había convertido en puro pasmo.

—¿Que fuiste tú quien golpeó al señor Cynster?

—¡Fue sin querer! La alabarda se desenganchó y se precipitó al suelo... Yo impedí que lo matara.

—Bueno, es evidente que se ha recuperado —observó, más tranquila, Mary Anne—. Debe de tener una cabeza dura.

—Tal vez. Pero no está ahí la complicación. —Phyllida la miró a los ojos—. Él sabe que estuve allí.

—Pensaba que el golpe lo había dejado inconsciente.

—No del todo, por lo menos al principio.

—¿Te vio?

Phyllida describió lo ocurrido.

—No es posible que tenga la seguridad sólo por un roce —objetó con incredulidad Mary Anne—. Debe de decirlo para ver tu reacción.

—Eso creí al principio, pero lo sabe, Mary Anne. Lo sabe y quiere averiguar qué pasó.

—¿Y por qué no le dices simplemente que sí, que estuviste allí, le explicas lo que pasó y que tuviste que irte?

—No he reconocido que estuve allí, porque en cuanto lo haga querrá saber por qué.

—¡Eso no puedes decírselo! —exclamó, palideciendo, Mary Anne.

—Está decidido a descubrir lo que ocurrió... está investigando el asesinato de Horacio. Quiere saber todo lo que sucedió esa mañana.

—Pues no hay necesidad. No tiene por qué saber lo de mis cartas. —Mary Anne torció el gesto—. Y no puede obligarte a que se lo digas.

—Sí puede.

—Bobadas. —Mary Anne echó la cabeza atrás—. Tú siempre dominas la situación, eres la hija de sir Jasper. No tienes más que mirarlo con arrogancia y negarte a revelar nada. ¿Cómo puede obligarte a decírselo?

—No sé cómo explicártelo, pero lo hará. —No podía describir la sensación de acorralamiento, de acoso mental, la tensión de saber que él la vigilaba. Todavía era paciente, pero ¿cuánto tiempo más? Aparte de ello, sentía que debía contárselo, que él tenía derecho a saber—. Aún no me ha amenazado con decirle a papá que sabe que estuve allí, pero podría... Sabes que podría. Es como tener la espada de Damocles suspendida sobre mi cabeza.

—No hay que dramatizar tampoco. Te está presionando. No tiene ninguna prueba de tu presencia allí. ¿Por qué iba a creerlo sir Jasper?

—¿Cuántas veces me quedo yo en cama por un dolor de cabeza? Mary Anne puso mala cara.

—No puedes hablarle de mis cartas —afirmó con obstinación—. Juraste que no se lo contarías a nadie.

—Pero se ha cometido un crimen. Alguien mató a Horacio. Cynster necesita saber lo que ocurrió y lo que vi yo. —No había mencionado el sombrero marrón, porque con ello sólo habría logrado distraer a Mary Anne, cuya atención estaba bastante dispersa ya—. Necesita saber lo de tus cartas para cerciorarse de que no guardan ninguna relación con el móvil del crimen.

—¡No! Si le hablas de las cartas, pensará que Robert mató a Horacio.

—No seas tonta. Robert estaba a muchas millas de... —Phyllida se detuvo y la observó—. No me dirás que Robert estuvo aquí el domingo por la mañana...

—Yo regresé a pie desde la iglesia. Era un bonito día de sol. —Mary Anne rehuyó su mirada—. Nos vimos en el bosque de Ballyclose.

—Es imposible que Robert matara a Horacio y después llegara allí para reunirse contigo, así que no puede ser el asesino.

—¡Pero no podemos decirle a nadie que nos vimos en el bosque!

Phyllida contuvo un gruñido. Viendo que no llegaría a ninguna parte por ese camino, probó otra táctica.

—¿Qué contienen esas cartas?

No lo había preguntado antes, ya que Mary Anne estaba histérica y sólo se calmaría recuperándolas. No había previsto que fuera algo tan difícil. Le había dado sin vacilar su palabra de no revelar la existencia de las cartas a nadie. Sin embargo, el asesinato de Horacio había convertido su simple plan de recobrar las cartas de Mary Anne en una pesadilla, y todavía seguía sometida a su promesa.

—Ya te lo expliqué... Son cartas que había enviado a Robert y que él me devolvió, y algunas que él me mandó a mí.

Robert Collins no era el prometido de Mary Anne. Los padres de ésta se habían opuesto con firmeza a su noviazgo desde que se conocieron en las fiestas de Exeter, cuando ella tenía diecisiete años. Robert era pasante en el despacho de un notario de Exeter. Aunque carente de fortuna, una vez que hubiera realizado los exámenes definitivos el año próximo, se hallaría en condiciones de ejercer y de mantener con ello a una esposa. La devoción que se profesaban Mary Anne y Robert no había menguado en nada con los años, pese a que los padres habían esperado lo contrario. De todos modos, habían optado por no potenciar la obstinación de su hija con una oposición frontal y, dando por sentado que al estar Robert en Exeter los encuentros personales serían raros, habían permitido un intercambio de correspondencia.

La existencia de las cartas no constituiría por tanto una sorpresa para nadie; el peligro radicaba en su contenido. Phyllida no estaba, con todo, muy convencida de que representaran una amenaza tan seria, y menos comparada con un asesinato.

—No veo por qué provocaría un escándalo contarle a Cynster que fui a la casa de Horacio en busca de unas cartas tuyas que se habían quedado olvidadas en el secreter vendido.

—Porque querrá saber por qué no se las pediste a Horacio simplemente, o más bien, por qué no fui yo a pedírselas.

Phyllida esbozó una mueca de desaliento. Ésa era precisamente la misma pregunta que le había formulado a Mary Anne cuando llegó, alteradísima, a solicitar su ayuda. La respuesta fue que Horacio podría mirar las cartas antes de devolverlas, y en tal caso cabía la posibilidad de que las entregara a los padres y no a ella.

—Además —prosiguió con creciente terquedad—, si el señor Cynster es tan listo como piensas, adivinará por qué ansío tanto recuperarlas. Él está investigando, así que si las encuentra, las leerá.

—Aunque lo hiciera, no se las daría a tus padres. Un momento... ¿Y si le hago prometer que si se lo cuento todo y localiza las cartas, me las dará sin leerlas?

—¿Confías en él? —inquirió Mary Anne.

Phyllida le sostuvo la mirada. Confiaba en que Lucifer descubriría al asesino de Horacio. Confiaría en él para bastantes cosas más. No obstante, ¿podía fiarse de él con respecto al secreto de Mary Anne? Ella misma ignoraba aún qué había en aquellas condenadas misivas.

—Esas cartas... ¿describías en ellas lo que ocurría en vuestros encuentros? ¿Lo que sentías... ese tipo de cosas?

Mary Anne asintió con la mandíbula apretada. Estaba claro que no iba a decir nada más.

Unos cuantos besos, algunos abrazos... ¿hasta qué punto podían causar un escándalo?

—Estoy segura de que aunque leyera las cartas, el señor Cynster no lo encontrará vergonzoso. Además no es de aquí. Se irá después de que se descubra al asesino de Horacio y no volveremos a verlo. No hay razón para que se interese en entregar las cartas a tus padres, por más escandalosas que sean.

Mary Anne reflexionó un instante.

—Si le hablas de las cartas no le dirás que son escandalosas, ¿verdad?

—Por supuesto que no. Le explicaré que es una correspondencia privada que no quieres que lea nadie más. —Esperó un momento—. ¿Y bien, qué decides?

—Tengo... tengo que hablarlo con Robert —adujo Mary Anne con gesto de preocupación—. No le he contado adónde fueron a parar las cartas. Quiero saber su opinión.

Ay, ojalá pudiese infundirle un poco de su valor a Mary Anne, pero la pobre se hallaba, bajo la máscara que mantenía en público, corroída por la ansiedad.

—De acuerdo —aceptó con un suspiro Phyllida—. Habla con Robert. Pero hazlo pronto. —Omitió añadir «no sé cuánto tiempo más podré mantener a raya a Lucifer».

Alzó la mirada... y descubrió al lobo más cerca de lo que creía. El corazón le dio un vuelco.

Lucifer se encontraba a unos cinco metros de distancia, bajo el arco que daba entrada al jardín. La delicadeza de las blancas rosas que pendían sobre su oscuro pelo hacía resaltar su fuerza y la energía que irradiaba su porte. Tenía las manos en los bolsillos y la mirada fija en ellas. Phyllida advirtió con alivio que los faldones de su chaqueta aún se agitaban, indicio de que acababa de llegar.

Esbozando una serena sonrisa, se puso en pie para acudir a su encuentro.

—Estábamos charlando de nuestras cosas. ¿Lo han dejado escapar?

La miró acercarse con aquellos oscuros ojos azules y aguardó a que se hubiera detenido delante de él antes de responder.

—Hace un rato que he escapado para ir a interesarme por mis caballos.

Reparando en que él miraba más allá de ella, Phyllida se volvió al tiempo que Mary Anne se acercaba con nerviosismo.

—Ésta es mi íntima amiga, la señorita Farthingale.

Lucifer se inclinó con donaire y Mary Anne correspondió a su saludo.

—Debo volver junto a mi madre. Seguramente querrá marcharse ya.

Él se hizo a un lado para dejarla pasar.

—Ya te pondré al corriente en cuanto pueda —dijo a Phyllida antes de alejarse con premura.

Phyllida reprimió una mueca de disgusto. Con disimulo, observó a Lucifer, que apartó la vista de Mary Anne para centrarla en ella. Le escrutó el semblante, que ella mantuvo plácido y sosegado, al tiempo que le devolvía una imperturbable mirada.

Tras un instante de vacilación, él enarcó una ceja.

—¿Qué ha sido de mis caballos? Aquí nadie parece saber dónde se encuentran.

—Están en los establos de Colyton Manor. Como aquí no había suficiente espacio y allí las cuadras estaban vacías, le pedí a John Ostler, de la posada, que se ocupara de ellos. Entiende mucho de caballos.

—Ya. Gracias por ocuparse de ellos. Y ahora será mejor que vuelva a la mansión.

Tenía una expresión algo ceñuda que Phyllida no creía atribuible a la preocupación por los caballos. Dio un paso, y ella le posó una mano en el brazo. Él la miró, sorprendido, y ella le escrutó los ojos.

—¿Le duele?

—Un poco.

—Supongo que no querrá esperar hasta mañana para ver sus caballos.

—No. —Esbozó una leve sonrisa—. Ya sabe cómo somos los hombres con nuestros animales.

—Existe un atajo por el bosque —dijo ella tras pensar un instante—. Es más rápido que yendo por el pueblo.

Él exteriorizó un vivo interés; la conjetura de que aquélla había sido la vía utilizada por ella para ir de Grange a Colyton Manor el domingo por la mañana se hizo evidente en el brillo de sus ojos.

—¿De dónde parte ese atajo?

Phyllida vaciló. Si le dolía la cabeza, no podía dejarlo ir por el bosque sin compañía.

—Se lo enseñaré —decidió, y echó a andar.

En el bosque, él la seguía y a menudo le daba la mano para ayudarla a sortear una raíz o franquear rocas y pendientes. Aunque estaba despejado, el camino no era idóneo para paseos; mucho antes de avistar el tejado de la mansión, Phyllida lamentó no llevar puestos los pantalones y las botas. En ese caso no hubiera necesitado que él le ofreciera la mano y, así, no habría sido tan consciente de él pisándole los talones y prácticamente rodeándola cada vez que le servía de sostén.

No habría sido tan consciente de que él era capaz de dominarla físicamente sin la menor dificultad. Hasta entonces, pese a no ser alta ni corpulenta, nunca se había sentido en desventaja física con ningún hombre.

Mientras llegaban a los árboles que bordeaban la parte trasera de la casa solariega y salían a recibir la cálida caricia del sol, se recordó que aquel hombre era diferente... Le convenía tenerlo bien presente.

—Sus caballos deben de estar allí. —Señaló las caballerizas de piedra que se alzaban a un lado—. Avisaré a los Hemmings y a Bristleford de que está aquí. Ya está cayendo la tarde, de modo que no creo que John tarde en venir.

Se encaminó a la cocina, y la oscura mirada de Lucifer la siguió unos momentos antes de dirigirse a los establos.

Los Hemmings se encontraban en la cocina, la señora cocinando y su esposo junto al fuego. Éste salió de inmediato hacia las cuadras. Tras organizar los preparativos para el velatorio de Horacio, Phyllida fue hacia el interior de la casa, aduciendo que quería contemplar por última vez el cadáver.

Así lo hizo. Después echó una mirada por el salón y la biblioteca de Horacio, situada al otro lado del vestíbulo. El secreter de viaje de la abuela de Mary Anne tenía que estar en algún sitio. Como era una pieza bella y pequeña, se podía colocar en una mesa lateral a modo de adorno, en especial en una casa llena de antigüedades como aquélla. Phyllida buscó en vano. De regreso a la entrada, revisó el comedor y el salón junto con el anexo que daba al jardín. Nada.

De regreso al vestíbulo, se detuvo al pie de las escaleras y alzó la vista. A sus oídos llegó el ruido de un cajón que se cerraba. Sería Covey ordenando los efectos de su difunto amo. El secreter debía de estar arriba. Había dormitorios en el primer piso y desvanes en el segundo. Covey y los Hemmings tenían habitaciones en el nivel superior, pero éstas no debían de ocupar ni la mitad del espacio. Tendría que encontrar tiempo y alguna excusa para inspeccionar arriba.

Retrocediendo por la cocina, se despidió de la señora Hemmings y salió al jardín, cavilando cómo y cuándo podría cumplir su propósito.

De pie delante de las caballerizas, Lucifer la observó acercarse con paso lento por el sendero. La había entrevisto en una de las habitaciones traseras. ¿A qué habría ido allí? Otra pregunta que requería una respuesta. Y pronto.

Sus caballos estaban paciendo con apetito voraz; John Ostler acababa de irse y Hemmings se dirigía a la casa. Phyllida levantó la cabeza cuando pasó por su lado y lo saludó con una vaga sonrisa, antes de percatarse de que Lucifer la esperaba. Entonces apretó el paso.

—¿Listo?

—Tenía razón —aprobó Lucifer—. John Ostler entiende de caballos.

Phyllida sonrió para sí antes de escrutarle la cara.

—¿Cómo va esa cabeza?

—Mejor.

—El aire fresco le sentará bien.

Cuando se internaron en el bosque los envolvió un frío silencio. El sol poniente filtraba algunos rayos entre los árboles, cual luminosos haces destinados a alumbrarles el camino. El bullicio del día se aquietaba con la proximidad del crepúsculo; los pájaros se posaban en las ramas o se cobijaban en los nidos, llenando de arrullos el aire.

Cerca de Grange, llegaron a un tramo de marcada pendiente. Phyllida se detuvo, tanteando el terreno. Lucifer franqueó el declive y después le dio la mano. Asida a ella, la joven dio un salto, pero con el impedimento de la estrecha falda apoyó el pie justo en el resbaladizo borde alfombrado de hojas. Él, agarrándola por la cintura, tiró hacia sí, de tal modo que Phyllida se dio contra su pecho.

El inesperado contacto los conmocionó a ambos. Él la oyó contener el aliento y notó cómo tensaba la espalda. Y sintió su propia e inevitable reacción. Phyllida alzó la vista, con los radiantes ojos castaños un tanto desorbitados, y la procesión de emociones que desfiló por ellos hechizó a Lucifer. Asombro, curiosidad, vagos e inocentes pensamientos, interrogantes de cómo sería...

Ella dejó descender la mirada hasta sus labios; y él hizo otro tanto. Phyllida entreabrió los suyos. Entonces él inclinó la cabeza y los besó. Eran suaves como pétalos, azucarados, dotados de una delicada y fresca dulzura evocadora, no tanto de inocencia como de inocentes placeres.

No había sido algo intencionado. Lucifer sabía que debía parar, retirarse, dejar que escapara aun cuando ella ignorase en su ingenuidad que debía echar a correr. No lo hizo. No podía. No quería soltarla sin haberla probado, sin otorgar a sus acuciantes sentidos aquella recompensa.

No era tarea fácil absorber tanto en un primer beso sin asustarla. El desafío que ello implicaba lo excitó.

Mantuvo una caricia sosegada, sin exigencia, aguardando con la paciencia del experto a que la curiosidad de ella superase sus escrúpulos. No tardó mucho... Era una persona confiada que no dudaba de su habilidad para salir airosa de todo, aun cuando en aquel terreno se hallara en desventaja. Y cuán grande era su desventaja. Ni siquiera se lo imaginaba. Todavía no.

Cuando ella con indecisión moldeó los labios a los suyos para devolverle el beso, el pirata que acechaba en Lucifer se regodeó. Arremetió, pero tuvo la precaución de disimular el ataque. Atrayéndola con arte, provocando y seduciendo, se dispuso a cautivarla con simples besos cargados de embriagadora tentación. La promesa de algo nuevo, ilícito, sensual... un sabor que ella nunca había probado.

Phyllida se abandonó entre sus brazos. Él la estrechó, sintiendo su calidez, su tierna juventud. Aspiró hondo y su aroma penetró en su interior. Aumentó la presión de los brazos. Reprimiendo la súbita urgencia de acariciarle todo el cuerpo, le recorrió el labio inferior con la lengua y aguardó.

Ella titubeó sólo un instante antes de despegar los labios. Él perfiló su contorno, animándola a seguir, hasta que, casi ebrio de ansia, de triunfo, pudo entrar y probarla como deseaba. Sólo probarla, eso se había prometido a sí mismo; saboreó el momento y luego, poniendo freno a sus apremiantes impulsos, se apartó.

Sus labios se separaron un centímetro. Sus respiraciones se entremezclaban, pero ella no retrocedió. Lo sujetaba por las solapas. Las pestañas entornadas le velaban los ojos, pero en ese momento los abrió. Ahora los tenía más oscuros, sensuales, impregnados de inocente sorpresa y femenina fascinación...

Él volvió a besarla, no buscando su placer esta vez, sino el de ella. Para mostrarle un poco más de lo que podía ser y de paso intensificar su fascinación.

Sujetándole con más fuerza las solapas, Phyllida se entregó al beso, a la íntima caricia que le proporcionaba la lengua de él. Inundada por una oleada de calor, un agudo estallido de sensaciones le recorrió los dedos de los pies y, despacio, los fue contrayendo.

Él reclinó la cabeza sobre la suya y ella sostuvo la presión; él profundizó el beso y ella lo siguió de buen grado. Llevaba años soñando con ser besada de esa forma, como una mujer, una mujer deseada. Era espantoso y tentador. No podía respirar, no podía pensar. Estaba claro que había perdido el control. En lugar de asustarse, se estremeció de emoción. Era una insensatez, desde luego, y, no obstante, no experimentaba miedo alguno, sólo una lasciva avidez.

Labios y bocas fundidos; lenguas unidas en una lenta caricia... por un momento mágico el mundo quedó al margen.

Él sabía a algo ardiente y salvaje, algo primitivo e indómito. Masculino... duro donde ella era blanda, la bestia frente a la bella. Captaba la vehemencia que ardía bajo sus labios, contenida tras su fachada mundana.

Entonces él comenzó a apartarse para poner fin al beso.

Advirtió con sorpresa que ella se había puesto de puntillas y pegada a él. Phyllida tenía temblorosas las rodillas, la piel acalorada y una sensación de vértigo. El pecho de él era un sólido muro que la sostenía; extendió los dedos y apretó, embelesada con la elástica dureza perceptible bajo las capas de tela. Él la tenía atenazada, como si sus brazos fueran de hierro, pero no le importaba. Quiso retenerlo, prolongar aquel maravilloso momento, aunque era consciente de que no sabía cómo hacerlo.

En el instante en que los labios debían separarse, él se detuvo. Después regresó, ahondando la exploración, con una veloz y dura invasión que la hizo estremecer: la oculta vehemencia que había intuido era auténtica.

Entonces él levantó la cabeza y se enderezó, y ella se quedó de pie aferrándole las manos. Con un parpadeo, las soltó. Aturdida, lo miró a los ojos y no supo a ciencia cierta qué veía. Algo oscuro y peligroso acechaba bajo su color azul.

—¿Por qué me ha besado? —De pronto le resultaba de vital importancia saberlo.

Él no sonrió ni trató de esquivar la pregunta con alguna pirueta verbal. La miró con fijeza, los ojos agrandados tras oír su pregunta... Casi estaba por creer que se hallaba igual de aturdido que ella.

—Porque quería —respondió con voz carrasposa. Parpadeó, inspiró y añadió—: Y para agradecerle la ayuda que me ha prestado, ayer y hoy. Al margen de cualquier otra consideración, quiero que sepa que aprecio mucho lo que ha hecho.

Trató de componer una sonrisa graciosa y, al no lograrlo, optó por una expresión impasible para animarla con un gesto a precederlo en el camino.

Tras lanzarle una última mirada dubitativa, Phyllida asintió. Él la siguió con la respiración alterada, a la vez que agradecía a los astros que ella hubiera dado por buena su respuesta. Caminando delante de él, Phyllida no podía ver el esfuerzo que le costaba volver a poner en vereda a sus demonios. Mejor sería que nunca adivinara lo poco que le había faltado para descubrirlos.

Por lo menos había respondido con sinceridad. Al menos en lo que respectaba al primer beso. No era necesario que conociera las razones que había tras el segundo, y menos aún tras el tercero. No recordaba la última vez que había convencido a una mujer de que se alejara de él, pero por su propia seguridad le convenía mantener las distancias.

Caminaba ceñudo. Había conseguido lo que quería, probarla una vez, pero ¿a costa de qué? No estaba seguro de querer saber la respuesta.

Llegaban al patio de césped de Grange cuando la agarró del codo y la obligó a detenerse. Ella se volvió enarcando las cejas. La penumbra impidió a Lucifer leer algo en sus ojos.

—La he besado —le dijo— porque no quería que me viera como un ogro que la amedrenta para sonsacarle información. —Y la soltó, mirándola a los ojos—. Yo no soy el enemigo.

Ella le escrutó el rostro un instante y sonrió mientras le volvía la espalda. Salió del bosque en dirección a la casa, dejando que el viento le hiciera llegar sus frías palabras.

—No creía que lo fuera.

5

Phyllida sabía por qué la había besado. No era un ogro, no era su enemigo: era un redomado seductor. Aun siendo una novata en aquel terreno, sabía que la había besado para ponerla nerviosa, para debilitar su resolución de no contarle todo lo que sabía. Ella le había preguntado por qué, pero conocía la respuesta de antemano.

Sentada en el segundo banco, miró hacia la nave, donde se encontraba Lucifer, impasible mientras Cedric leía ante el atril. Covey se mantenía cabizbajo a su lado; un poco más allá, la señora Hemmings sollozaba cubriéndose la cara con un pañuelo, mientras su marido trataba de consolarla con cariñosos toquecitos en el brazo. Con una palidez extrema, Bristleford miraba más allá del altar. En tanto que el resto de los asistentes habían perdido a un amigo o un vecino, Covey, los Hemmings y Bristleford lamentaban la desaparición de un amo al que querían, sin saber cómo iban a ganarse en adelante la vida.

Phyllida volvió a observar a Lucifer. Pese a su inexpresividad, no halló dificultad en leerle el pensamiento. En aquel momento estaba centrado en el féretro situado frente al altar, ornado por los haces de luz que se filtraban a través de las vidrieras. Sin embargo, no pensaba en Horacio sino en quien lo había puesto en aquel ataúd.

Se volvió hacia delante. Mientras Cedric seguía desgranando con voz monótona el texto, se centró en lo que más la urgía: cómo tratar a Lucifer. Ese extraño nombre le iba como un guante. Había sabido la clase de hombre que era con sólo verlo, si bien no lo había calibrado en toda su valía hasta que él se había recuperado de sus heridas. Entonces había resultado evidente lo que era.

El motivo por el que las matronas se esponjaban y las mujeres perdían la cabeza cuando él sonreía saltaba a la vista: él no escondía en nada su fulgor. Aún más, aquella potente aureola de energía masculina, pulida con su airosa elegancia, no había surgido por azar. Era algo cultivado, producto de un arte practicado con asiduidad.

Un arte que ahora pretendía aplicarle a ella.

Por fortuna, Phyllida era consciente de ello. Además, con excepción de él, tenía dominio de sí misma y de su mundo, y sus besos no la habían desestabilizado lo más mínimo. No los esperaba, era cierto, pero tampoco la habían sorprendido. Él había pensado en besarla cuando la tuvo atrapada en su cama la noche anterior. El bosque había sido simplemente un lugar más adecuado.

¿Volvería a besarla otra vez? La pregunta revoloteaba en su mente. Le había agradado la experiencia; no se había sentido para nada amenazada, ni coaccionada ni expuesta al peligro. De todas formas, desear más podía equivaler a tentar al destino.

Por otra parte... Miró de reojo el banco ocupado por un hombrecillo de cara cansada y ataviado con un severo traje negro. El señor Crabbs, el notario de Horacio, había acudido desde Exeter para leer el testamento, y con él había llegado su pasante, Robert Collins.

Con suerte, esa tarde, después de hablar con Robert, Mary Anne la dispensaría de su promesa. Entonces podría explicar a Lucifer lo que había ocurrido en el salón de Horacio y sumarían sus fuerzas para atrapar al asesino. Tal era su objetivo, y no pensaba renunciar, incluso si para culminarlo tenía que pactar con el diablo. Él era sin duda el diablo más fascinante que había conocido, y en su fuero interno ella sabía que nunca le haría daño.

Aguardó con impaciencia a que Cedric concluyera.

Una vez terminado el servicio, Lucifer avanzó con Cedric, sir Jasper, Thompson, Basil Smollet y Farthingale, y juntos cargaron el ataúd para sacarlo al cementerio. Durante la breve ceremonia de entierro, reparó en las caras de los hombres que aún no conocía. ¿Estaría presente el asesino? Las damas se quedaron aparte, formando un luctuoso grupo un poco más allá del pórtico lateral de la iglesia.

Cuando comenzaron a arrojar paladas de tierra sobre el féretro, Lucifer se sumó a sir Jasper y Farthingale. Mientras regresaban al templo, recabó los datos suficientes para clasificar a Farthingale como un sir Jasper de menor categoría: un puntal del condado, dedicado a sus tierras y su familia, que difícilmente podía tener alguna conexión con el asesino de Horacio.

Junto con el resto de los hombres, se reunieron con las señoras. Las familias se dispusieron a descender al pueblo. Sir Jasper se marchó el primero, con Jonas a su lado. Phyllida echó a andar tras ellos y Lucifer acompasó el paso al suyo. Lo miró de soslayo; en sus ojos no había asomo de censura ni de turbación. Si acaso contenían un interrogante: ¿y ahora qué?

—Si tuviera la amabilidad de presentarme a las personas que no conozco...

—Desde luego —asintió ella con una inclinación de la cabeza.

Se comportaba como si él nunca la hubiera besado, advirtió no muy complacido Lucifer

Seguidos por la totalidad de la parroquia, franquearon la puerta de Colyton Manor y, atravesando el jardín de Horacio, entraron en la mansión.

Aquélla era la ocasión perfecta no sólo para conocer a la gente de la localidad, sino también para escuchar de sus labios qué clase de relación habían mantenido con Horacio. La mayoría le exponía, sin él haberlo pedido, sus recuerdos de los últimos encuentros con el difunto y su punto de vista sobre el horrible crimen.

Phyllida iba y venía, atrayendo amablemente a las personas hasta él, suministrando siempre la información precisa para situar a cada uno en el contexto del pueblo y deducir su relación con Horacio. De haber creído que ella había tenido algo que ver con el asesinato, Lucifer habría reaccionado con suspicacia, pero en cambio permaneció en un extremo de la sala, agradecido por su desenvoltura en el trato social.

—Señor Cynster, me complace presentarle a la señorita Hellebore. Vive en la casita de al lado.

Lucifer se inclinó sobre la mano de la señorita Hellebore, una anciana de bondadoso y arrugado rostro que apenas le llegaba al hombro.

—Yo estaba en la iglesia cuando ocurrió —refirió, reteniéndole la mano—. Qué mala pata. Si no, igual habría oído algo. Me acompañaron de vuelta justo antes de que lo encontraran a usted... ¡Menudo jaleo se armó! Pero me alegra que el asesino no fuera usted. —Sonrió vagamente, achicando los ojos—. Horacio era un buen hombre. Es terrible que haya sucedido esto —añadió.

Phyllida le tomó la otra mano y le dio una palmadita.

—No tiene que preocuparse, Harriet —la tranquilizó—. El señor Cynster y papá descubrirán quién lo hizo y luego todo volverá a ser como antes.

—Eso espero, querida.

—Hay unos espárragos en la mesa. ¿Le apetecen?

—Oh, sí. ¿En qué mesa?

Lanzando una ojeada con la que prometía volver, Phyllida se llevó a la anciana.

Lucifer las miró alejarse. Pese a que no estaba casada ni era la dama de más edad o categoría del salón, todas las personas del pueblo recurrían a ella en busca de unas palabras tranquilizadoras, de que todo volvería a la normalidad. Su carácter, su personalidad, la hacían indicada para ese papel... su sosegada apariencia de mantener un perenne control.

Su deseo de verla sumida en un descontrolado frenesí volvió a aflorar. Apresurándose a sofocarlo, apartó la vista.

—Señor Cynster.

Yocasta Smollet, igual de altiva que cuando se habían cruzado en el camino la tarde anterior, se acercó del brazo de sir Basil y le ofreció la mano.

Basil hizo las presentaciones.

—Confío en que se quedará en Colyton unos días más —dijo Yocasta—. Nos encantaría recibirlo en Highgate. Estoy segura de que por aquí hay poca cosa capaz de interesar a un caballero como usted. —Si erguía un poco más la barbilla correría el riesgo de caerse de espaldas.

—Todavía ignoro cuánto tiempo me quedaré.

Lucifer advirtió que Phyllida regresaba entre el gentío. No vio a Yocasta hasta que se hallaba casi a su lado. Suprimiendo todo indicio de sonrisa del rostro, cambió de dirección para eludirlos, pero él alargó el brazo y, agarrándola de la mano, la atrajo hacia él. Apoyó la mano de Phyllida en la manga de su chaqueta antes de mirar a Yocasta.

—A pesar de tan infaustas circunstancias, ha sido para mí un placer conocer a la gente de aquí. Todos han sido muy amables. La señorita Tallent en especial me ha resultado de gran ayuda.

—Ah ¿sí? —Las dos palabras contenían una dura carga de sarcasmo. Yocasta se envaró e inclinó con rigidez la cabeza—. Nuestra querida Phyllida es muy buena con todo el mundo. Si nos excusan, debo hablar con la señora Farthingale.

Y se marchó. Basil, incómodo, se quedó charlando sobre temas insustanciales. Lucifer determinó que en el momento del crimen había estado en la iglesia.

—¿Por qué le tiene tanta antipatía la señorita Smollet? —preguntó Lucifer a Phyllida cuando se hubo ido Basil.

—No sé. De veras que no lo sé.

—Hay tres caballeros que aún me quedan por conocer —indicó Lucifer.

El primero resultó ser Lucius Appleby. Phyllida los presentó antes de ir a conversar con lady Fortemain. Lucifer no realizó ningún esfuerzo en disimular su propósito y Appleby le respondió de forma directa, pero tuvo que sonsacarlo.

De nuevo con Phyllida, la llevó a otra parte de la estancia.

—¿Es siempre tan reservado Appleby? ¿Tan tímido?

—Sí, aunque no obstante es el secretario de Cedric.

—¿A qué se dedicaba antes de asumir las funciones de secretario de Cedric? —preguntó Lucifer, con la vista fija ya en su siguiente objetivo—. ¿Lo ha mencionado alguna vez?

—No. Yo daba por sentado que siempre fue escribiente o algo parecido. ¿Por qué?

—Estoy convencido de que ha estado en el ejército. Tiene la edad adecuada... Sólo sentía curiosidad. ¿Y ahora quién toca?

—Permítame presentarle —dijo un momento después Phyllida— a Pommeroy Fortemain, el hermano de sir Cedric.

Lucifer le tendió la mano.

Con los ojos desorbitados, Pommeroy dio un paso atrás.

—Oh... —Miró a Phyllida—. Es que... bueno...

—El señor Cynster no es el asesino, Pommeroy —explicó ella con un suspiro de exasperación.

—¿No? —Pommeroy los miró alternativamente.

—No. ¡Acabamos de enterrar a Horacio, por todos los santos! ¿Cómo íbamos a invitar a su casa al asesino?

—Pero... él tenía el cuchillo.

—Pommeroy, nadie sabe quién es el asesino, pero lo que sí sabemos es que no pudo haber sido el señor Cynster.

—Ah.

Después de aquello, Pommeroy se comportó de manera razonable, respondiendo por lo demás a las preguntas de Lucifer quizá con un excesivo afán de complacerlo. Había acompañado a su madre a la iglesia el domingo y, según aseguró, aparte de eso no sabía nada de nada.

—Por desgracia es muy cierto. —Obediente al roce en su brazo, Phyllida se trasladó junto a la ventana.

—Eso me ha parecido. —Lucifer miraba al fondo—. Nuestro último sospechoso potencial está escudriñando las estanterías.

Había adivinado de quién se trataba antes de que, después de sortear a los Farthingale, se toparan frente a frente con Silas Coombe, que tocaba el lomo dorado de un libro. Retiró la mano con precipitación, como si éste lo hubiera mordido, y se quedó mirándolos con semblante inexpresivo.

—Buenos días. ¿Señor Coombe, no es así? —Lucifer sonrió—. La señorita Tallent mencionó que usted sabe algo sobre libros. Horacio reunió una notable colección, ¿no cree?

La mirada que paseó por las estanterías era una clara invitación a que Silas formulara una opinión. Fue un golpe magistral. Phyllida se apartó con disimulo mientras Silas respondía con lirismo, cual masilla en las manos de un hombre de quien ni siquiera se dio cuenta de que lo estaba interrogando.

—Bueno, normalmente no menciono estas cosas, pero usted es un hombre que conoce perfectamente la vida. —Silas bajó la voz—. No soy muy dado a ir a la iglesia, ¿me entiende? Perdí la costumbre de joven. A mi edad, no le veo la gracia a eso de ir a codearme con todas esas señoronas. Yo tengo cosas mejores que hacer.

—¿No tendrá usted idea de quién va a heredar esto? —preguntó señalando los estantes más próximos.

—No, aunque pronto lo sabremos.

—Ya... El notario ese está aquí, ¿no? —Silas escudriñó la habitación y luego puso cara de desconcierto—. Lo está mirando a usted.

Lucifer y Phyllida comprobaron que era cierto. Saltaba a la vista que Crabbs estaba a la espera de poder hablar con él.

—Si nos permite —murmuró Lucifer—, iré a ver qué quiere.

En cuanto dieron unos pasos, Crabbs se encaminó hacia ellos. Lucifer se paró cerca de la pared. Con una somera sonrisa, Crabbs se unió a ellos.

—Señor Cynster, sólo quería cerciorarme de la conveniencia de realizar la lectura del testamento inmediatamente después de que se vayan los invitados.

—¿Conveniencia? ¿Para quién?

—Para usted, claro. —Crabbs escrutó la cara de Lucifer—. Ay, vaya por Dios... Había dado por supuesto que usted lo sabía.

—¿El qué?

—Que, dejando a un lado ciertos legados de poca cuantía, usted es el beneficiario principal del testamento del señor Welham.

Cuando Crabbs le dio la noticia, lady Huddlesford, Percy Tallent, sir Cedric y lady Fortemain se hallaban a corta distancia, de modo que cualquiera de ellos podría haberlo oído. En cuestión de segundos, todo Colyton estaba al corriente. La reunión terminó como si hubieran hecho sonar un gong. Todos se marcharon con una prontitud sin duda motivada en las ganas de que se desvelaran lo antes posible todos los detalles inéditos del testamento.

Pese a que fueron pocos los asistentes a la lectura, durante la última hora la atención de todo Colyton se había mantenido pendiente de la biblioteca de Horacio.

Lucifer se acercó al escritorio y depositó el testamento. Acababa de releerlo con Crabbs, para asegurarse de que entendía todas sus disposiciones. Para alguien familiarizado con las complejas asignaciones de un fondo ducal, las estipulaciones de Horacio eran sencillas. Arrellanándose en el sillón, paseó la vista por la habitación.

Crabbs estaba sentado en un extremo de la mesa repasando documentos. Junto al aparador su pasante, Robert Collins, preparaba con meticulosidad un cartapacio. Los Hemmings, Covey y Bristleford habían salido una vez concluida la lectura, evidenciando un intenso alivio, claramente complacidos con el desenlace.

Lucifer, por su parte, estaba un poco aturdido.

—Ejem.

Miró a Crabbs, enarcando una ceja.

—Me preguntaba si tenía intención de vender Colyton Manor. Si lo desea podría poner en marcha las gestiones.

Lucifer negó con la cabeza.

—No pienso vender.

La afirmación lo dejó más sorprendido a él que a Crabbs, pero cuando los impulsos se manifestaban con tanta fuerza, rara vez convenía resistirse a ellos.

—Dígame —preguntó—, ¿había otras personas que pudieran tener expectativas de heredar?

—No. No había familia, ni siquiera un pariente político. La propiedad era del señor Welham en su totalidad y él era libre de legarla a quien quisiera.

—¿Sabe quién era el heredero de Horacio, el beneficiario antes de que se redactara este testamento?

—Que yo sepa, no hubo ningún testamento previo. Yo redacté éste hace tres años, cuando el señor Welham se instaló en la zona y me pidió que fuera su representante. Me dio a entender que no había hecho testamento con anterioridad.

Más tarde, cuando la penumbra ya ganaba terreno, Lucifer regresó a Grange por el bosque. Con las manos en los bolsillos y la mirada en el suelo, caminaba a tientas sobre raíces y hoyos, con el pensamiento en otra parte.

Crabbs se había marchado a dormir en la posada. Dado que en ese momento no residía en Colyton Manor, Lucifer había optado por no invitarlo a pernoctar allí. No había querido imponer a los

Hemmings y a Covey la obligación de atender al notario precisamente esa noche.

Había indicado a Crabbs que se pusiera en contacto con Heathcote Montague, administrador de los Cynster, consciente de que con la intervención de éste la transferencia legal de la propiedad se llevaría a cabo con rapidez y eficacia. De todos modos, se hizo el propósito de enviar él mismo una nota a Montague.

Y a Gabriel, y a Diablo, y a sus padres.

Exhaló un suspiro. Eran los primeros tirones de las riendas de la responsabilidad. Las había evitado casi toda su vida, pero ya no podía seguir haciéndolo. Horacio se las había transferido: la responsabilidad de su colección, la responsabilidad de la mansión, de Covey, Bristleford y los Hemmings. Aparte de la responsabilidad del jardín. Esta última le causaba más preocupación que las demás juntas.

Horacio le había enseñado cómo había que cuidar una colección; su familia lo había preparado para gestionar una propiedad dotada de servidumbre. En cambio, nadie le había enseñado nada sobre jardines, y menos sobre la clase de jardín que Horacio había creado.

Aquel jardín le inspiraba un sentimiento curioso.

El camino desembocó en el soto de arbustos de Grange, con su laberinto de senderos. Tras comprobar que tomaba el adecuado, siguió caminando, enfrascado en sus pensamientos. Hasta que una furia vestida con batista estampada arremetió contra él apareciendo por un lado del sendero.

Phyllida se quedó sin aliento a consecuencia del choque. Antes de alzar la cabeza, había reconocido ya de quién eran los brazos que se cerraban en torno a ella. De haber sido una mujer normal se habría apartado con un chillido. En cambio, se quedó mirándolo con relucientes ojos mientras retrocedía de manera pausada.

Los brazos dejaron de abrazarla. El muy ladino tuvo el descaro de poner cara de extrañeza, arqueando con arrogancia sus negras cejas.

—Disculpe —dijo ella y, con serenidad, giró sobre sí y se dirigió a la casa.

Él la alcanzó mientras avanzaba con señorial porte por el camino. La observó con detenimiento; ella se negó a mirarlo... no quería ver si sonreía ni qué clase de diversión asomaba a sus ojos azules. El muy malvado le estaba haciendo la vida cada vez más difícil.

A él le ocurría lo mismo, aunque ni siquiera se daba cuenta.

—Se le da muy bien hacer eso —murmuró con tono deliberadamente provocador.

—¿El qué?

—Disimular el mal genio. ¿Qué la ha sacado de quicio?

—Una persona que se muestra muy insoportable. En realidad, tres personas.

Él, Mary Anne y Robert. Él había heredado Colyton Manor, a Mary Anne casi le había dado un ataque de nervios de miedo a que él decidiese instalarse en ella, y Robert había acabado de empeorarlo confirmando tal posibilidad.

Había abrigado la esperanza de que el funeral convencería a Mary Anne de que sus cartas eran algo de importancia secundaria en comparación con el asesinato. En realidad, gracias a la aprensión exacerbada de Mary Anne, se hallaba aún más lejos de poder contarle a Lucifer por qué estuvo en el salón de Horacio y lo que allí había visto esa mañana. Bufando de rabia, había dejado a Mary Anne y Robert junto a la fuente para desfogarse andando. Y para colmo se había topado con Lucifer.

Sintió un súbito sofoco al recordar el impacto. Bajo la elegante ropa, aquel hombre era puro músculo; pese a que ella iba a toda velocidad, él no había dado ni un traspiés.

—Tengo entendido que ha heredado Colyton Manor.

—Sí. Por lo visto no hay parientes, así que...

Cuando llegaron al patio, Phyllida posó la mirada en la casa.

—Si me permite la osadía, ¿qué planes tiene? ¿Va a venderla o vivirá aquí?

Notó su mirada en la nuca pero no se volvió.

—Puede tener toda la osadía que quiera, pero... —dijo, volviéndose para mirarlo.

—Precisamente venía para hablar de estas cuestiones con su padre —explicó él con una sonrisa—. ¿Tal vez podría usted acompañarme?

Sir Jasper se encontraba en la biblioteca. Lucifer no se sorprendió cuando, después de hacerlo pasar y desaparecer, Phyllida regresó con una bandeja cargada con copas y una botella.

—De modo que ahora es un terrateniente de Devon, ¿eh?

—Lo seré pronto, según parece.

Lucifer aceptó la copa de coñac que le ofreció Phyllida, quien tras servir otra a su padre se sentó en el sofá situado frente a los sillones que ocupaban ellos.

—¿Ha pensado qué va a hacer con la propiedad? —Sir Jasper lo miró con sus ojos hundidos bajo la maraña de las cejas—. Había dicho que la finca de su familia estaba en Somerset...

—Tengo un hermano mayor, así que la propiedad familiar pasará a él. En los últimos años he vivido sobre todo en Londres, en casa de mi hermano.

—O sea, que no tiene ninguna otra heredad que reclame su atención.

—No. —Horacio era consciente de ello. Con la vista fija en el coñac que hacía remolinos en la copa, Lucifer agregó—: Nada me impide instalarme en Colyton.

—¿Y lo hará?

Alzó la vista para mirar a Phyllida. Había sido ella la que, con su habitual franqueza, le había planteado antes aquella simple pregunta.

—Sí. —Bebió un sorbo de la copa, sin dejar de mirarla—. He llegado a la conclusión de que Colyton me conviene.

—¡Excelente! —se regocijó sir Jasper—. Nunca viene mal renovar la savia.

Continuó desgranando alabanzas sobre la región y Lucifer lo dejó explayarse mientras trataba de comprender la irritación que traslucían los ojos castaños de Phyllida. Seguía sentada, mirando con expresión calmada a su padre, pero los ojos... y el arco hacia abajo que formaba una comisura de sus hermosos labios...

Cuando sir Jasper puso fin a su perorata, Lucifer aprovechó para intervenir.

—Quería comentarle algo. Considero el legado de Horacio un don que no podría aceptar sin sonrojo si no hago todo lo posible para llevar ante la justicia a su asesino.

—Tal actitud acredita la nobleza de sus sentimientos.

—Tal vez, pero nunca me sentiría a gusto en la casa de Horacio, poseyendo su colección, si antes no hubiera removido cielo y tierra.

—¿Debo entender que eso es lo que se propone, remover cielo y tierra?

—Así es.

—Haré lo que pueda —le prometió sir Jasper—, pero como sin duda habrá advertido, no será fácil atrapar a ese asesino. La triste realidad es que nadie lo vio.

—Quizás existan otras pruebas.

Lucifer apuró la copa y su anfitrión hizo lo mismo.

—Esperemos que sí. —Mientras Phyllida recogía las copas, añadió—: Puede investigar según desee, por supuesto. Si necesita algún apoyo legal, haré todo lo que esté en mi mano. —Se puso en pie—. Horacio era uno más entre nosotros. Sospecho que encontrará bastantes personas dispuestas a ayudar a descubrir a su asesino.

—En efecto. —Lucifer se levantó, mirando a Phyllida—. Confío en que así sea.

Él quería que ella lo ayudara a descubrir al asesino de Horacio. Prácticamente se lo había pedido. Y ella deseaba ayudarlo. Aunque no se lo hubiera pedido, le habría ofrecido de todos modos su colaboración.

Por desgracia, la promesa de la mañana, cuando esperaba poder explicárselo todo pronto, había dado paso a la frustración de la tarde, para acabar coronada con el desastre de la noche. Por algún impío motivo, y empleaba la palabra con plena conciencia de su sentido, su tía había decidido ofrecer una cena informal a unas cuantas personas selectas entre los asistentes al funeral. Una cena en honor del difunto. Phyllida no le veía ninguna gracia.

Se había planteado seriamente asistir de negro, pero acabó optando por un vestido de seda lavanda. Era uno de los que más la favorecían y quería mostrarse atractiva.

Fue la última en entrar en el comedor. Lucifer se hallaba allí, apuesto hasta lo indecible con una chaqueta azul oscuro del mismo matiz que sus ojos. El pelo lucía muy negro a la luz de los candelabros y la corbata de tono marfil era un dechado de elegancia. Estaba con su padre y el señor Farthingale delante de la chimenea;

desde el instante en que ella traspuso el umbral ya no le quitó los ojos de encima.

Tras una inclinación de la cabeza, se fue a charlar con las señoritas Longdon, dos solteronas de edad imprecisa que compartían una casa situada en la calle de la herrería.

Eran dieciséis comensales. Tras consultar con Gladys, Phyllida tomó asiento. Lucifer estaba en el otro extremo de la mesa, a la derecha de su tía, con Regina Longdon al otro lado. Dado que ésta estaba casi sorda, lady Huddlesford no tendría competidor. Mary Anne y Robert se encontraban demasiado distantes para entablar conversación con ellos, o para intentar convencerlos. Sin otra cosa que hacer, Phyllida se centró en supervisar el desarrollo de la cena.

Su padre nunca se demoraba con el oporto, de modo que volvió al salón con los caballeros apenas un cuarto de hora después de que las damas se hubieran acomodado. Los quince minutos los habían pasado escuchando a Mary Anne tocar el piano. En cuanto aparecieron los hombres, ésta cerró el instrumento y se dispuso a sumarse a los grupos que se estaban formando. Phyllida se encaminó hacia ella.

En cuanto la vio acercarse, Mary Anne se dejó ganar por la agitación.

—¡No! —musitó sin darle tiempo a decir nada—. Debes comprender que es imposible. Tienes que encontrar las cartas... ¡Lo prometiste!

—Yo pensaba que a estas alturas entenderías que...

—¡Eres tú la que no entiende! Cuando hayas encontrado las cartas y me las hayas devuelto, entonces puedes contárselo, si tan segura estás de que debes hacerlo. —Mary Anne se retorcía literalmente las manos; entonces detuvo la mirada más allá de Phyllida—. ¡Dios santo! Ahí está Robert. Tengo que rescatarlo antes de que papá lo secuestre.

Y se alejó con precipitación.

Phyllida la miró con preocupación. Nunca había visto a Mary Anne tan alterada.

«¿Qué demonios contendrán esas cartas?», se preguntó, y se volvió hacia el centro de la sala para ver si los invitados necesitaban de su atención como anfitriona. Entonces descubrió que Lucifer avanzaba hacia ella, con expresión decidida. Se detuvo a su lado y se puso a mirar también a los congregados.

—Su amiga íntima, la señorita Farthingale... ¿cuál es la situación entre ella y Collins?

—¿Situación?

—Farthingale parecía a punto de sufrir un ataque de apoplejía cuando Collins llegó con Crabbs. La señora Farthingale dio muestras de estupefacción y después, seria y crispada, de resignación. He estado secundando toda la noche a su padre en sus intentos de calmar los ánimos y me gustaría saber cuál es el juego que se desarrolla ante mí.

—Son enamorados contrariados, pero todo acabará sin tragedia. —Miró hacia donde Robert Collins charlaba con Henrietta Longdon, que estaba sentada al lado de Mary Anne en la *chaise longue*—. Mary Anne y Robert se quieren desde que se conocieron hace seis años. Serían perfectos el uno para el otro de no ser por un detalle.

—Collins carece de fortuna.

—Exacto. El señor Farthingale prohibió la relación, pero pese a que Robert vive en Exeter, eso no parece ser impedimento para que se vean, y Mary Anne no ha dado su brazo a torcer.

—¿Durante seis años? Muchos padres se habrían rendido ya.

—El señor Farthingale es muy terco. Y Mary Anne también.

—¿Quién acabará por ganar?

—Mary Anne. Por suerte, falta poco. Robert cumplirá en breve los requisitos para su titulación. Crabbs ya le ha ofrecido un trabajo. Una vez que pueda practicar, estará en condiciones de mantener a una esposa y entonces Farthingale tendrá que capitular, no le quedará más remedio.

—Es decir, que el ataque de Farthingale es de cara a la galería.

—En cierto modo. Es lo previsible, pero tampoco se trata de que Robert sea un impresentable. —Aunque fuera demasiado dócil, demasiado conservador e inseguro, era aceptable por su cuna—. Pero los Farthingale no esperaban que Robert acudiese esta noche. En la zona todo el mundo está al corriente de la situación y hacemos lo posible por no complicarla.

—¿Qué ha sucedido esta noche?

Phyllida observó a lady Huddlesford, que ejercía de regia anfitriona junto a la chimenea.

—No estoy segura. Es posible que mi tía, como pasa aquí sólo dos o tres meses al año, se olvidara e invitase sin mala intención a Robert junto con Crabbs.

—¿Pero...?

—Bajo esa apariencia de agobio, es bastante romántica. Yo sospecho que imagina que así facilita las cosas a los enamorados.

—Ya —masculló él con mundano cinismo.

Phyllida vio acercarse a Percy. El joven saludó con un gesto a Lucifer, sin despegar la vista de Phyllida.

—Hola, prima, ¿podrías concederme un momento para hablar en privado?

«¿De qué?», Phyllida reprimió tan espontánea réplica.

—Desde luego.

—Asuntos de familia, ya sabe —explicó Percy a Lucifer.

Éste los despidió con una reverencia.

Correspondiendo a ella con una inclinación de la cabeza, Phyllida apoyó la mano en el brazo de Percy y dejó que la condujera a la terraza. Allí retiró la mano y se acercó a la balaustrada.

—Aquí no. —Percy señaló más allá—. Pueden vernos.

Phyllida contuvo un suspiro y lo siguió, con la esperanza de que fuera al grano y la dejara volver al salón. Si lograba hablar con Robert, tal vez conseguiría acabar el día con algo concreto. Pese a su carácter pusilánime, también era conservador a más no poder y en su condición de futuro notario debía mostrarse respetuoso con la ley. Quizá podría convencerlo de...

—El caso es que... —Percy se detuvo delante de las ventanas a oscuras de la biblioteca y, alisándose el chaleco, se volvió hacia ella—. Te he estado observando y pensando. ¿Cuántos años tienes? ¿Veinticuatro?

—Sí. —Se apoyó en la balaustrada—. ¿Y qué?

—¿Cómo y qué? ¡Pues que tendrías que estar casada ya! Pregúntale a mi madre, ella te lo dirá. A los veinticuatro estás casi para vestir santos.

—¿De veras? —Phyllida desechó explicarle que se sentía bastante a gusto con su soltería—. ¿Y a ti te preocupa?

—¡Por supuesto que me preocupa! Yo soy el cabeza de familia... bueno, lo seré una vez que se muera tu padre.

—Tengo un hermano, ¿recuerdas?

—Jonas. —Percy lo desestimó con un gesto—. El caso es que aquí estás, aún por casar, y eso es ridículo cuando existe una alternativa.

Phyllida pensó cómo reaccionar. Seguirle la corriente sería probablemente el método más rápido para librarse de él. Cruzándose de brazos, repuso:

—¿Qué alternativa?

Percy se irguió, sacando pecho.

—Casarte conmigo.

El asombro la dejó sin habla.

—Sé que te sorprendo. Yo mismo no lo había pensado hasta que se me ocurrió. Ahora veo que es una solución perfecta. —Percy empezó a pasearse—. La obligación familiar y todo eso... Ofrecerme para pedir tu mano es lo que debería hacer.

—Percy, yo estoy muy cómoda así...

—Por eso mismo. Ahí está la gracia del asunto. Podemos casarnos y tú puedes quedarte aquí en el campo. Seguro que tu padre lo preferiría. Así no tendría que llevar la casa sin ti. Por otro lado, yo no necesito una anfitriona. Nunca la he tenido. Estaré muy feliz moviéndome por Londres por mi cuenta.

—Lo creo. A ver si he entendido bien tu propuesta. —La contundencia de su tono puso en tensión a Percy—. ¿No estarás, por casualidad, en bancarrota?

Percy le lanzó una mirada glacial.

Ella esperó.

—Puede que en este momento haya abusado un poco con los gastos, pero se trata de algo transitorio, nada preocupante.

—Ya. Bien, veamos... te hiciste cargo de la herencia de tu padre hace unos años y no tienes otras expectativas de nuestra rama de la familia.

—No, porque la abuela te hizo beneficiaria a ti, y la tía Esmeralda os deja su parte a ti y a Jonas.

—En efecto. Y claro, cuando Huddleford muera, su propiedad irá a manos de Frederick. —Phyllida centró la mirada en la petulante cara de Percy—. De ello se desprende que aparte de alguna herencia que pueda legarte tu madre, que como todos sabemos goza de perfecta salud, no hay ninguna marmita de oro en perspectiva. ¿Tengo razón o no?

—Sabes que la tienes, maldita sea.

—¿Y estoy en lo cierto al pensar que los prestamistas se niegan a adelantarte más dinero a menos que puedas presentar alguna prueba de otras expectativas, como una esposa con diversas herencias incluidas?

—Eso está muy bien, pero te estás desviando de la cuestión —replicó Percy, molesto.

—La cuestión es que te has quedado sin blanca y acudes a mí para que te saque del atolladero.

—¡Pues deberías hacerlo! —Con la cara congestionada y los puños crispados, dio un paso adelante—. Si yo estoy dispuesto a casarme contigo para cumplir una obligación familiar, deberías estar contenta y ayudarme a recuperar mi fortuna.

Phyllida cerró la boca para no pronunciar ninguna palabra impropia de una dama y sostuvo la iracunda mirada del joven.

—No pienso casarme contigo. No tengo ningún motivo para ello.

—¿Motivo? —Percy estaba desencajado—. ¿Motivo? Yo te daré el motivo.

La agarró, con clara intención de besarla. Phyllida se revolvió y logró zafarse sólo a medias. Nunca le había tenido miedo a Percy. Aunque tenía tres años más que ella, le había dado cien vueltas desde su tierna infancia, de tal modo que estaba acostumbrada a tratarlo con desdén.

Entonces descubrió, consternada, que era mucho más fuerte de lo que suponía. Forcejeó pero no pudo soltarse. Con un gruñido, él volvió a aferrarla al tiempo que le apretaba sin miramiento la espalda contra la balaustrada, tratando de obligarla a besarlo...

De repente desapareció, como si se hubiera esfumado.

Phyllida se dejó resbalar contra la balaustrada, jadeando con una mano en el pecho. Entonces vio a Percy colgado del extremo de un largo brazo enfundado en una manga azul.

—¿Hay algún estanque o lago más próximo que el de los patos? Me parece que su primo necesita refrescarse un poco.

Siguiendo el curso de la manga, Phyllida localizó la cara de Lucifer en la penumbra. Luego volvió a fijarse en Percy, que seguía suspendido a varios centímetros del suelo, con el rostro ya un poco amoratado.

—Hummm... no, no.

Lucifer zarandeó a Percy antes de arrojarlo a un lado. Tras aterrizar con un resoplido y ruido de osamenta maltratada, permaneció sin resuello sobre las losas, sacudiendo débilmente la cabeza, sin atreverse a alzar la vista.

Aceptando de mal grado que aquello era lo peor que podía hacer, Lucifer puso coto al caos de emociones que se agitaban en su interior y miró a Phyllida. Aunque todavía tenía la respiración acelerada, el color de su tez, hasta donde alcanzaba a ver con la escasa luz, parecía normal. El vestido y el pelo seguían en orden... había llegado a tiempo para ahorrarle lo más desagradable del episodio. Tras poner en su lugar los puños de la camisa, le ofreció el brazo.

—Propongo que regresemos antes de que alguien más repare en su ausencia.

Ella lo miró y, tragando saliva, asintió.

—Gracias.

Con la mano posada en su brazo, se irguió, enderezando la espalda y levantando la cabeza. La máscara de tranquila compostura se asentó en su rostro, ocultando la conmoción producida por la súbita comprensión de su vulnerabilidad física.

No era una expresión que a él le gustara ver en la cara de una mujer. Habría dado algo por haberle ahorrado esa constatación. No tenía por qué saber que los hombres podían hacerle daño físico. Su seguridad, allí en su casa y en el pueblo, era algo que había dado por sentado toda su vida. Percy había violado la «comodidad» a que ella había aludido, el sentimiento de seguridad de que disfrutaba en ese lugar.

En cuanto a la elegante propuesta de aquél, la sola idea lo encendía de rabia. Aferrándose a su propia máscara de calmada indiferencia, condujo a Phyllida por la terraza. Llegaron a la puerta acristalada y la joven entró en el recinto de luz. Lucifer la observó, desde el pálido semblante de obsesionante belleza, pasando por el esbelto cuerpo de femeninas curvas disimuladas bajo la seda de color lavanda, hasta la punta de sus zapatos de satén. Aparte de la respiración, aún demasiado superficial, no había otra señal de agitación.

Con el pecho encogido, la miró a los ojos. Estaban velados, inaccesibles a cualquier escrutinio.

Mientras la ayudaba a trasponer el umbral y la seguía de cerca, Lucifer se planteó si sería demasiado tarde para volver a salir y propinarle a Percy una merecida paliza.

6

Las emociones suscitadas por el incidente de la terraza tardaron en disiparse. Ya avanzada la noche, con la luna alta en el cielo, Lucifer se paseaba frente a la ventana de su dormitorio.

Al día siguiente se instalaría en Colyton Manor y comenzaría a investigar el asesinato de Horacio con mucha más aplicación. El homicidio se había producido el domingo por la mañana. El día siguiente sería martes. La primera oleada de asombro y conjeturas habría cedido; la gente habría tenido tiempo para pensar y, con suerte, recordar.

Se detuvo a mirar por la ventana. La luna se liberó de unas deshilachadas nubes para brillar con todo su esplendor; la noche era un caldero de cambiantes sombras removidas por la pálida luz.

Alguien abandonó la casa y echó a andar con paso decidido por el prado posterior. El hombre (¿o era un joven?) llevaba sombrero. De largas piernas enfundadas en pantalones y botas, y ataviado con chaqueta larga de montar, caminaba con gracia y soltura. ¿Sería Jonas?

Ya cerca del bosquecillo de arbustos, el individuo aminoró el paso, indeciso.

Aquel instante de vacilación hizo caer la venda de los ojos a Lucifer.

—Pero ¿qué demonios...?

No aguardó a hallar una respuesta. Decidió seguirla para ver adónde iba y por qué, pero su presa ya se había adentrado en el bosque. Habría apostado a que se dirigía a la mansión. Ella sabía que él iba a fijar su residencia allí al día siguiente. No obstante, de pronto torció a la izquierda del camino principal para tomar otro que desembocaba en el pueblo.

Fue tras ella apretando el paso para acortar distancias. Dado que el sendero serpenteaba entre árboles, era fácil perderla. Andaba cabizbaja, al parecer absorta en sus pensamientos.

El camino se convirtió en un callejón flanqueado por casitas que desembocaba en la calle principal. Sin pausa, Phyllida lo atravesó y comenzó a subir una cuesta. Lucifer se rezagó para no acercarse demasiado. La subida era en terreno abierto y entonces él ya no abrigaba dudas acerca del destino de Phyllida: la iglesia.

Aquella peculiar conversación con el párroco le volvió a la memoria. ¿Qué diantres ocurría?

Al llegar al cementerio, vio una tenue luz en la puerta lateral del templo. Valiéndose de las lápidas para esconderse, se fue acercando, con mayor cautela que antes.

Phyllida ya no estaba sola.

Junto al sendero que conducía a la puerta se erguía una alta lápida; al amparo de su sombra, Lucifer espió a Phyllida, que se encontraba junto a Filing en el angosto pórtico. Ambos sostenían libros de contabilidad, en los que realizaban anotaciones que de vez en cuando comparaban.

Lucifer posó los ojos en el sendero que bordeaba el cementerio, cuya puerta quedaba sumida en la oscuridad. Forzando la vista, atisbó unas siluetas que se movían más allá. Después, éstas salieron de las sombras y se dirigieron hacia la iglesia: eran hombres cargados de barricas, cajas y bultos. Cuando se hallaron más allá de su escondite, Lucifer reparó en que Phyllida controlaba todas las cajas y barriles, al tiempo que hablaba en voz baja con los recién llegados y con Filing.

Después los hombres llevaron el cargamento al interior de la iglesia.

Lucifer se dejó caer pesadamente contra la lápida. ¿Se trataría de contrabando? ¿La hija del juez de la zona liderando una banda de contrabandistas, ayudada por el párroco del pueblo? Costaba de creer, sobre todo tomando en cuenta lo que sabía acerca de la hija del juez.

Phyllida cotejaba cada uno de los productos que pasaban por la puerta de la iglesia con la lista que sostenía. A su lado, Filing iba anotando los nombres de los hombres y la carga que cada uno transportaba. Uno de ellos, Hugey, le presentó un bulto para que lo inspeccionase.

—Ya casi hemos acabado.

—Estupendo —dijo Phyllida—. Ya se puede bajar esto.

Hugey asintió y se alejó con paso pesado hacia las escaleras de la cripta.

—Es el último de la noche —señaló Oscar, otro fornido hombretón, mientras posaba una barrica en el escalón.

Phyllida examinó las marcas del barril.

—¿Una noche tranquila y sin percance?

—Pues sí, de las que me gustan —confirmó él, cargándose la barrica al hombro—. Descargo esto y luego nos vamos.

Phyllida cerró el libro y se volvió hacia Filing.

—Todo está funcionando a la perfección —se congratuló éste.

—Gracias a Dios. —Phyllida se encaminó a las escaleras de la cripta—. Quiero pasar esto al libro de cuentas.

Oscar y Hugey volvieron a salir y, tras despedirse de ellos, fueron a reunirse con los demás. Después se dispersarían en silencio, devolverían los ponis a sus respectivos establos y regresarían a sus casas. Phyllida se dispuso a bajar a la cripta, calculando que le faltaba alrededor de una hora para poder hacer lo mismo.

—Los próximos días voy a estar bastante ocupada seguramente, así que pondré al día todas las cuentas y calcularé por adelantado los pagos. De esta forma, en cuanto reciba el dinero, puede distribuirlo entre los hombres sin tener que consultarme.

—Buena idea. —Filing repasó la cripta con la mirada—. Voy a comprobar que todo está en su sitio.

Ella se dirigió al sarcófago que utilizaba a modo de escritorio. Adosado a la pared, disponía de varias hornacinas encima, esculpidas tal vez para acoger ofrendas. Albergaban entonces un juego de libros de contabilidad y el material de escritorio necesario para llevar las cuentas. Al lado había un taburete de madera en el que tomó asiento. Después de trasladar la lámpara que habían dejado sobre el sarcófago hasta lo alto de una pila de cajas y cerciorarse de que proyectaba una luz aceptable en su improvisado pupitre, se enfrascó en el trabajo.

Tras ella, Filing se movía entre las hileras de mercancías que casi llenaban la cripta. Phyllida transcribía números y a continuación efectuaba los cálculos. Oyó el ruido de algo que se deslizaba por la piedra, pero al mirar las escaleras no vio a nadie. Luego Filing surgió de una de las hileras, concentrado en contar las cajas. Cuando se adentró en la siguiente, Phyllida volvió a centrar la atención en las cuentas.

Al cabo de quince minutos Filing se acercó y dijo:

—Todo está en orden. No creo que Thompson y yo tengamos dificultad para organizar la próxima entrega.

—Perfecto. Yo me quedaré un poco más. Buenas noches.

—No me gustaría dejarla aquí a estas horas, sola... —objetó Filing.

—No se preocupe.

Phyllida rechazó con una confiada sonrisa el ofrecimiento, pese a que por primera vez en la vida no estaba segura de que le apeteciera estar sola, de noche y lejos de su casa. Pero no estaba dispuesta a dejar entrever al cura su miedo infundado.

—No me pasará nada y, para ser sincera, trabajo más deprisa en completo silencio. Si cierra la puerta de la iglesia no habrá ningún peligro. Seguramente terminaré dentro de un cuarto de hora.

Filing titubeó, aunque reconoció que ella estaba en lo cierto. ¿Quién iba a subir a la iglesia a esas horas de la noche?

—Bueno... si está segura...

—Sí, lo estoy.

—En ese caso, buenas noches.

—Buenas noches.

Phyllida volvió a centrarse en las cuentas. Mientras corregía una cifra, la luz del párroco fue menguando. Al cabo de un momento lo oyó en las escaleras y después sonó el ruido de la puerta al cerrarse.

Estaba sola.

En silencio, con absoluta concentración, terminó de realizar las sumas en cinco minutos y luego pasó a calcular y anotar las cantidades que había que pagar a los hombres. Al cabo de otros cinco minutos irguió la cabeza para repasar, satisfecha, su trabajo.

En el papel se recortó una sombra.

Ella se volvió ahogando un grito.

Lucifer se hallaba de brazos cruzados junto a la lámpara, con sus oscuros ojos azules entornados. Ella se quedó mirándolo, pasmada.

—¿Querrá explicarme de qué va todo esto? —preguntó él.

Ella respiró hondo e intentó componer un gesto severo.

—No. Y si me permite, le sugeriré que, dada su intención de residir en este pueblo, valdría más que no vaya por ahí de noche dando sustos de muerte a sus habitantes.

Aunque había iniciado la réplica con parsimonia, las últimas palabras sonaron muy agudas. Encarándose hacia el libro, puso todo su empeño en respirar. Después tomó un papel secante y lo aplicó a las cuentas.

—Puede que se haya asustado un poco —contestó él al cabo de un momento—, pero no parece muerta de miedo. Y de todas maneras me dirá qué está ocurriendo aquí, porque sabe muy bien que no la dejaré en paz hasta que lo haga.

Lo sabía: aquel hombre no se daba por vencido fácilmente. Por otra parte, no había razón para que no conociera la verdad, sobre todo si iba a quedarse en Colyton.

—Dirijo una empresa de importación.

—¿Así llaman ahora al contrabando? —inquirió Lucifer tras una leve vacilación.

—Todo es legal. —Rebuscó en una hornacina, y extrajo una hoja impresa que le tendió.

—Compañía Importadora de Colyton —leyó él—. ¿Una empresa de importación en toda regla que opera a altas horas de la noche? —Su incredulidad era patente.

—No hay ninguna ley que lo prohíba —señaló ella con altanería.

Alargó la mano para coger la lámpara, pero él se le adelantó y, tras dejar el papel encima del sarcófago, le indicó que se dirigiera a las escaleras. Con porte altivo, ella lo precedió. Mientras subían, él fue tomando conciencia del balanceo de sus caderas. Los últimos escalones los ascendió con precipitación, y aun así él se situó a su lado de una zancada. Phyllida cerró la trampilla de la cripta en tanto él apagaba la lámpara y la dejaba a un lado. Después salieron juntos a la oscuridad de la noche.

Tras cerrar la puerta del cementario, él la miró a la cara.

—Bien, ahora explíquemelo.

Phyllida echó a andar. Él se situó a su lado como una oscura presencia, más confortadora que inquietante. Tuvo el buen tino de no repetir la orden, porque en ese caso ella probablemente no hubiera obedecido.

—En esta costa abunda el contrabando. Siempre ha habido contrabandistas que han traficado con mercancías sometidas a elevados impuestos o, en tiempos recientes, prohibidas debido a la guerra con Francia. El final de la guerra representó la reanudación del comercio con ese país, de tal forma que los productos antes prohibidos pudieron volver a importarse sin traba.

Dejando atrás el cementerio, prosiguieron pendiente abajo.

—Casi de un día para otro, el contrabando dejó de ser rentable. Vender las mercancías llegadas de contrabando perdió su interés puesto que los comerciantes podían comprarlas de manera legal a precios razonables, así que se perdió el incentivo para correr riesgos. La mayoría de los contrabandistas son trabajadores del campo que recurren al tráfico nocturno para complementar sus ingresos y mantener a sus familias. De repente, esa entrada de dinero cesó y con ello se vio comprometida la estabilidad económica de toda la región.

Tras cruzar la calle principal se adentraron por el callejón. Phyllida aguardó hasta hallarse en el bosque antes de continuar la explicación.

—La única manera que vi de ayudar fue fundar la Compañía Importadora de Colyton. Papá está al corriente de todo. Es totalmente legal. Pagamos los impuestos en la oficina de Exeter. El señor Filing es un recaudador acreditado.

Él la seguía de cerca, escuchando con la cabeza gacha. Ella lo miró un instante y vio que sacudía la cabeza.

—Contrabando legalizado. ¿Y usted lo organizó todo?

—¿Quién si no? —repuso con un encogimiento de hombros.

Una respuesta lógica, pensó Lucifer, que no obstante conllevaba otra pregunta.

—¿Y qué saca de todo esto? —Aunque era una impertinencia, quería saberlo.

—¿Qué saco? —repitió ella, desconcertada. Se paró un instante a mirarlo y volvió a ponerse en marcha—. Tranquilidad de espíritu, supongo.

Él había esperado algo distinto. Excitación, emoción, algo por el estilo, pero... ¿tranquilidad de espíritu?

—No hay más que contemplar qué alternativa existe al contrabando en esta zona —añadió ella con dureza—. Estamos a tres kilómetros de una costa plagada de arrecifes y bancos de arena.

—¿Naufragios?

—Eso es lo que ocurría antes. Yo no estaba dispuesta a que volviera a ocurrir, no con los hombres de Colyton.

Aun en la oscuridad, aquella muchacha irradiaba determinación. Él comprendió lo de la tranquilidad de espíritu.

—De modo que para evitarlo, montó una empresa legal. —No era una pregunta sino una afirmación, cargada de sorpresa y admiración.

—Sí.

Caminaron en silencio mientras él asimilaba aquello.

—Pero ¿por qué trabajan de noche?

Ella resopló con condescendencia.

—Pues para que parezca que los hombres todavía se dedican al contrabando, claro.

—¿Y eso es importante?

—Para ellos sí —repuso con resignación—. Aparte de mí, sólo papá, el señor Filing, Thompson y los hombres implicados (y ahora usted) sabemos que el negocio es legal. En nombre de la empresa, yo organizo los encuentros con los barcos. Casi todos los capitanes franceses están contentos de descargar sin tener que atracar en un puerto inglés. Los hombres acuden al punto de reunión y luego llevan la mercancía hasta la iglesia.

—Y allí la almacenan en la cripta.

—Así es.

—¿Y después?

—El señor Filing lleva las facturas firmadas a la oficina de impuestos, donde paga las cantidades pertinentes y después vuelve con los certificados sellados. Thompson no está implicado con el desembarco, pero su hermano Oscar es el cabecilla de la banda. Una vez que Filing dispone de los certificados, los hombres regresan una noche para cargar las mercancías en la carreta de Thompson. Al día siguiente, éste las lleva a Chard, donde la empresa tiene un acuerdo con uno de los principales comerciantes de la población. Él vende los productos a comisión y las ganancias revierten en el señor Filing, quien luego paga su parte a los hombres. Eso es todo.

—Pero ¿por qué fingen dedicarse aún al contrabando?

—Fingen seguir siendo miembros de la hermandad más que nada por orgullo. Aunque se han acostumbrado a disfrutar de unos ingresos regulares y una existencia libre de cualquier amenaza por parte de la tesorería, la aureola gloriosa del contrabando está muy arraigada en este territorio y no quieren que se sepa que ya no participan en él ni corren riesgo alguno. En la región quedan todavía algunas bandas de contrabandistas en activo. La que opera al oeste de Beer es casi legendaria.

Caminaba con la mirada fija en el suelo.

—Cuando propuse fundar la empresa, fueron tajantes en exigir que se mantuviera en secreto la legalidad de la operación. Para que aceptasen tuve que acceder a que continuaran actuando como contrabandistas. —Le lanzó una breve ojeada que él intuyó burlona—. El ego masculino es de lo más patético.

Lucifer sonrió pensando que ella salía noche tras noche para preservar aquellos egos masculinos. Miró y alcanzó a discernir el bosquecillo de Grange en medio de la oscuridad.

¡Crac!

Él reaccionó al instante, agarrando a Phyllida para arrojarse con ella a un lado.

Un largo crujido y el ruido de desgarramiento de raíces y tierra siguió a su caída. En cuestión de segundos, un árbol seco se desplomó con estruendo sobre el tramo del camino por donde acababan de pasar. Una esquelética rama atrapó las botas de Lucifer, que se liberó con un pataleo.

Se había lanzado contra el borde en pendiente del sendero, con Phyllida abajo a fin de protegerla con su cuerpo. Habían aterrizado encima de una estrecha repisa. Lucifer se volvió despacio para cerciorarse de su estado. Ella perdió el apoyo que él le prestaba y, ahogando un chillido, cayó encima de él, hincándole el hombro en el pecho.

Viendo su mueca de dolor, él giró sobre sí, de tal modo que acabaron de cara, con los labios y ojos separados por escasos centímetros. Se quedaron paralizados, esperando... pensando...

Lucifer se dispuso a abrazarla, pero se contuvo. Percy la había violentado hacía sólo unas horas tratando de imponerle sus atenciones por la fuerza. Pese a su deseo de estrecharla, de retenerla, no quería recordarle a Percy para nada.

La cara de ella era un pálido óvalo que no lucía su habitual máscara de serenidad sino una cuidadosa ausencia de expresión. Lo miraba a la cara, titubeando, barajando posibilidades... Él sabía qué posibilidad le habría gustado que barajase, qué motivo habría deseado para su titubeo.

—Me parece que me merezco una recompensa por esto —susurró con voz ronca.

Phyllida lo observó mientras trataba de serenarse. Él tenía las manos posadas en su cintura, pero sin aferrarla. Ella estaba tumbada encima de él, que yacía pasivo debajo. Si sabía que era infinitamente más peligroso que Percy, ¿por qué se sentía entonces mucho más segura, prácticamente en sus brazos, tumbada encima de él, a solas en un bosque en plena noche?

Era un enigma que tendría que resolver. De todas formas, no lo lograría en ese momento, con aquella oscura mirada fija en sus ojos, con la dura calidez de aquel cuerpo debajo de ella, amenazando con rodearla de la manera más tentadora.

Se merecía una recompensa, desde luego. De haber ido sola, se habría parado a mirar y seguramente habría acabado lesionada, o muerta incluso. Se merecía una recompensa, y ella sabía muy bien lo que él ansiaba recibir. Su anhelo se revelaba en el brillo de los ojos, en la tensión del cuerpo, que emitía casi un murmullo perceptible de deseo. Como por voluntad propia, la lengua de Phyllida asomó a sus labios y los humedeció, dejándolos entreabiertos.

Él bajó la mirada. Con el pulso concentrado en los labios, ella aguardó... La mirada regresó a los ojos. La miró con fijeza antes de enarcar una ceja. «Puede tener toda la osadía que quiera...» Sus anteriores palabras resonaron en la memoria de ella. Su auténtico significado, el que le había atribuido él con su profunda voz de arrullo, tan seductora, se le presentó con prístina claridad. Abandonando toda duda, Phyllida le enmarcó la cara con las manos y posó los labios en los suyos.

Los sintió como la vez anterior. Vivos, firmes, tentadores, originaban un hormigueo en los suyos. Ella lo besó y él le devolvió el beso, correspondiendo a su presión pero nada más. Volvió a besarlo y se reprodujo lo mismo. Era ella la que controlaba. Una parte de sí trató, alarmada, de recordarle cuán peligroso era aquel hombre, mientras el resto de su persona exultaba ante aquellas posibilidades imprevistas. Había tantas cosas que siempre había deseado conocer, tantas sensaciones que había anhelado experimentar...

Le recorrió el labio inferior con la lengua y él entreabrió obedientemente la boca. Se aventuró en su interior y de inmediato se perdió en un deleitoso festín de delicias. Pasaba de una a otra y volvía otra vez. Cuanto pedía, él se lo concedía; adondequiera que se lanzaba, él la seguía. La textura de su lengua contra la suya, la ardiente humedad del beso, eran aún nuevas para ella. Tras deleitarse en cada placer inédito, se aplicaba, confiada y segura, en la exploración de otro.

Lucifer la dejaba obrar a su antojo. Debía concentrarse para mantener su pasividad, dado que siendo ella una mujer madura de veinticuatro años, el desarrollo de los besos parecía reclamar algún movimiento o torsión. Por fortuna, ella misma le proporcionó también una distracción. Su ingenuidad, unida a su insaciable curiosidad, le llevaron a preguntarse qué habían estado haciendo durante aquellos últimos seis años los caballeros de la localidad. Solicitar la ayuda de la joven, por lo visto. Lo que era seguro era que no la habían besado, o en todo caso, no como ella se merecía.

Tenía veinticuatro años... las tibias prominencias que le rozaban el pecho de forma tan seductora, el cálido peso de las caderas encima de su cintura, los largos muslos a horcajadas sobre sus caderas... Interrumpió en seco aquel curso de pensamientos y volvió a centrarse en sus ávidos labios, en satisfacerla, a ella y a sí mismo.

Tuvo la impresión de que lo habían logrado con éxito cuando por fin Phyllida levantó la cabeza.

Lo miró, con el corazón palpitante. Su piel y todos sus nervios habían cobrado vida; tenía una intensa conciencia del cuerpo de él y del suyo propio, de la potencia masculina que irradiaba y que no obstante controlaba sin esfuerzo. Pese a que la rodeaba, no se sentía atrapada ni repelida. Era más bien como si la atrajera su hondura.

Su segundo apellido podría haber sido Tentación.

Torció el gesto y se agitó, sólo un poco.

—Déjeme levantarme.

—Si no la tengo sujeta —repuso él con un esbozo de sonrisa.

Se quedó mirándolo mientras el rubor teñía sus mejillas. Por más que la quemaran, las manos posadas en su cintura no la aferraban. Trató de apartarse, de despegarse de él. Los dedos incrementaron levemente la presión cuando él mismo la levantó.

Ya erguida, se arregló la ropa, se caló el sombrero y luego, sin dedicarle más que una somera mirada para confirmar que estaba de pie, echó a andar hacia la casa.

Lucifer la siguió, tomando la precaución, pese a la oscuridad, de no sonreír con aire triunfal. Recorriendo el bosquecillo a corta distancia de ella, experimentaba una exultante sensación, no tan sólo de victoria. Se sentía honrado de una manera curiosa, como si le hubiera sido concedido algo de tal valor que las palabras no alcanzaban a definirlo. En cierto modo, ella lo había distinguido con un grado de confianza que no había otorgado a ningún otro hombre.

Él la había animado a hacerlo, desde luego, pero no se trataba de algo que hubiera podido imponerle. Complacido como pocas veces consigo mismo, y con ella, salió al prado posterior de la casa. Había confiado en él de un modo que suscitaba buenos augurios para su plan, un plan que era de lo más sencillo. Ella sabía algo en relación con el asesinato de Horacio y además era una mujer sensata e inteligente. El único motivo por el que no se lo había contado era porque todavía no acababa de fiarse de él. Una vez que supiera más acerca de él y estuviera convencida de que era una persona honorable, le revelaría su secreto.

Sonriendo, se situó a su lado.

El siguiente pensamiento surgió por sí solo, inoportuno, y destruyó su triunfo, dejándole un sabor amargo en la boca. ¿Acaso él era mejor que los otros que la cortejaban, no movidos por un auténtico deseo sino por el afán de algo que ella podía darles?

La pregunta se le adhirió al cerebro. La sensual evocación de su cuerpo encajado encima del suyo vino a superponerse a ella. Con la mandíbula apretada, ahuyentó tanto el recuerdo como el interrogante.

La casa se alzaba ante ellos, silenciosa y tranquila. Sin hablar, entraron y fueron por separado a pasar lo que restaba de noche.

7

Al día siguiente, entrada ya la mañana, Lucifer inspeccionó el dormitorio de la esquina frontal de la mansión. Sus cepillos reposaban en el tocador. Si abría el armario encontraría, sin duda, todas sus chaquetas pulcramente colgadas. Covey no había perdido el tiempo.

Había desayunado en Grange con sir Jasper y Jonas. Phyllida estaría todavía en la cama. O tal vez, después de lo sucedido la noche anterior, había resuelto no verlo tan pronto. También él lo prefería así. Tras despedirse de su anfitrión, había ido a pie por el bosque hasta Colyton Manor para asumir las riendas que Horacio le había confiado.

Dejando a la señora Hemmings y Covey a cargo de la organización de la casa —cosa que los había tranquilizado más que cualquier discurso—, se había instalado en la biblioteca para escribir varias cartas. Una era para sus padres, otra para Diablo, otra para Montague y otra para Dodswell, en la que le pedía que se reuniera con él. Como ignoraba el paradero de Gabriel y Alathea, no pudo escribirles. ¿De veras habían transcurrido sólo cuatro días desde su boda? A él se le antojaba que hacía semanas.

Después de dejar las cartas a Covey para que las depositara en la posada, había subido allí. Había elegido aquella habitación por la luz que proporcionaban las ventanas. La que Horacio había ocupado, igual de espaciosa pero emplazada en la parte posterior, era más oscura y tranquila.

Allí, los ventanales de delante daban al jardín en flor, el camino y la verja de la entrada, mientras que los laterales ofrecían una buena panorámica del bosquecillo, los patios y el lago. Entre dos ventanas se erguía una gran cama con cuatro columnas de acogedor aspecto, con sus mullidas almohadas y una espléndida colcha en rojo y oro. En las cuatro esquinas estaban atadas con cordones dorados unas cortinas de la misma tela.

Todo el mobiliario resplandecía y en el aire flotaba el tenue aroma a limón de la cera abrillantadora.

Mirando por la ventana de la fachada, Lucifer concibió un plan que no incluía presionar a Phyllida para que le dijera todo lo que sabía. Que acudiera ella si decidía confiárselo; él renunciaba a seducirla para lograrlo.

Dejando a un lado los recuerdos de la noche anterior, incluidas las horas pasadas en vela, se fijó en el camino principal. Rememoró su llegada al pueblo, cuando se había detenido a mirar a un lado y otro... No había visto ningún caballo ni carruaje, y tampoco nadie a pie. ¿Cómo había abandonado el asesino el lugar del crimen?

—Si fue a caballo... —Se trasladó a la ventana lateral para observar el bosquecillo de arbustos.

Dos minutos después cruzó el prado de césped. La entrada del bosquecillo era amplia pero algo invadida por la maleza; dentro, los setos estaban demasiado crecidos. Se dijo que hablaría con Hemmings sobre la posibilidad de contratar a alguien para que ayudara con los jardines, y continuó por el sendero que debía de desembocar, según sus cálculos, en el camino del pueblo.

Descubrió un arco en el seto paralelo al camino. Al adentrarse en él, se encontró en un estrecho y sinuoso sendero que discurría entre el seto del bosquecillo y el que bordeaba el camino. De una altura superior a la suya, estaban tan descuidados uno y otro que por arriba el ramaje se tocaba y enmarañaba. Pese a que entre ellos quedaba espacio para caminar con holgura, cuando se había detenido con el carruaje en el camino, a sólo unos metros de allí, no había percibido el menor indicio de ese camino, pues parecía como si el linde del bosquecillo y la cerca del jardín formaran una misma masa.

Lo más probable era que el sendero tuviera su inicio en la avenida de grava de la mansión. Con tal idea, se alejó en sentido contrario.

Localizó lo que preveía encontrar justo más allá del bosquecillo. Los setos lateral y posterior de éste se unían en una esquina. Entre la parte trasera del bosquecillo y una zanja llena de zarzas que delimitaba un potrero quedaba una zona despejada capaz de dar cabida a un caballo. Muy cerca del camino, la zanja terminaba y el sendero proseguía pegado al seto del camino exterior hasta perderse de vista en una curva.

Observó la zona despejada y, de cuclillas, separó la hierba del suelo para estudiar las huellas en la tierra. Allí había permanecido parado un caballo no hacía mucho. Si mal no recordaba, desde el domingo no había llovido. Mientras la hierba recuperaba su postura enhiesta, advirtió que unas matas habían quedado aplastadas. Así pues, el caballo había estado un buen rato allí. ¿Por qué?

Sólo parecía haber una respuesta razonable.

Se incorporó y prosiguió por el sendero. El bosquecillo había quedado atrás cuando llegó a un punto donde el seto del camino mostraba un boquete por el que habría podido pasar un caballo. A ambos lados de la abertura había ramitas rotas. Tomó una para examinarla. No se había quebrado esa mañana, ni el día anterior, pero sí pocos días antes.

En el otro lado del seto oyó un roce de telas y pasos livianos y rápidos. Lucifer se irguió, aguzando los sentidos. Los pasos se detuvieron. Apareció una mano con los dedos extendidos y tanteó la punta de una rama.

La propietaria de la mano se introdujo por el agujero.

Al verlo ahogó un grito y estuvo a punto de echarse atrás.

Lucifer se quedó mirándola.

Phyllida hizo otro tanto.

Por un momento, la conciencia del beso de la noche anterior afloró a sus ojos; él sintió la misma conciencia, materializada como un tirón en la entrepierna. Entonces ella pestañeó y bajó la vista... Reparó en la rama que él sostenía.

—¿Qué ha encontrado?

Compartiendo con ella la información se granjearía más deprisa su confianza.

—Creo que alguien entró con un caballo por aquí y lo dejó esperando detrás del bosquecillo.

Phyllida se pegó al boquete y estiró el cuello para ver, pero la curva del camino se lo impidió.

—¿Detrás del bosquecillo?

—Hay un claro allí.

—Enséñemelo. —Comenzó a adentrarse por el seto y las ramas atenazaron las suaves formas protegidas sólo por un delicado vestido azul.

—¡Alto! —Le indicó que retrocediera con la mano—. Utilice la sombrilla a modo de escudo.

Ella lo miró sin acabar de entender. No obstante, una vez que le hubo mostrado él cómo debía maniobrar, franqueó el seto sin sufrir ningún rasguño. Tras sacudirse la falda, volvió a apoyar la sombrilla en el hombro.

—Gracias.

Sin responder, él le señaló el sendero para que continuara por allí. No estaba tranquilo, tal vez no le conviniera tenerla tan cerca, de nuevo a solas. Tenía que refrenar sus instintos de libertino recordándose que ella era más inocente de lo que podía dar a entender con su comportamiento. No era tarea fácil mientras evocaba con suma claridad las sensaciones de sus besos, de su lengua... Sacudió la cabeza.

—El claro está después de esas zarzas —le indicó.

Luego fue hasta el lugar y, agachándose, le enseñó las nítidas huellas dejadas por las patas delanteras de una montura provista de un buen herraje.

—¿Deduce algo de las marcas de las herraduras? —inquirió Phyllida.

—No. Las patas traseras estaban sobre tierra más dura y el caballo permaneció aquí lo suficiente para moverse bastante. No hay huella de una marca distintiva. —Frunció el entrecejo, escrutando el suelo—. Pero las herraduras son de buena calidad, con un perfil bien definido.

—De modo que no es probable que fuera un animal de carga o de labranza...

—No, pero podría tratarse de cualquier montura aceptable.

Retrocedió hasta el sendero y ella lo siguió. Sin intercambiar más palabras, se dirigieron a la mansión.

Lucifer hacía caso omiso de los susurros de la tentación. Lanzó una ojeada a la joven. En su rostro no había evidencia de desazón alguna, aunque raramente la había. Su cara era una máscara; sólo los ojos le dirían lo que sentía, y ella ponía buen cuidado en no cruzar la mirada con él, como también en no tocarlo mientras caminaban.

Mirando al frente, Lucifer respiró hondo.

—Pongamos por caso que el domingo por la mañana el asesino vino a caballo hasta aquí, entró por el seto y dejó el caballo esperando detrás del bosquecillo mientras él iba a la mansión. ¿De dónde podría haber llegado?

—¿De qué poblaciones, se refiere?

—Así es.

—Lyme Regis queda a unos nueve kilómetros, aunque la carretera va paralela a la costa, con lo que quien viene de allí tiene que atravesar el pueblo. La anciana señora Ottery vive en la casita contigua a la posada. Ya no se levanta de la silla y pasa las mañanas de los domingos mirando por la ventana. Ella jura que ningún jinete pasó por el pueblo.

—Si no vino de Lyme Regis, ¿qué otras posibilidades hay?

—Axminster es la localidad más próxima, pero no es muy grande.

—Pasé por allí al venir. Chard queda más lejos, pero no hay que descartarla. Me fijé en que hay varias caballerizas.

—Chard es el sitio donde un forastero alquilaría con más probabilidad un caballo. El coche del correo de Exeter tiene parada allí.

—Bien. Y ahora pensemos en las opciones más cercanas. ¿Quién viene a caballo por este extremo del pueblo?

—La gente de Dottswood y de Highgate. Su camino se une a la calle principal junto a las primeras casas.

—¿Quién más suele venir al pueblo a caballo?

Phyllida pensó. Habían traspuesto el arco de entrada al bosquecillo y se hallaban casi al final del sendero.

—La mayoría de los varones que viven fuera de la aglomeración del pueblo. Papá y Jonas casi nunca vienen a caballo. A Silas Coombe y al señor Filing jamás los he visto montar. Todos los demás, incluido Cedric, normalmente acuden a caballo.

Tras salir del sendero, se detuvo en el césped. Él iba detrás, mirando en derredor. Se encontraban a varios metros de la verja, próximos todavía al seto del camino exterior, que quedaba a su derecha. El camino de grava que conducía a la puerta de la mansión comenzaba unos veinte pasos más allá.

—¿Podría alguien de las otras fincas, aparte de Dottswood o Highgate —planteó él—, rodear el pueblo y llegar al camino a esa altura?

—Sí. Todos los caminos están intercomunicados por senderos, aunque hay que ser de aquí para conocerlos.

Nadie quería pensar que el asesino era del pueblo, pero...

—Dejando aparte esa abertura en el seto, ¿podría haber llegado el caballo a ese claro desde la otra dirección?

—¿Subiendo por el campo? —Él asintió y entonces ella negó con la cabeza—. Ese campo, y de hecho todos los campos, continúan en pendiente hasta el río Axe. No está lejos y es demasiado profundo para cruzarlo sin quedar empapado. Para venir por esta parte del río, primero tendrían que haber atravesado los campos de Grange, lo que representa muchos cercados, la mayoría plagados de zarzas.

Lucifer miró, más allá del camino de grava, las abigarradas flores del jardín de Horacio.

—Es decir, que estamos buscando a un forastero que alquiló un caballo, probablemente en Chard, y llegó y salió a caballo del pueblo. También podría haber alguien de la localidad.

—Descuente a papá, Jonas, el señor Filing y Silas Coombe. Y a los otros señores que estaban en la iglesia, claro.

Lo había olvidado.

—Basil y Pommeroy. Aún no he comprobado si hay más, pero seguramente con eso se acortará la lista.

—Yo no me haría ilusiones.

Lucifer sonrió. Iba a formular una broma acerca del comentario cuando oyeron el traqueteo de un carruaje. Miraron hacia el camino y después se miraron el uno al otro. Se quedaron un instante así...

Sin mediar palabra, fueron hasta el camino de grava, donde todo el mundo pudiera verlos y a nadie se le ocurriese que disfrutaban de excesiva intimidad.

Se hallaban de cara a la verja, cuando el carruaje aminoró la marcha hasta detenerse.

—¡Señor Cynster! —saludó, radiante, lady Fortemain desde el interior—. ¡Precisamente la persona que buscaba!

Lucifer reprimió el impulso de huir y, con una sonrisa forzada, tomó a Phyllida del brazo y avanzó hacia el coche de caballos.

—¡Acabo de enterarme de la maravillosa noticia! —anunció lady Fortemain con alborozo—. Ahora que ha decidido quedarse entre nosotros y llenar el vacío dejado por nuestro querido Horacio, debe permitirme que organice una cena informal para presentarlo a sus nuevos vecinos.

Habiendo vivido tanto en el campo como en la capital, no tenía necesidad de preguntar por qué medios había llegado a oídos de lady Fortemain la novedad.

La dama se inclinó, abarcando a Phyllida con su jovial mirada.

—El baile de verano lo celebramos dentro de una semana. Ya les enviaré la invitación, pero había pensado, considerando que todo está tan tranquilo por aquí, que no vendría mal ofrecer una pequeña cena esta noche.

—¿Esta noche?

—A las siete en Ballyclose Manor. No tiene pérdida, basta con coger el camino que sale más allá de la herrería.

Lucifer titubeó sólo un instante, consciente de que una reunión como aquélla sería una ocasión excelente para seguir investigando.

—Será un honor —aceptó con una reverencia.

—Ahora mismo voy a Dottswood y a Highgate, bonita —informó a Phyllida—, y después pasaré por Grange. Espero que todo el mundo asista, tu padre y tu hermano, así como lady Huddlesford y sus hijos. Y por supuesto tú, mi querida Phyllida.

La joven sonrió y Lucifer advirtió que era un gesto superficial, distante, desconectado de sus verdaderos pensamientos.

La dama, que no lo percibió así, continuó hablando con regocijo.

—¿No te apetece acompañarme a Dottswood y Highgate y después a Grange?

La sonrisa de Phyllida siguió firme mientras declinaba el ofrecimiento con la cabeza.

—Gracias, pero tengo que ir a ver a la señora Cobb.

—Ay, tú siempre tan ocupada —exclamó con un afectuoso suspiro lady Fortemain—. Bueno, tengo que dejaros para ir a avisar a todos. —Dio un golpecito destinado al cochero y el vehículo se puso en marcha con una sacudida—. ¡Hasta las siete, señor Cynster!

Lucifer levantó la mano a modo de despedida y observó, risueño, cómo se alejaba el carruaje. Después se volvió hacia Phyllida y comprobó que estaba seria y ceñuda.

—No la veo demasiado entusiasmada que digamos —bromeó.

Señaló el jardín de flores y, con ademán altivo, ella lo siguió por un estrecho sendero que conducía entre floridos arriates a la fuente central.

Lucifer aguardó, curioso por ver su reacción.

Al cabo de un momento Phyllida esbozó una mueca de disgusto, ella, que raras veces mostraba sus sentimientos de forma tan manifiesta.

—¿A usted le entusiasmaría saber que está destinado a pasar toda la velada escuchando a un pretencioso charlatán?

—¿Qué charlatán es ése?

—Cedric, cuál si no.

Siguieron caminando; ella admiraba las flores y él, con disimulo, la admiraba a ella. La conciencia del interludio de la noche anterior la acompañaba aún, pero se había mitigado con la conversación. Deteniéndose para examinar una rosa, añadió:

—Ya le dije que Cedric quiere casarse conmigo. Y lady Fortemain está empeñada en que acepte. Sólo con eso la cena ya distaría mucho de ser atractiva, pero es que además Pommeroy también asistirá, y hará todo lo posible por mostrarse desagradable.

—¿Por qué?

—Porque no quiere que Cedric se case conmigo.

—¿Pommeroy también quiere casarse con usted?

—No; es más simple que eso. Pommeroy no quiere que Cedric se case. Como se llevan quince años, la larga soltería de Cedric ha propiciado expectativas por parte de Pommeroy.

—Ah.

Siguieron paseando por el jardín. Lucifer optó por no añadir nada más. Ella crispaba el tono siempre que trataban el tema del matrimonio, y resultaba difícil de entender que, de todos los hombres, él precisamente sintiera el impulso de defender la institución. En todo caso, él no tenía ningunas ganas de indagar en las razones de ese impulso, de examinar con detenimiento sus propias motivaciones. Aun así, tenía que reconocer su existencia.

A causa de sus egocéntricos pretendientes, ella se había formado del matrimonio una imagen cínica y negativa que parecía incluso más irreverente y arraigada que la suya. Él, por lo menos, sabía que no todos los matrimonios eran como los que se le habían ofrecido a ella.

—¿Cuándo murió su madre?

—Cuando yo tenía doce años —respondió ella—. ¿Por qué?

—Simple curiosidad.

Phyllida se encorvó para oler unos tallos de lavanda y él la observó apoyar el hombro en el borde de la fuente.

—Este jardín... —dijo al poco.

Ella alzó la vista, con la cara oscurecida por la proyección de la sombrilla, la expresión serena y llena de interés a la vez, y los ojos insondables e ingenuos... Aquella mirada lo cautivó. La joven era consciente respecto a sus poco caballerosas intenciones y, a un tiempo, inocente respecto a todo lo demás, a todo lo que quería conocer, experimentar y disfrutar.

—No tengo ni idea de cómo... cuidarlo. —Oyó sus propias palabras como si le llegaran de lejos.

Ella se enderezó con una sonrisa y se alejó de la fuente. Se volvió hacia la verja y abarcó con un gesto el magnífico espectáculo que se ofrecía por los cuatro costados.

—No es tan difícil. —Deteniéndose bajo un delicado arco cubierto de exuberantes rosas blancas, lo miró de nuevo. La sonrisa no sólo le curvaba los labios, sino que le llenaba de calidez los ojos—. Si Horacio aprendió, no dudo de que usted también podrá si realmente lo desea.

Lucifer se acercó a ella y la miró largamente a los ojos. La mirada de ella era directa, franca, cargada de aplomo y confianza, y tan consciente al mismo tiempo... Pese a que sólo mediaba un par de centímetros entre sus cuerpos, permanecía serena como una diosa inmaculada, segura no del control de él sino del propio.

—¿Me ayudaría si se lo pidiera? —Su voz sonó profunda, casi ronca.

Ladeando la cabeza, ella le escrutó los ojos y, tras meditar un momento, respondió:

—Sí. Por supuesto. —Le dio despacio la espalda—. Sólo tiene que pedirlo. —Y se alejó.

Lucifer se quedó bajo la pérgola, contemplando el balanceo de sus caderas mientras se encaminaba a la puerta. Después salió de su ensimismamiento para ir tras ella.

La cena de lady Fortemain resultó más interesante de lo que había previsto Phyllida, aun cuando, en general, ella se limitó a la condición de mera observadora. Desde un rincón del salón de Ballyclose adonde se había retirado para escapar de la protectora actitud posesiva de Cedric, observó cómo Lucifer evolucionaba con soltura entre los congregados.

En la cena la habían sentado a la derecha de Cedric en uno de los extremos de la larga mesa, en tanto que Lucifer había ocupado como invitado de honor el opuesto, al lado de la anfitriona. Había regresado al salón con el resto de los caballeros hacía más de media hora. Desde entonces había estado merodeando, infatigable como un perro de caza, y sin embargo nadie parecía estar a la defensiva con él.

Solía detenerse junto a un grupo de hombres y, con alguna pregunta o comentario, aislaba rápidamente a su presa de la manada. Seguían unas cuantas preguntas, una sonrisa, un chiste y una carcajada tal vez. Tras obtener lo que quería, los dejaba volver al grupo mientras él proseguía, camuflando sus intenciones con una afable sonrisa y su elegante aire de seductor. Qué extraño que no lo notaran; desde el otro lado de la estancia, ella captaba perfectamente su estrategia.

De todas maneras, ella sabía qué se sentía al ser el centro de aquella mirada de intenso azul. No había esperado toparse con él por la mañana; durante todo el rato había recelado que él pasara a la carga, que volviera a preguntar sobre el crimen. Abrigaba asimismo la confianza de que no lo hiciera, de que no estropeara aquella curiosa sensación de confianza, de complicidad, que parecía crecer entre ellos. Le había causado una sorpresa considerable cuando la había acompañado hasta la verja del jardín y la había dejado marchar sin dedicarle más que un simple adiós.

Tal vez tampoco él había tenido ganas de enturbiar la sensación de proximidad que habían experimentado en el jardín de Horacio. Ahora de él.

Lo observó moviéndose entre los invitados, intrigada por aquella sensación de proximidad. Después examinó a los otros caballeros —sus eventuales pretendientes y los demás del pueblo—, a los hombres que conocía de casi toda la vida, y con ello su extrañeza fue en aumento. Conocía a Lucifer desde hacía unos días y aun así, con él se sentía más cómoda, más desinhibida, mucho más libre para manifestarse tal como era. Con él podía ser franca, decir lo que pensaba sin tapujos. El hecho de que él viera más allá de su máscara había contribuido sin duda a ello, pero ésa no era la única explicación.

Jonas era la única persona con que se encontraba así de cómoda, pero ni por asomo podía comparar la manera como reaccionaba frente a Lucifer con la actitud que tenía con su gemelo. Jonas era una simple presencia que daba por descontada, como una versión masculina de sí misma. Jamás perdía un momento en preguntarse qué estaría pensando Jonas, porque lo sabía sin más. Además, nunca se preocupaba por Jonas, convencida de que era capaz de cuidar de sí. Lucifer también era muy capaz en ese sentido, lo que no podía afirmarse de todos los presentes en el salón. ¿Tal vez fuera eso, el considerar a Lucifer como un igual, lo que la hacía sentirse tan a gusto con él?

Confundida, volvió a mirarlo yendo de unos a otros. En ocasiones percibía lo que pensaba; en otras en cambio, como esa mañana en el jardín, los entresijos de su pensamiento constituían un misterio que ansiaba descubrir. Le daba igual el peligro que ello pudiera entrañar.

Alargando una mano, la señora Farthingale lo detuvo. Con una desenvuelta sonrisa, él dijo alguna ocurrencia que la hizo reír y siguió su camino. Por lo visto, su siguiente objetivo era Pommeroy.

Lo dejó ocupado en ello para volverse a saludar a Basil, que se acercaba en ese instante.

—Vaya. —Tomando posición a su lado, Basil paseó la mirada por la sala—. Hay algunos que ahora lamentan no haber sido más constantes en su devoción.

—¿Sí?

—He oído a Cedric hablando con Cynster... Hablaban de la gestión de las fincas y Cedric ha mencionado que había comenzado a dedicar las mañanas de los domingos a llevar las cuentas.

—¿Cedric no fue a la iglesia el domingo pasado?

—No. Debo reconocer que estoy impresionado con Cynster. Creo que está recogiendo información a fin de descubrir al asesino de Horacio. Es una tarea ingrata que habla a su favor. La mayoría habría aceptado la herencia sin más y se habría cruzado de brazos. Al fin y al cabo, el crimen no tuvo nada que ver con él.

La imagen que se había formado Phyllida de Lucifer mejoró con le reflexión suscitada por aquel comentario. Nunca se le había ocurrido que no fuera a perseverar en la persecución del asesino, pero Basil estaba en lo cierto. La mayoría de los hombres se habría encogido de hombros sin hacer nada. Hasta el mismo Basil habría asumido tal actitud, pese a que de todos sus pretendientes era el de mayor fibra moral.

En ningún momento había puesto en duda la resolución de Lucifer. Había calificado a Horacio de amigo y ella había interpretado que tenía en alta estima la amistad. Así sucedía con la clase de hombres a la que pertenecía, los hombres de honor. Ella, en cambio, no estaba obrando de forma muy honorable en esos momentos, se reprochó. Estaba atrapada entre las garras de un dilema originado por una promesa, condenada tanto si actuaba de una forma como de la contraria.

—¿Piensa quedarse mucho tiempo lady Huddlesford?

Phyllida respondió lo que sabía al respecto. Charlar con Basil siempre era monótono, puesto que no había posibilidad de sorpresa. Los temas mundanos eran su especialidad, pero él al menos era inofensivo.

Aquello cambió cuando Cedric acudió a la carga, casi a la manera de un toro. Su corto cuello contribuyó a hacerla concebir tan poco halagadora comparación.

—Vamos, tienes que hablar con mamá. —Cedric la agarró por el codo—. Está en la *chaise longue.*

Phyllida no se movió.

—¿Acaso ha solicitado lady Fortemain hablar conmigo?

—No —reconoció Cedric—, pero siempre le complace hablar con usted.

—Claro. —Basil adoptó una expresión tan altanera como la de su hermana—. Pero la señorita Tallent tal vez prefiera hablar con alguien que de verdad desee hablar con ella.

«La señorita Tallent preferiría una sala vacía», pensó Phyllida y sonrió para sus adentros.

—Cedric, ¿qué hiciste el domingo por la mañana?

—¿El domingo? ¿Mientras asesinaban a Horacio?

—Sí. —Phyllida aguardó. Cedric era una persona directa, ajena a las sutilezas.

El terrateniente miró un instante a Basil y después a Phyllida.

—Estaba revisando las cuentas. —Hizo una pausa—. En la biblioteca.

—¿Así que estuviste en la biblioteca de Ballyclose toda la mañana?

—Sí. Desde que mamá se fue hasta que volvió.

—O sea, que no pudiste haber visto nada —concluyó ella con un estudiado suspiro.

—¿Haber visto qué?

—Pues lo que había que ver. El asesino tuvo que huir de alguna manera, ¿no crees? Y tú estabas en la iglesia —dijo a Basil. Posó alternativamente la mirada en ambos—. Los dos tenéis jornaleros que podrían haber estado fuera... ellos o sus hijos. Papá agradecería mucho cualquier información.

—No se me había ocurrido —repuso, muy tieso, Basil—. Mañana les preguntaré.

—Yo también —gruñó Cedric.

—Si me excusáis, tengo que hablar un momento con Mary Anne.

Phyllida los dejó mirándose con ceño. Si alguno de sus criados había visto algo de interés, podría estar segura de que lo averiguarían y acudirían a depositar el dato a sus pies. Pero había entrevisto a Mary Anne y quería hablar con ella, aunque ésta la rehuía. Aparte de perseguirla por el salón, poco más podía hacer. Robert había regresado a Exeter. Se paró a observar a los invitados, sopesando a quién más podía reclutar para la causa. ¿Serviría de algo recabar la colaboración de las damas del pueblo?

—Señorita Tallent. Esperaba una oportunidad para hablar con usted.

Phyllida se volvió y se encontró con Henry Grisby.

—Buenas noches, Henry. —Reprimió un suspiro; hasta ese momento había logrado esquivarlo.

Él le dedicó una reverencia.

—Mi madre le manda saludos. Oyó hablar de la receta de tarta de grosella que les dio a las señoritas Longdon y pregunta si tendría la amabilidad de proporcionársela también a ella.

—Por supuesto.

Phyllida añadió la solicitud a su lista mental. Receta de jarabe para la tos para la señora Farthingale; hablar con Betsy Miller, una de las arrendatarias de Cedric, que según creía lady Fortemain estaba pasando apuros; receta para la señora Grisby; cartas para Mary Anne; un asesino para Lucifer.

Henry intentó atraerle la mirada.

—Mi madre se sentiría muy honrada si viniera a vernos a Dottswood.

Phyllida lo miró a los ojos y él apartó la vista.

—No creo que sea conveniente, Henry. —Él se sentiría muy honrado, pero la señora Grisby no.

—Pues a Ballyclose y Highgate sí va —señaló él con tono ofendido.

—Para visitar a lady Fortemain y a la anciana señora Smollet, que me conocen desde que nací.

—Mi madre ha vivido aquí toda la vida también.

—Sí, pero... —Buscó una manera educada de explicar que en esos momentos no gozaba de la estima de la señora Grisby. Ésta, que raras veces salía de Dottswood Farm y por lo tanto tenía una imagen de la vida del pueblo condicionada por Henry, se oponía de forma radical a que su hijo se casara con Phyllida. Al ser su madre, no se le había ocurrido que Phyllida tuviera el mismo punto de vista que ella. Al final optó por decirlo sin tapujos—: Sabes muy bien que tu madre no se alegraría de que fuera.

—Sí se alegraría si usted aceptara mi proposición.

Otra mentira.

—Henry...

—No... escuche. Tiene veinticuatro años. Es una buena edad para que una mujer se case...

—Mi primo me informó precisamente ayer de que a los veinticuatro años estoy ya para vestir santos. —Ya puestos, podía darle alguna utilidad a Percy.

—Ése tiene corcho en la cabeza.

—Lo que no acabáis de entender, ni tú, ni Cedric ni Basil, es que pienso seguir tal como estoy. Me gusta estar conmigo misma. No voy a casarme ni contigo ni con Cedric ni con Basil. Si pudierais verme como una solterona todo sería más sencillo.

—Pamplinas.

—Como quieras —suspiró Phyllida—. Algún día lo entenderás.

—Ah, señor Grisby.

Lucifer ya estaba casi a su lado. La miró a los ojos y a ella la recorrió un hormigueo. Después posó la vista en Grisby y sonrió... como el leopardo que observa a su siguiente presa.

—Tengo entendido —comentó— que ha estado utilizando los pastos de algunos campos de Colyton Manor.

Henry asintió con rigidez, aunque era evidente que habría preferido poner mala cara.

—Tengo parte del rebaño en algunos campos de arriba.

—¿Los que dan a los prados de la ribera? Ya veo. Y dígame, ¿con qué frecuencia cambia de pasto al ganado?

Pese a la resistencia de Henry, Lucifer obtuvo la información de que la última rotación del rebaño había tenido lugar el sábado. El domingo, tanto Henry como su pastor habían estado trabajando en las cuadras. Las preguntas fueron lo bastante indirectas como para que Henry no advirtiera su intención.

De todos modos echaba chispas por los ojos. No había manifestado mucha alegría ante la noticia de que Lucifer iba a ser un nuevo miembro de su reducida comunidad. Las dagas visuales de Henry rebotaban, sin embargo, de manera inofensiva contra la encantadora coraza de Lucifer.

—No sé, señorita Tallent —dijo—, si podría disponer un momento para hacerme partícipe de sus conocimientos sobre el pueblo. Es una cuestión sobre tradiciones. Estoy seguro de que el señor Grisby sabrá excusarnos.

Sin otra alternativa, Henry presentó una reverencia un tanto acartonada al tiempo que aplicaba una excesiva presión a los dedos de Phyllida. Liberando la mano, ésta la posó en el antebrazo de Lucifer, que echó a andar con desenvoltura.

—¿Sobre qué quería pedirme opinión?

—Era una estratagema para alejarla de Grisby —repuso sonriente.

—¿Por qué? —inquirió ella, sin saber si sentirse molesta o alegrarse.

—He pensado que quizá le viniera bien tomar un poco el aire —explicó él, deteniéndose ante la puerta de la terraza.

Tenía razón. Fuera el aire de la noche era magnífico, tibio y cargado de aromas. Las terrazas de Ballyclose, que rodeaban la casa por tres de sus lados, eran amplias y agradables. Lucifer y Phyllida se pusieron a pasear disfrutando del crepúsculo.

—¿Son muchos los que no fueron a la iglesia el domingo? —preguntó ella.

—Más de los que pensaba. Coombe, Cedric, Appleby, Farthingale y Grisby, y ésos son sólo los que están aquí esta noche. Si contara a los que no pertenecen a la clase alta, la lista sería más larga, pero voy a concentrarme en la gente del nivel social de Horacio.

—¿Porque el asesino lo atacó desde muy cerca?

—Exacto. Lo más probable es que fuera alguien con quien mantenía trato.

—¿Por qué ha querido hablar con Pommeroy? Creía que había acompañado a lady Fortemain a la iglesia.

—Así es. Quería preguntarle si había hablado con Cedric o Appleby al volver. Parece que ambos estaban fuera.

—¿Fuera? —Phyllida aminoró el paso y lo miró.

—¿Qué ocurre?

—He sugerido a Cedric y a Basil que preguntaran a sus jornaleros si habían visto al alguien por los alrededores el domingo por la mañana —explicó, deteniéndose.

—Buena idea.

—Sí, pero mientras hablábamos del domingo, Cedric ha afir-

136

mado que estuvo en la biblioteca toda la mañana y que seguía allí cuando regresó su madre.

Lucifer la miró a los ojos antes de encogerse de hombros.

—Es posible que tanto Cedric como Pommeroy estén diciendo la verdad. Cedric podría haber salido después de oír que volvía su madre, pero antes de que Pommeroy fuera en su busca.

—Sí, claro —asintió con alivio Phyllida.

—¿Cómo se llama el encargado de las caballerizas de la casa? —preguntó él cuando reanudaron el paseo.

Phyllida sintió la presión de la sospecha en el pecho. Pero él tenía razón. Había que asegurarse de que no había sido Cedric.

—Todd. Si Cedric se hubiera llevado un caballo él lo sabría.

—Hablaré con él, mañana quizá.

Phyllida guardó silencio. La gravedad del crimen se presentaba con mayor crudeza. Sería terrible para el pueblo que el asesino fuera uno de ellos. Y más horrible sería aún que tal sospecha se confirmase, sin que llegaran a descubrirlo.

—Está decidido a encontrar al asesino de Horacio, ¿verdad?

—Sí.

Una sola palabra, sin adornos. No los necesitaba.

—¿Por qué? —preguntó ella sin mirarlo.

—Ya me oyó cuando se lo expliqué a su padre.

—Sé lo que le dijo a papá. —Dio unos pasos más antes de agregar—: Pero no creo que le expusiera todos los motivos.

Su mirada resbaló sobre su cara, punzante, sin resto de hilaridad.

—Es usted una mujer sumamente perseverante.

—Si su segundo nombre fuese Tentación, el mío sería Perseverancia.

Lucifer soltó una carcajada.

—De acuerdo. —Se detuvo y la miró a la cara. Ella enarcó una ceja y dio media vuelta para regresar al salón. Él se acopló a su paso—. No sé si podré explicarlo con claridad, de una manera que parezca racional. Es como si Horacio fuera mío, una parte de mí, algo que quedaba bajo mi protección, aunque en realidad no fuera así. Su asesinato ha sido como si me hubieran arrebatado algo por la fuerza. —Calló un instante—. Mis antepasados conquistaron este país... quizá lata en mí alguna vena primitiva que no se ha apagado

137

del todo. Si alguien hubiera osado arrebatarles a ellos a uno de los suyos, la venganza y la justicia habrían sido la consecuencia inexorable. ¿Resulta comprensible? —preguntó al cabo de un momento.

—Totalmente.

Si los antepasados de él habían conquistado el territorio, los suyos lo habían civilizado. El asesinato de Horacio violaba su código de la misma manera que el de Lucifer. Comprendía sus sentimientos a la perfección. Los compartía, incluso. Se quedó mirando al frente y respiró hondo.

—Tengo que contarle algo. —Se volvió hacia él.

—¡Ah, aquí está, señor Cynster! —Yocasta Smollet se acercaba a ellos como un remolino de rígida seda y plumas—. Todos nos preguntábamos dónde se había metido. ¡Qué mala, Phyllida, monopolizando todo su tiempo!

Phyllida retuvo un suspiro, consciente de la animadversión con que la mujer había pronunciado aquel reproche.

—Ya volvíamos al salón...

—¡No, no! —clamaron unas voces—. Es más agradable aquí fuera, ¿no le parece, señorita Longdon?

Phyllida se giró hacia las puertas acristaladas y vio a las hermanas Longdon, que salían a la terraza seguidas de la señora Farthingale y Pommeroy. Otros se sumaron a ellos, produciendo un apiñamiento del que brotaron exclamaciones de sorpresa por lo agradable de la noche.

Phyllida lanzó una breve mirada a Lucifer, que no dejó de advertirla. «¿Más tarde?», fue la muda respuesta que él le transmitió. Phyllida asintió casi imperceptiblemente. Tampoco importaba demasiado si se lo contaba esa noche o al día siguiente.

Caminaba entre los invitados, en busca de su padre, cuando alguien la agarró del brazo y tiró de ella sin miramientos.

—¡Por favor, Phyllida, por favor! Dime que las has encontrado.

Se volvió y vio cómo Mary Anne perdía la compostura.

—No las has encontrado, ¿verdad?

Tomándola del brazo, Phyllida la condujo a la zona de penumbra contigua a la casa.

—¿Por qué estás tan asustada? Sólo son cartas. Ya sé que te encuentras en un aprieto por ellas, pero no ocurrirá nada terrible si alguien las descubre antes que yo.

—Tú lo dices porque no sabes lo que contienen —adujo Mary Anne tras tragar saliva.

Phyllida enarcó las cejas y aguardó. No estaba segura, pero le pareció que su amiga se ruborizaba.

—No... no puedo decírtelo. De veras que no. He tenido... —hablaba con tanta precipitación que se le trababa la lengua— he tenido una idea horrorosa. —Aferró las manos de Phyllida—. ¡Si el señor Cynster las encuentra se las dará a Crabbs!

—¿Y por qué iba a hacerlo?

—Crabbs es su notario. ¡Lo conoce!

—Sí, pero...

—E incluso si sólo se las da a papá, entonces papá las enseñará al señor Crabbs. Se vieron en la granja anoche. ¡Sabes muy bien que papá haría cualquier cosa para impedir que me case con Robert!

Phyllida no podía llevarle la contraria en aquella última afirmación.

—De todas maneras, no veo cómo...

—¡Si Crabbs lee las cartas, despedirá a Robert del despacho! ¡Y si Robert no acaba la formación nunca podremos casarnos!

Phyllida comenzaba a tener una ligera idea del posible contenido de las cartas. Le habría gustado poder asegurarle a Mary Anne que el asunto no era tan grave, y menos aún comparado con un asesinato. Por desgracia, ella misma estaba insegura con respecto a las consecuencias que pudieran tener las revelaciones, en especial en lo tocante al señor Crabbs.

—¡Tienes que recuperar esas cartas! —exigió Mary Anne.

Phyllida reparó en su cara, en sus enormes ojos inundados hasta tal punto de pánico que incluso era perceptible en la oscuridad.

—De acuerdo. Lo haré. Es que todavía no he localizado ni siquiera el escritorio. Abajo no está, así que tendré que esperar a que surja una ocasión de ir a los pisos de arriba.

Mary Anne se apartó, volviendo a asumir con esfuerzo su expresión habitual.

—No se lo contarás a nadie, ¿verdad? No soportaría no poder casarme con Robert.

Phyllida titubeó. Su amiga esperaba con ansiedad.

—No lo diré —prometió con un suspiro.

Mary Anne esbozó una patética y débil sonrisa.

—Gracias. —Abrazó a Phyllida—. Eres una amiga de verdad.

8

—¿Qué quería decirme? —Lucifer miró a Phyllida, sentada junto a él en el pescante de su carruaje—. Cuando hablamos anoche en la terraza.

Iban de camino a Chard, conducidos por unos briosos caballos y provistos de una cesta con el almuerzo. Lucifer se había presentado en Grange a media mañana y la había convencido de que lo acompañase en su excursión investigadora.

Le había dado un margen de varios kilómetros para que sacara el tema, pero no lo había hecho.

La brisa le agitó las cintas del sombrero cuando se volvió hacia él, facilitándole una breve visión de su cara.

—¿En la terraza? —Su tono indicaba que no recordaba el momento.

—Me dijo que tenía que contarme algo. —Con su tono afirmó su voluntad de no cejar.

Al cabo de un momento ella irguió la barbilla.

—Ah, ya sé. Quería decirle que yo ansío tanto como usted desenmascarar al asesino de Horacio, y que puede contar conmigo en todo lo que esté en mi mano.

Él entornó los ojos, enfocados en la franja de pálida mejilla que le permitía atisbar el ala del sombrero. Al final ella rehuyó la vista. Era imposible leer algo en su plácido semblante. Circulando con

141

aquellos fogosos caballos y las manos ocupadas con las riendas, tenía escasas posibilidades de obligarla a mirarlo de frente.

—Me consta que quiere descubrir al asesino de Horacio —replicó él—, y desde luego reclamaré su ayuda. Eso es lo que hago en este preciso momento.

—¿Llevándome para que lo ayude a interrogar a los encargados de las caballerizas?

—Y a cualquier otra persona que se le ocurra.

—Ya veo. —Parecía apaciguada, aunque él no alcanzaba a deducir por qué.

¿Quién habría inventado aquellos sombreros? Cualquier hombre de pasable estatura tenía serias dificultades para verle la cara a una dama cuando estaba sentada o de pie a su lado tocada con uno de ellos.

Volvió a mirarla. Ella contemplaba los campos y los cercados, disfrutando de la excursión. Dudaba mucho de que Cedric o Basil, y mucho menos Grisby, hubieran tenido el detalle de llevarla de paseo, de cortejarla en toda regla. Qué necios eran.

Volvió a la noche anterior. La dichosa Yocasta Smollet los había interrumpido en el momento más inoportuno. Estaba claro que profesaba una profunda antipatía a Phyllida, si bien nadie, ni el propio Basil, conocía la razón. Lo cierto era que Yocasta había logrado lo que pretendía. Se había pegado a él durante el resto de la velada, de tal forma que había perdido de vista a Phyllida cuando el gentío había invadido la terraza.

La había visto un instante en el salón cuando todos se disponían a marcharse y ella no le había dado indicación alguna de que tuviera una información urgente que transmitirle.

Pero aquel momento en la terraza no había sido fruto de su imaginación. Ella había estado a punto de revelarle la verdad. Pero había ocurrido algo que la había hecho cambiar de parecer, aunque no por ello le había retirado su confianza. Trató de figurarse qué poder era capaz de impedir que una mujer como ella hiciera algo que quería hacer. Quería decírselo pero... ¿qué la refrenaba?

Por más que le daba vueltas a la cuestión, no lograba resolver el enigma.

Chard apareció a la vista. Habían ido directamente a aquella población, pasando de largo por Axminster, que era más pequeña. Phyllida se irguió cuando llegaron a las primeras casas.

—Hay tres caballerizas aquí. ¿Y si comenzamos por la que queda más lejos por el norte?

Así lo hicieron. Ningún caballero había alquilado un caballo ni el sábado ni el domingo en cuestión. Ningún forastero se había alojado en la posada. Regresaron al centro de la ciudad. Los otros dos establos quedaban en calles secundarias. Tras recibir respuestas negativas en el Dragón Azul, dejaron el carrujae allí, para que descansaran los caballos, y se dirigieron a pie al Cisne Negro.

—¡Quiá! —El posadero sacudió la cabeza—. Tenemos dos rocines, pero casi no nos los piden. Al acabar el verano puede, pero ahora mismo no le alquilamos un caballo a ningún señor desde hace meses.

A la segunda pregunta, reaccionó con estupor.

—Uy, no he visto ni un caballero (bueno, descontando a los de aquí) en varias semanas.

—Por aquí vienen pocos forasteros —murmuró Phyllida al salir.

—De lo que se deduce que un forastero no habría pasado inadvertido. —Tomándola del brazo, se dispuso a volver al Dragón Azul—. Creo que podemos concluir que ningún forastero utilizó Chard como base.

Phyllida se detuvo cuando llegaron al Dragón Azul.

—No nos han llevado mucho tiempo las indagaciones aquí —dijo—. De regreso preguntaremos en Axminster y después en Axmouth, y si tampoco allí han visto a ningún caballero desconocido por la zona... Bueno, nos quedarán pocas opciones.

—Honiton, tal vez.

—Tal vez —asintió ella—. ¿Aunque por qué llegaría alguien de esa parte?

—Comprendo la tendencia a suponer que todo malhechor infame provenga de Londres. Pero no necesariamente tiene que ser así.

—¿Cabe la posibilidad de que el asesino viniera de Honiton o Exeter... o de algún sitio del oeste?

Lucifer no respondió enseguida.

—¿Y bien? —lo animó ella.

—Trato de recordar si hay algún coleccionista o alguien relacionado con el coleccionismo que viva por esa zona.

—¿Y?

—Debo reconocer que si el asesino llegó a caballo de fuera del pueblo el domingo, seguramente lo hizo desde el este. De todas formas, tendremos que preguntar en Honiton, pero podemos hacerlo otro día. —Calló un momento, al ver al atildado hombrecillo que se acercaba a ellos a toda prisa agitando un papel—. ¿Quién es?

—El señor Curtis, el comerciante que tiene tratos con la Compañía Importadora de Colyton.

Curtis dedicó una cortés inclinación de la cabeza a Lucifer antes de saludar con entusiasmo a Phyllida.

—¡Señorita Tallent, qué casualidad! Quería enviarle esta carta al señor Filing. Mis clientes están muy satisfechos con la calidad de los productos que suministra su empresa. Con lo difícil que es encontrar una calidad fiable, he decidido aumentar mis pedidos. Estoy seguro de que cuando corra la voz, podré vender más. Si no es demasiado pedir, como sé que usted ayuda al señor Filing, ¿podría encargarse de que le llegue esta misiva?

Con un asentimiento, Phyllida tomó la carta.

—Desde luego, el señor Filing se alegrará.

—Ha sido un placer, señorita. —Curtis hizo una reverencia—. Mis saludos para sir Jasper.

—Descuide.

Tras dedicar un gesto de despedida a Lucifer, Curtis se alejó muy sonriente.

—Así pues, ¿la empresa figura a nombre de Filing? —preguntó Lucifer mientras entraban en el patio del Dragón Azul para recoger el carruaje.

—Por supuesto —confirmó Phyllida, abriendo la sombrilla—. Ninguna mujer podría dirigir una empresa de importación.

—Por supuesto —le dio la razón sonriendo.

Le ofreció la mano para ayudarla a subir al carruaje y minutos después emprendían el camino de regreso, en dirección a Axminster.

—Dígame, sólo para que no vaya a causar sin querer algún

144

problema, ¿me equivoco al deducir que nadie, aparte de las personas implicadas, saben del papel que usted desempeña en la empresa?

—No se equivoca. No hay razón para que lo sepan. En realidad, ni siquiera todos los hombres están al corriente. La mayoría cree que Filing está al frente y que yo sólo soy su escribiente. Ni siquiera estoy muy segura de la idea que tiene papá...

Se lo imaginaba. Ella era el eje, la persona en torno a la cual giraba todo, y sin embargo prefería el anonimato. La sutil ironía de su tono así lo daba a entender. Y su influencia no se limitaba a la empresa. Pese a que llevaba sólo unos días en Colyton, ya había perdido la cuenta del número de personas —hombres, mujeres y niños— que había visto acudir a pedirle algo a Phyllida. Y en ningún caso ella había rehusado atender una petición.

Él entendía muy bien aquel impulso de cuidar de la gente, de implicarse activamente para ayudar. En su caso, derivaba del dictado de «nobleza obliga», medio instintivo, entre aprendido y heredado en su familia. En el de Phyllida, sospechaba que se trataba de algo totalmente instintivo, producto de su generosidad. No obstante, tenía la impresión creciente de que el pueblo no la apreciaba en su justo valor, ni a ella ni a su dedicación.

—¿Cuánto tiempo hace que lleva las riendas de Grange?

—Desde que murió mi madre —repuso ella, lanzándole una acerada mirada de soslayo.

¿Doce años? No era de extrañar que su influencia fuera tan honda. Phyllida aguardó, pero él no añadió nada, satisfecho de pasear con ella bajo el sol. Y reflexionar...

Su deseo de ayudarlo acabaría induciéndola a contarle lo que sabía. Era demasiado noble para ocultar una información susceptible de contribuir al desenmascaramiento de un asesino. Él ya daba por sentado que ella ignoraba la identidad del homicida, que sólo conocía un indicio o una pista. La mejor manera de avanzar era proseguir con las pesquisas y mantenerla implicada lo más posible. Paradójicamente, cuanto más infructuosas fueran éstas, más se sentiría ella compelida a resolver lo que la impedía hablarle con franqueza y revelarle cuanto sabía.

Aquélla era la mejor manera de actuar en ese frente. Por lo

demás, ahora que se había comprometido a residir en Colyton...

Pero la mansión era demasiado espaciosa para él solo. Era una vivienda adecuada para una familia, que reclamaba casi una familia. Eso era lo que Horacio debía de haber imaginado. No obstante, entre sus proyectos no figuraba formar una familia, en todo caso no antes de haber llegado a Colyton. Ahora él se encontraba allí, y Horacio ya no estaba. Y disponía de Colyton Manor, con su bonito jardín.

Las casas de las afueras de Axminster aparecieron, ofreciéndole una oportuna distracción. Efectuaron las mismas indagaciones, pero, tal como habían previsto, ningún forastero había cruzado a caballo ni en carruaje la localidad la mañana del domingo.

—Aparte de usted. —El veterano soldado de pelo gris apoltronado junto a la puerta de la pequeña posada lo observó con suspicacia.

—En efecto —confirmó con una sonrisa Lucifer—. Yo pasé por aquí esa mañana. Pero ¿está seguro de que nadie más pasó antes de mí?

—Seguro. No es que haya muchos carruajes ni señores a caballo que vayan al sur los domingos. Me habría percatado. Además, estuve aquí desde el amanecer.

Lucifer le lanzó una moneda, que el hombre recogió con destreza antes de saludarlos con una reverencia.

—¿Adónde vamos ahora? —preguntó él mientras se encaminaban al carruaje.

—Al sur. Hacia la costa.

Ella le indicó el camino y un par de kilómetros más allá encontraron un río.

—¿Es el Axe? —Viendo que ella asentía, añadió—: ¿Son míos aquellos campos de la otra orilla?

—Todavía no. Quedan un poco lejos.

Avanzaban traqueteando en pleno mediodía, rodeados del exuberante verdor del valle. El aire era tibio gracias a las tenues nubes que velaban el sol. El primer indicio de la proximidad de la costa fue una fresca brisa. Tras una curva se encontraron con una encrucijada ante la que se alzaba una vieja posada.

—Ésa es la carretera de Lyme Regis —explicó Phyllida, señalando a la izquierda—. Si alguien pasó por aquí procedente de Lyme el domingo por la mañana, los niños se habrían fijado.

—¿Niños?

Se refería a una panda de chiquillos de edades comprendidas entre los dos y los doce años, en su mayoría niñas. Dejó que Phyllida se ocupara de preguntarles y él se quedó apoyado contra un muro de piedra, observando.

La esposa del posadero, que había acudido a la puerta al oír el ruido del coche, reconoció a Phyllida y salió alborozada, secándose las manos en el delantal. Y en cuestión de segundos Phyllida ya estaba enfrascada con la mujer en el intercambio de información sobre la preparación de algún remedio, al parecer una cataplasma.

El posadero asomó la cabeza, pero Lucifer le indicó que no era necesaria su presencia y ató él mismo a los caballos.

Phyllida señaló, riendo, una abertura en el gastado muro de piedra. La mujer asintió, risueña, y ambas pasaron por ella. Lucifer las siguió y se quedó junto al muro. Al otro lado había los restos de un jardín azotado por la brisa marina. En torno a Phyllida se cerró un vociferante corro de niños que la acogió con exclamaciones de regocijo. Sin parar de reír, ella les daba palmaditas en la cabeza o les tiraba de las trenzas. Luego se sentó al sol en un banco de piedra y los pequeños se arracimaron a su alrededor.

Él no alcanzaba a oír lo que les preguntaba ni las respuestas de ellos. Tampoco le importaba. Le bastaba con la visión de Phyllida rodeada de niños, como hadas en torno a su reina, ansiosos por recibir su bendición.

Ella la ofrecía con prodigalidad en forma de sonrisas, carcajadas y espontánea comprensión, sincero interés y solicitud. En torno a su cabeza resplandecía una especie de aureola. Los niños se dejaban acariciar por ella; Phyllida simplemente daba.

Estaba seguro de que ella no se daba cuenta, y menos se daba cuenta de lo mucho que percibía él.

Por fin, después de muchas bromas, se puso en pie y los niños, reprendidos por la madre, la dejaron ir. Avanzó con paso sosegado hacia él, con un resto de sonrisa en los labios y la vista fija en el sendero. Ya más cerca, levantó la mirada.

—¿Vieron a alguien? —inquirió él con semblante impasible.

Ella negó con la cabeza. Después se volvió y agitó la mano. Se dirigieron al vehículo.

—El domingo por la mañana estuvieron fuera. Como recordará, hizo un día estupendo. Casi siempre están jugando por ahí. La posibilidad de que pasara alguien sin que se percatasen todos esos ojillos...

—Así que ya hemos cumplido con lo que nos habíamos propuesto —concluyó él mientras la ayudaba a subir—. Hemos confirmado que ningún forastero entró a caballo en Colyton el domingo, al menos procedente del este.

Phyllida guardó silencio mientras él ponía en marcha el carruaje.

—¿Adónde vamos ahora? Estoy hambriento. Necesitamos un sitio para hacerle los honores a la comida que nos ha preparado la señora Hemmings.

—A la costa. Hay unos acantilados magníficos.

El camino los llevó hasta el pueblo de Axmouth y luego continuó serpenteando hasta la costa. Allí ella le indicó una senda llena de baches que terminaba en un bosquecillo de achaparrados árboles.

—Podemos dejar los caballos aquí. No está lejos.

Acarreando el cesto, la siguió hasta el acantilado azotado por el viento. Se detuvo a admirar la espléndida panorámica de majestuosos acantilados que se prolongaban por el oeste. El Axe desembocaba en el mar prácticamente a sus pies y a lo lejos se veían cual miniaturas las casas de Axmouth. El estuario estaba en calma, pero más allá del rompiente bullía, con su fuerte oleaje, el canal de la Mancha.

El mar verde grisáceo se extendía hasta el horizonte, y los acantilados dominaban a ambos lados. Phyllida se quedó contemplándolos un poco más adelante; cuando vio que él la miraba, lo animó a avanzar con un gesto. Luego rodeó un altozano hasta llegar a un trozo de hierba, con grandes piedras redondeadas y árboles. Era un bonito paraje, en parte protegido por el montículo y en parte expuesto al viento, gracias a lo cual contaba con vistas panorámicas.

—Jonas y yo descubrimos este sitio cuando éramos niños.

Phyllida extendió en la hierba la alfombrilla que llevaban en el cesto. Cuando se erguía, encontró la mano de Lucifer ante sí. Tras una breve vacilación, posó los dedos en ella y dejó que la ayudara a sentarse. Luego colocó el cesto a su lado, tras lo cual ella se aplicó en extraer y disponer la comida.

Recostado al otro lado del cesto, Lucifer tomó la botella envuelta en una servilleta blanca y buscó las copas. Cuando ella había terminado de depositar los manjares, él tenía una copa lista para entregarle.

—Por el verano.

Sonriente, Phyllida entrechocó la suya con la de él y bebió un sorbo. El vino se deslizó por su garganta, frío y refrescante, al tiempo que le provocaba un hormigueo en la espalda. Un susurro de anticipación resonó en su mente mientras una placentera calidez se propagaba por su cuerpo.

Comieron. Él parecía adivinar sus apetencias antes que ella misma y siempre estaba a punto, ofreciéndole un panecillo, el pollo, pasteles... Al principio se sentía turbada, pero después se dio cuenta de que no pretendía ponerla nerviosa, que ni siquiera era consciente del efecto que tenía en ella su proceder. Tales atenciones eran algo totalmente natural en él. En cambio, ella no las recibía como algo tan normal. Ningún hombre la había tratado de ese modo: siempre dispuesto a ofrecerle un brazo, un hombro protector, no con intención de impresionarla sino simplemente por tratarse de ella.

Era turbador, sí, y agradable también.

—¿Descarga la Compañía Importadora de Colyton sus mercancías cerca de aquí?

Ella señaló hacia el oeste.

—Hay un camino que lleva hasta la playa un poco más allá. Es fácil de localizar, hay un montículo al lado. Si se necesita hacer señales, encendemos una hoguera allí.

—¿Es peligroso por aquí?

—No mucho si se conoce, aunque hay acantilados cerca.

—¿Así que los hombres de Colyton van hasta allá y traen la mercancía a tierra?

—Llevan navegando por estas costas desde que aprendieron a andar. Para ellos apenas supone riesgo alguno.

Volvió a guardar las cosas en el cesto. El viento, que agitaba ya las servilletas, era más fresco, aunque todavía resultaba placentero bajo el amortiguado sol. Se alegró de haber dejado la sombrilla en el carruaje, porque no habría podido utilizarla con tanta brisa.

Se puso en pie. El viento jugueteaba con su pelo, tirándole de las cintas del sombrero... Alzando la cara, inspiró hondo y después cruzó los brazos. Se había puesto un vestido de viaje de batista, por lo general perfecto para ese tiempo, pero allí la helada brisa traspasaba la tela.

A su lado, Lucifer desplegó las largas piernas y se levantó.

Ella se estremeció de frío. Un instante después notó que la envolvía algo cálido; era la chaqueta que él le ponía sobre los hombros.

—Ah... —Volvió la cabeza. Él había sorteado el cesto y ahora se encontraba justo detrás de ella. Le sostuvo un instante la mirada, rogando por que no se hiciera evidente su reacción, y logró esbozar una sonrisa—. Gracias. —El calor de Lucifer, atrapado en la prenda, descendió como una cálida mano por su espalda. Se giró un poco más—. Tampoco tengo tanto frío. Se va a helar sin la chaqueta.

Sin darle tiempo a quitársela, él agarró las solapas para acabar de rodearla con ella.

—No se preocupe por mí. No tengo frío.

Haciendo acopio de entereza, lo miró a los ojos.

—¿Está seguro? —Antes de acabar la frase captó la respuesta. No podría haber dejado de notarla: aquel duro cuerpo estaba lo bastante cerca para percibir su tentadora calidez. El viento la presionaba, la impulsaba hacia él. Hacia sus brazos.

Él buscó con sus ojos azules los de ella mientras esbozaba una lenta sonrisa.

—¿Por qué cree —murmuró, inclinando más la cabeza— que me llaman Lucifer?

De haber sido más sensata, Phyllida se habría apartado y habría contestado que no tenía ni idea. En cambio, se quedó quieta, con la cara levantada, y dejó que él posara los labios en los suyos.

El beso fue puro ardor, un manantial de delicioso calor que circuló por su interior, como si se estuviera descongelando: los nervios se destensaban, exultantes. Cautivada por el beso, se acercó más, atraída hacia él, anhelando sentir la solidez de aquel cuerpo contra sus pechos. Sentía en ellos un hormigueo, un tormento, que sin embargo no era dolor. Palpó la camisa de él, extendió los dedos y la fina tela se deslizó como un velo sobre los firmes músculos, la aspereza del vello... el pezón se puso erecto bajo la palma de su mano.

Consciente de que él también estaba excitado, separó los labios y se estremeció cuando Lucifer le introdujo la lengua, absorbiendo el ardor que transmitía. Deslizó las manos por su pecho hasta llegar a los hombros. Por donde tocase todo era como un horno, alimentado por el regular pálpito de unas ardientes brasas.

Ella tenía los pechos pegados a ese calor. Él había introducido las manos bajo la chaqueta y la estrechaba por la cintura, flanqueándola a ambos lados con unos muslos duros cual columnas de granito. Y estaba erecto, enhiesto, rampante contra su vientre. A Phyllida la asaltó una lasciva urgencia de restregarse contra aquel duro mástil pero, presa de una especie de pánico, la sofocó, como si apagara un fuego. Dominada la ardiente ansia, suspiró en su boca y se abandonó un poco más contra él, que acercó la mano a su cuello. Notó que tiraba de la cinta del sombrero. Apartó la cara un momento y entonces se deshizo el lazo debajo de la barbilla...

—¡Ay! —Se giró con precipitación para atrapar el sombrero que el viento le arrebataba de la cabeza.

Se tambaleó, enredándose en la alfombra, y fue a caer de espaldas contra Lucifer, que, tratando de estabilizarla, dio un paso atrás... Tropezaron con la cesta de la comida, posada en medio de la alfombra. Él acabó cayendo sentado con ella en su regazo y la cesta en medio. Riendo de la inesperada postura, apartó las piernas del cesto, la levantó, le hizo dar la vuelta y volvió a sentarla en su regazo.

—Parece que estamos habituándonos a aterrizar en el suelo, usted encima y yo debajo —comentó, risueño.

Ruborizada, Phyllida pensó que debería zafarse de sus brazos y ponerse en pie, buscar la seguridad. Sin embargo, permanecía allí, inflamada hasta la médula, con la mirada fija en los labios de él, a sólo un par de centímetros de su nariz.

—A ver... deme eso. —Tomó el sombrero de sus manos desmayadas, y ella observó cómo ataba las cintas en el asa de la cesta—. Así no tendrá que preocuparse de que se pierda.

Realmente, era un hombre que comprendía a las mujeres.

Lucifer se incorporó, clavando la mirada en sus labios. Después inclinó la cabeza y le deslizó la yema de los dedos por la sensible piel debajo de la barbilla. Phyllida tragó saliva.

—No sé si es una buena idea —balbuceó.

—¿Por qué no? —Le rozó la boca con los labios, con ligereza, acrecentando el ansia que crecía en su interior.

—No sé —contestó ella, incapaz de apartar la mirada de aquellos labios.

—¿Confía en mí? —murmuraron éstos.

Los latidos de su corazón eran un tumulto en los oídos de Phyllida. Tenía tal presión en los pulmones que le costaba respirar. No podía pensar, pero sabía la respuesta.

—Sí...

—Entonces tranquilícese. —Sus labios se aproximaron para rozar los suyos; su voz era un balsámico susurro—. Y deje que le muestre lo que quiere conocer.

Era fácil, muy fácil hacer lo que le pedía, entregarle la boca y dejarse caer sin resistencia en sus brazos. Acogida pero no presionada, en ellos se sentía acunada, protegida, cuidada.

Adorada.

El pensamiento flotó en su conciencia mientras él le acariciaba con suavidad la mejilla. La caricia tuvo el mismo carácter de tanteo que la suya días antes; de repente Phyllida comprendió cómo había sabido que era ella quien lo había tocado en el salón de Horacio. Ella misma no olvidaría nunca aquel contacto, aquel gesto tan revelador, dotado de una extraña inocencia.

Él deslizó los dedos hasta rodearle la mandíbula. Entonces adelantó la lengua con una osadía que no tenía nada de inocente. Ella lo recibió, sabiendo ya qué quería, qué anhelaba. Era un conocimiento peligroso, tanto como tentador utilizarlo, aprender un poco más. Subió las manos por encima de los hombros y extendió los dedos sobre la firme musculatura, antes de continuar para acabar enredándose en el cabello. Éste era suave, sedoso, negro como el cielo por la noche. Hundió los dedos en los espesos mechones y se

152

agarró a ellos mientras él exploraba despacio su boca, tomando, sí, pero ofreciendo aún más.

Adictivo. Aquélla era otra palabra que flotaba en su cabeza. Tenía que ser eso, aquel dulce anhelo que la retenía pendiente del beso incluso cuando él la soltaba.

Prohibido. Sin duda. No debería estar besándolo y, sin embargo, la idea de parar se le antojaba un absoluto desatino. Él paseó los dedos por su garganta, accionando nervios que hasta entonces ella ignoraba poseer. Los dedos siguieron bajando, provocando vaharadas de calor en su piel.

El pecho ya se estremecía antes de que él lo tocara; y cuando lo hizo, ella deseó que no parara. Lo tocaba de una manera ligera, atrozmente insustancial... y ella deseaba más, mucho más.

Experto. Gracias a Dios lo era. Detuvo la mano, acogiendo en su oquedad el peso del pecho. Deleite fue lo que ella sintió cuando los dedos oprimieron y aflojaron. La mano se deslizó, acariciante. Phyllida agregó un suspiro al beso y captó la satisfacción de él, que apretó un poco más la mano en su espalda.

El beso se volvió más exigente, como una hoguera que reclamaba cuidados. Le otorgó su plena atención y apenas se dio cuenta cuando la mano de Lucifer se trasladó a otro lado. En su interior crecía una necesidad, no sabía muy bien de qué, una compulsión que no reconocía. Entonces sintió que cedía el botón superior de su corpiño y comprendió qué era. Se estremeció de pura excitación. Aquello era lo que necesitaba: le daba apuro admitirlo pero... tenía los pechos hinchados, doloridos por el ardor del beso. Su sensatez se había anegado con la marea creciente que los inundaba. Era una languidez que susurraba promesas de cosas que ella no conocía, de inimaginable placer.

El contacto del aire fresco en los pechos, el leve tocamiento de sus dedos mientras abrían el corpiño, la sustrajeron a la hipnotizadora calidez del beso. Sabía que debía pararlo... lo malo era que no lograba recordar por qué. No había amenaza ni peligro. Él le había dicho que confiara en él, y lo hacía. Si ella quería que aquello terminara, si quería poner fin a aquel simple placer, no tenía más que decirlo.

No lo hizo: no tenía motivos. Quería conocer, sentir, cómo era que la tocaran y la saborearan. Ser aunque fuera por una sola vez una mujer deseada.

Él le daba lo que quería, con creces.

Antes ella no sabía que sus labios le procurarían aquella sensación, ni que el húmedo fuego de su boca la encendería de ese modo, hasta hacerla perder la cordura. No sabía que su cuerpo cedería a aquel ardor, a aquella entrega, vencido por la voluptuosidad y el deseo.

El deseo la recorría, palpitaba en su sangre, se acrecentaba con cada contacto y cada caricia. El más ligero roce era una delicia; las caricias más explícitas le procuraban un vértigo sensorial. Lucifer conjuraba un fogoso placer. La envolvía en él, lo vertía sobre ella y dejaba que la impregnase. Hasta que estuvo henchida de él, hasta que su pensamiento cabalgó en las cálidas olas que derretían su cuerpo.

Él regresó a sus labios y ella lo acogió. La mano se cerró posesivamente en torno al pecho desnudo, y todo el cuerpo de Phyllida exultó. Lucifer interrumpió el beso lo justo para mirarla. Observó su propia mano, rodeando con firmeza aquel pecho virginal, alimentando aún mayor calor en ella. Después paseó la mirada por su cara, sus ojos, antes de posarla más allá.

Lucifer fijó la vista a lo lejos y parpadeó. Phyllida vio cómo abría los ojos y cambiaba de enfoque, al tiempo que endurecía el semblante, y sintió un cambio en la tensión de su cuerpo.

Lucifer volvió a mirarla, tratando de pensar. Intentó respirar, superando la presión que le atenazaba el pecho. Ella yacía tranquila en sus brazos, con el pezón bajo sus dedos, la piel cual cálida seda contra la palma de su mano. Estaba aturdido. Hacía rato que no pensaba de forma racional; el deseo lo dominaba, lo sometía con el látigo de su potente tentación. Sabía lo que quería, aguijoneado por una ansia acerada como una espuela, exigente como un demonio.

Por el mar se aproximaba, veloz, una tormenta cargada de negros nubarrones, pero al mirarla a los ojos, oscuros pozos velados por las pestañas, con su cuerpo ardiente rendido a su abrazo, no estaba seguro dónde se hallaba el peligro. Hacía mucho, mucho tiempo que Lucifer no se entregaba de manera tan completa, hasta perder todo instinto de autoprotección.

Acallando un juramento, inclinó la cabeza y la besó con pasión.

Cerró la mano sobre el pecho, lo amasó con los dedos, apretó y... de pronto se retiró con renuencia, del beso y la caricia, y mientras le cerraba el corpiño depositó un último beso, sólo un roce, en sus labios.

Phyllida abrió los ojos, denotando sorpresa... y decepción.

Con expresión ensombrecida, él señaló hacia el mar.

—Se acerca una tormenta. Tenemos que volver.

9

Al día siguiente, avanzada ya la mañana, Lucifer caminaba por el bosque de detrás de Colyton Manor, procurando no pensar en lo ocurrido el día anterior. Le había dicho la verdad a Phyllida; tenían que regresar, batirse en retirada. Se había aventurado en terreno resbaladizo, de manera demasiado precipitada para ella, y también para él.

Había que agradecerle a Dios aquella tormenta providencial.

Había iniciado el día con un desayuno en una mesa demasiado vacía para su gusto. Nunca había vivido solo; no le agradaba la vida solitaria. En la biblioteca había revisado el escritorio de Horacio y había pasado un par de horas leyendo la correspondencia acumulada.

Después lo asaltó la necesidad de salir. La caminata por el bosque para inspeccionar sobre el terreno sus propiedades hasta el límite del Axe le había parecido una sensata manera de derrochar actividad física. Sentía como si la energía de la tormenta de la tarde anterior se hubiera quedado atrapada en su interior. Los nubarrones habían traído la lluvia, y ellos llegaron a Colyton justo antes de que descargara el aguacero. Pese a que ya se había despejado y lucía el sol, el bosque aún estaba húmedo y en el aire se percibía el fresco aroma a vegetación mojada. Se había encaminado hacia el este desde la parte posterior de las caballerizas, dejando el lago a la izquierda. Llevaba andando casi un kilómetro cuando los árboles se hicieron menos densos. Un poco más lejos, salió a un amplio campo de suave pendiente, más allá del cual se extendía un verde prado. Éste quedaba delimitado en el otro lado por la reluciente cinta gris azulada de las aguas del Axe.

Mientras descendía por el campo, captó un movimiento a su izquierda. Se paró en seco y miró.

Phyllida iba caminando, más bien corriendo, por su campo. La falda se agitaba a su alrededor. Con el oscuro pelo resplandeciente y sujetando el sombrero con las dos manos, mantenía la vista fija al frente. En realidad estaba maltratando el sombrero, retorciendo con crispación su borde.

Lucifer avanzó a su encuentro.

Ella no lo vio hasta que lo tuvo casi al lado. Entonces retrocedió, sobresaltada, al tiempo que se llevaba una mano al pecho. Emitió un chillido, que habría sido un grito si no lo hubiera reconocido en el último instante. Respirando hondo, se quedó mirándolo con los oscuros ojos como platos.

—¿Qué ocurre? —preguntó él, conteniendo el impulso de estrecharla entre sus brazos—. ¿Qué ha pasado?

Phyllida inspiró hondo otra vez y miró el sombrero; estaba temblando.

—¡Mire! —introdujo un dedo por el agujero que había en la copa—. ¡Un poco más y la bala me da en la cabeza! —Su tono daba a entender que no temblaba de miedo, sino de ira. Se volvió hacia el lado por donde venía—. ¡Cómo se atreven! —Si no hubiera aferrado el sombrero con ambas manos, seguramente habría agitado el puño—. ¡Estúpidos cazadores! —Le temblaba la voz. Terminó de hablar con un hipido.

Lucifer cogió el sombrero, la atrajo y la hizo girar para mirarla a la cara. Ella tenía el semblante inexpresivo, no calmado y sereno, sino carente de toda expresión, como si no pudiendo conservar su habitual máscara se esforzase por no dejar aflorar sus sentimientos. Los ojos, grandes y oscuros, eran un turbulento torbellino de emociones. El miedo se encontraba allí, muy real, e intentaba contrarrestarlo con la rabia.

La atrajo más, hasta una proximidad que le permitiera sentir el calor que irradiaba su presencia física. Estaba tan tensa, con un resto de control tan frágil que prefirió no arriesgarse a rodearla siquiera con un brazo, ya que ella no se lo agradecería precisamente si perdía los nervios.

—¿Dónde ha sido?

Phyllida respiró con dificultad y después señaló con el sombrero.

—Por allí. Más allá de esos dos campos. —Y añadió—: Volvía de visitar a la anciana señora Dewbridge. Voy a verla todos los viernes.

—¿Todos los viernes por la mañana?

Phyllida asintió.

Notando que crispaba la mano sobre la de ella, trató de relajarla, y después posó el brazo de la joven sobre el suyo.

—Quiero que me enseñe dónde ha sido.

La volvió hacia el sendero, una vieja cañada. Ella se resistió.

—No vale la pena. Ya no estará allí.

—Lo sé —replicó él con voz calmada, sin dejar entrever su alarma, consciente de que eso era lo que ella necesitaba—. Sólo quiero que me enseñe dónde estaba. No iremos más lejos.

—De acuerdo —aceptó tras un titubeo.

La condujo hacia la cerca y la ayudó a franquearla. En la tranca había quedado prendido un jirón de tela azul desgarrado del vestido a causa de la precipitación. Pese a su furia, Phyllida había estado muy asustada. Todavía lo estaba.

—Ha sido allí —indicó con el sombrero destrozado, al llegar al linde del otro campo—. Justo en medio del campo.

Lucifer le sostuvo la mano y observó, calculando distancias.

—¿Me presta un momento el sombrero?

Alzándolo, advirtió que tenía dos agujeros. Sin decir palabra, se lo devolvió con semblante pétreo. Phyllida había bajado la cabeza en el momento crítico; la bala había entrado por la parte posterior del sombrero justo debajo de la costura de la copa y salido por la parte de arriba, en el otro lado de la costura.

—Déjeme ver la cabeza.

—No me ha tocado —dijo ella, pero le permitió mirar.

Cual seda de color caoba, el cabello no presentaba asomo de herida. Calculando la posición del sombrero en la cabeza, él le tocó el pelo; en la yema de los dedos le quedaron adheridos unos finos granillos. Los olió: pólvora. La bala había pasado muy cerca.

Volvió a posar la vista en el campo. En lugar de atravesarlo por el centro, el sendero se desviaba hacia el río.

—¿Ha oído algo? ¿Ha visto algún atisbo de alguien?

—No, pero... —Levantó la cabeza—. He echado a correr. Ya sé que parece tonto, pero es lo que he hecho.

Eso era probablemente lo que le había salvado la vida. Guardándose de decirlo, Lucifer respiró hondo y retuvo el aire hasta que logró serenarse. Si ella iba caminando por allí, el único escondite posible era un bosquecillo que se hallaba en el otro extremo del campo.

—La acompañaré a su casa.

La mirada que ella le lanzó sugería que se sentía obligada a rehusar. No obstante, tras un momento de duda, asintió con la cabeza.

Sir Jasper estaba ausente cuando llegaron a Grange. Lucifer tuvo que dejar a Phyllida en manos de Gladys, aunque antes se aseguró, pese a las protestas de la joven, de que la mujer comprendiera que su señora había sufrido una considerable conmoción.

Al marcharse Lucifer, Phyllida le lanzó una mirada iracunda, pero a él le dio igual. Lo importante era que estaba a salvo.

Volvió a Colyton Manor por el bosque y descubrió con alegría que Dodswell había llegado con el resto de los caballos. Como había ido relevándolos con sensatez, disponían de una reserva suficiente de corceles frescos.

En compañía de Dodswell, regresó a caballo al bosquecillo. Tras desmontar en el linde del campo, mientras se acercaban llevando las monturas del ronzal, aprovechó para explicarle a éste lo que buscaban. Lo hallaron cerca de un extremo del bosquecillo, el que quedaba protegido de las miradas procedentes del sendero.

—Un caballo solo. —Dodswell examinó las huellas impresas en la tierra reblandecida por la lluvia—. Herraduras delanteras de buena calidad.

—No veo ninguna marca de los cascos posteriores —indicó Lucifer después de escrutar el suelo más atrás.

—No. Esa turba es demasiado tupida. Lástima.

—¿Qué deduces de éstas? —inquirió con ceño Lucifer, señalando las huellas visibles.

—Un caballo bastante bien cuidado, herraduras nuevas, sin mellas ni fisuras, cascos en buenas condiciones.

—¿El caballo de un señor?

—Al menos de la caballeriza de un señor. —Dodswell escrutó la cara de Lucifer—. ¿Por qué te interesa?

Lucifer le habló del caballo que había permanecido un rato en la parte posterior del bosquecillo de Colyton Manor y le explicó quién tenía el sombrero agujereado, aunque sin precisar por qué.

—No fue un cazador. ¿A qué iba a dispararle aquí? Todavía no es la temporada de la codorniz, y el bosque está demasiado lejos para la paloma. Por lo demás, los conejos no salen en este tiempo. —Dodswell escudriñó la zona con expresión sombría—. Aquí no hay nada a qué disparar.

Sólo una mujer aficionada a las caminatas solitarias y aficionada a realizar buenas acciones siguiendo un horario regular. Observando las huellas, Lucifer trató de mitigar la tensión que le agarrotaba los hombros.

—Volvamos. Ya hemos averiguado lo que podíamos aquí.

Bristleford lo esperaba cuando entró en la casa.

—El señor Coombe ha venido a verlo, señor. Lo he hecho pasar a la biblioteca.

—Gracias, Bristleford.

Lucifer se encaminó a la biblioteca y abrió la puerta. Silas Coombe se apartó con un sobresalto de una estantería, con la mano en alto. Lucifer habría apostado la colección completa de Horacio a que había estado pasando los dedos por los relieves dorados de los lomos de los libros. Con rostro impasible, saludó con una inclinación de la cabeza y se dirigió al escritorio.

—El pan de oro no se conserva muy bien —dijo—. Aunque, claro, usted ya debe de saberlo, ¿no?

Miró con una ceja enarcada a Coombe, que se irguió alisándose el chaleco de rayas horizontales blancas y negras que le hacía parecer más corpulento de lo que era.

—Por supuesto. ¡Desde luego! Sólo estaba admirando el repujado. —Se aproximó al escritorio.

Indicándole una silla, Lucifer tomó asiento en la de la mesa.

—Y dígame, ¿a qué debo el placer?

Coombe se sentó, levantándose con remilgo los faldones.

—Como es lógico, siento vivamente la pérdida de Horacio. Me atrevería a decir que soy uno de los pocos de la zona que realmente apreciaba su grandeza.

Abarcó con un gesto la estancia que los rodeaba, con lo que Lucifer infirió sin sombra de duda que para Coombe, la grandeza de Horacio había residido en sus posesiones. El hombre dejó vagar la mirada por los estantes.

—A usted debe de resultarle algo desconcertante que alguien invierta su vida en reunir todos estos mohosos volúmenes —comentó el visitante—. La verdad que los hay en fantástico número.

Lucifer se mantuvo impertérrito. Había comentado sólo a sir Jasper y Phyllida su interés por el coleccionismo, y a la vista estaba que ninguno de los dos había hablado con nadie de ello.

—Pues aunque pueda parecerle extraño, yo también me intereso por los libros, como tal vez le haya contado alguien del pueblo. En realidad, me consideran un tanto excéntrico a causa de ello.

—Ah ¿sí?

—Pues sí. Y volviendo a la cuestión que me ha traído aquí, supongo que usted querrá deshacerse de todo esto. Seguro que pronto comenzará a despejar las estanterías. Estos libros ocupan mucho espacio, todo el piso de abajo, ¿y quizás incluso arriba?

Lucifer fingió no percibir el interrogante.

—Sí, bueno. —Coombe se arrellanó en el sillón, al tiempo que se acomodaba la chaqueta—. En ese punto es donde creo que podré ayudarlo.

Se apoyó en el respaldo y, como no añadía nada, Lucifer se vio obligado a preguntar:

—¿De qué manera?

Coombe adelantó el torso como una marioneta bien entrenada.

—¡Oh, desde luego no podría quedármelos todos, vaya que no! ¡Pobre de mí! Pero me gustaría agregar unos cuantos libros de Horacio a mi colección. En su memoria, por así decirlo —aclaró, sonriendo—. Estoy convencido de que Horacio así lo habría querido.

Coombe volvió a apoyarse en el sillón.

—Me pasaré a echar una mirada a los libros cuando los empaquete... No querría causarle molestia alguna.

—No se preocupe, que no me la causará. —Lucifer intentó imaginarse a Coombe con un cuchillo en la mano y no logró una imagen creíble. Si había algún hombre en el pueblo capaz de desmayarse al ver sangre, habría jurado que sería Coombe. Aun así, era uno de los que no habían ido a misa el domingo—. No había pensado vender los libros, pero si lo hiciera, seguramente llamaría a un agente de Londres.

Coombe frunció el entrecejo.

—Confío en que, llegado el momento, me concederá derecho de preferencia.

—Tendré que ver cómo evolucionan las cosas. Es posible que ciertos agentes no acepten el lote si creen que alguien ha seleccionado los frutos más jugosos.

—¡Por favor! —Coombe se ahuecó como una agitada gallina—. Yo creo que Horacio habría querido que yo me quedara con algunas de sus perlas.

—¿De veras? —replicó Lucifer mirándolo a los ojos con una frialdad que le bajó las ínfulas—. Por desgracia para usted, Horacio ya no está aquí. El que está soy yo. —Se levantó y tiró de la campanilla—. Si esto es todo, tengo asuntos que reclaman mi atención.

La puerta se abrió y Lucifer alzó la vista.

—Bristleford, el señor Coombe se marcha.

Coombe se puso en pie con el rostro enrojecido. No obstante, recobró la compostura para efectuar una reverencia desde la cintura.

—Que pase un buen día, señor.

Lucifer inclinó la cabeza.

Cuando Coombe se hallaba próximo a la puerta, dirigió una muda señal a Bristleford, que se apresuró a acompañar a Coombe y cerrar después la puerta.

Lucifer clasificaba correspondencia en el momento en que éste regresó.

—¿Quería algo, señor?

—Vaya a llamar a Covey.

—Ahora mismo, señor.

Covey entró en la estancia minutos después.

—Tengo una tarea para usted, Covey.

—Usted dirá. —Se detuvo ante el escritorio, con las manos cruzadas a la espalda.

—Quiero que realice un inventario completo de todos los libros de Horacio.

—¿De todos? —Covey miró las altas estanterías.

—Comience por el salón, luego siga por aquí, y después por las otras habitaciones. Quiero el título, el autor y la fecha de publicación de cada volumen, y también que compruebe si hay inscripciones o notas en las páginas. Si encuentra alguna anotación, deje esos libros aparte y enséñemelos al final de cada día.

—Muy bien, señor —asintió Covey irguiendo los hombros, con manifiesto placer por volver a recibir órdenes—. ¿Utilizo un libro mayor para la lista?

Lucifer asintió y Covey recogió uno junto con un lápiz de un arcón, antes de trasladarse al salón. Lucifer volvió a arrellanarse en su silla, cuyo tapizado de cuero crujió. Los libros que había encontrado fuera de su sitio en el salón... ahora que lo pensaba, estaban bastante prietos en el estante. No podrían haberse deslizado hacia fuera de modo accidental.

Ahora Silas Coombe solicitaba ser el primero en seleccionar los libros de Horacio. ¿Podría ser él el asesino?

Lucifer miró el montón de cartas apiladas. Tenía asimismo otros interrogantes, por el momento pendientes también de respuesta. ¿Qué era lo que Horacio había querido que valorase? ¿Y dónde demonios estaba?

Ya por la noche, se encontraba junto a la ventana de su dormitorio, mirando el claro de luna derramado sobre el pueblo. Había pasado la mitad de la tarde inspeccionando la casa con la esperanza de localizar algo, alguna pieza que le llamara la atención por su carácter insólito, susceptible de ser la misteriosa pieza de Horacio. Si bien se había formado una idea del alcance de su herencia, no había avanzado nada en la resolución del misterio.

La casa era un arca de tesoros, de subestimada magnificencia. Cada objeto tenía una historia, un valor superior a su utilidad funcional. No obstante, tal como era frecuente con muchos grandes coleccionistas, las mejores piezas de Horacio se destinaban al uso para el que habían sido creadas, en lugar de permanecer retiradas. ¿Dónde estaría, pues, el misterioso objeto? ¿A la vista? ¿O escondido en alguna clase de recipiente? Reconociendo que esto último era una posibilidad, Lucifer decidió buscar por ese lado.

La identificación de la misteriosa pieza, la razón tal vez de la muerte de Horacio, era sólo uno de sus problemas. El más acuciante, el más grave, era saber por qué un hombre, a lomos de un caballo que podría ser el mismo que el que había aguardado en el bosquecillo mientras asesinaban a Horacio, había intentado matar a Phyllida.

Flexionó los hombros, tratando de relajar la tensión acumulada desde la última hora de la tarde, cuando había vuelto a Grange para hablar con sir Jasper. Y con Phyllida, por supuesto, pero ella no se encontraba allí. Ni en la biblioteca, ni en el salón, ni postrada en la cama como consecuencia de la conmoción. La muy condenada había mandado que le preparasen el carruaje para ir a visitar alguna alma necesitada. Por lo menos no se había ido a pie.

Ella había sido, cómo no, la primera en contarle lo sucedido a sir Jasper, y se había encargado de resaltar que había sido algún cazador despistado, minimizando el incidente. Por más que Lucifer había tratado de corregir tales impresiones, se había topado con considerables obstáculos. El primero, que como sir Jasper no sabía nada de la presencia de Phyllida en el salón de Horacio, no tenía motivos para suponer que el asesino de Horacio pudiera tener algún interés en ella. Sin revelarle todo a sir Jasper, sin delatar a Phyllida, no tenía sentido establecer la relación entre los caballos, y sin eso, su capacidad para revestir la situación de la gravedad deseable quedaba seriamente mermada.

El segundo obstáculo era que sir Jasper estaba acostumbrado a dar crédito a todo cuanto le contaba su hija, al menos en lo que a ella se refería. Con todo aquello en su contra, Lucifer no había podido desbaratar la complacencia del magistrado y hacer que adoptara una actitud más protectora. Lo único que había logrado era transmitir su propia inquietud con respecto al disparo y la seguridad de Phyllida en general.

Sir Jasper había sonreído con sagacidad excesiva al tiempo que le aseguraba que su hija era muy capaz de cuidar de sí misma. «No frente a un asesino», había estado casi a punto de replicar Lucifer.

Había regresado por el bosque embargado por un sentimiento muy próximo a la cólera, hasta que al llegar a la mansión, éste se había transformado en un insidioso desasosiego. Con la mirada puesta en el paisaje bañado por la luna, su humor había adquirido lúgubres tintes. Al día siguiente iría a verla y...

Alguien cruzó la calle principal y enfiló la cuesta.

Lucifer se quedó mirando con fijeza. Sabía lo que veía, pero su cerebro se negaba a registrarlo. «¡Maldita sea! ¿Qué diantres se cree que está haciendo?» Se apresuró a ir en busca de la respuesta.

Ella se encontraba en el pórtico lateral, con el libro de cuentas en la mano, cuando él llegó a la iglesia.

Phyllida lo vio salir de las sombras, grande, oscuro y amenazador, como un brujo disgustado con su aprendiz. Irguiendo la barbilla, le dirigió una mirada de advertencia: el señor Filing se hallaba a su lado.

—¡Señor Cynster! —Filing cerró su libro, sorprendido.

—No pasa nada —lo tranquilizó Phyllida—. El señor Cynster está al corriente de la existencia de la empresa y su funcionamiento.

—Oh, bien. —Filing sonrió a Lucifer—. Es una empresa más bien pequeña.

—Eso tengo entendido. —Sin corresponder a la sonrisa del párroco, Lucifer rodeó a Phyllida y se detuvo al otro lado de ésta, con las manos en jarras, realizando una excelente imitación de una desaprobadora divinidad—. ¿Qué está haciendo?

Había inclinado la cabeza de tal forma que sus palabras llegaron al oído de ella tan sólo en forma de un enojado retumbo.

—Cotejando las mercancías con el recibo de embarque, ¿ve? —Se lo mostró mientras Hugey subía cargado con una caja—. Póngala a la izquierda del sarcófago de los Mellow.

Saludando con muda circunspección a la amenazante figura plantada junto a la muchacha, el aludido se dirigió hacia la iglesia.

Oscar, que llegó tras él, miró a Lucifer de modo más directo, lo que la obligó a presentarlos. Sosteniendo con ambos brazos un tonel, Oscar inclinó la cabeza.

—Es el hermano de Thompson, ¿verdad? —dijo Lucifer.

—Ajá, eso es. —Oscar sonrió, contento de que lo reconociera—. Por ahí he oído que piensa quedarse a vivir en Colyton.

—Sí. No tengo intención de irme.

Pendiente de sus papeles, Phyllida fingió no escuchar. Oscar siguió adelante, sustituido por Marsh. Al oír la tos de éste, tuvo que presentarle también a Lucifer. Antes de que hubieran acabado de almacenar el cargamento de esa noche, todos los hombres le habían sido presentados; todos lo habían saludado con una afabilidad excesiva para su gusto.

Ella le lanzó una ojeada mientras se encaminaba a la cripta, y tuvo que reconocer a su pesar que era una figura imponente, sobre todo entre las sombras de la noche. Como su homónimo, oscuro y amenazador, él la siguió escaleras abajo.

Con exagerada concentración, ella se enfrascó de manera deliberada en las cuentas. Él se quedó por allí un momento y después fue a ver a Filing, que movía unas cajas de sitio. Oyó cómo le ofrecía una ayuda que el párroco se apresuró a aceptar. Con el ruido del roce de las cajas en la piedra, Phyllida se centró en los números.

Por fin cerró el libro y se estiró. Sólo entonces cayó en la cuenta de que Lucifer y Filing habían terminado de trasladar las cajas hacía rato. Al volverse, los vio acodados en un monumento, absortos en una seria conversación. Filing le daba la espalda y Lucifer hablaba demasiado bajo para poder oírlo. Tras poner en orden su «escritorio», fue a reunirse con ellos. Lucifer la miró acercarse.

—De modo que, aparte de sir Jasper y Jonas, Basil Smollet y Pommeroy Fortemain, la mayoría de los hombres no estaba en la iglesia.

—Así es —confirmó Filing—. Sir Cedric asiste de forma irregular, igual que Henry Grisby. Con las damas sí se puede contar, pero me temo que los varones de la parroquia son más recalcitrantes.

—Un inconveniente, en este caso.

—Sí. —Phyllida miró a Filing—. Lo he anotado todo. Como ya hemos terminado, me despido por hoy.

—Buenas noches, señorita Phyllida.

Filing se inclinó y, sonriéndole, ella dio media vuelta.

—La acompañaré a su casa —anunció Lucifer.

—Como quiera —aceptó ella, sin la menor sorpresa, antes de comenzar a subir la escalera.

Lo precedió por la iglesia y el inicio de la pendiente. Después él apuró el paso hasta situarse a su altura, casi rozándole el hombro. Phyllida sintió un hormigueo en la piel y recordó lo ocurrido en el acantilado.

La alocada carrera hasta Colyton no le había dejado tiempo ni aliento para la vergüenza o la incomodidad, pero una vez que se halló en su dormitorio, la invadió la conciencia de lo ocurrido. Estaba segura de que no podría volver a mirarlo a la cara —a los labios— sin ruborizarse tanto que todo el mundo adivinara el porqué. Casi se había hecho el propósito de evitarlo, o en todo caso de evitar sus brazos.

Después alguien le había disparado y él había aparecido, y lo único que había deseado ella era arrojarse a sus brazos en busca de seguridad. El impulso había sido tan fuerte que se había puesto a temblar y sólo había logrado dominarse con un supremo esfuerzo.

Era un puro desatino sentir aquello, sentir que el único lugar en que realmente se encontraría a salvo era en sus brazos. Y además era peligroso, sabiendo como sabía que su interés por ella era pasajero. Una vez que ella le hubiera revelado lo que sabía, no tendría ya motivos para seducirla.

Había pasado la tarde reflexionando, diciéndose que hasta entonces había sobrevivido perfectamente en el pueblo y que seguiría siendo así. Tan sólo tenía que obrar con un poco más de prudencia y todo saldría bien. Encontraría las cartas de Mary Anne, le contaría todo a Lucifer y a continuación desenmascararían al asesino. Luego la vida continuaría igual que antes. Con la salvedad de que Lucifer iba a vivir en el pueblo. No se marcharía, y ella no podría esquivarlo.

Sólo había una solución: comportarse con la confianza habitual y hacer como si nada extraordinario hubiera ocurrido en el acantilado. Fingir que él no la afectaba para nada. Pero no era tarea fácil cuando él la miraba con esa cara de enojo.

—No puede ser tan ingenua como para creer que le disparó algún cazador despistado.

—Es una posibilidad.

—Dejó de ser menos que eso cuando encontramos las huellas del caballo, iguales que las de detrás del bosquecillo trasero de la mansión.

Ella dio un paso indeciso y se detuvo.

—Alguien fue a caballo allí... De todos modos podría haber sido un cazador.

—No había nada que cazar en ese campo —objetó él.

Excepto ella. Un escalofrío le recorrió la espalda. Phyllida mantuvo la compostura y siguió andando. Pensaba deprisa, revisando los hechos a la luz de aquel nuevo dato.

Casi había llegado a convencerse a sí misma de que había sido, en efecto, un cazador imprudente. A pesar de su miedo instintivo, no hallaba una razón para pensar lo contrario. Ahora tenía que plantearse si el asesino intentaba matarla a ella.

Pero ¿por qué? Ella había visto el sombrero, sí, pero sólo era un sombrero marrón. Aunque lo reconocería si volviera a verlo, no recordaba haberlo visto antes. Por más que había permanecido atenta, no había reparado en ninguno igual. De hecho, hasta que habían confirmado que no era así, había dado por sentado que era un forastero el que había llegado a caballo y apuñalado a Horacio. Aquello parecía ya harto improbable. Si Lucifer estaba en lo cierto y el mismo caballo que había permanecido atado en el bosquecillo el domingo había estado junto al campo esa mañana, no tenía más remedio que darle la razón.

El asesino era alguien de la zona y había intentado matarla.

Tal vez temía que ella pudiese identificarlo, aunque seguramente no por el sombrero. A esas alturas ya debía de haberlo quemado, y puesto que ella no había dicho nada, debía resultar obvio que no lo había reconocido. ¿Acaso había visto algún otro detalle revelador y lo había olvidado?

Continuó caminando con el entrecejo fruncido.

Oyó un sonido de disgusto y, al ver que Lucifer la miraba, se apresuró a relajar la expresión.

—Debería hablarle a su padre de su conexión con el asesino.

—No lo habrá hecho, ¿no? —preguntó, encarándose a él.

—No, pero debería. Lo haré, si ésa es la única manera de garantizar que esté segura.

—Seré prudente —prometió ella.

—¿Prudente? ¡No hay más que verla! ¡Yendo por ahí en plena noche, y sola!

—Pero si nadie sabe que estoy aquí.

—Excepto todos los implicados.

—Ninguno de ellos es el asesino, y usted lo sabe —repuso con un quedo bufido.

Siguió un silencio cargado de tensión.

—¿Va a decirme que nadie repara jamás en la luz que se enciende de noche en la iglesia cada ciertas noches? —dijo él.

—Por supuesto que la ven. Piensan que son contrabandistas.

—Es decir, que todo el mundo sabe que usted está ahí.

—¡No! Nadie lo imagina ni por asomo. Yo soy una mujer, no lo olvide.

Eso lo mantuvo callado, aunque no demasiado.

—Eso es algo que tengo muy presente, créame.

Phyllida tropezó. Él la agarró del brazo y al sostenerla la atrajo hacia sí. Al recobrar el equilibro, la joven quedó encarada a la mansión.

—¡Dios mío! —exclamó Phyllida, y aguzó la vista—. Acaba de encenderse y apagarse una luz en el salón de su casa.

Se quedaron paralizados, con la vista fija en Colyton Manor. Todo estaba oscuro, hasta que de nuevo brilló un punto de luz. En un abrir y cerrar de ojos, por las ventanas del salón se difundió un tenue resplandor. Alguien había encendido una lámpara y la había graduado al mínimo.

—¡Tiene que ser el asesino! —exclamó Phyllida—. ¡Mire, se ha encendido de nuevo!

—¡Quédese aquí!

Lucifer se precipitó pendiente abajo.

—¡Ni hablar! —La joven echó a correr también, pisándole los talones, con la esperanza de que si había algún obstáculo, fueran los pies de Lucifer los que toparan primero con él.

Tras rodear el estanque de los patos, siguieron por el camino, con cuidado de no pisar ninguna losa suelta. Al llegar a las cercas de las primeras casitas, se ampararon en las sombras y continuaron agachados, bordeando el muro del jardín. Lucifer llegó a la verja antes; se irguió y la empujó... Sonó un crujido de goznes que se les antojó capaz de despertar a un muerto.

Lucifer se lanzó hacia el sendero, provocando un chirrido de grava. Phyllida lo siguió de cerca.

La luz del salón se apagó de improviso.

Se detuvieron ante la puerta principal y Lucifer sacó un manojo de llaves que aún no conocía muy bien. Dentro se oyeron pasos atropellados. Lucifer se detuvo y aguzó el oído... Con una maldición, volvió a guardar las llaves en el bolsillo.

—¡Quédese aquí, maldita sea! —ordenó antes de partir a la carrera pegado a la pared de la casa.

Phyllida lo siguió.

Lucifer dobló la esquina y se paró, con lo que ella chocó contra él. Mientras recuperaba el equilibrio apoyada en su espalda, aferrada a su chaqueta, lanzó una mirada por encima de su hombro. Atisbó a alguien que huía.

—¡Allí! —señaló.

La luna hizo aparición mientras la figura atravesaba veloz una franja despejada. Se dirigía al bosquecillo.

—¡No se mueva de aquí! —ordenó Lucifer antes de abalanzarse tras el desconocido.

Phyllida vaciló un momento. Había sólo otras dos aberturas de salida del bosquecillo, una que daba al lago y otra... Miró la entrada del estrecho sendero contiguo al camino exterior y, respirando hondo, corrió hacia allí.

Al percatarse de que ella no lo seguía, Lucifer miró atrás. Al principio no la vio, pero al punto divisó una sombra que avanzaba por el césped, cerca de la verja principal. Le dio un vuelco el corazón.

—¡No! —gritó—. ¡Vuelva!

Phyllida se precipitó en la oscura boca del sendero.

Profiriendo maldiciones, él torció el rumbo y echó a correr tras ella.

Entró en el sinuoso sendero, un túnel de paredes de impenetrable negrura y por techo el cielo nocturno opacado por el ramaje. Sin apenas ver el suelo ni reparar en los arañazos que le infligían las ramas en la ropa, siguió avanzando a toda velocidad.

Phyllida iba rápida, más de lo que había previsto, sin el estorbo de las faldas. Todavía le llevaba la delantera, pero le pareció oír el sonido de sus pasos por encima de los suyos y del violento latido de su corazón.

No obstante, el problema no era si iba deprisa ella, sino el asesino. Y si iba armado o no. ¿Llegarían al extremo del bosquecillo a un tiempo? ¿Alcanzaría a Phyllida antes de que se diera de bruces contra aquel desalmado?

Entonces, al doblar un recodo, la vio y, sacando fuerzas de flaqueza, se abalanzó hacia ella. Llegó a su altura en el punto donde acababan los setos del bosquecillo, de modo que desembocaron hombro con hombro en el claro.

En ese momento oyeron el burlón repiqueteo de unos cascos que se alejaban al galope.

Se detuvieron sin resuello. Tratando de normalizar la respiración, con los brazos en jarras, Lucifer observó a Phyllida, que medio doblada sobre sí, con las manos en las rodillas, jadeaba audiblemente.

—¿Lo ha reconocido? —preguntó al cabo de un momento.

—No —repuso ella, enderezándose—. Apenas si lo he visto.

Habían llegado demasiado tarde para entrever siquiera el caballo. Lucifer maldijo entre dientes. Ceñudo, señaló con un brusco gesto el sendero. Ya le expresaría su opinión por su comportamiento después, cuando hubiera recuperado el aliento.

Desandudieron el camino hasta salir al prado de césped. Entonces Phyllida miró al frente y, con una exclamación, dio un paso atrás. Lucifer se paró también. Dodswell y Hemmings recorrían el jardín.

—Quédese aquí. —Comenzó a caminar de nuevo, pero se detuvo para añadir—: Más le vale no saber qué le haré si cuando vuelva no la encuentro aquí.

Le pareció oír un altanero bufido, pero no se volvió. A paso ligero, cruzó el césped y saludó con la mano a Dodswell, que ya lo había visto.

—Había un intruso... Lo he perseguido pero se ha escapado.

—Aguardó a tener a Hemmings al lado—. Voy a inspeccionar aquí fuera. Usted mire dentro para averiguar cómo entró y salió. Después cierre. Yo tengo mis llaves. Mañana hablaremos.

Hemmings y Dodswell, en camisón, regresaron a la casa.

Lucifer esperó a que hubieran entrado para encaminarse al sendero.

10

Phyllida aguardaba en el lugar donde la había dejado, justo detrás de la entrada. Con los brazos cruzados, era posible que lo mirase con cara de enfado, pero la oscuridad le impidió confirmarlo.

Se paró a su lado, en toda su estatura, con deliberado aire amenazador. Ella no retrocedió ni un paso.

—¿Siempre le cuesta tanto obedecer?

—Son muy pocas las personas que me dan órdenes.

Permanecieron un instante así, sosteniéndose la mirada, hasta que él retrocedió y señaló el prado.

—La acompañaré por el bosque.

—Quizá sea mejor ir por el bosquecillo y salir por el sendero del lago —sugirió ella.

Lucifer la animó a avanzar con un ademán y después echó a andar detrás.

Phyllida volvió a entrar en el bosquecillo, muy consciente de la contenida energía varonil que la seguía. Por más que trató de convencerse de que lo hacía sólo para intimidarla, para presionarla a fin de que le revelase todo y en adelante siguiera sus órdenes, sabía que no era eso. Si hubiera querido intimidarla, lo habría hecho de una manera más directa. Tampoco era que la sensación de tener pisándole los talones a un hombre peligroso, algo violento y no sometido a completo control no le resultara intimidatoria.

Bordearon el lago y atravesaron el bosque en silencio. Phyllida se detuvo cuando llegaron al bosquecillo de su casa, pero él le indicó que continuara.

El prado trasero de Grange se abría ante ellos cuando él la agarró del brazo y la condujo por uno de los senderos interconectados. La soltó junto al seto, que por suerte era de una conífera de hoja pequeña. Recortada con precisión, formaba una especie de almohada tras ella. Lucifer apoyó un hombro en la barrera vegetal, justo a su lado.

—¿Cuándo me va a contar lo que sabe?

Le habría gustado poder leer algo en sus ojos, pero estaban inmersos en sombras. Se hallaba allí, tan cerca, y aun así no tenía ahora ninguna impresión de amenaza. Invitación era más bien lo que ella percibía, ajena a simulaciones y engaños, como una simple transacción entre ambos. Para ella, aquello resultaba muchísimo más atractivo.

—Pronto.

—¿Cuándo con exactitud?

—No puedo precisarlo, pero pronto. Unos cuantos días, tal vez.

—¿Y yo puedo hacer algo para reducir ese tiempo?

—Si pudiera decírselo... —Hizo una pausa—. Pero no puedo. Di mi palabra.

—¿Significa que el asesino la ha puesto en su punto de mira porque usted sabe algo que podría constituir una amenaza para él?

—No creo. No veo cómo podría representar una amenaza para él.

—Bien —asintió él tras reflexionar un momento—. Haremos un trato.

Phyllida se irguió y de improviso volvió a experimentar aquella sensación de amenaza física. Ante ella tenía una fiera apenas sujeta por un collar.

—Que yo sepa, no hay ninguna necesidad de tratos.

—La hay, créame.

El sordo rumor de su voz le advirtió de que no convenía poner en entredicho tal afirmación.

—¿De qué se trata, pues?

—Quiero que me prometa que hasta que hayamos atrapado a ese asesino, no va a deambular por ahí sola, ni de día ni de noche.

—¿Y a cambio? —Adelantó la barbilla.

—A cambio no le diré a su padre que usted estuvo allí y que sabe algo importante.

—De todas maneras no se lo diría a papá —afirmó ella.

—¿Está tan segura como para correr el riesgo? —repuso él entornando los ojos.

Lo estaba, pero no consideró prudente reconocerlo en aquel momento.

—Tendré cuidado —cedió, y habría reiniciado la marcha de no ser porque él le obstruyó el paso.

—Cuidado —repitió él con semblante grave—. ¿Alguien intenta matarla y a usted sólo se le ocurre tener cuidado? Debería decírselo a su padre para que la deje encerrada en su habitación.

—¡Tonterías! No tenemos ni de lejos la certeza de que fue el asesino quien me disparó.

—¿Y quién si no? No me venga con que fue un cazador.

—¡El asesino no tiene ninguna razón para matarme!

—Pues él parece pensar que sí. —Le escrutó el rostro—. Eso que usted sabe debe de poder identificarlo.

—No se trata de eso —afirmó ella, sin disimular su contrariedad—. Al principio creí que sí, pero ahora no veo de qué puede servir.

—Lo que importa no es que lo identifique o no, sino que él crea que sí. Eso es suficiente para ponerla en peligro. —Mientras pronunciaba esas palabras, Lucifer sintió su peso; por primera vez adquirió plena conciencia de su implicación. Ella corría peligro, un peligro real, acuciante. Podía matarla el mismo hombre que le había arrebatado a Horacio—. Tiene dos posibilidades —añadió, sintiendo una opresión en el pecho—. O bien me promete que no va a poner los pies fuera de su casa salvo para asuntos de urgencia, y en tal caso sólo con compañía masculina, o ahora mismo podemos entrar y hablaré con su padre para ponerlo al corriente de todo.

—Esto es ridículo —replicó ella, dando rienda suelta a su irritación—. Usted no es mi guardián.

Él la miró con fijeza y se limitó a decir:

—Voy a entrar. —Sin embargo, no se movió.

Ella sí intentó echar a correr, pero él le rodeó la cintura con un brazo y, depositándola de nuevo contra el seto, la inmovilizó. La miró a los ojos, ardientes de rabia.

—No está a salvo. —Se refería al asesino, pero de pronto se le ocurrió que aquello tenía un doble sentido. Bajó la cabeza—. Usted es una mujer y el asesino es un hombre —musitó recorriéndole la mejilla con los labios para bajar hasta la mandíbula.

Su aroma ascendió, envolvió sus sentidos y se apoderó de él. Su cuerpo se tensó. La tentación de saborearla creció en su interior, más apremiante que nunca. Encima del seto, detrás de la espalda de ella, crispó el puño mientras mantenía un pulso con su apremio, un pulso que ganó.

Él era un hombre también. En cierto momento, había pasado por alto aquel hecho. Recurriendo a su fortaleza, se hizo cargo de sus riendas, dispuesto a retirarse.

—Béseme —pidió ella de pronto.

Sonó como un susurro en la oscuridad, un quedo ruego tan imprevisto que lo desconcertó. Él la miró a la cara, dudando de haber oído bien.

Tenía la chaqueta abierta y ella había posado las manos en su pecho, cubierto sólo por la camisa. Entonces las deslizó a los lados, urgiéndolo a acercarse.

—Béseme otra vez. —Lucifer vio que movía los labios al tiempo que se estiraba, hasta que le tocaron la barbilla—. Béseme como el otro día... sólo una vez más...

No tuvo que repetírselo. No iba a ser un solo beso, no obstante. Mientras inclinaba la cabeza para alcanzar sus labios, dio por sentado que ella lo sabía, que sus últimas palabras eran sólo una fórmula inherente a su ruego. Quería besarla un millón de veces, sin parar. Nunca se cansaría de su sabor, de aquella manera dulce, inocente y confiada con que le entregaba los labios, la boca.

Y así lo hizo de nuevo, enardeciéndole los sentidos. Se sumergió con avidez en el beso, en ella.

La apretó contra el mullido seto y el contacto de su flexible cuerpo tenso contra el suyo avivó su anhelo. Ella deslizó las manos, tanteando, hasta apoyarlas abiertas en su espalda, aferrándolo. Él ahondó el beso y su ansia estalló. Arqueada bajo él, ofreciéndose de modo instintivo, ella le devolvió el beso.

Ella era todavía novata en el juego, lo que bastaba para distraerlo un poco. Se tomó su tiempo para excitarla, para juguetear, para enseñarle, hasta que, con los labios fundidos y las lenguas entrelazadas, hallaron satisfacción en la profundidad de la intimidad compartida.

No era sin embargo suficiente... no para él.

Tampoco para Phyllida. Como él no proponía nada más y permanecía como un ardiente, vibrante y excitante varón que prácticamente la envolvía en la oscuridad, dedujo que le correspondía a ella tomar la iniciativa. Deslizando las manos por la espalda, deleitándose en la firmeza de los músculos, la tensión que sentía acudir a ellos a medida que tocaba, buscó y halló los botones de su camisa. Con destreza fue subiendo, liberando los pequeños botones de los ojales, sin dejar de besarlo, acogiéndolo y correspondiendo a sus abrasadoras caricias con otras no menos fogosas. El dar y recibir, la reciprocidad que lo impregnaba todo, era algo que la intrigaba y la incitaba a seguir. Él había visto sus pechos, los había acariciado, había jugueteado con sus pezones, proporcionándole un glorioso placer. Ahora le tocaba a ella corresponderle. El último botón cedió; introdujo las manos bajo la suave tela. Extendiendo los dedos, presionó con las palmas la amplia caja torácica.

Él reaccionó igual como lo había hecho ella, con una súbita tensión que se convirtió casi al instante en calor, en una curiosa vibración de la carne. Complacida, Phyllida prolongó la caricia, moviendo las manos, hincándole los dedos, al tiempo que se preguntaba si aquel palpitante retumbo era el deseo... de él.

Notó la aspereza del vello pectoral en la palma de las manos. Luego encontró las aureolas, tan distintas de las suyas aunque coronadas también por pezones. Las toqueteó intrigada por el descubrimiento, por la creciente reacción que captó en él. Sus labios seguían fundidos, con su boca atrapada bajo la de él. Percibía su control, su contención. Osadamente, lo acarició con las manos y la lengua, excitándolo aún más.

La compuerta cedió y el calor la inundó con una ardiente oleada.

Estaba en lo cierto: aquello era su deseo. Lo sentía hasta la médula, colmándola, calentándola. Y ella lo absorbía con deleite y arrojo, sin precaución alguna. Deseaba seguir adelante, anhelaba con desesperación conocer todas aquellas cosas que había temido no llegar a sentir nunca. Quería saber cómo era el deseo mutuo, cómo era arder en esa llama. Una vez que encontrara las cartas, tendría que explicárselo todo a él, y entonces ya no volvería a repetirse aquel breve momento: la oportunidad de ser el objeto del deseo de un hombre.

No quería dejarlo pasar. Con perplejidad, tomó conciencia de ello pero no quiso pensar, pues en ese momento tenía demasiadas sensaciones nuevas, no sólo físicas sino etéreas, que registrar. Que experimentar, que comprender... Era como sumergirse en un mundo inédito de maravillas desconocidas. Desde luego tenía muchísimo que aprender.

Él la presionó para que se recostara de nuevo en el seto y tiró de su camisa. No se abotonaba delante. Ella lo dejó hacer, aflojando su abrazo. Él le soltó la camisa del pantalón y coló las manos debajo. Al topar con la prieta prenda que le sujetaba los pechos, se detuvo un instante y ella creyó oír un gruñido. Luego las llevó hasta su espalda y la acercó a él. Y Phyllida, liberando las manos, las entrelazó en su cuello y se pegó a él, devolviéndole los tórridos besos y las fogosas caricias. No sabía muy bien si aún tocaba el suelo con los pies, ni le importaba. Lo único que quería era acercarse más, aunar su ardor con el de él.

Él volvió a desplazar las manos por sus caderas hasta abarcarle las nalgas. Entonces la levantó y la posó sobre él, con un deseo manifiesto. Ella dejó que su cuerpo se amoldara a él a la manera de una mano, como si con su mullido vientre pudiera acariciarlo allí.

Algo cambió. No se trató de una especie de fogonazo, sino de un flujo constante de energía. Entre ellos surgió algo nuevo, algo tan vital, tan intenso, que ella ansió experimentarlo a fondo. Le estrechó con fuerza el cuello y lo besó aún con mayor hondura, compartiendo aquel impetuoso apremio. Él le devolvió el beso. La energía creció y se desparramó a través de ellos hasta dejarla rebosante, dolorida, y a él le ocurría lo mismo.

Los labios se despegaron. Ambos necesitaban respirar. En aquel curioso paréntesis que los retenía, ella lo miró a la cara. Tenía los ojos cerrados y la respiración tan trabajosa como la suya. ¿Qué venía a continuación? Ella no tenía la menor idea, pero estaba segura de que él sí sabía. Volvió a rozarle los labios con los suyos y musitó:

—Enséñeme.

Su súbita carcajada sonó más como un gemido.

—Maldita sea... Si lo que intento es preservarla.

—No lo haga. —Habría fruncido el entrecejo, de no ser porque él tenía los ojos cerrados. ¿Actuaba con rectitud caballeresca? ¿O con terca actitud protectora? ¿Existía alguna diferencia? ¿Importaba acaso?—. Deje de tomar las decisiones por mí.

—Si ni siquiera sabe...

—Deje de discutir y enséñeme.

Lo besó de nuevo, con ímpetu. Él se inflamó al instante y la correspondió. La cabeza comenzó a darle vueltas. No retrocedió, se negó a batirse en retirada. Siguió besándolo, hundiéndose contra él, utilizando su cuerpo contra él. Percibió el momento de su victoria, cuando el deseo triunfó sobre los escrúpulos masculinos que lo refrenaban. Lo recorrió un escalofrío, tras el cual el ardor y la gloria volvieron a fluir entre ellos, con más brío que antes.

Su beso adquirió otro matiz, en el que la reciprocidad se daba en un nivel más profundo de intimidad. Ella daba con generosidad y recibía sin remilgos, sin acobardarse.

Un hondo suspiro brotó de la garganta de él al tiempo que incrementaba la presión de las manos en las nalgas. Después las masajeó, provocándole una oleada de calor por toda la piel. La hizo retroceder un poco más contra el seto. Sosteniéndole las nalgas con una mano, la mantuvo allí, inmovilizada, en tanto que, con mano diestra y segura, le desabrochaba los pantalones.

Ella debería haberse escandalizado, pero no fue así. Quería descubrirlo, en ese momento mismo, esa noche, allí, con él.

Unos largos dedos se extendieron por su ingle, y su suave presión le quitó el aliento. Él apretó con más fuerza los labios y entonces ella inspiró en su boca, inmersa en la vertiginosa sensación de su contacto, de su exploración.

Él iba lento. Se tomaba su tiempo para disfrutar, para reconocer. Con los nervios tensos hasta intolerables extremos de sensibilidad, ella seguía cada uno de sus movimientos. Siguió el curso de sus dedos a través de la rizada espesura del pubis, sintió el apre-

miante descenso entre los muslos. Notó el calor, la curiosa humedad que él encontró y se estremeció con el fogonazo de pura sensación que la traspasó cuando la acarició.

Con pericia de experto, él la tocó, le separó las piernas, la sondeó, inundándola con oleadas de placer. A lomos de ellas Phyllida
cabalgaba en dirección a algo, con una urgencia de llegar cada vez
mayor, hasta sumirse en un desenfrenado anhelo. Ignoraba qué
quería, pero estaba segura de que él lo sabía. Asida a él, al anclaje de
su beso, adelantó las caderas, abriéndose a su mano, suplicando...
no sabía muy bien qué.

Sosteniéndola, él deslizó los dedos en una apaciguadora caricia
y después, muy despacio, se introdujo en su interior. Tan despacio
que a ella la excitó aún más... No hubo fuerza ni presión, sólo la entrega de su cuerpo a su penetración. Tras llegar bien adentro, Lucifer inició un movimiento de vaivén.

El calor de su interior se juntó, se fundió y se contrajo todavía
más. Él volvió a mover el dedo dentro de ella, con el pulgar rozándole apenas el sublime botón... Ella habría emitido una exclamación
o un grito, pero él absorbió el sonido. Y prolongó la caricia.

La cabeza le estalló, primero con una implosión y luego una
erupción. Un exultante placer se desparramó por todas sus venas.
Un ardiente deleite, tangible en su intensidad, le recorrió toda la
piel, dinamitando su conciencia y dejando una suprema languidez
en todos sus sentidos. Aferrada a todo ello, se entregó a él, al esplendor del deseo.

Lucifer le observaba la expresión mientras la asaltaba el placer,
concentrado en ella, saboreando las ondulantes caricias que la volvían loca de excitación. Cada uno de sus demonios particulares estaba en pie de guerra, reclamando su habitual recompensa. Él ignoraba cómo iba a contenerlos: sólo sabía que tenía que hacerlo. En
algún momento había cruzado una línea, un Rubicón más allá del
cual no había posibilidad de retorno. Aun sin estar seguro de dónde ni cuándo fue, no valía ya la pena fingir que no hubiera dado, de
una manera más o menos deliberada, el paso definitivo. Tanto daba
que hubiera sido un cuarto de hora antes, cuando había tomado
conciencia de que había estado casi a punto de perderla, que fuera
el jardín de Horacio el responsable, o aquella herencia inesperada...

o que lo hubiera decidido ya la primera vez que la había visto. Lo cierto era que ella era suya. Así pues, en ese momento debía centrarse en no ceder a sus demonios. Esto es, en no bajarle más los pantalones, levantarla y poseerla allí, sin dilación, contra el seto.

En ese sentido lo ayudó observar su rostro, con los ojos cerrados y expresión de beatífica dicha, y también extraer los dedos de su interior y sacarlos poco a poco de entre los muslos, aunque su aroma almizclado se propagó, tentador, y provocó a sus demonios. No obstante, Lucifer prestó oídos sordos a sus aullidos.

La haría suya, sí —lo había decidido hacía días, aunque no se hubiera permitido pensar en ello—, pero no allí, esa noche. Por más que ella hubiera insistido, se merecía algo mejor que un seto. Además, él abrigaba serias dudas de que, llegado el momento, fuera suficiente con una sola vez. Desde el principio había sabido que la abstinencia no era una buena idea. Para empezar necesitaría una noche entera. Si obraba con suficiente cautela y habilidad...

Apoyado en el seto a su lado, la observó con los pantalones abrochados, la mano aún posada en su cadera sobre el faldón de la camisa. Ella respiró hondo y abrió los ojos.

Pestañeó y lo miró a la cara.

Aun en la penumbra, él advirtió que volvía a la tierra y que la tensión volvía a instalarse en su espalda. Ella lo miró a los ojos, antes de escudriñarle el rostro, para volver a fijar la vista en sus ojos.

Él arqueó los labios, esbozando un amago de sonrisa, al tiempo que se inclinaba hacia ella.

—Esto ha sido sólo el aperitivo. —Depositó un suave beso en sus labios hinchados y después sostuvo su mirada de desconcierto—. La próxima vez estarás desnuda en una cama, conmigo, y no te dejaré escapar hasta haberte poseído. No una vez, sino muchas.

A las once de la mañana del día siguiente, Phyllida cerró la puerta lateral de la iglesia y enfiló el sendero. Los jarrones estaban listos para el próximo servicio religioso: una obligación más que podía tachar de su lista.

Jem, el criado más joven de Grange, que aguardaba apoyado contra la verja del cementerio, se irguió al verla acercarse. Ella había requerido su presencia para que la defendiera del asesino, o tal vez para protegerse de Lucifer, no sabía bien. Si era lo segundo había fracasado, puesto que en ese momento, delante del cementerio, corveteaban dos caballos negros, y no tenía la menor duda respecto de quién tiraba de las riendas.

Jem le aguantó la puerta mientras salía al camino. Lucifer hablaba con Thompson, que se encontraba al lado del carruaje, aunque no apartaba la mirada de ella. Al verla, Thompson calló para dedicarle una inclinación, lo cual aprovechó Lucifer para saludarla también.

—Buenos días, señorita Tallent. ¿No preferiría regresar en coche a Grange?

Nadie la creería si respondía que no; en realidad, no tenía ningún inconveniente en volver a estar con él, al menos en público.

—Gracias.

Tras enviar a Jem a casa, se aproximó a un lado del coche. Aunque inmerso todavía en su conversación con Thompson, Lucifer le tendió una mano. Después de una breve reflexión, ella la aceptó, permitiendo que la ayudara a subir. En público no tenía nada que temer. Una vez sentada, se puso a escuchar con descaro el diálogo de ambos hombres.

—O sea, que quiere cambiar los cerrojos de todas las puertas y ventanas, para poner de los que no ceden así como así.

—Sí. No sé cuántos se van a necesitar, pero quiero que todas las ventanas queden bien atrancadas.

—Ya; de lo contrario no sirve de nada. Esta tarde iré a contarlos. Ya sé de qué clase le conviene, aunque tardarán una semana o más en llegar, porque hay que encargarlos en Bristol.

—Bien —asintió Lucifer—. Haga el trabajo con la mayor rapidez posible.

—No se preocupe. —Despidiéndose respetuosamente de ambos, Thompson se apartó del vehículo.

Lucifer hizo chasquear las riendas y el carruaje se puso en marcha. Después la miró, pero tuvo que volver a concentrarse en los caballos. Pasaron junto a Jem, que bajaba alegremente por el camino.

—No tiene ni idea —dijo Lucifer— de la agradable sorpresa que me he llevado al verla acompañada por Jem.

—¿Por qué? Yo no dije que no iba a llevar a nadie.

—Tampoco dijo que lo haría, y la verdad es que nunca he conocido a una mujer a quien le guste tanto llevar la contraria como a usted.

No supo si tomárselo como un cumplido o un insulto.

—¿Por qué va a cambiar los cerrojos? ¿Por lo de anoche?

—Por el intruso —contestó él, mirándola fugazmente.

Ella se estremeció, asaltada por el recuerdo. No obstante, puso todo su empeño en disimularlo. No iba a permitir que lo ocurrido la noche anterior la inhibiera de proseguir con la investigación en curso. Sospechaba que él se alegraría de verla batirse en retirada, víctima del temor. De todos modos, aquello se había producido a causa de su propia insistencia, de que él le hubiera dado precisamente lo que ella quería, aun cuando, tal como bien había observado él, no supiese con certeza qué pedía. Pero no por eso iba a convertirse en una boba timorata.

Asimismo, estaba resuelta a no preocuparse por la advertencia que le había hecho él a propósito de la próxima vez. Dependería de ella que hubiera o no una próxima vez, y todavía no lo había decidido.

Era chocante, desde luego, pero allí estaba ella, sentada a su lado, con cierto recelo pero con calma. Por más que no hubiera calculado las posibilidades de la noche anterior, al menos hasta encontrarse inmersa en ellas, tenía veinticuatro años y sabía a qué se había referido él con sus últimas palabras. Las había pronunciado como un juramento, impregnado de una poderosa convicción. Tras un tenso momento, con semblante sombrío y abrupto, había dado unos pasos atrás y la había dejado ir más allá, hasta regresar el césped. La única vez en que se volvió a mirar lo había visto parado, como una oscura e imponente sombra en el linde del bosquecillo. Como una representación de Lucifer, sin duda, irradiando un candente deseo.

Tentación era, en efecto, su segundo nombre.

Con todo, en sus brazos se había sentido a salvo, de una manera absoluta, no sólo en el plano físico sino a un nivel mucho más profundo. El porqué era un misterio en torno al cual no valía la pena cavilar. Ignoraba hasta dónde podría tentarla ese sentimiento de seguridad, pero en sus veinticuatro años de vida, él había sido el primero en hacerle sentir a su alcance la experiencia de ser una mujer deseante y deseada. Y abrigaba el presentimiento de que, así como había sido el primero, también podría ser el último.

—El intruso... —se agarró a la barandilla del carruaje mientras él doblaba el recodo para desembocar en el camino principal—, ¿cómo entró?

—Había una ventana con un pestillo flojo, la de la fachada lateral del salón.

—Ah, por eso salió tan deprisa. —Calló un momento, antes de preguntar—: ¿Cree que volverá?

—No enseguida, pero sí algún día. Sea lo que sea que buscaba, no lo encontró. Si fue motivo suficiente para cometer un asesinato, volverá.

—¿Está seguro de que el intruso es el asesino?

—No —reconoció con una mueca—, aunque a menos que el domingo por la mañana hubiéramos sido cuatro las personas que fueron a visitar a Horacio (el asesino, el intruso, usted y yo), y teniendo en cuenta que no hemos encontrado el menor rastro del primero, cabe concluir que el intruso es el asesino.

La verja de Colyton Manor apareció tras el siguiente recodo, pero Lucifer no aminoró la marcha.

—Deberá tener la paciencia de escucharme. Aparte de su padre y su hermano, usted es la única persona cuerda y libre de toda sospecha con la que puedo hablar de esto. Por razones obvias, todavía no puedo hablar con su padre ni con su hermano.

Phyllida lo contempló mientras él iba pendiente de los caballos.

—Creo que a Horacio lo mataron a causa de un libro. Todo el mundo sabía que el domingo por la mañana no solía haber nadie en la mansión. Las puertas de abajo nunca estaban cerradas con llave. El asesino, una persona del lugar que no fue a la iglesia, dejó el caballo detrás del bosquecillo y se dirigió al salón. Se puso a examinar los libros, sacándolos de las estanterías... y entonces Horacio lo sorprendió. El domingo por la tarde advertí que había tres libros mal colocados.

—¿Dónde?

—En la parte de abajo de la última estantería de la pared interior.

Cerca del hueco donde ella había sospechado que podía haberse ocultado el asesino.

—Es decir, que el asesino está buscando un libro.

—O algo que hay dentro de un libro.

—¿Podría ser ese libro la pieza que Horacio quería que usted examinase?

—No. Horacio no me habría pedido que valorase un libro, porque él era la máxima autoridad en ese terreno. Si hubiera descubierto un libro espectacular no habría necesitado mi opinión para estar seguro.

Al llegar a la carretera de Axmouth, redujo la marcha e hizo girar el carruaje.

—¿Por qué ha dicho algo que hay dentro de un libro? —preguntó Phyllida cuando volvían en dirección a Colyton.

—Muchos libros son valiosos no por el libro en sí, sino por lo que más tarde alguien ha escrito en ellos. A veces es la información contenida en las notas lo que le agrega el valor, aunque lo más frecuente es que se deba a la identidad de quien las ha escrito.

—¿Se refiere a inscripciones y cosas así?

—Inscripciones, instrucciones, mensajes... hasta testamentos. Le asombraría lo que uno puede llegar a encontrar.

—¿Quiere decir que el móvil del asesinato podría ser alguna clase de información anotada en un libro?

—Ésa es mi deducción.

Con destreza, maniobró para hacer pasar el vehículo por la alta verja de Grange.

—¿Y la pieza que Horacio quería enseñarle?

—Eso sigue siendo un misterio. El hecho de que a Horacio lo matasen justo después de haberla descubierto parece una extraña coincidencia, porque aparte de Covey y yo nadie estaba al corriente de su hallazgo. Covey sabe aún menos que yo al respecto.

—Tendremos que buscar en todos los libros.

—Ya he puesto a Covey a hacerlo. Está acostumbrado a manejar volúmenes antiguos y valiosos, de modo que lo hará con cuidado y meticulosidad.

Detuvo el carruaje delante de la escalinata de la casa solariega.

Phyllida bajó sin aguardar ayuda. Ya en los escalones, se volvió y sostuvo la mirada de aquellos ojos azules.

—Gracias —dijo escuetamente.

Enarcando la ceja a modo de interrogación, él le escrutó la cara con expresión pensativa. Sonriente, ella inclinó la cabeza antes de volverse hacia la puerta.

—Hasta la próxima vez —añadió.

No giró la cabeza para ver la reacción de él, pero el carruaje no se puso en marcha hasta que ella hubo traspuesto el umbral y Mortimer cerró la puerta. Sin dejar de sonreír, se encaminó a su habitación. Ignoraba por qué le estaba tomando el pelo, aunque sabía que era un juego peligroso.

En realidad ni siquiera sabía que le estaba tomando el pelo.

Cuando llegó a su dormitorio, la sonrisa se había trocado en gesto de preocupación. Lucifer se estaba concentrando en los libros de Horacio, de lo que se desprendía que había pocas posibilidades de que se dedicara a inspeccionar un escritorio. El problema era que había encargado pestillos nuevos y ordenaría que los instalaran en toda la casa, como mínimo hasta que descubriesen al asesino.

Le quedaba pues una semana, el tiempo que tardarían en llegar los pestillos. Tendría que registrar las habitaciones del piso de arriba de Colyton Manor una noche de aquéllas. La señora Hemmings le había dicho que Lucifer se alojaba en la habitación de la esquina derecha de la fachada principal y que había dejado la de Horacio tal como estaba.

«Lo único que puedo hacer es rezar por que ese maldito escritorio no esté en el dormitorio de la esquina de la fachada principal.»

11

Resueltos a no dejarse hacer sombra por los Fortemain, los Smollet habían organizado un baile para esa noche, una fiesta especial a la que acudirían invitados de varios kilómetros a la redonda. Lucifer, que no conocía a la mayoría, pasó la mitad de la velada siendo presentado y suscitando exclamaciones, dada su condición de principal atracción de la velada.

Mientras se dejaba admirar, no perdía de vista a Phyllida. Ésta había llegado temprano con su padre, su hermano y la señorita Sweet. Lady Huddlesford se había presentado más tarde, con Frederick. Percy Tallen no había asistido.

Con su vestido de seda color bronce, una sencilla gargantilla de oro y unos pendientes con forma de lágrima, Phyllida era la mujer vestida de forma menos ostentosa del salón y sin embargo la más atractiva. Si bien atraía la mirada de muchos hombres, pocos eran, según advirtió Lucifer, los que apreciaban en su justa medida su valor. Cedric, Basil y Grisby la veían como un interesante bien que sería provechoso añadir a sus propiedades. Ninguno parecía verla a ella como persona. Qué necios eran todos...

Con expresión serena, ella hacía lo posible por desentenderse de ellos y hablaba con la mayoría de los invitados, seguramente dispensando ayuda y consejo en modalidades diversas. De todos modos, no podía evitar del todo a sus supuestos pretendientes.

El primer baile lo dedicó a Basil, el anfitrión. Gracias a sus dotes estratégicas, Lucifer escurrió el bulto, de tal modo que Yocasta Smollet bailó con sir Jasper. A continuación Phyllida bailó un cotillón con Cedric, y más tarde la vio como pareja de una danza regional con Henry Grisby.

Su actitud al concluir el baile, de alivio por haber cumplido por fin con su deber, no llegó a abrir brecha en el ensimismamiento de Grisby. Nada impresionada, Phyllida se retiró para hablar con las señoritas Longdon.

Desde un extremo del salón, Lucifer la observaba, planteándose la mejor vía de enfoque.

—¡Ah, aquí está usted! —Era sir Jasper—. Quería preguntarle si ha descubierto algo sobre ese canalla que apuñaló a Horacio.

—Nada de bueno. No hay ninguna prueba de que algún forastero llegara a caballo, al menos por el este. Aún tengo que indagar en Honiton, pero de momento todo indica que el asesino reside en la localidad.

—Oh... ¿Y ese intruso que sorprendió anoche...?

—Podría ser el asesino.

Sir Jasper exhaló un prolongado suspiro y desplazó la mirada por la estancia.

—Confiaba en que no fuera alguien de por aquí, pero por lo que usted me dice...

—No pudo ser alguien de lejos, porque lo habrían visto.

—Por la misma regla de tres, vista la manera como vamos aquí todos de un sitio a otro a caballo, será difícil identificar a alguien.

Lucifer asintió con la cabeza. Sir Jasper permaneció a su lado mientras se ensombrecía su semblante. Al final, respiró hondo, miró a Lucifer y dijo:

—Ese asunto del cazador que disparó a Phyllida...

De pronto vieron a Jonas, que acudía contoneándose. Con las manos en los bolsillos, miró a Lucifer a los ojos. Como de costumbre, parecía relajado y de muy buen humor. A Lucifer se le ocurrió que, de la misma manera que la tranquila serenidad de Phyllida a menudo era una máscara, tras el despreocupado talante de Jonas se ocultaba algo. Sus ojos color avellana no traslucían despreocupación.

—Ya sé que Phyllida dijo que era un cazador, pero yo no lo veo claro. Era una hora y un sitio rídiculos para estar cazando. Y además ¿para qué quemó ese sombrero?

—¿Quemó el sombrero? —Sir Jasper buscó con la mirada a su hija entre los invitados.

—Eso dijo Sweetie. —Jonas observó también a Phyllida.

—¿Por qué demonios lo haría?

Porque estaba asustada y la destrucción del sombrero había sido para ella la forma de dejar zanjado el incidente. Lucifer así lo entendía. Pese a su intransigencia, Phyllida era demasiado inteligente para no tener miedo.

—Lo que quiero saber es si ella corre algún peligro —dijo Jonas.

Lucifer constató con alivio que no iba dirigido a él en concreto. Consciente de que no podía responder con sinceridad, se revolvió con inquietud, pues iba contra sus principios dejar a padre y hermano en la ignorancia. En su opinión tenían derecho a saber, derecho a proteger a su hija y hermana. Guardando silencio para no cometer ninguna imprudencia, barajó las opciones, para llegar a la conclusión de que no había ninguna manera de advertirlos sin dar a entender que el asesino quería atentar contra Phyllida, porque entonces querrían saber por qué.

—Hoy la vi salir de la iglesia acompañada por un criado.

—¿De veras? Ésa sí es una novedad. Por qué lo habrá hecho.

—Quizá por la conmoción de que alguien le disparase —observó Lucifer—. ¿Quién puede saber cómo funciona la cabeza de las mujeres?

Sir Jasper emitió un bufido y Jonas sonrió.

—No me gusta que haya un asesino suelto entre nosotros —declaró al cabo de un momento sir Jasper—. Todo puede acabar muy mal. Creo que tendré una conversación con los hombres... No hay necesidad de que Phyllida se entere.

—Una actitud más vigilante en general no vendría mal.

—Phyllida se va a enterar —objetó Jonas—, lo sabes muy bien. Lo único que hará entonces es reorganizar las cosas a su manera.

—¡Uf! —Sir Jasper miró ceñudo a su hija—. De todas maneras lo haré. Con suerte, para cuando lo sepa, ya estaremos a punto de atrapar al criminal.

Lucifer rogó que así fuera. Después dejó a sir Jasper y Jonas y fue a hablar con los músicos que tocaban en un rincón. A continuación se dirigió a la *chaise longue* que Phyllida compartía con las señoritas Longdon.

Dedicó una reverencia a las tres damas. Apenas habían intercambiado unas palabras cuando las primeras notas de un vals resonaron en la sala. Las señoritas Longdon soltaron unas risitas. Aunque ninguna de las dos bailaba, escudriñaron con interés la estancia para ver qué parejas se formaban.

Lucifer volvió a inclinarse ante Phyllida.

—¿Me concede el honor, señorita Tallent?

Ella le dio la mano y, tomándola, él la condujo al centro de la pista. Las señoritas Longdon fueron presa de un sofoco.

Phyllida bailaba bien y en aquel momento se felicitó por ello, ya que al menos no tenía que poner atención en el movimiento de sus pies. Un problema menos que atender. El más acuciante la tenía atrapada en sus brazos y la hacía evolucionar sin esfuerzo por la sala. Obedeciendo algún impulso ingenuo, su inteligencia y sus instintos parecían decididos a dejarse arrastrar a una especie de reino de vertiginoso deleite, lo cual representaba un verdadero peligro.

Había en el semblante de Lucifer un ceño con marcados surcos, una presión en las mandíbulas, una tensión en el cuerpo que de forma tan tentadora rozaba el suyo... todo ello inconfundibles señales de peligro. Ella mantuvo la expresión apacible, sin dejar de mirarlo a la cara.

—Acabo de mantener una conversación muy incómoda con su padre y su hermano.

Vio cómo abría los ojos como platos, al tiempo que se demudaba.

—Pero ¿cómo se ha podido enterar papá, y menos aún Jonas, de lo de anoche?

Lucifer se quedó mirándola y esbozó una sonrisa.

—No hablábamos de nuestro interludio en el bosquecillo. No saben nada de eso.

—¡Loado sea Dios! —exclamó Phyllida con alivio.

Lucifer casi la llevó en volandas mientras emprendían el siguiente giro.

—La cuestión que hemos tratado es si usted corre peligro, que sí lo corre.

—¿No se lo habrá dicho? —Le escrutó los ojos.

—No, pero debería —replicó él.

—No hay motivo para que se preocupen...

—Tienen derecho a saberlo.

—Yo no quiero que lo sepan. No hay necesidad. Como ve, soy muy capaz de tomar las medidas apropiadas, y con suerte pronto estaré en condiciones de explicarle todo a usted y entonces, de una manera u otra, descubriremos al asesino y todo saldrá bien.

La miró a los ojos.

—Sería mejor que me dijera qué fue lo que vio en el salón de Horacio.

Phyllida arrugó el entrecejo y se imaginó el diálogo que seguiría: «Vi un sombrero marrón.» «¿Un sombrero marrón?» «Sí. No lo reconocí y desde entonces no se lo he visto a nadie.» «Entonces no puede ser eso lo que preocupa al asesino. ¿Qué más ocurrió? ¿Qué estaba haciendo usted? ¿Por qué estaba allí?» Así pues, optó por contestar escuetamente:

—No puedo decírselo. Todavía no.

La mirada de él seguía, como un vibrante foco azul oscuro, fija en sus ojos.

—Yo creo que sí puede.

Su voz queda y susurrante le produjo un escalofrío. La asaltó el impulso de apartarse de sus brazos, pero él la atrajo más. Quedó tan cerca que la seda que le cubría los pechos le rozaba la chaqueta cada vez que respiraba, y los duros muslos de él rozaban los suyos con cada rotación.

De improviso ella cobró una aguda conciencia de la fuerza física de Lucifer. Si bien nunca la ocultaba, tampoco la había proyectado antes, al menos de aquella forma. Una parte de sí la aguijoneaba de manera frenética, diciéndole que aquello era muy amenazador. Aun así, Phyllida no dio el brazo a torcer.

—Todavía no —confirmó con calma—. Se lo diré en cuanto pueda.

Por el semblante de Lucifer pasó una fugaz expresión de sorpresa, como si no diese crédito a lo que oía. El azul de sus ojos destelló. Despacio, con arrogancia, enarcó una negra ceja.

Ella conocía ese gesto y sabía cómo interpretarlo.

—Nada de lo que haga me hará cambiar de intención —le aseguró.

El vals acabó y tras un último giro se detuvieron a un lado de la pista, pero él no la soltó. La mano apoyada en su cintura ardía encima de la seda, amenazando con atraerla hacia sí. Bajó las manos unidas, entrelazando los dedos con los de ella y la miró a los ojos.

—¿Nada?

A Phyllida le pareció que iba a desmayarse. Las rodillas le flaquearon. Si no respondía algo pronto, iba a besarla, allí mismo, en el salón de los Smollet y delante de la mitad del condado. Lo haría y se regocijaría con ello. El corazón le latía desbocado mientras sus ojos seguían apresados en aquel profundo azul. No lograba pensar, como mínimo con la claridad suficiente para idear algún plan de evasión. Y tampoco podía zafarse.

La mirada de Lucifer se intensificó y sus labios se curvaron levemente. La mano apoyada en la espalda de ella se tensó...

—Ah, Phyllida, querida.

Era Basil, que avanzaba hacia ellos entre sus invitados. Lucifer se vio obligado a soltarla, lo que ella aprovechó para apartarse un paso. Al llegar a su lado, Basil le dirigió una mirada superficial y una mecánica sonrisa.

—No sé, querida, si sería un abuso por mi parte pedirte tu opinión sobre el ponche. Es que no estoy muy seguro...

—¡Por supuesto! —Phyllida se prendió del brazo de Basil—. ¿Dónde está ese ponche?

Se llevó a Basil por el salón, lejos de Lucifer, sin volverse ni una sola vez. Aun así, sabía que él la acecharía a la espera de otra ocasión para atacar. Allá donde fuese, sentía su mirada enfocada en ella. Como consecuencia de ello, no tuvo más remedio que reclutar como guardaespaldas a sucesivos caballeros, a sus pretendientes del pueblo e incluso de localidades más alejadas que le habrían hecho con gusto la corte de haber percibido en ella la menor sugerencia. Ellos, por desgracia, ignoraban qué penosa función cumplían en ese momento.

Uno de tales caballeros, Firman de Musbury, insistió en traerle una copa de ponche y la dejó junto a una ventana. Phyllida inspeccionó la estancia. No vio a Lucifer y, sin embargo, la sensación de estar en peligro se acrecentaba... Resolviendo que lo mejor sería retirarse al salón contiguo, se volvió hacia la puerta...

Y se topó de bruces con un pecho ya conocido.

Poco faltó para que retrocediera de un salto.

—¡Ya basta! —le espetó.

—¿Basta de qué? —replicó él con fingida inocencia.

—¡Esto! No puede... eh... seducirme en un salón de baile.

—¿Hay alguna ley en contra? —Le escrutó los ojos, antes de agregar con un sensual susurro—: Reconozco que es un verdadero desafío, pero...

Phyllida le lanzó una mirada reprobadora antes de volverse para observar a los invitados próximos, con la esperanza de detectar al señor Firman o a algún otro que pudiera servir... Robert Collins permanecía con discreción junto a la pared.

—Creía que a las anfitrionas de los alrededores no les gustaba invitar al señor Collins —señaló Lucifer, que había seguido el recorrido de su mirada.

—Así es, y Yocasta tampoco le tiene en gran estima, sólo que es más cruel. Sabe que invitando a Robert irritará al señor Farthingale, reforzando su oposición, lo que acaba por arruinar casi la alegría de Mary por tener a Robert aquí. Robert, claro está, no puede permitirse declinar la invitación, con las pocas oportunidades que tiene de ver a Mary Anne.

Phyllida se dio cuenta de que Lucifer estaba observando a los presentes.

—Aquí tiene, señorita Smollet.

Phyllida resopló quedamente. El regreso de Firman la había salvado. Mientras cogía la copa, para ganar tiempo lo presentó a Lucifer, y entonces resultó que el caballero llevaba toda la noche esperando para hablar con el señor Cynster.

Firman era, al parecer, propietario de un rebaño vacuno. Phyllida se enteró asimismo de que Lucifer estaba interesado en ampliar sus conocimientos sobre ganadería, pues mientras Firman hablaba, él escuchaba y hacía preguntas. La ocasión era demasiado buena para dejarla escapar. Phyllida se alejó y Lucifer no pudo hacer nada, atrapado en la conversación. Además, no le convenía ofender al señor Firman.

Tras dejar la copa a un lacayo, ella se reunió con Robert junto a la pared. Phyllida percibió en sus ojos una dolorosa intensidad que hubiera preferido no ver.

—Mary Anne me ha hablado de las cartas. —Dirigió la vista al otro extremo de la sala, hacia donde Mary Anne charlaba con dos jóvenes damas—. Ojalá nunca la hubiera animado a escribirme —se lamentó con amargura.

—Precisamente quería hablar contigo de esas cartas.

Robert la miró, mostrando un semblante repentinamente esperanzado.

—¿Las has encontrado?

—No, lo siento...

—No... soy yo el que lo siente —suspiró él—. Sé que las buscarás y te agradezco la ayuda. No tengo derecho a presionarte. ¿Qué querías saber? —preguntó al cabo de un momento.

—Tengo que preguntarte esto porque es importante, y cada vez que intento sacar el tema con Mary Anne, se pone bastante histérica. Es que necesito saberlo, Robert..., y si no me dais una respuesta coherente, no sé si podré seguir buscando esas cartas sin que nadie se entere. Dime, pues, ¿qué es lo que contienen que las hace tan peligrosas para ti y Mary Anne?

Robert se quedó mirándola como un conejo acorralado. Tragó saliva y desvió la vista.

—No puedo decírtelo con detalle...

—Con generalizaciones me basta. Ya sacaré mis conclusiones.

Robert guardó silencio un momento.

—Mary Anne y yo nos hemos visto en secreto durante un año —cedió por fin—. Ya sabes todo el tiempo que hemos esperado y... —aspiró hondo—. Pues bien, Mary Anne tenía por costumbre aliviar la espera entre mis visitas escribiéndome cartas en las que hablaba de nuestro último encuentro, de lo que habíamos hecho y de lo que podríamos hacer la próxima vez... El caso es que comentaba las cosas con mucho detalle. —Miró a Phyllida con angustia.

Ella se la devolvió con semblante impávido, y al cabo de un instante respondió con tono neutro:

—Creo que lo entiendo, Robert.

Gracias a Lucifer, ahora tenía cierta noción de lo que podía suceder entre una dama y un caballero cuando había deseo de por medio. Y Mary Anne deseaba a Robert, no le cabía duda. Siempre lo había deseado. Phyllida se aclaró la garganta.

—Yo solía llevar las cartas conmigo cada vez que volvíamos a vernos y entonces procurábamos... bueno... —Robert inspiró antes de proseguir de modo precipitado—. Así que ya ves, si las cartas llegaran a manos del señor Farthingale sería muy... malo. Pero si las enseñara al señor Crabbs, si alguien las enseñara a Crabbs...

—¿Sí? —Phyllida evocó la imagen de conservadora rigidez que transmitía el notario.

—Entonces no podría ascender de pasante, y nunca alcanzaría la posición necesaria para casarme. —Robert la observó, suplicante.

—Las encontraremos —le aseguró ella con una sonrisa.

Robert le estrechó las manos.

—No sé cómo agradecértelo. Eres una verdadera amiga.

Phyllida retiró la mano. Habría preferido no ser tan buena amiga, pero no podía. Además, había dado su palabra. Se volvió hacia Robert, y por poco no chocó contra Lucifer.

En ese momento sonó un violín y ambos desplazaron la mirada hacia los músicos. Luego Phyllida observó a Lucifer y, acercándose, posó una mano en su pecho.

—Baile conmigo este vals.

—¿Por qué? —inquirió él.

—Porque podría serme útil y no quiero bailar con nadie más.

Lucifer la condujo hacia el centro de la pista.

—Está intentando distraerme —refunfuñó.

—Es posible. —También trataba de distraerse a sí misma, y él era la persona más indicada para tal menester.

¿Cómo podía haber sido tan idiota Mary Anne para poner por escrito esa clase de cosas? Seguro que cegada por el amor.

El sol brillaba con fuerza y el aire era fresco y límpido mientras bajaba a paso vivo por la cuesta de la iglesia. A sus espaldas, los asistentes a la misa del domingo se encaminaban a casa. Diez pasos por detrás la seguía Jem, su concesión a las ideas que se formaban los hombres sobre la vulnerabilidad femenina. Su tía y el resto de las mujeres de Grange regresaban a casa en el carruaje, pero ella había preferido volver a pie pasando por el bosque.

Y por Colyton Manor.

Toda la gente de la mansión salvo Lucifer había acudido a la iglesia, incluido su criado recién llegado. Bristleford la había informado de que el señor Cynster había optado por quedarse a vigilar la casa a raíz de la reciente intrusión. Phyllida se preguntó si aquél sería el auténtico motivo o si más bien, haciendo honor a su apodo, sería tan poco aficionado como la mayoría de los otros caballeros de la parroquia a asistir a los servicios dominicales.

Protegiéndose del sol con la sombrilla, cruzó el camino y se encaminó a la casona. Al aproximarse a la verja aminoró el paso, pensando qué excusa podía dar para su visita.

Desde la penumbra de detrás de la puerta principal abierta, Lucifer la observó titubear en la entrada del jardín. Estaba revisando los libros de cuentas de Horacio cuando algo le había interrumpido la concentración, induciéndolo a asomarse a la ventana de la biblioteca. Su mirada se había visto atraída enseguida por la figura que descendía por el prado envuelta en tela color marfil y el rostro protegido por una sombrilla. Era Phyllida, sin duda, y no era difícil adivinar adónde se dirigía.

Había aguardado en la entrada para no dar la impresión de que se moría por verla, consciente de que con ello no ganaría nada bueno para su causa. Demoró la mirada en su silueta, en las suaves curvas del pecho y los hombros, en el oscuro pelo que le enmarcaba la cara. Con el esplendor del jardín de Horacio como marco perfecto, la escrutó antes de decidirse a salir.

Al verlo, ella irguió la espalda y apretó más el mango de la sombrilla. No era una reacción de temor sino de espabilamiento, de preparación expectante. Aunque cruzó el jardín, él se detuvo a corta distancia de la verja, bajo el arco recubierto de rosas, que presentaba un lugar adecuado donde apoyar el hombro. Cruzó los brazos y se puso a contemplarla.

Ella lo observó, tratando de adivinar su talante. Él no reveló ninguna pista.

—Buenos días —saludó Phyllida, inclinando la cabeza—. Bristleford ha dicho que se ha quedado a vigilar la casa. El intruso no habrá vuelto a aparecer, espero.

—No. No ha habido ningún incidente.

Phyllida aguardó un poco, antes de proseguir.

—Me intrigaba saber si Covey habría descubierto algo, algún valioso libro o un ejemplar que pudiera dar motivo para un asesinato.

¿Hasta dónde era pertinente hacerla partícipe de sus hallazgos?

—¿Ha escuchado alguna vez rumores concernientes a lady Fortemain?

—¿Lady Fortemain? —preguntó ella, abriendo con desmesura los ojos—. ¡Oh, no, santo Dios!

—Pues es posible que Covey haya encontrado algo.

Phyllida esperó, pero como él se limitó a seguir allí parado con semblante impasible, sin apartar la vista de ella, acabó por preguntar:

—¿Qué? ¿Qué ha encontrado?

Transcurrió un momento antes de que él respondiera.

—Una anotación en un libro.

—¿Y qué pone?

—¿Qué vio en el salón de Horacio el domingo pasado?

Phyllida envaró el cuerpo, comprendiendo de improviso su juego.

—Ya sabe que no puedo decírselo todavía.

Sus ojos, oscurísimos, seguían fijos en su cara.

—¿Porque el asunto afecta a alguien más?

—Sí —confirmó ella.

Se quedaron mirando, uno a cada lado de la verja del jardín. Él permanecía relajado pero inmóvil, sombrío, peligroso, dotado de un demoníaco atractivo, aureolado de rosas blancas. El sol les prodigaba sus rayos y la brisa los arropaba con su calidez.

Por fin él enderezó el cuerpo, sin dejar de mirarla.

—Espero que algún día confíe en mí.

Y tras un titubeo, inclinó la cabeza, se volvió y se encaminó a la puerta de la casa. Tres pasos más allá, se detuvo y dijo sin girar la cabeza:

—Regrese por el pueblo. Mientras no se haya atrapado al asesino, los bosques y bosquecillos no son sitios recomendables para usted.

Phyllida lo observó hasta que entró en la casa. Después dio media vuelta y, con la máscara bien colocada, dirigió un gesto a Jem, que se había quedado esperando, y se pusieron en marcha... por la ruta del pueblo.

¡Por supuesto que confiaba en él, y él lo sabía! Phyllida propinó una palmada al jarrón de bronce que acababa de vaciar en la mesa de la sacristía y después volvió a la iglesia. Se dirigía a la pila.

Las flores que había puesto el sábado habían durado sólo un día. Rodeándola con ambos brazos, levantó la pesada urna y, distribuyendo con cuidado el peso, caminó despacio hacia la sacristía para salir por allí. Lo único que le faltaba era acabar manchándose de agua sucia el vestido de muselina.

Eso sería la gota que colmaría el vaso.

¿Cómo podía afirmar que no confiaba en él? Lo sabía, por fuerza tenía que saberlo, después del encuentro que habían mantenido en el bosquecillo. Lo sabía, pero utilizaba la cuestión de la confianza, de la confianza que ella debía tener en él, como palanca para presionarla.

En realidad él no se refería a la confianza, no, sino a la dominación. Al hecho de que ella no hubiera cedido y le hubiera dicho lo que le interesaba saber. Y ya puestos con el tema de la confianza, ¿acaso confiaba él en ella? ¡Ya le había explicado que no podía decírselo, pero que lo haría en cuanto pudiera, y que de todas formas lo que sabía no tenía ninguna clase de repercusión!

¿Y qué había pretendido insinuar con el comentario de que los bosquecillos no eran recomendables para ella?

—Pienso ir al bosquecillo cada vez que se me antoje.

Las palabras, pronunciadas con la mandíbula tiesa, resonaron en la solitaria sacristía. Tanteando con un pie, localizó el umbral y después salió al patio trasero de la iglesia.

El cielo nublado iba a la par con su estado de ánimo. Asomando la cabeza por un lado de la urna, se encaminó hacia el montón de flores marchitas...

Una negra tela le cubrió la cabeza.

Notó el tirón de una cuerda que le rodeaba el cuello.

Un segundo después, ésta se tensó aún más.

La presión iba en aumento.

Soltó el pesado jarrón, que cayó con estrépito contra una lápida, y se puso a forcejear con los codos.

—¡Uf! —oyó con satisfacción.

Era un hombre, y era más alto, más corpulento y más fuerte que ella. No se paró a pensar, mientras a su recuerdo acudían de manera mecánica los años de peleas con Jonas. Tirando de la cuerda con las manos, se inclinó hacia delante para obligar a su captor a trastabillar. Entonces se enderezó con brusquedad y le golpeó la mandíbula con la cabeza. La cuerda se aflojó un poco, permitiéndole deslizar las manos por dentro.

El hombre le aplicó un brutal tirón, pero ella resistió y, respirando con dificultad, lanzó un grito. El alarido resonó en las paredes de la iglesia y en las lápidas.

Se oyó una puerta y unos pasos que acudían con celeridad.

Su atacante profirió un rudo juramento antes de empujarla a un lado. Phyllida cayó encima de una tumba. La áspera piedra le raspó la cabeza y se golpeó el antebrazo con otro duro canto antes de precipitarse a ciegas de espaldas. Aterrizó sobre una losa de mármol, todavía envuelta por la gruesa tela negra, con la cuerda colgando aún del cuello.

—¡Eh! ¡Usted! ¡Alto ahí!

Oyó los gritos de Jem pese al aturdimiento y después que se alejaba corriendo por el sendero. Incorporándose con esfuerzo, tironeó de la negra tela que aún le cubría la cabeza, y el pánico le atenazó la garganta. No lograba soltarse. Entonces oyó otra maldición, más contundente, y luego pasos que se acercaban con rapidez.

Alguien la tomó como a una niña en sus fuertes brazos y, tras sentarse, la depositó en su regazo.

—Deje de forcejear, que no hace más que enredar la cuerda. Quieta.

El pánico cesó de inmediato y no obstante se echó a temblar. La cuerda fue desanudada y un instante después se vio libre de la negra mortaja. Miró a Lucifer, sus oscuros ojos azules velados por la inquietud.

—¿Está bien?

Se deleitó un momento más con la visión de su rostro y después lo rodeó con los brazos y, con la cabeza apoyada en su pecho, se aferró a él. Estrechándola con protector ademán, él apoyó la mejilla en su cabeza y la acunó.

—Ya pasó. —Manteniéndola así abrazada, a resguardo, dejó transcurrir un minuto antes de preguntar—: Y ahora dígame si se ha hecho daño.

Ella negó con la cabeza, sin levantarla, e inspiró de modo afanoso, luchando por hallar la voz.

—Es sólo la garganta...

Se había quedado ronca a causa del grito y de la cuerda. Al llevarse la mano al cuello, notó cómo comenzaba a hincharse la piel maltratada.

—¿Nada más?

—Una rozadura en la pierna y una contusión en el brazo.

No creía que se hubiera golpeado la cabeza en la losa, pero sí sentía escozor en la pierna. Levantando la cabeza, con los puños crispados en la chaqueta de Lucifer, lanzó un vistazo a las piernas... tenía las faldas levantadas hasta las rodillas.

Ruborizada, trató de bajarlas.

Lucifer le agarró la mano y volviéndola a posar en su pecho, estiró con eficacia la muselina. Entonces reparó en la rozadura y paró.

—Es sólo un arañazo. No hay sangre.

A continuación le bajó del todo la falda. Después miró el camino que conducía al cementerio.

—Ahí llegan.

La observó un instante antes de ponerse en pie. Acomodándola en sus brazos, comenzó a andar por el estrecho sendero entre las tumbas hacia la puerta de la sacristía. Se detuvo fuera a esperar al señor Filing y a Jem.

Thompson llegó con ellos, empuñando un pesado martillo.

—¿Qué ha ocurrido?

—Alguien ha atacado a la señorita Tallent. —Lucifer señaló la losa donde había dejado la tela negra y la cuerda—. Filing..., ¿sería tan amable?

Ceñudo y claramente desencajado, Filing no se lo hizo repetir dos veces. Al cabo de un momento estaba de vuelta con ambas cosas.

—Es mi sotana. —Levantó el negro sudario y lo zarandeó hasta conferirle su forma habitual—. ¡Y esto... —añadió con enojo, levantando la cuerda, gruesa y dorada— es el cordón de un incensario!

—¿Dónde los guarda? —preguntó Lucifer.

—En la sacristía. —Filing miró hacia la puerta posterior, que seguía abierta—. ¡Dios Santo! Ese canalla no le habrá atacado en la iglesia, ¿verdad?

Phyllida sacudió la cabeza. Le costaba mantenerla erguida, sin apoyarla en el hombro de Lucifer.

—Estaba arreglando los jarrones. Cuando he salido... —Indicó con un gesto la zona contigua a la puerta y tragó saliva, con dolor.

Lucifer la miró con preocupación.

—Filing, deberíamos llevar a la señorita Tallent a la rectoría para que descanse. Allí podremos hablar con más detenimiento de esto. —Miró a Jem y Thompson—. Ha conseguido huir, ¿no?

—Sí —confirmó Jem—. Apenas lo he visto. Ya escapaba por la verja del cementerio cuando llegué.

—¿Y dónde estaba antes?

—Yo le dije a Jem —lo defendió Phyllida— que podía quedarse sentado delante de la iglesia contemplando los patos. No me imaginaba que...

—Ya. —Lucifer la estrechó un poco más, al tiempo que la inclinaba ligeramente de modo que pareciera natural que se apoyase en su pecho.

—Al oír el grito, cogí el martillo y vine a toda prisa —explicó Thompson—, pero cuando llegué al camino, él ya se escondía en el bosque.

—Lo seguí un trecho por el bosque —dijo Jem—. Pero no sabía por qué lado había huido.

—Habéis obrado bien —aprobó Lucifer—. Si actúa como de costumbre, debía de tener un caballo esperándolo, y no tenía sentido ir corriendo detrás de él.

Jem agachó la cabeza, aliviado.

Filing, que había llevado la sotana y la cuerda a la sacristía, tomó el jarrón y, tras vaciarlo, fue a dejarlo también en la iglesia. Phyllida observó cómo el párroco cerraba luego la puerta de la sacristía con semblante pálido.

Lucifer echó a andar hacia la rectoría, llevando a la joven en brazos. Filing se colocó detrás y Jem y Thompson se situaron en la retaguardia.

Cuando comenzaban a descender por el sendero, Phyllida le susurró al oído:

—Puedo caminar. No necesita llevarme en brazos.

Lucifer le lanzó una mirada escéptica.

—Es mejor que la lleve —aseguró con determinación—. Créame que sí.

Entraron en la rectoría y Lucifer se encaminó a la *chaise longue* del salón y depositó a la joven para que pudiera recostarse. Ante la pérdida de su calor, del protector contacto de su musculosa fortaleza, Phyllida se puso tensa. Luchó, no obstante, por reprimir el impulso de aferrarse a él. Jamás en su vida se había aferrado a ningún hombre.

Cuando él retiró los brazos y se irguió, la invadió el pánico. El miedo la recorrió como un escalofrío, produciéndole temblores. Aunque sabía que él estaba observándola con preocupación, no levantó la vista para cruzar la mirada con él.

Filing acudió oportunamente con un vaso de agua, del que ella bebió un sorbo.

Lucifer dio un paso atrás y rodeó el diván. Sin verlo, ella supo que fue a situarse justo detrás de ella, para proyectar su protectora presencia.

—Esto es escandaloso. ¡Inadmisible! —exclamó el cura, paseándose delante de la chimenea—. ¡Que alguien se atreva a...! —Falto de palabras, calló y se puso a rezar en silencio. Después le dijo a Phyllida—: No sé si estará en condiciones de referirnos lo ocurrido.

Ella bebió otro sorbo de agua.

—Estaba vaciando los jarrones... —empezó.

—¿Siempre hace eso los lunes por la mañana? —inquirió Lucifer.

—En esta época del año sí. La señora Hemmings trae flores el martes, y después yo vuelvo a cambiarlas el sábado. Eso es lo que hacemos normalmente... La semana pasada fue distinto a causa del funeral de Horacio.

Lucifer la miró a los ojos, todavía oscuros, enormes y asustados.

—Es decir, que todo el mundo sabía que esta mañana estaría en la iglesia, con toda probabilidad sola y con la puerta de la sacristía abierta.

Phyllida dudó un instante antes de asentir.

—¿Y si empezáramos desde el principio? —propuso Filing—. ¿Llegó a la iglesia y...?

—Como de costumbre, entré por la puerta principal llegando por el prado comunal. Dejé a Jem fuera, sentado en los escalones.

—¿No había nadie dentro? —preguntó Filing.

—No. Cogí el jarrón del altar y lo llevé a la sacristía. Luego abrí la puerta de la sacristía y fui a vaciar el jarrón fuera. Después volví a entrar.

—¿No vio ni oyó a nadie? —intervino Lucifer.

—No. Pero... —Phyllida lo miró un instante—. Estaba... distraída. Aunque hubiera habido alguien cerca, no me habría dado cuenta.

El asomo de cohibición que advirtió en sus ojos reveló a Lucifer en qué había estado absorta: estaba molesta con él, que era precisamente lo que él buscaba. Había querido fastidiarla, sacar a la luz el genio que ocultaba tras su serena fachada y utilizarlo para lograr que le dijera la verdad. En cambio, lo que había conseguido era mermar su atención y convertirla en una presa más fácil para el asesino.

Se habían acabado los juegos. Con la mandíbula apretada, miró a Filing al mismo tiempo que Phyllida.

—¿Y entonces...? —la animó a proseguir el párroco.

—Cogí la urna —continuó ella tras respirar hondo—. Es pesada y voluminosa, así que tengo que rodearla con los dos brazos. Llegué a la puerta y salí... —Hizo una pausa—. Entonces esa tela negra me cubrió la cabeza. Y la cuerda... —Calló y tomó otra vez agua.

—Calma, calma —quiso apaciguarla Filing.

—Estaba detrás de mí —agregó tras un momento—. Me resistí y después grité... Oí el ruido de una puerta.

—Eso fue aquí —dedujo el párroco—. El señor Cynster y yo estábamos repasando la lista de los hombres que no asistieron a misa el domingo anterior cuando oímos el grito.

—¿Qué ocurrió después? —preguntó Lucifer.

—Me empujó a un lado y huyó corriendo. —Phyllida volvió a mirar a Lucifer—. No lo vi en ningún momento.

—Recuerde. Él estaba detrás de usted... ¿Qué estatura tenía?

—Era más alto que yo, pero no tanto como usted. Más o menos de la altura de Thompson.

—¿Corpulento?

—No tanto como Thompson, aunque no tan delgado como el señor Filing.

Lucifer se volvió hacia Jem, que se encontraba junto a la puerta.

—¿Coincide más o menos con lo que has alcanzado a ver, Jem? ¿Un hombre de la estatura de Thompson y de complexión normal?

—Sí, sí. Y tenía el pelo castaño... o por lo menos, no tan oscuro como usted.

—De acuerdo. ¿Y qué me dicen de la ropa? ¿Alguna idea?

—Bien vestido. No sabría decir si era un aristócrata o no, pero vestía con elegancia. No llevaba sayo ni delantal, ni nada de eso.

Lucifer posó la mirada en Phyllida, que se había quedado absorta. No se movía y apenas respiraba.

—¿Phyllida?

Ella alzó el rostro, mostrando unos ojos que eran oscuros estanques rebosantes de miedo.

—Una chaqueta —dijo, y se estremeció, desviando la mirada—. Cuando forcejeaba... Creo que llevaba una chaqueta de buen corte.

Lucifer dejó a Phyllida con Filing y regresó a pie a la mansión a buscar su carruaje. De nuevo en la rectoría, la llevó en brazos hasta el vehículo, haciendo oídos sordos a sus protestas y la depositó con cuidado en el asiento. Cuando le puso una manta encima de las rodillas, ella lo miró con asombro.

—Es verano —adujo mientras se ponían en marcha.

—Pero ha sufrido una conmoción —replicó él.

El silencio era la opción más sensata en ese momento, porque sólo Dios sabía qué podía aflorar si daba rienda suelta al caos de emociones que bullían en su interior. Se concentró en conducir el coche a la mayor velocidad posible, ansioso por ponerla a buen recaudo sin tardanza. En cuestión de minutos llegaron a Grange.

Cuando detuvo el carruaje ante la puerta, Phyllida retiró la manta y se apresuró a bajar antes de que él pudiera dejar las riendas. Jem, que se había ido antes, acudió corriendo. Lucifer le entregó las riendas y fue tras Phyllida, a quien alcanzó en el umbral.

—No me voy a desmayar, descuide —le espetó ella, conteniéndolo con una áspera mirada.

Aquélla era su casa; allí estaría a salvo.

—De acuerdo —concedió él a regañadientes—. La señorita Tallent ha sufrido una agresión —informó cuando Mortimer abrió la puerta—. Necesitará la compañía de Gladys y Sweet. Si sir Jasper está en casa, querría hablar con él ahora mismo.

Una hora después, Lucifer tendía la vista sobre el prado de césped de Grange, desde la ventana del estudio de sir Jasper. Tras él, sentado en el gran sillón frente a su escritorio, éste tomó un sorbo de su copa y a continuación emitió un ruidoso suspiro.

Sweet y Gladys habían acudido con celeridad a la llamada de Mortimer y, deshaciéndose en atenciones con Phyllida, se la habían llevado arriba.

Lady Huddlesford había subido con majestuoso porte detrás, al tiempo que declaraba su intención de asegurarse de que a nadie se le alterasen los nervios allí, con lo que Lucifer se quedó con la duda de si se refería a ella o a su sobrina.

Sweet había asomado la cabeza por la puerta del estudio media hora atrás para informarles de que Phyllida descansaba tranquilamente en su cama y había accedido a la sensata demanda de que reposase allí el resto de la tarde. Por lo menos había conseguido algo. Estaba atendida y segura, al menos de momento.

Lucifer se volvió. Sir Jasper había envejecido varios años en el transcurso de una hora. Las arrugas se habían ahondado en su cara y la preocupación se había aposentado en sus ojos.

—¿Adónde vamos a ir a parar en este pueblo? —Sir Jasper depositó con un golpe la copa—. Mal asunto cuando una dama no puede ir a arreglar las flores de la iglesia sin que la ataquen.

Lucifer abrió la boca pero volvió a cerrarla. De nuevo se sentía obligado a morderse la lengua. El saber que la agresión no era indiscriminada sino muy específica apaciguaría su inquietud en tanto que juez, pero agravaría su angustia como padre.

—Por lo que cuenta, no parece probable que se tratase de algún jornalero de paso o de algún gitano.

—No. La impresión de Phyllida de que el agresor llevaba una chaqueta de buen corte coincide con la descripción de Jem. Ha dicho que iba bien vestido, que no llevaba un sayo ni nada por el estilo.

—Humm. —Tras abstraer la mirada un largo momento, sir Jasper preguntó—: ¿Hay alguna posibilidad de que este ataque esté relacionado con el asesinato de Horacio?

Lucifer miró aquellos ojos tan parecidos a los de Phyllida pero que habían presenciado muchísimas más cosas.

—No podría asegurarlo. —Era la pura verdad.

Se giró de nuevo hacia la ventana, con un ánimo más lúgubre aún de lo que daba a entender su sombría expresión.

—Con su permiso, quisiera hablar con Phyllida mañana por la mañana. Hay varias cuestiones que querría tratar con ella, y si puedo verla en privado, creo que podríamos clarificar algunos puntos.

—En privado, ¿eh? Sí, tal vez tenga razón... No es fácil conseguir que se sincere en según qué temas. ¿Quiere que mencione que va a venir para hablar con ella?

—Quizá sea mejor que mi visita la tome por sorpresa.

12

Era medianoche. Acostada en la cama, Phyllida oyó sonar los relojes de la casa. Acallados sus últimos ecos, quedó envuelta en una plateada oscuridad.

Había dormido la mitad de la tarde y luego, después de la cena, acosada y atosigada de cuidados, se había retirado pronto a su habitación sólo para lograr un poco de paz. Se había dormido, pero entonces estaba completamente desvelada.

No le dolía nada. El arañazo en la pierna y el morado en el brazo eran lejanas irritaciones. Sus pensamientos eran bastante más torturadores.

Había podido superar el hecho de que le disparasen. Aun a pesar de la evidencia del caballo que había descubierto Lucifer, podía haberse tratado de un cazador. Un disparo era algo distante; no había visto a su agresor. En la iglesia tampoco lo había visto, pero lo había sentido. Había sentido su fuerza y sabido que la amenaza era real. Todavía notaba el sabor del miedo en el paladar. No había conocido el auténtico miedo hasta entonces, en toda su pacífica existencia, tal vez no feliz aunque sí placentera.

Esa misma existencia corría peligro; lo percibía como una tensión en la espalda. Nunca antes había temido por su vida. Era algo que había dado por sentado, igual que la de todos. Qué ironía. No quería morir. No sin que hubiera una razón especial, y menos a manos de un cobarde asesino. Lucifer tenía razón. El asesino pensaba que ella sabía más de lo que en realidad sabía. Y estaba decidido a eliminarla.

Respiró hondo y retuvo el aire, para disipar el escalofrío que se le prendía a la piel. No podía continuar así. No soportaba la sensación de no controlar las cosas, de no estar segura. No soportaba el sabor del miedo.

¿Qué podía hacer, pues?

Aquélla debía ser, en principio, una pregunta de fácil respuesta, aunque por culpa de la promesa formulada a Mary Anne respecto a las cartas se encontraba en un callejón sin salida. Tumbada de espaldas, se puso a contemplar las sombras que danzaban en el techo.

Apostaría su mejor sombrero a que Lucifer iba a volver por la mañana. Esta vez no iba a ceder. Insistiría en que se lo dijera todo y si ella se negaba, hablaría con su padre. Estaba segura de no equivocarse al prever cómo iba a reaccionar, sobre todo en aquellas circunstancias en que había que someterse al dictado del honor y el deber. Podía ser muchas cosas, un malvado, un calavera, un elegante seductor de dudosa constancia, pero en el fondo era un caballero del más elevado calibre. En su código no cabría la posibilidad de permitir que ella se pusiera en peligro. Así lo vería él, como una cuestión crucial e inapelable, más allá de lo que pudiera opinar ella.

Y, la verdad, después de estar a punto de ser estrangulada, Phyllida no se hallaba en situación de llevarle la contraria. Al día siguiente tendría que explicárselo todo. Le contaría lo del sombrero... y luego tendría que hablarle también de lo demás.

¿Y qué había de la promesa hecha a Mary Anne, el juramento según el cual no iba a decirle nada a nadie sobre esas cartas? ¿Qué precio tenía el juramento prestado a una amiga?

Jamás habría imaginado tener que afrontar semejante dilema. Encontrar las cartas no tenía por qué ser tan difícil. Incluso entonces, sólo le habría bastado buscar en los pisos de arriba de la mansión. Se había planteado ir una noche, cuando la servidumbre durmiese. Sabía qué habitación debía evitar, pero las otras habitaciones... El secreter de viaje de la abuela de Mary Anne tenía que estar en una de ellas, porque le parecía poco improbable que lo hubieran arrumbado en el desván. Tenía que estar expuesto encima de algún arcón, aguardando, hermoso y delicado, a que ella recuperara las cartas...

Levantó la cabeza y paseó la mirada por la habitación. Sólo con el claro de luna veía con claridad el tocador e incluso distinguía las volutas que adornaban el marco del espejo. Se apoyó en los codos. Antes de que amaneciera el día y trajera consigo a Lucifer, le quedaban por lo menos cuatro horas de noche cerrada. Tiempo suficiente para registrar las habitaciones del primer piso de la mansión, localizar las cartas y regresar a casa. Una ventana del comedor de Colyton Manor todavía no cerraba bien.

Apartó las sábanas. Si no encontraba el secreter esa noche, al día siguiente hablaría con Lucifer y le pediría ayuda para lograrlo. A pesar de la aprensión de Mary Anne y de Robert, estaba convencida de que en caso de que se tomara la molestia de leerlas, su contenido no lo perturbaría en lo más mínimo. No se lo imaginaba entregándole las cartas al señor Crabbs. No obstante, por Mary Anne y para hacer honor a su promesa, efectuaría una última tentativa de localizar las cartas.

Poniéndose con precipitación la ropa, lanzó una mirada a las cambiantes sombras del bosque. No le pasaría nada. Nadie, ni siquiera el asesino, imaginaría que ella iba a salir esa noche.

Aún repetía para sus adentros aquel pensamiento tranquilizador cuando llegó al linde del bosque y avistó Colyton Manor. Había bordeado la casa, porque el comedor quedaba detrás. Para llegar a la ventana de la esquina, tendría que atravesar el camino de grava.

Armándose de valor, inició el recorrido, colocando con cuidado el pie en cada paso. Por fortuna, el haber dormido casi por obligación sumado a la rápida caminata por el bosque le habían dejado bien despiertos los sentidos, de tal modo que llegó a los arriates contiguos al comedor sin haber provocado ni un crujido.

El cierre de la ventana estaba efectivamente suelto, por lo que le bastó con una sacudida para abrirla. Después se aupó al ancho alféizar, se sentó y giró.

Ya dentro, cerró la ventana y aguzó el oído. Todo el mundo dormía: percibía el silencio como un pesado manto suspendido en torno a ella. Las sombras envolvían el mobiliario, intensificadas por la luz de la luna que entraba por los ventanales. Al igual que el resto de las estancias de la planta baja, aquella habitación estaba revestida de estanterías. Una vez que hubo adaptado la visión lo bastante para distinguir los libros, avanzó en silencio rodeando la gran mesa.

La puerta del vestíbulo estaba abierta; más allá se extendía un mar de oscuridad. Se detuvo ante el umbral, haciendo acopio de valor.

Algo se movió de pronto, justo al pie de la escalera. Se quedó petrificada.

Unos centímetros por encima del suelo, una especie de penacho ondeó entre las sombras. Era la cola de un gato, que alzó la cabeza con ojos centelleantes. Ella suspiró con alivio. Tras observarla un instante, el felino se alejó con aire imperturbable, sin dejar de agitar la cola en alto.

Phyllida inspiró hondo para calmarse. Aquello tenía que ser una buena señal, porque los gatos captaban la presencia de cualquier persona con malas intenciones. Cabía deducir que esa noche no había más intruso que ella. Aun cuando no había esperado que el asesino estuviera allí, nunca se sabía...

Dejando a un lado la corrosiva preocupación, cruzó el vestíbulo con paso ligero y comenzó a subir la escalera, pegada a la barandilla para evitar posibles crujidos. Una vez en el rellano, se detuvo a mirar.

Arriba, la galería estaba poblada de densas sombras. Tardó un momento en orientarse. La última vez que había subido a aquella planta fue antes de que Horacio comprase la mansión. Él la había remodelado y restaurado en profundidad, pero la distribución de las habitaciones seguía inalterada.

Mientras caminaba por el bosque, había ideado un plan de búsqueda. Horacio llevaba enfermo una semana antes de morir. En ese intervalo había escrito a Lucifer, y teniendo en cuenta que en general mantenía una nutrida correspondencia, cabía suponer que podía haber usado aquel pequeño escritorio. La idea le había infundido ánimos. No valía la pena mirar en otra parte antes de revisar el dormitorio de Horacio. Iría allí primero, aun cuando quedase separado de la habitación que ocupaba Lucifer tan sólo por un estrecho vestidor.

Echó a andar por el pasillo. Pegada a la pared, avanzaba paso a paso, en tensión, rezando por no provocar ningún ruido. La puerta de la habitación de la esquina de la fachada se perfiló en la oscuridad; estaba cerrada.

Se detuvo, concediéndose un momento para respirar. La imagen de Lucifer tumbado boca abajo en la gran cama de Grange acudió a su recuerdo. Ya había salido indemne de aquella visión una vez. Además, esa noche no pensaba abrir su puerta. Desvió la mirada hacia la puerta de enfrente, la del dormitorio de Horacio. Estaba abierta, lo que suponía un golpe de suerte también. La señora Hemmings le había dicho que, aparte de ordenar, habían dejado la habitación tal cual. Con renovada confianza, Phyllida resistió el impulso de precipitarse y, manteniendo su prudente avance, recorrió los últimos metros hasta la puerta.

Una vez dentro, se paró con los sentidos alerta, listos para percibir cualquier indicio de que alguien hubiera detectado su presencia. La enorme casa seguía en silencio, inanimada y a un tiempo dotada de una presencia propia, una presencia en la que no detectó asomo alguno de amenaza.

Respiró hondo para apaciguarse y miró en torno. La estancia era amplia y tenía las cortinas corridas. Veía lo bastante para no chocar contra los muebles, pero no tanto como para distinguir bien sus formas. Tomó la manecilla de la puerta y, con cuidado, la encajó en el marco. No la cerró del todo para no correr el riesgo de hacer ruido. En todo caso, tal como la dejó bastaba para que no se abriera.

Todavía tenía que moverse con sigilo, aunque ya no necesitaba esconderse. El registro minucioso de la habitación le llevaría seguramente un rato.

La enorme cama se erguía entre dos ventanas idénticas que daban al lago. Al pie había un gran arcón, y otro adosado a una pared. A ellos se añadían dos grandes cómodas altas, con profundos cajones inferiores, y tres voluminosos armarios. El secreter de viaje podía encontrarse en cualquiera de ellos.

En un rincón había una zona de estudio y frente a la chimenea, un cómodo sillón. La larga ventana salediza que daba al huerto estaba provista de un asiento de obra.

Tras avanzar más allá de la cama, Phyllida corrió las cortinas de una de las ventanas laterales. Desde su cénit, la luna derramó su plateada luz. Alzó la cabeza y vio que las cortinas pendían de grandes aros de madera que, al igual que la barra, estaban pulidos por el uso. Conteniendo el aliento, terminó de deslizar las cortinas a un lado. Los aros no produjeron ningún roce delator. Espirando, rodeó el lecho y repitió la operación con la otra ventana lateral y luego también con la salediza.

El resultado fue satisfactorio, pues si bien no era lo mismo que contar con la luz del día, le bastaría para buscar sin tener que preocuparse de chocar contra algo. La suerte estaba de su parte esa noche. Rebosante de confianza, puso manos a la obra.

El secreter no se veía a simple vista, pero como la señora Hemmings y Covey habían ordenado la habitación, era posible que lo hubieran guardado en algún mueble. Phyllida comenzó por uno de los armarios. Esperanzada, tomó una silla para registrar el hondo estante de arriba y sólo halló cajas. El arcón de la pared sólo contenía ropa. Pasó varios minutos manipulando los cajones inferiores de las cómodas, sin hacer ningún ruido, para encontrarlos llenos de libros. Los otros dos armarios le procuraron una similar decepción. Para cuando registró el arcón del pie de la cama, empezaba a ceder al desaliento. Allí únicamente guardaban mantas y sábanas.

Tras cerrar el baúl, se sentó en él. La confianza que la había animado hasta entonces, la convicción de que esa noche iba a encontrar las cartas, se había disipado. Paseando la mirada por la habitación, no acababa de creer, con todo, que el escritorio no estuviera allí. Había estado segura de encontrarlo en ese lugar.

Se había ido girando, siguiendo el curso de su mirada, de modo que al final acabó encarada a la cama. Se incorporó y fue a mirar debajo de ésta. Nada. Descorazonada, se puso en pie con un suspiro. La punta de la bota rozó los pulidos tablones. Si bien no hizo mucho ruido, se propuso proceder con más precaución, pues aún le quedaba por buscar en las otras habitaciones de aquella planta.

Cuando se dirigía a la puerta, se detuvo de improviso. ¿Y las cortinas, se daría cuenta alguien si no volvía a correrlas? Observó un instante la amplia ventana saledized y acabó resolviendo que, como mínimo, debía cerrar aquéllas.

Sólo el temor a ser descubierta le impidió arrastrar los pies con desánimo. En un extremo del asiento de obra, levantó el brazo hacia las cortinas recogidas. Entonces reparó en el asiento y su mano quedó petrificada sobre la tela. El asiento de la ventana era un arcón disimulado. Tenía una tapa tapizada de tela y dotada de bisagras. Sus esperanzas renacieron y, dejando las cortinas tal como estaban, se inclinó sobre el mueble empotrado. Encajó los dedos bajo el borde y tiró. El largo asiento se levantó pero, como era bastante pesado, los dedos le resbalaron. El recubrimiento acolchado amortiguó el golpe de la tapa contra el alféizar. Sin alarmarse por ello, Phyllida observó las profundidades del arcón, rogando: «Por favor, Dios mío, que esté aquí.»

El interior del mueble quedaba completamente a oscuras, puesto que la tapa proyectaba en él su sombra y las ventanas laterales estaban demasiado lejos para arrojar apenas luz. Tendría que buscar a tientas.

Comenzó por un extremo. El arcón estaba dividido en tres compartimentos. Al concluir con el primero se irguió y, tras masajearse la espalda, dio unos pasos y se encorvó sobre el del lado opuesto. Nada. De pie ante la sección central, el último lugar de la habitación que le quedaba por revisar, miró la oscura cavidad. Suspiró y, doblando la cintura, tendió la mano.

Notó el tacto de la madera pulida y el corazón le dio un vuelco. Al instante sofocó su entusiasmo, recordando la necesidad de obrar con cautela. Si se ponía a mover objetos de madera, habría choques y roces, la clase de sonidos capaces de despertar a la gente. Como una ciega, palpó con los dedos para formarse una idea de los contornos.

Bastones de diversas clases. Cajas de madera... ¿Podría ser aquélla? No... demasiado pequeña. Siguió buscando, tratando de averiguar si había otro objeto de mayores dimensiones debajo. Tocó unas planchas en el fondo del arcón.

En ese mismo instante, percibió junto a su mejilla una brisa que le agitó el pelo. Se quedó paralizada. No había ninguna ventana abierta. La única puerta era la que daba al pasillo, la que había dejado casi cerrada del todo.

Esa puerta, que quedaba a su espalda, estaba ahora abierta.

Se enderezó despacio mientras sus sentidos aguzados le informaban a gritos de que había alguien en el umbral. ¿Sería el asesino? Sintió que daba un paso y giró sobre sí...

—Vaya, vaya. No sé por qué, pero no me sorprende verla aquí.

Ella soltó el aliento contenido, alborozada de alivio. «Loado sea Dios», se repitió para sí y de pronto abrió los ojos como platos, el entendimiento ofuscado y el corazón en un puño: Lucifer estaba justo a un palmo de la puerta y con sus anchos hombros cerraba la salida. La luna lo iluminaba, resaltando cada músculo, cada oquedad, cada plano de su cuerpo. Y estaba desnudo.

Una parte de su mente quiso preguntarle dónde había dejado el camisón, aunque la otra lo consideró irrelevante. Estuviera donde estuviese, lo cierto era que Lucifer no lo llevaba puesto, y eso era lo que contaba. Su mirada se deslizó con voluntad propia sobre él, desde la cara, bañada de plata, hasta los hombros y el pecho. Sus músculos y también los antebrazos estaban sombreados por un oscuro vello, en tanto que los hombros y brazos formaban suaves y esculturales curvas. El vello pectoral confluía en una oscura línea que se prolongaba hacia abajo... La cintura era estrecha, al igual que las caderas. Phyllida bajó la mirada y se le secó la boca... A continuación entreabrió los labios, incapaz de hilar ningún pensamiento coherente. Cuando su mirada acabó en los pies desnudos, tenía el rostro encendido.

Con la mano derecha él empuñaba una espada cuyo filo lanzaba destellos plateados. La sostenía con calma, como si estuviera acostumbrado a usarla. En aquel momento apuntaba al suelo. No ocurría lo mismo con aquella parte de él, igualmente desnuda, igualmente desenvainada, que apuntaba a... Phyllida desplazó bruscamente la vista para fijarla en su cara. Pero aun así fue incapaz de respirar. Sentía la mirada de él como un ser vivo, un cálido peso sobre su piel.

Lucifer la observaba con ojos entornados. Luego esbozó una sonrisa, que fue como un blanco fogonazo en su morena cara. No era una sonrisa tranquilizadora. Con la espada, parecía un pirata, un pirata desnudo, con los instintos exaltados y la mente poblada de maliciosos pensamientos. Dio un paso adelante. Ella retrocedió y chocó los talones contra el arcón.

Sin quitarle la vista de encima, él alargó la mano y cerró la puerta. El chasquido del pestillo resonó en una oscuridad que de pronto ella sintió cálida.

—Supongo —murmuró él con voz grave y lánguido tono familiar— que va a seguir con su obstinación y rehusará decirme qué ha venido a buscar aquí.

¿Qué había ido a buscar? ¿Las cartas? Comenzó a pergeñar una respuesta alternativa, pero desistió.

Lucifer avanzó despacio hacia ella, que se esforzó por mantener la mirada en la espada... la que destellaba a la luz de la luna. Pese a que había visto a Jonas en varios estadios de desnudez, aquello la había tomado desprevenida.

Las cartas. Por la mañana había estado dispuesta a hablarle de ellas. ¿Por qué no ahora? Lo miró a la cara. Ahora que lo tenía cerca, veía el brillo de sus ojos y percibía sutiles cambios, transformaciones que ya conocía de antes. Deseo. La deseaba con una intensidad casi brutal, infirió ella con un escalofrío. ¿Qué se proponía? ¿Qué iba a hacerle si se negaba a decírselo?

—Es que... —Se quedó sin voz; irguió la barbilla y lo miró a los ojos—. No quiero decírselo todavía.

Él se detuvo a un metro de distancia. Sosteniéndole la mirada, curvó los labios con una expresión que no traslucía decepción sino regocijo.

—Entonces tendré que torturarla para que me lo revele.

La intención estaba allí, palpable en su voz, y sin embargo la promesa no era de dolor sino de placer, un placer demasiado tentador, demasiado poderoso para resistirse a él. La amenaza traía evocaciones de tibia piel, duros músculos, sedosas sábanas y ardorosas caricias.

—¿Tortura? —repitió.

Lucifer le escrutó el semblante antes de asentir.

—Manos arriba.

La espada se irguió entre ambos, provocándole un sobresalto.

—Arriba —insistió él, moviendo el arma.

Ella obedeció.

—Más arriba.

La espada volvió a hender el aire. Torciendo el gesto, Phyllida levantó las manos por encima de la cabeza.

La punta del arma quedó suspendida no lejos de su nariz y empezó a descender poco a poco, mientras ella la seguía con la vista. Se detuvo en el botón superior de la camisa, justo encima de los pechos.

Ella bajó la mirada y la espada se puso en movimiento. Boquiabierta, observó el botón que cayó al suelo y rodó hasta debajo de la cama.

—¿Qué...? —La palabra surgió como un chillido ahogado. Volvió a mirarlo a la cara y él sonrió.

—Siempre había querido hacer esto.

La espada entró de nuevo en acción, una, dos veces, zas, zas. La camisa quedó abierta. Instintivamente, ella hizo ademán de cubrirse.

—Ni siquiera lo intente. —Y agitó a modo de advertencia la espada—. Siga con las manos arriba. —Le escudriñó el rostro—. No está dispuesta a confesar, ¿verdad?

Ella lo miró a los ojos, que relucían bajo las pestañas como pura tentación. Si se lo contaba todo, aquello acabaría. Si se lo contaba, él no tendría motivos para continuar... y entonces ella nunca conocería aquello.

—No —contestó.

Lucifer ladeó la cabeza, sólo un poco, y su mirada cobró intensidad.

—¿Está segura? —preguntó.

Las palabras fueron claras, directas, de modo que ella comprendió a qué se refería. La noche relumbraba alrededor de ellos, repleta de un deseo tan potente que hasta podía palparse. No todo provenía de él. Se encontraban a un metro de distancia, bañados por el claro de luna, él completamente desnudo y ella con pantalones y la camisa abierta. Ambos pensaban en dar el siguiente paso, en eliminar la separación, en sentir la piel de uno contra la del otro.

Phyllida notaba un hormigueo en los dedos, un ardor en la palma de las manos y un calor difuso por todo el cuerpo.

—Lo estoy —se oyó responder, íntimamente convencida de su decisión.

Estaba segura, porque quería descubrir y con él podía hacerlo sin sentirse en peligro. Si el asesino hubiera tenido mejor puntería, o si aquella mañana no hubiera forcejeado con tanto ímpetu, habría muerto en la ignorancia, lo que hubiera sido un final demasiado soso y patético. Irguiendo la barbilla, le dirigió una mirada a la que quiso imprimir un aire de desafío. No pensaba arredrarse lo más mínimo.

—¿Y ahora qué? —preguntó.

Él alegró el semblante por un instante, pero enseguida recuperó la gravedad.

—Si no va a confesar, tendrá que hacer exactamente lo que yo diga —repuso, enfatizando la palabra «exactamente»—. Para empezar, tiene que quedarse quieta. —Mientras hablaba bajó la mirada y con un rápido zigzagueo de la espada hizo que los dos botones que le abrochaban los pantalones salieran volando.

La cintura de los pantalones se abrió. Conteniendo el aliento, Phyllida luchó contra el impulso de bajar las manos.

—Manténgalas en alto —murmuró él, como si le leyese el pensamiento—. Veamos qué tenemos aquí...

El ronco murmullo le hizo encoger los dedos de los pies, mientras él mantenía la vista fija por debajo de su cintura. La espada subió y la punta retiró un faldón de la chaqueta. Él ascendió con la mirada hasta clavarla en sus ojos.

—Quítesela. Primero un brazo y después el otro. La otra mano debe seguir en alto.

Ella mantuvo la expresión sosegada, pese a que tenía los nervios de punta y el estómago encogido. La cara de Lucifer era la de un pirata, la de un depredador implacable, pero era deseo lo que refulgía en sus ojos. Ella obedeció, quitándose la chaqueta, que cayó en el asiento de la ventana. Él volvió a mover la espada y enganchó la camisa. Al alzarla, despacio, desprendió el faldón de los pantalones y luego la deslizó por encima del hombro, tirando de ella hacia un lado hasta que la costura quedó por encima del brazo, ciñéndoselo. Repitió la misma operación, inmovilizándole de igual forma el otro brazo.

Acto seguido, en lugar de volver a posar la mirada en su cara, la fijó en los pechos, sujetos en su prieto sostén de lino.

Phyllida tragó saliva.

—Ha sido valiente al venir aquí esta noche —comentó él. Entornando los ojos, apoyó la punta de la espada en el centro de los pechos—. Valiente y temeraria.

La miró un instante a los ojos y después bajó la espada. Phyllida descubrió que había desgarrado el sostén sólo superficialmente.

—Respire hondo... ¡ahora! —ordeno él con tono inapelable.

Ella obedeció sin pensarlo. El sostén se estiró hasta que se soltó y cayó en torno a la cintura. Los pechos quedaron desnudos, expuestos a la mirada de él. Phyllida se estremeció, muerta de vergüenza. Sentía el calor de su mirada. El rubor tiñó el rostro de ella, al tiempo que los pezones se erguían.

Él se aproximó, pasándose la espada a la mano derecha. Como la parte inferior de su cuerpo se hizo entonces visible, ella desvió la mirada y acabó posándola en el pecho, en el fascinante contraste entre músculo plateado y sombra. Lucifer inclinó la cabeza y le rozó la sien con los labios. Luego se acercó más, de tal modo que en todo un lado del cuerpo ella percibió su calor.

Ella respiraba agitadamente, como si hubiera estado corriendo.

Él le recorrió la clavícula con el dorso de los dedos, antes de volver la mano. Phyllida observó cómo le rodeaba el pecho para cerrar los dedos en torno a él.

—Ahora veremos —le susurró, con los labios casi pegados a su oído— hasta dónde soportará mi tortura antes de pedir clemencia.

Le apretó el pecho y ella alzó la vista emitiendo una exclamación. Entonces los labios de Lucifer cubrieron los suyos. Le apresó los labios, la boca entera. Dejó que estallara la pasión, que se encendieran las brasas, para luego retirarse. Actuaba guiado por el instinto, un instinto primario, una primitiva mezcla de querencias, necesidades y deseos. La deseaba, quería poseerla, dejarle la marca que la hiciera suya de forma inequívoca. Después de la conmoción de la mañana, después de haberse dado cuenta de que le había faltado poco para perderla, para no disfrutar nunca de ella, necesitaba hacerla suya.

Pero era necesario que ella lo acompañara, que compartiera plenamente el momento, que lo deseara con la misma intensidad que él a ella. La deseaba como nunca había deseado a nadie, la quería poseer de todas las maneras, algunas totalmente inéditas. Aquella emoción que había esperado no sentir nunca había hincado sus garras en él, tan profundamente que ya no quería liberarse.

Estaba cautivo por voluntad propia y quería que ella lo estuviera también.

Se retiró, pues, apenas un centímetro, lo suficiente para respirar. Lo suficiente para que ella tuviera plena conciencia y sintiera. Para que viera.

Sostenía la espada con la mano con que le ceñía la cintura, la hoja pegada a su espalda. La otra le soltó el pecho, para liberarlos del todo y sobárselos ligeramente mientras se desplazaba hasta el hombro. Allí recorrió la desnuda redondez de la pálida piel que relucía a la luz de la luna. Aguijoneado por el instinto, inclinó la cabeza. Con los labios siguió la línea que habían trazado los dedos en el hombro y luego bajó, despejando el camino para los labios, hasta que le tomó un pecho y le succionó el erecto pezón.

El gemido de ella resonó en toda la habitación. Sintiendo que le cedían las rodillas, él la rodeó con más fuerza, atrayéndole la cadera contra su muslo. La había advertido de que iba a torturarla y así lo hizo, raspando el sensible botón con la barbilla para después succionar con fuerza hasta hacerla gritar.

Azuzados por tan excitante sonido, sus instintos se desbocaron. Lucifer movió el cuerpo, atrapándole los muslos entre los suyos, antes de centrarse en el otro pecho, donde repitió el tormento hasta que ella alargó hacia él las manos que había mantenido inmóviles, atrapadas por la camisa. Los dedos crispados se hincaron en sus costados.

Alzando la cabeza, él la besó, tomó todo lo que ofrecía, todo lo que daba, consumiéndose en las llamas del deseo. Después de depositar la espada en el arcón abierto, detrás de ella, posó la mano sobre la parte posterior de sus caderas y la atrajo hacia sí.

Ella exhaló un murmullo que no expresaba protesta sino descubrimiento. Él se restregó contra ella para que percibiera la caliente promesa de su cuerpo, la embriagadora certeza del inminente éxtasis.

Lucifer llevó las manos hasta los hombros de ella y los acarició brevemente antes de deslizar las manos por los brazos, haciendo bajar la camisa hasta las muñecas. Ella tenía los ojos entreabiertos con sensualidad y su respiración era rápida y superficial. Lucifer detuvo las manos sobre las suyas y entonces ella inspiró hondo, contuvo la respiración y sacudió las manos para liberarse de la camisa.

Él la recogió antes de que cayese y la soltó sobre el arcón. A continuación, la estrechó y le apretó la espalda con la palma de las manos, urgiéndola a pegarse a él para deleitarse con la exquisita sensación de su sedoso cuerpo que, enardecido ya, se rindió por completo.

Lo miró un instante a los ojos y después bajó la vista hasta los labios. Con las manos apoyadas en sus brazos, inició un ascenso, explorando la piel, los músculos, hasta los hombros. Entonces se puso de puntillas y le tocó los labios con los suyos. Él aguardó mientras se entremezclaba su aliento. Entonces ella echó atrás la cabeza y lo besó. Con la boca abierta, él la acogió, excitándola. Y la dejó juguetear, explorar, aprender...

Cuando estaba totalmente embelesada, él cerró las manos en torno a su cintura y después las hizo resbalar, arrastrando los pantalones en su descenso. Aunque no cayeron, obstaculizados por sus anchas caderas, dejaron al descubierto una buena franja. Mientras prolongaba el beso, transformado en candente fusión, la acarició con osadía y deslizando ambas manos bajo los pantalones, las cerró sobre las firmes nalgas. Sobó la ardiente piel y apretó con posesivo gesto. Las manos de ella, tensas sobre su nuca, le acariciaron el pelo y se crisparon.

Se movió pegada a él, arqueando el cuerpo, acariciando, interpretando un canto de sirena tan antiguo como la humanidad. Él comprendió: retirando la mano de la nalga, pasó por la cadera en dirección al bajo vientre, donde presionó hasta que ella gimió y reiteró su instintiva demanda. Entonces él le dio lo que pedía.

Ya le había acariciado antes la blanda zona entre los muslos; Phyllida ansiaba volver a sentir la misma magia. Tras un lúdico vagabundeo, la penetró con un dedo, frotó y llegó hasta lo más hondo, pero no era suficiente. Ella quería más, mucho más, y él sabía muy bien lo que quería.

Interrumpiendo el beso, ella se apartó apenas y miró abajo. Alargó la mano y la cerró con suavidad en torno al tieso miembro, al que empezó a sobar. Lucifer se tensó y ella aminoró, fascinada, el ritmo de sus caricias. Era tan duro, tan masculino y a la vez tan delicado... Acarició, tentó, recorrió, se demoró en la piel más fina que había tocado nunca, antes de volver a cerrar la mano.

Lucifer gimió y ella lo miró a la cara. La luz de la luna resaltaba sus rasgos angulosos, marcados por el deseo. Phyllida apretó un poco más y observó cómo crispaba el rostro y tensaba más el cuerpo. Aquello era demasiado tentador para no seguir. Quería ver hasta dónde podía tensarlo, cuánto placer era capaz de prodigarle sólo con aquella simple manipulación. La rigidez del miembro se acentuó y el cuerpo entero se envaró contra ella.

Lucifer inspiró, la miró y bajó veloz la cabeza para apresarle los labios, la boca, en un beso con el cual le vertió fuego en las venas. Al tiempo, le aferró la muñeca para que lo soltase. A continuación, la levantó en vilo.

Ella no quería que el beso acabara, así que le rodeó la cara con las manos y lo besó con avidez mientras él la llevaba a la cama. Se paró a un lado y haciendo malabarismos con ella, tanteó a ciegas para apartar las sábanas. Estrechándola con fuerza, le devolvió el beso, con lo que se inició un ardoroso duelo que pronto escapó a su control. El deseo rugía a través de ellos en una marea de lava.

Lucifer retrocedió, jadeante. Con la respiración entrecortada, la miró con unos ojos oscuros como carbones. Ella le devolvió la mirada, con el pulso acelerado y el aliento entrecortado.

Él bajó como si fuera a besarla, pero se contuvo a un par de centímetros de sus labios.

—Dime que deseas esto tanto como yo —pidió.

Era una orden y un ruego, y así lo entendió ella.

—Lo deseo aún más —contestó.

E introdujo la mano en su cabello y lo besó con ansia, dejando fluir sin traba cuanto sentía, dejando que se derramara sobre él aquel violento deseo, aquella avalancha de sensaciones lascivas, la excitación, el goce sensual y la expectación.

Él lo absorbió y después despegó sus labios y la depositó en la cama.

—Eso es imposible —dijo con voz ronca.

Ella no quiso discutir, aunque estaba equivocado. Él había hecho aquello antes y sabía qué venía a continuación, pero ella no lo había experimentado nunca. Y quería vivirlo con él, esa noche. Lo sentía oportuno, correcto, necesario.

Dejó que él le quitara las botas y luego los pantalones, sin dejar de contemplar embelesado su cuerpo. Ahora ella estaba desnuda, igual que él, y la excitó que la mirase con avidez. Parecía incapaz de apartar la vista. Se arrodilló en la cama, apoyando primero una rodilla y después la otra. Una oleada de excitación recorrió a Phyllida mientras él avanzaba a gatas. Después, poco a poco, bajó sobre ella.

Fue una conmoción, una conmoción sensual, sentir que depositaba su firme cuerpo encima de ella, percibir su fortaleza, la potencia contenida en su cuerpo, el vello en contacto con su sensible piel. Él le cogió las manos y las llevó hasta sus hombros. La miró a los ojos y bajó la cabeza.

—Vamos a hacerlo despacio —musitó—. Muy, muy despacio.

¿Era un murmullo dirigido a ella o una advertencia que se recordaba para sí? Los labios le rozaron los suyos y después se deslizaron por la mandíbula hasta la garganta. Las manos presionaron el colchón y se introdujeron bajo ella. Recorrieron, acariciadoras, la ruta hasta las caderas, donde la ciñeron con posesivo afán.

—Te va a doler. Lo sabes, ¿no?

Tendida bajo él, sentía el ardor de él y notaba cómo ella misma se encendía. Entre los muslos tenía sus caderas, culminadas por una fogosa erección.

—Sí —susurró cerrando los ojos.

Lucifer no dijo ni preguntó nada más. Bajó las manos por el dorso de los muslos y los separó. Así instalado, adelantó la mano entre ellos. La acarició una y otra vez hasta que ella estuvo casi a punto de ponerse a gritar. Su cuerpo se estremeció bajo él, que seguía tanteando, sondeando. Ella estaba mojada, poco menos que derretida cuando él retiró la mano. Entonces la sujetó por las caderas y se dispuso a penetrarla.

Le dolió, pero desde el primer contacto de aquella piel de increíble suavidad en los hinchados y húmedos labios, donde tanto anhelaba sentirlo, supo que se moriría allí mismo si aquel miembro turgente no la penetraba hasta lo más hondo. La certeza fue tan intensa que, pese al leve dolor, alzó las caderas para animarlo a seguir.

Él se detuvo y, aferrándole las caderas, la ancló.

—No... quédate tumbada —musitó junto a su garganta.

Aguardó a que lo hiciera antes de reiniciar la presión y, poco a poco, la penetró. Se paró y, alzando la cabeza, buscó sus labios y la besó profundamente. Ella respondió con avidez, sin resuello, con un ansia indefinida.

Sólo recibió un aviso de instantánea antelación: la terrible tensión que irradió él antes de retirarse para luego empujar a fondo.

El grito de ella se derramó en ambas bocas. Se contrajo bajo él, pero casi de inmediato el agudo dolor se disipó. Volvió a apoyarse en la cama, relajando los músculos. Inmóvil encima de ella, dentro de ella, él siguió besándola. Ella le correspondió y dejó que llevara la iniciativa, reconociendo su condición de guía.

De experto guía. No tuvo duda de ello cuando por fin él levantó la cabeza. Aunque notaba el cuerpo invadido y el peso de él encima, el dolor había desaparecido. La miró, con los oscuros ojos relucientes y una expresión que nunca le había visto, tensa, desencajada, embargada por la pasión. Él le escrutó la cara. Ella no tenía ni idea de lo que vio, pero al parecer lo tranquilizó. Inclinando la cabeza, él apoyó los labios en los suyos y ella, posando con levedad las manos en sus hombros, se entregó al besó, a él. Entonces él empezó a embestirla con delicadeza pero sin pausa.

Hasta ese momento ella no había tomado plena conciencia de hasta qué punto estaba colmada y de la tensión y flexibilidad que ello requería. Mientras él retrocedía y volvía, cabalgándola despacio, ella se dejó hechizar por aquel sensual descubrimiento.

Su cuerpo se agitó bajo él adaptándose a su ritmo, arqueándose para ir a su encuentro. El espontáneo vaivén, el repetitivo deslizamiento de él en su interior, cobró mayor intensidad. El torso de él se movía sobre el suyo, raspándole con el vello la sensibilizada piel. Lentamente iba inflamando su ardor interior, más y más. Sus sentidos navegaban en un vertiginoso torbellino al tiempo que él movía la lengua en su boca posesivamente.

Era suya... Crispó los dedos, hincándolos en sus brazos y allí se aferró mientras el mundo se alejaba y sólo quedaban ellos, piel contra piel. El deseo era un cálido mar que los inundaba. Él había dicho que lo harían despacio, y ella no tenía ninguna prisa, al menos al principio. En ella crecía una especie de compulsión, de cegador apremio físico. Algo ardiente, tenso, que se iba concentrando... y con cada embestida él lo tocaba, lo alimentaba, avivando más las llamas.

Ella interrumpió el beso con un jadeo y se arqueó, pugnando por respirar, por urgirlo a penetrarla más, a llegar más adentro. Lo necesitaba allí con toda su dureza, en lo más hondo... Él despegó el pecho del suyo y se apuntaló en los brazos; la siguiente embestida la sacudió toda entera.

Ella emitió otro jadeo y, arañándolo levemente con las uñas, bajó las manos por su pecho. El recio vello que le cepilló las palmas reprodujo la sensación del otro recio vello que le raspaba entre los muslos. Extendió las manos y le rodeó los flancos... Entonces el calor se concentró dentro de ella, con una presión cercana al dolor. Se irguió, deslizando las manos hasta la espalda y, aferrándose, alzó los labios hasta los suyos.

Él los tomó con un beso casi salvaje, y entonces modificó la postura. Apoyado en un brazo, colocó la otra mano en una nalga, la atrajo con fuerza hacia sí y la retuvo mientras la embestía, una y otra vez. El calor estalló dentro de ella, al tiempo que se crispaba la parte inferior de su cuerpo. Una cristalina sensación, quebradiza e intensa, la traspasó, y luego el espasmo se disolvió en un glorioso fogonazo. Un río de sensaciones se desbordó y la inundó, aplacando su compulsivo ardor para dejar en su lugar una calidez distinta.

Aferrada a él, fue arrastrada por la ardorosa marea.

Él la siguió, pero después se giró para ponerse de espaldas, llevándola consigo. Acabó tendida encima de él, todavía erecto en su interior. Se había derretido... no podía moverse. Con la cabeza reclinada en su pecho, permaneció así, sumida en un divino deleite.

Ignoraba cuánto tiempo transcurrió antes de recobrar la noción de la realidad y advertir que aún yacía desnuda encima de él, que le acariciaba las nalgas con mano errabunda. De repente tuvo conciencia de ello, y también de algo más: Lucifer aún mantenía la erección, dentro de ella. Todavía tenía el cuerpo rígido con aquella tensión que ella ya reconocía. No había...

Levantó la cabeza y lo miró a la cara. Él le devolvió la mirada y luego enarcó una ceja. Ella se ruborizó, y agradeció que él no pudiera advertirlo en la penumbra.

—¿Y ahora qué? —preguntó, pensando que al parecer quedaba otra etapa.

—Ya te he dicho que nos lo tomaríamos con calma —respondió él, sonriente.

Su piel conservaba el calor, cubierta de un manto de rocío donde él acariciaba, y en contraste el aire era fresco. Se había sentido relajada de pies a cabeza, pero la tensión regresaba junto con el conocimiento. Phyllida se humedeció los labios y preguntó:

—¿Y eso qué significa?

—Es más fácil demostrarlo que explicarlo —contestó Lucifer con una maliciosa sonrisa.

Alargó las manos hasta sus muslos. Tiró y ella dejó que le flexionara las rodillas y la moldeara, de tal forma que acabó sentada a horcajadas, de rodillas, con los tobillos adosados a sus costados, las manos en su pecho, mirándolo. Su rostro reflejó más dolor que regocijo cuando él le levantó levemente las caderas para después bajarla de nuevo.

—Aaah... aaaah. —Espirando despacio, Phyllida cerró los ojos y echó la cabeza atrás.

—¿Te duele?

—¿Si me duele? —Abrió los ojos y lo miró, incapaz de encontrar palabras para describir lo que sentía—. Es pura gloria.

Él sonrió y volvió a recostarse en la cama bajo ella.

—Entonces hazlo otra vez —pidió.

Ella obedeció, elevándose sin su ayuda, pese a que él aún la sujetaba por las caderas. La dejó subir sólo hasta cierta distancia antes de contenerla. Al bajar, ella observó cómo él cerraba los párpados y sus facciones se marcaban transidas de deseo. Presa de una renovada ansia, se movió con lentitud sobre él, concentrada en la sensación de presión que ejercía contra su blanda oquedad, concentrada en acariciarlo a él de ese modo.

La tensión de Lucifer se incrementó, Phyllida lo notaba en las manos, en los muslos, lo veía en su cara. Ella se estaba enardeciendo también. Lucifer le soltó las caderas para acariciarle los pechos, excitándola aún más. Se incorporó y aplicó la boca a los pechos. Una aguda sensación la atravesó con tal violencia que poco le faltó para volver a precipitarse en el éxtasis. Se aferró desesperadamente a la conciencia mientras él humedecía, succionaba, mordisqueaba. Las mojadas orlas eran aureolas de frescor en medio de su encendida piel.

Una mano retornó a las caderas y la hizo aminorar el ritmo. La obligó a ir más despacio hasta volverla frenética, cegada con la necesidad de sentirlo más adentro, más duro, más rápido. Abrió los muslos y bajó sobre él. Volvió a ascender y él la detuvo un instante antes de embestirla en el descenso. Luego atrapó un turgente pezón con su húmeda boca y succionó.

Ella se dejó caer con un grito, apretándolo con fuerza hasta lo más hondo de sí. Su mundo se pulverizó, fragmentado en rutilantes añicos de exquisito goce que le penetraron la piel, se dispersaron y fundieron hasta que no fue más que una masa de candente calor que lo albergaba a él, enhiesto y vibrante, en su núcleo.

Exhalando un sollozo, ella le rodeó los hombros con los brazos, le atrajo la cabeza hasta su seno y se ovilló pegada a él.

Poco a poco, él fue bajando, llevándola consigo. La respiración sonaba rasposa junto a su oído y tenía rígidos todos los músculos.

—¿Por qué? —susurró ella contra su piel.

Lucifer se tendió bajo ella, incapaz de lograr un pensamiento coherente.

—Quería que fueran varias veces, pero... —Perdió el hilo. Consciente tan sólo del cálido cuerpo enredado en el suyo, le dio un leve beso en la sien—. Dentro de un momento —añadió con voz enronquecida por la vehemencia del deseo.

Habría querido hacerle el amor más de una vez, pero era novata e inexperta y si él hubiera obedecido sólo a sus impulsos, al día siguiente ella lo habría maldecido. Por eso, una vez dentro, había permanecido allí para moderar el alcance y la fuerza de sus embestidas a fin de minimizar la abrasión y la presión contra su delicada carne. Con ello había conseguido disfrutar sintiendo que ella culminaba dos veces... por el momento.

Levantándola, salió y se apartó a un lado. Ella murmuró, tratando de retenerlo, pero él la tranquilizó con un beso en la espalda.

—Tienes que hacer todo lo que diga, ¿te acuerdas?

—¿Qué tengo que hacer, pues? —inquirió al tiempo que se volvía boca arriba.

—Absolutamente nada —repuso él, tomando una almohada y volviéndola de espaldas—. Ahora me toca a mí.

Cautivada y exhausta, ella dejó que le elevara las caderas para colocarle la almohada debajo. Luego se arrodilló entre sus piernas y dobló una de ellas, que adosó a su costado, con la rodilla casi a la altura de su cadera. Después le acarició las nalgas, se inclinó sobre ella y la penetró de una embestida.

Phyllida soltó un gritito.

—¿Duele?

Ella negó con la cabeza y reculó contra él. Lucifer tomó lo que le ofrecía, hundiéndose más en ella. Apuntalado en los brazos, bajó la cabeza para depositarle un beso en el hombro.

—No te muevas y déjame amarte.

Phyllida obedeció: él le habría dado las gracias de haber sido capaz de formar las palabras. En lugar de ello, le expresó el agradecimiento con el cuerpo. Yacía ardiente, desnuda, totalmente abierta a él, que embestía sus firmes nalgas, suaves hemisferios que desprendían un pálido brillo a la luz de la luna. Las curvas lo acariciaban, su cuerpo lo acogía, rodeándolo con un dulce calor. Con el almizclado aroma de ella anegando sus sentidos, Lucifer respiró hondo y advirtió que se desataba la fiera que albergaba en su interior.

Sintió que ella se agitaba bajo él. Aunque no se movió, su cuerpo se tensó en torno al suyo. Él reaccionó de modo instintivo, presionando sus posaderas, penetrándola a fondo, aplicando una ligera rotación para darle más placer.

Ella contuvo el aliento y le devolvió la presión para después descender un poco. Con las mandíbulas apretadas, él retrocedió, se detuvo un instante y después la penetró despacio. Una vez dentro, efectuó una rotación, se retiró... Ella lanzó un gemido.

Impregnado de un femenino ruego más primitivo que las palabras, el sonido acabó por desbaratar su control. La embistió con fuerza demoledora, una y otra vez, al tiempo que ella le correspondía reculando y lo animaba a seguir. Pese a que se había propuesto proceder con suavidad, ante la desenfrenada lascivia de ella, Lucifer se dejó arrastrar.

Ella estalló en un clímax tan intenso que él lo sintió hasta el tuétano. Los espasmos fueron tan fogosos y violentos que él creyó que iba a enloquecer. Y así le ocurrió. Perdió toda noción de la realidad mientras se extraviaba en ella. Perdió el alma en medio de su ardor, y en Phyllida perdió el corazón.

13

Al despertar, Phyllida abrió los ojos y por la ventana contigua percibió un retazo de cielo. Una luz grisácea se superponía a la oscuridad, como un presagio del inminente amanecer.

Volvió a cerrar los párpados, arrebujándose en las sábanas. Tenía distendido y relajado todo el cuerpo y el pesado brazo posado en su cintura le producía una reconfortante sensación... Se incorporó de golpe, o así lo habría hecho de no ser por aquel brazo que se tensó y la contuvo.

Tendida de costado, puso los sentidos en alerta. Lucifer yacía boca abajo a su lado, con un brazo apoyado en ella. Y estaba despierto, y desnudo. Como lo estaba ella. No iba a ser fácil escapar de aquello sin perder la compostura.

Por desgracia, no recordó que le hubieran enseñado ninguna norma sobre cómo comportarse a la hora de abandonar la cama de un caballero. Si hubiera estado dormido, se habría escabullido sin más. Vestida, habría encarado la situación con aceptable serenidad.

Pero ¿desnuda? ¿Y con él desnudo a su lado?

Si seguía allí discurriendo sobre el asunto, acabaría cediendo al pánico. Se volvió y él deslizó el brazo hasta su cintura. Tumbada de espaldas, lo miró de soslayo; tenía la cara medio hundida en la almohada.

—Tengo que irme.

Lucifer abrió el ojo que quedaba visible y la observó, con demasiado detenimiento para su agrado.

—Todavía no me has dicho qué has venido a buscar, que es seguramente el motivo por el cual el asesino la ha emprendido contra ti.

—No lo es. Pronto se hará de día y tengo que volver a casa por el bosque. Si pasa más tarde por la mañana, prometo que se lo contaré todo.

Lucifer negó con la cabeza sin levantarla. Estaba extraordinariamente atractivo con el negro pelo alborotado. ¿Era ella quien lo había despeinado?, se preguntó, con un repentino deseo de acariciarle el cabello.

—Ya pensaba ir a interrogarte esta mañana, pero la actual situación es más propicia para obtener información.

—¿A qué se refiere? —inquirió ella ceñuda.

—Me refiero a que no saldrás de esta cama hasta que me lo hayas explicado todo.

—No sea tonto... Tengo que irme antes de que se levanten los criados. No querrá que sepan que estoy aquí.

—Si a ti no te importa, ¿por qué tendría que inquietarme yo? —contestó él con un encogimiento de hombros. De todos modos iba a casarse con ella. En tales circunstancias, todo el mundo haría la vista gorda.

Ella se quedó mirándolo, pasmada, y luego exclamó:

—¡Claro que me importa!

Trató de zafarse de su brazo. Con un suspiro, él se volvió, atrayéndola hacia sus brazos. Phyllida se quedó inmóvil mientras él la hacía girar hasta depositarla de lado, con la nariz prácticamente pegada a la suya, envuelta en sus brazos, con las piernas enredadas en las suyas y la presión de su erección contra la blandura del vientre.

—En ese caso, más vale que comiences a hablar —dijo, mirándola a los ojos.

Era imposible descifrar su expresión; sólo los oscuros ojos, aún dilatados y brillantes por la saciedad, indicaron que era consciente de su estado. De la amenaza implícita. Apretó los labios, terca hasta el final.

Sosteniéndole la mirada, él aguardó, mientras asomaba el sol. Phyllida acabó por capitular.

—Estaba buscando un fajo de cartas. No mías, sino de otra persona.

—De Mary Anne. —Era una deducción lógica.

—Sí. Escondió las cartas en el secreter de viaje de su abuela y después su padre vendió a Horacio el secreter, que fue trasladado aquí antes de que Mary Anne tuviera noticia de ello.

—¿Qué contienen esas cartas para ser tan peligrosas?

—No lo sé. Lo que sí sé es que Mary Anne y Robert están desesperados por recuperarlas sin que nadie se entere de su existencia, y mucho menos las lea.

—¿Prometiste no decírselo a nadie?

—Juré no revelar nada a nadie.

Él la observó un momento, antes de asentir.

—Está bien. Así que buscabas unas cartas... —Endureció el semblante—. Por eso estabas en el salón de Horacio el domingo pasado.

—Sí —confirmó ella con un suspiro, aliviada de poder confiarse a él. Además, él había comprendido que ella se mantuviera fiel a su promesa, tal como había previsto—. Buscando, entré en el salón... y vi a Horacio en el suelo.

—¿Dónde estaba yo?

—Aún no había llegado. Acababa de volver a Horacio boca arriba y comprobar que estaba muerto cuando lo oí llegar por el camino.

—¿Y luego?

—Pensé que quizás era el asesino que volvía a recuperar el cadáver, y me escondí.

—¿Dónde? —preguntó con ceño.

—Detrás de la puerta —repuso ella sosteniéndole la mirada.

Lucifer endureció su expresión. Los brazos se tensaron en torno a ella, que se había imaginado cientos de veces reconociendo ante él que lo había golpeado con la alabarda, pero nunca se había figurado que fuera a hacerlo desnuda entre sus brazos.

—¿Fuiste tú quien me golpeó?

—¡Fue sin querer! Cuando me di cuenta de que no era el asesino, di un paso adelante para dirigirle la palabra y entonces la alabarda se vino abajo.

Él la miró a los ojos por un momento que a ella se le hizo eterno y luego relajó los brazos.

—Trataste de pararla, ¿verdad? Por eso no me mató.

Phyllida dejó escapar el aire que había estado reteniendo.

—Lo intenté, pero en vano. Sólo conseguí desviarla un poco.

—Revivió el horripilante recuerdo, que debió de plasmarse en sus ojos, porque él inclinó la cabeza y le rozó los labios con los suyos.

—No pasa nada. —Le frotó la espalda—. Con ese poco fue suficiente.

Sosegada por su tono y sus caricias, depuso toda resistencia y se relajó en sus brazos. Después posó la vista en sus labios.

—Bueno, ahora ya lo sabe.

—Mucho más de lo que sabía antes de acostarme, pero... —esbozó una maliciosa mueca.

Ruborizada, ella volvió a fijar la mirada en sus ojos, para apartarla de aquellos diabólicos labios.

—Aún ignoro por qué el asesino va por ti.

—Creo que es por el sombrero. —Realizó una breve descripción de la prenda—. De todas formas, no sé de quién era, y no he vuelto a verlo desde ese día.

Encima de ellos sonó un crujido de madera, que los hizo levantar la vista.

—¡Ay, Dios mío! —exclamó ella palideciendo.

Lucifer la atrajo hacia sí y le dio un beso, largo y profundo, al tiempo que desplazaba las manos por su espalda y sus nalgas. Después la soltó.

—Ve.

Pese a su aturdimiento, Phyllida no se lo hizo repetir y se apresuró a bajar de la cama. Tomó los pantalones caídos a los pies de ésta y, sentándose, forcejeó para ponérselos. Con la cabeza apoyada en los brazos, él la observó.

Tras calzarse las botas, se apresuró a recuperar la camisa. Tanto ésta como los pantalones carecían de botones. Horrorizada, se volvió hacia él para mostrárselo. Lucifer sólo arqueó una ceja.

Enojada, cogió la chaqueta y se la puso. Se encorvó para recoger las sujeciones de los pechos, que guardó en un bolsillo y cerrando con una mano la chaqueta y la otra debajo, sosteniendo los pantalones, se encaminó a la puerta.

—Pasaré a verte más tarde —dijo él—. Hasta entonces, no vayas a ninguna parte.

Su tono la hizo vacilar. Lo miró desde el umbral y, tras asentir, se fue a toda prisa.

Lucifer aguzó el oído, pero ella iba con más sigilo que un ratón. Nadie de la servidumbre se había levantado porque siempre los oía cuando bajaban la escalera. Saldría de la mansión y atravesaría el bosque sin peligro, pues nadie podía saber que había pasado la noche en su cama. Los dos ataques de que había sido objeto habían sido planificados; el asesino no parecía dispuesto a merodear y correr el riesgo de levantar sospechas. Phyllida llegaría a su casa sin percance y alcanzaría su habitación sin ser descubierta. Tampoco era algo de mucha importancia, pero a ella le preocuparía que la vieran.

Aquello le recordó algo. Levantó la sábana y vio que estaba manchada de sangre.

Al bajarla, detuvo la vista en el afiladísimo sable de caballería, apoyado en el arcón. Tenía que pergeñar una historia. La noche anterior se había desvelado, y al oír un ruido había salido a investigar empuñando el sable. Se había hecho un corte en la pierna que no había advertido en la oscuridad. Luego se le había ocurrido probar la cama de Horacio, para ver si le costaba menos dormirse allí. La idea había funcionado. Era una explicación creíble.

Recostándose, cerró los ojos y se puso a repasar lo acontecido esa noche. Enseguida esbozó una pícara sonrisa.

—Quiero pedir la mano de su hija. —Curiosamente, no le costó nada pronunciar aquellas palabras. Volvió la espalda a la ventana que daba al césped de Grange y miró a sir Jasper.

—¡Estupendo! —se congratuló desde su escritorio el juez. Luego se puso serio y se aclaró la garganta—. Claro que ella dirá la última palabra. Es una mujer testaruda, que no se deja mandar, ya lo sabe.

—En efecto. —Lucifer se sentó en una silla frente a su futuro suegro—. Por cierto, parece que los pretendientes que ha tenido hasta ahora la han predispuesto contra el matrimonio.

—Oh, sí, así es. Siempre los ha rechazado de manera tajante. —Sir Jasper lo miró con aire meditativo—. No sé si será alguna rareza propia o por no haber tenido madre desde hace tanto, o qué se yo, pero el caso es que afirma que no tiene ningún interés en casarse.

—Con el debido respeto, creo que ninguno le ha dado suficientes incentivos par despertar su interés. Todo el mundo espera que se case, da por supuesto que lo va a hacer, y sus pretendientes han querido sacar provecho de ello. A pocas mujeres les gusta que las consideren como algo que no hay que conquistar. —Sobre todo las damas inteligentes con dotes de mando—. Debido a ello —prosiguió—, aunque deseaba hacerle a usted partícipe de mis intenciones, he preferido no hablar aún del asunto a Phyllida. Nos conocemos desde hace sólo nueve días y pese a que por mi parte no abrigo dudas, me consta que la mejor manera de lograr el consentimiento de Phyllida es dejarle tiempo para que ella misma se persuada de que es lo que desea.

—Es decir, que se propone esperar antes de planteárselo, ¿eh?

—Me propongo cortejarla antes de, metafóricamente, hincarme de rodillas ante ella. Unas semanas... No tengo prisa. —En su mente se disparó una sensual e inoportuna imagen de Phyllida tendida bajo él—. Creo que lo más contraproducente que podría hacer sería pedirla en matrimonio ahora.

Si lo hacía, Phyllida querría saber de inmediato por qué quería casarse con ella. Entonces se vería obligado a esgrimir las razones convencionales que lo colocarían en el mismo plano, tan poco atractivo, de sus otros pretendientes. Aun cuando los motivos fueran de peso, sabía que no eran lo que ella querría oír. No se dejaría convencer por ellos.

Él tenía un motivo obvio, del que carecían los demás. Se había acostado con ella y, según los códigos de honor, debía por tanto llevarla al altar. Si bien en ciertos sentidos, en lo que se refería al honor, aquello tenía su razón de ser, no constituía, desde su punto de vista, un argumento válido en apoyo de su causa.

Ninguna mujer quería escuchar que iba a casarse por exigencias de honor. Dejar que Phyllida creyera tal cosa, o insinuarlo siquiera, sería una crueldad y una cobardía. Además, no correspondía ni de lejos a la verdad. Se había acostado con ella porque tenía intención de casarse con ella y no al revés.

—Me parece que lo más indicado es recurrir a una estrategia de pausada persuasión.

—Tal vez acierte —convino sir Jasper—. En todo caso, nada pierde probando. —Miró a Lucifer con preocupación—. No voy a andarme con rodeos. En este momento, toda la ayuda que pueda proporcionarme con Phyllida será bien recibida. Este asunto de que la hayan atacado dos veces me tiene preocupadísimo. No alcanzo a entenderlo.

—Creo que debemos asumir que el agresor es el asesino de Horacio. Nada mueve a pensar que en Colyton haya dos hombres de malévolas intenciones. Aunque el motivo por el que atacó a Phyllida es desde luego un misterio.

—Ella afirma no tener idea de ese motivo.

—Humm. Yo, por supuesto, continuaré con mis indagaciones sobre el asesinato. Con su permiso, incluiré en ellas los ataques contra Phyllida. Tiene que tratarse del mismo hombre.

—Costará encontrarle un sentido, pero sí, cuenta con mi aprobación. Todo es muy inquietante.

—De nuevo con su permiso —añadió Lucifer, poniéndose en pie—, procuraré vigilar a Phyllida. Me encuentro en mejor posición que otros para hacerlo.

Sir Jasper se levantó también y le tendió la mano.

—El permiso que necesite, puede considerarlo concedido. A nadie acogería con mejor gusto como hijo.

Lucifer le estrechó la mano.

—Ahora ya puede poner manos a la obra con la conciencia tranquila, ¿eh? —agregó sir Jasper.

—Así es —confirmó Lucifer con una inclinación de la cabeza, al tiempo que reprimía una sonrisa.

Dejó a sir Jasper en su despacho, decidido a entrar directamente en materia. Sin embargo, no tenía del todo tranquila la conciencia. Estaba ocultando su verdadera motivación para casarse con Phyllida y así pensaba seguir haciéndolo. Pese a saber lo que era, apenas podía permitir que el concepto tomara forma en su mente, convencido como estaba de que formularlo de viva voz, ante ella o incluso para sí mismo, era algo fuera de su alcance. Sencillamente era pedir demasiado. En ese momento y más adelante.

Encontró el objeto de sus pensamientos —el objeto de su lujuria, de su deseo y de mucho más— en la rosaleda, ocupada en cortar flores que colocaba en un cesto. Se paró bajo el arco de la entrada a contemplarla. El sol incidía en su oscuro pelo arrancando rojizos destellos de las sedosas hebras. El vestido de pálido dorado se agitaba en torno al esbelto cuerpo que esa misma noche había palpitado bajo él.

Avanzó por las losas del sendero.

Phyllida rodeó un arbusto y lo vio. Aguardó, observándolo acercarse con la gracia de un gran felino cazador. Como siempre, era la viva imagen de la elegancia masculina, en aquella ocasión con una chaqueta oscura y ceñidos pantalones claros remetidos en botas de caña alta con borlas. Notando que se le aceleraba el corazón, respiró hondo para sosegarse y dominar sus emociones. Sabía muy bien dónde estaba ella y dónde estaba él, de modo que no pensaba hacerse ninguna ilusión.

—Buenos días —saludó, inclinando la cabeza.

—Buenos días —repuso él deteniéndose a medio metro de distancia.

En la mirada de él había un brillo especial y en su voz un deje arrullador que le aportaron más calidez que el sol. Posó la vista en el rosal y se concentró en cortar una hermosa flor.

—¿Ha encontrado por casualidad las cartas? —le preguntó.

—He mirado, pero no he localizado ningún escritorio, ni en el primer piso ni en el desván. ¿Está segura de que no se encuentra en la planta baja?

—No creo que se me hubiera pasado por alto.

—Quizá debería venir a la mansión esta tarde y mirar en las habitaciones de abajo.

—De acuerdo —aceptó—. Sería un alivio resolver por lo menos un misterio.

—En lo que se refiere a la cuestión de quién mató a Horacio, cuénteme lo que ocurrió desde el momento en que entró en la casa hasta que la abandonó.

—Ya se lo expliqué.

—Hágalo de nuevo, por favor. Podría haber algo, algún pequeño detalle, que recuerde esta vez.

Phyllida se volvió, depositando las tijeras en el cesto. Luego repasó de forma minuciosa todos sus movimientos mientras se dirigían al emparrado del extremo del jardín.

—O sea, que lo último que hizo fue ir en busca del sombrero, ¿correcto? —concluyó él mientras le sostenía la mano para que tomara asiento en el banco de piedra del cenador.

—Sí. Pensaba que era suyo.

—¿Mío? —Se sentó a su lado—. Yo llevo siempre chaqueta negra o azul oscuro. ¿Qué iba a hacer con un sombrero marrón?

—En ese momento desconocía sus preferencias en el vestir. —Calló un instante, aferrada a su calma, prefiriendo mirar las rosas que se inclinaban al calor del mediodía—. Sea como fuere, cuando volví por la tarde para dejar a alguien a cargo de sus caballos, quise recogerle también el sombrero. Pregunté a Bristleford. Él estaba seguro de que no había ningún sombrero en el salón en el momento en que encontraron el cadáver.

—Y a mí.

—Y a usted.

Esperó a que él efectuara algún comentario sobre las circunstancias que lo habían llevado a quedar postrado allí, pero se quedó en silencio, reflexionando.

—Tiene que ser el sombrero —dijo al cabo—. El asesino está convencido de que usted puede reconocerlo.

—Pero no ha sido así. A estas alturas tendría que ser evidente.

—Pues entonces cree que lo reconocerá más tarde, que lo recordará de repente. De lo que se desprende...

—¿Qué? —lo animó a proseguir.

—Que se trata de alguien a quien usted ha visto a menudo con ese sombrero.

—Eso confirmaría que no se trata de un desconocido —infirió ella con angustia.

—Es alguien a quien usted conoce.

Las palabras quedaron flotando entre los dos, escalofriantes pese al calor. Phyllida se mantuvo erguida con rigidez, luchando contra el súbito deseo de buscar refugio en sus brazos. El banco era corto, y él había extendido un brazo en el respaldo, junto a sus hombros. Su pecho se hallaba a una tentadora proximidad. El impulso de apoyarse en él, de apretar el hombro contra él, de sentirse estrechada entre sus brazos, se dejó sentir con fuerza.

Sabía cómo se sentía abrazada por ellos. Se sentía a salvo. De todas formas... ella no era el tipo de mujer pegajosa.

Ella se disponía a centrar la mirada en el jardín, cuando él se movió. Despegó el brazo del respaldo del banco para posarlo en sus hombros y con la otra mano le alzó la barbilla. Después apoyó los labios en los suyos y, sin pensarlo, ella le devolvió el beso.

Luego ella lo miró con ceño.

—¿A qué viene esto? —preguntó, envarándose.

Lucifer la soltó. Quiso hallar una respuesta ingeniosa, pero sólo se le ocurrió la verdad.

—Para tranquilizarla. Parecía asustada.

Ella lo miró a los ojos y se estremeció.

—Sí, estoy un poco asustada —reconoció.

—Es sensato que lo esté un poco, pero el asesino no le hará daño.

—Parece muy seguro —señaló ella, mirándolo de soslayo.

—Lo estoy.

—¿Por qué?

—Porque no lo permitiré.

Antes de que pronunciara el «¿por qué?» que advirtió en sus oscuros ojos, la atrajo hacia sí y volvió a besarla. Tras un instante de vacilación, ella se relajó y se entregó al beso. La rosaleda era un lugar recoleto, demasiado tentador. En cuestión de segundos le abrió el corsé y le estaba acariciando un pecho cuando ella se apartó con una exclamación.

—Pero ¿qué hace?

—Estoy seguro de que puede adivinarlo —contestó él, al tiempo que trazaba un círculo en torno al pezón.

—Pero... si ya le he contado todo lo que sé —adujo ella, atónita.

Retrocedió, y él retiró la mano. Desconcertado, trató de mirarla a los ojos mientras ella se abotonaba el vestido. Todavía conservaba el semblante sosegado, aunque él advertía un aire de determinación cuyo origen no adivinaba.

—¿A qué se...?

—No me he reservado nada. —Con el vestido en su sitio, recogió el cesto y se puso en pie—. Ya lo sabe todo.

Lucifer se levantó a su vez, con la certeza de que su última aseveración no era cierta. En su cerebro comenzó a forjarse una desagradable sospecha.

—Le aseguro que no obtendrá nada más si continúa seduciéndome.

Había dado sólo dos pasos cuando él la aferró por el codo y la obligó a volverse.

—¿Qué ha dicho? —preguntó con los ojos entornados.

Ella le devolvió la mirada con irritación.

—Lo ha oído muy bien. —Movió el brazo y él la soltó.

—¿Por qué cree que la he seducido?

Phyllida se irguió y de repente él no logró leer nada en sus ojos.

—Me sedujo con el fin de averiguar lo que quería saber. Ahora que ya se lo he explicado todo, no es necesario... —Giró sobre los talones.

—No la he seducido por eso.

Sorprendida por su tono, ella respiró hondo antes de volverse hacia él.

—¿Por qué, entonces? —inquirió desafiante.

Era la pregunta que él no quería afrontar, la que tenía tanto reparo en responder con sinceridad. Por otra parte, le repelía mentirla.

Mientras se miraban oyeron sonar un gong.

—Es el aviso para la comida —dijo Phyllida, volviéndose y, tras una brevísima vacilación, echó a andar.

Un momento después, él la alcanzó.

Phyllida guardó silencio hasta que subieron los escalones de la rosaleda.

—Si su ofrecimiento de dejarme revisar la mansión iba en serio, iré esta tarde.

—Hablaba en serio, pero podemos ir juntos. —Lucifer se paró en el escalón de arriba—. Su tía me ha invitado a comer.

—Qué oportuno.

Phyllida se volvió hacia la casa y entonces notó la mano de él en el brazo. Al girarse vio que le tendía una bolsita.

—Antes de que entremos, será mejor que le dé esto.

Ella la cogió, intrigada, y notó la forma de los botones en su interior.

—Gracias —dijo con un súbito rubor en las mejillas.

Rehuyéndole la mirada, guardó la bolsita en el cesto, debajo de las rosas, y luego siguió caminando por el sendero.

Tres horas más tarde, sentada en una silla frente al escritorio de la biblioteca de la mansión, Phyllida repasaba con atención las anotaciones del libro de cuentas que tenía abierto en el regazo. Desde la silla de enfrente, Lucifer la observaba con disimulo.

Después de comer habían regresado por el bosque. Durante el trayecto Phyllida había mantenido su habitual compostura, respondiendo cuando le dirigía la palabra pero tratándolo por lo demás como si él fuera cualquier otro caballero dotado de pasable inteligencia. Si bien era cierto que no lo había tratado con el aire despreciativo que empleaba con sus otros pretendientes, también lo era que no lo estaba tratando para nada como al hombre con quien había compartido el lecho la noche anterior.

Él había pasado suficientes noches con bastantes mujeres como para saber cuál era la reacción previsible al día siguiente. Phyllida no se comportaba como ellas. La irritación lo reconcomía, y también la frustración. Había renunciado a seducirla para que le revelara todo y, sin embargo, debido al temerario comportamiento de ella, y a sus consiguientes reacciones, ahora parecía que hubiera hecho justo eso. La verdad era más bien que ella lo había tentado para que la sedujera. No era responsabilidad suya que se hubiera presentado en Colyton Manor pasada la medianoche para registrar la habitación de Horacio. ¿Qué se suponía que debía haber hecho él? ¿Dedicarle una reverencia y acompañarla hasta la puerta?

Reprimiendo un bufido, trató de concentrarse en las notas que tenía delante. Le fastidiaba tener que reconocer lo innegable: había utilizado su necesidad de averiguar el secreto de ella como frívolo pretexto, como superficial camuflaje para la profunda y compleja verdad. La situación y Phyllida habían conspirado para ponerle la zancadilla; la realidad de su deseo, la impetuosa urgencia de hacerla suya, habían precipitado su caída.

¿Por qué la había seducido? Porque la deseaba, porque lo necesitaba. Si se lo decía así, ella reaccionaría con altiva incredulidad y seguiría convencida de lo peor.

Posó una mirada en ella, procurando que no se notara.

Al menos estaba allí, a salvo y, de momento, ocupada. Había revisado las habitaciones de arriba, pero el maldito secreter no se había materializado; había regresado desanimada, dispuesta a marcharse a su casa. Él había sugerido entonces que repasase los libros de cuentas de Horacio para ver si había vendido el mueble.

Él también estaba repasándolos, en busca de algún registro que pudiera guardar relación con la misteriosa pieza de Horacio. Todavía no había encontrado nada.

Fijó de nuevo la vista en el sosegado semblante de Phyllida. Definitivamente, no le gustaba que lo clasificaran junto con sus otros pretendientes, que la querían por motivos de índole material o social, motivos que poco tenían que ver con su persona. Ellos eran los que le habían hecho perder la fe en el matrimonio. El hecho de que ella creyera que era como ellos le escocía. Y doblemente porque, desde el punto de vista de Phyllida, él la había estado utilizando como mujer, sus emociones, su feminidad, todas aquellas cualidades que los demás no solían valorar. Aun cuando no lo hubiera acusado de tal cosa, le desagradaba la idea de que, en su fuero interno, ella pudiera creerlo.

¿Cómo iba a corregir el malentendido? En realidad sólo había una respuesta. Puesto que la había seducido con éxito una vez, tendría que hacerlo de nuevo. El listón se hallaba, con todo, más alto. Bien mirado, conquistarla era un reto más difícil ahora.

La idea le hizo sentir mucho mejor. Él se crecía ante los desafíos.

Al volver la mirada a la página que tenía delante, cayó en la cuenta de que era la misma que había estado escrutando cuando Phyllida había entrado en la biblioteca. Reprimiendo un suspiro, se decidió a revisarla.

Minutos después, Bristleford apareció en la puerta.

—El señor Coombe desea hablar con usted, señor. ¿Le informo de que tiene una visita?

—¿Coombe? —Lucifer miró a Phyllida—. Hágalo pasar, Bristleford.

Éste se retiró, cerrando la puerta.

—Coombe vino hace unos días —explicó Lucifer en respuesta a la muda pregunta de la joven—. Quería tener una opción preferente de compra para los libros de Horacio.

—¿Va a venderlos? —repuso ella con estupor.

Lucifer sacudió la cabeza con un fugaz ceño antes de volverse hacia la puerta que se abría. Silas Coombe avanzó con pasos medidos mientras Bristleford cerraba la puerta.

—Coombe. Ya conoce a la señorita Tallent, por supuesto. —Lucifer se levantó y le tendió la mano.

Silas dedicó una extravagante reverencia a Phyllida, que correspondió con una inclinación de la cabeza, y después estrechó la mano de Lucifer.

—¿En qué puedo servirle? —Lucifer lo invitó a tomar asiento con un ademán.

—No le molestaré mucho rato. —Silas lanzó una ojeada a Phyllida antes de instalarse frente al anfitrión—. Tal como le mencioné, estoy interesado en adquirir una selección de obras de la colección de Horacio. Como usted es un hombre ocupado que debe repartir su tiempo entre múltiples obligaciones, he pensado que podría proponerle un arreglo que nos beneficiase a ambos.

—¿Qué arreglo?

—Estaría dispuesto a actuar en calidad de agente suyo en la venta de la colección —anunció Silas—. Aunque será un trabajo de gran envergadura, claro está, que exigirá mucho tiempo, en las actuales circunstancias considero que el acuerdo sería beneficioso para ambos.

Lucifer guardó silencio un buen momento.

—Veamos si lo he entendido correctamente —dijo por fin—. Me está proponiendo que le confíe la totalidad de la colección de Horacio para que gestione la venta a cambio de una comisión, ¿correcto?

—Correcto —confirmó, exultante, Coombe—. Eso le facilitará mucho la vida, sobre todo teniendo que instalarse en un nuevo condado, una nueva casa... —Miró a Phyllida un instante—. Incluso tomaría las disposiciones para que trasladasen mientras tanto los libros a mi domicilio.

—Gracias, pero no me interesa. —Lucifer se puso en pie—. Contrariamente a sus expectativas, no tengo intención de desprenderme de la colección de Horacio. En todo caso, más bien me propongo ampliarla. ¿Tiene algo más que decirme?

Obligado a levantarse también, Coombe se lo quedó mirando perplejo.

—¿No quiere vender?

—Pues no. —Lucifer rodeó el escritorio—. Y ahora, si nos excusa, la señorita Tallent y yo tenemos que revisar algunas cuentas. —Condujo a Coombe hacia la puerta.

—¡Vaya! ¡Quién iba a pensarlo! En ningún momento se me ocurrió que... Espero no haberle causado una impresión errónea...

Las alegaciones de Coombe quedaron interrumpidas cuando Lucifer lo confió a Bristleford, antes de cerrar la puerta de la biblioteca. Al volver al escritorio, advirtió que Phyllida estaba absorta en reflexiones.

—¿Qué pasa? —le preguntó.

—Sólo pensaba. No creo que Silas haya llevado nunca un sombrero marrón.

Lucifer volvió a tomar asiento. Ella seguía ceñuda.

—¿Qué quería la primera vez que vino?

—Un libro... uno por lo menos. Aparte de eso, tuvo buen cuidado en no revelar ningún indicio.

—Humm.

Lucifer esperó, pero no dijo nada. Tras dedicar otro minuto a la reflexión, volvió a concentrarse en el libro que tenía en el regazo.

Una hora más tarde, Phyllida cerró el último de los libros de cuentas recientes.

—Horacio no vendió ese escritorio.

—En ese caso —infirió Lucifer—, tiene que estar todavía en algún sitio.

—¡Uy! —Tras dejar el libro en la mesa, miró hacia la ventana—. Mañana buscaré arriba, porque ahora tengo que volver a casa.

Lucifer se levantó al mismo tiempo que ella.

—La acompañaré.

—Soy muy capaz de ir por el bosque sola.

—No lo dudo —replicó, y apretó la mandíbula. Luego rodeó el escritorio y le indicó la puerta—. De todas formas, iré con usted. Sin moverse, ella le sostuvo la mirada. Él permaneció firme como una roca, sin inmutarse. Cuando se hizo evidente que estaba dispuesto a permanecer así toda la noche, ella irguió la barbilla y, volviéndose, se encaminó a la puerta.

Salió de la casa con Lucifer pegado a los talones.

No quería dejar más de medio metro de distancia de por medio. Si algo le ocurriera...

Más valía tenerla delante, porque así ella no le veía la cara. Si reflejaba la mitad de su malestar, seguramente Phyllida se pararía para preguntarle qué le ocurría, y no era algo que pudiera explicarle con claridad sin decirle que ella era algo suyo. Aún no tenía conciencia de ello, pero ya se daría cuenta. Para cuando acabara de seducirla otra vez, estaría más que dispuesta a casarse con él sin pedir más explicaciones.

Por su parte, no necesitaba más discusiones, ni consigo mismo ni con ella. El papel que había asumido le iba como un guante. Proteger a las mujeres había sido siempre su función. Incluso a las que tentaba para atraerlas a su cama, pues al fin y al cabo había muchas formas de protección. De todas maneras, seguir a una mujer con el fin de protegerla de cualquier peligro, era la modalidad que más encajaba con él, la que le era consustancial. Correspondía a una parte de sí que necesitaba y exigía un ejercicio casi constante. Nunca había estado mucho tiempo sin una mujer a la que proteger.

Las gemelas, sus hermosas primas rubias, habían constituido en los últimos tiempos su vía de escape, pero se habían vuelto unas arpías e insistían en que las dejara arreglárselas solas. Sometido a una considerable presión y a la sutil amenaza que se desprendía de la asfixiante atención de las damas de la buena sociedad, se había retirado a Colyton, para hallar precisamente allí la solución perfecta a su necesidad.

¿En qué iba a invertir, a fin de cuentas, su vida si no en tener una esposa y una familia por los que velar? ¿Qué era él, bajo su elegante encanto, si no un caballero protector? Hasta que las gemelas lo habían rechazado y las bodas de sus primos lo habían dejado demasiado expuesto para seguir con sus actividades habituales en la capital, no había acabado de comprender su auténtica naturaleza.

«Tener y mantener», tal era la divisa de la familia Cynster, que ahora entendía en todo su significado.

Para él, significaba Phyllida.

Continuó caminando tras ella entre las sombras del bosque, rumiando cuál sería la mejor manera de decírselo.

Phyllida introdujo un tallo de gladiolo en el centro del jarrón y retrocedió unos pasos. Estudió la composición con ojos entornados, al tiempo que evitaba mirar la figura que ensombrecía la puerta de la sacristía. Después tomó un manojo de acianos y se dispuso a distribuirlos en el jarrón.

Tras su llegada a la mansión a media mañana, había buscado en las habitaciones del primer piso, con excepción de las de Horacio y Lucifer. La primera ya la había revisado y en la segunda no había necesidad, ya que sin ser muy voluminoso, el secreter de viaje tampoco era tan pequeño como para que aquél no lo viera.

—¿Miró con detenimiento en el desván?

—Con mucho detenimiento, sí —confirmó Lucifer, infiriendo lo que pensaba—. Así que ahora que usted ha mirado y yo también, cabe concluir que el escritorio no está allí.

Phyllida optó por no mirarlo. Se había jurado a sí misma no darle pie a ninguna confianza. Si él insistía en pegarse a sus faldas desobedeciendo su voluntad expresa, manifestada con todo vigor, no pensaba molestarse en convencerlo.

Al bajar del desván, decepcionada una vez más, se había encontrado con la señora Hemmings en la entrada. El ama de llaves se hallaba en un apuro. Tenía una olla de mermelada en una fase crucial de la preparación en que no se atrevía a dejarla sin vigilancia, y todavía no había puesto las flores en la iglesia. Su marido había recogido las mejores del jardín esa mañana y las había dejado en un cubo en la lavandería.

Había aceptado con ganas encargarse de los jarrones. La idea de que pudiera haber un asesino merodeando por la iglesia la había descartado por irracional, de modo que la perspectiva de un paseo

245

por la cuesta de la parroquia coronado por el sosegante ambiente del templo le había parecido perfecta. Por desgracia, la puerta de la biblioteca estaba abierta. Lucifer se había presentado en el umbral y había insistido en ir también.

A ello había seguido una breve discusión. Una vez más, había acabado cediendo. Aquello se estaba convirtiendo en una costumbre que ella no solía consentir a nadie. Perder en las discusiones no era su fuerte. No le convenía darle más margen ni siquiera con una palabra.

Introdujo un dedo en el jarrón, para comprobar el nivel del agua.

—Aún falta.

Con una jarra en la mano, se encaminó a la puerta y salió a la luz del sol. Después de cubrir la escasa distancia que había hasta la fuente, aguzó el oído para saber si él la había seguido. Como no oyó nada, dedujo que debía de haberse quedado inmerso en sus sombrías cavilaciones en el umbral.

Lo cierto era que parecía encontrarla igual de irritante —no era ésa la palabra adecuada, pero se trataba de algo similar— que ella a él. Irritante, desconcertante, imprevisible. Imposible de comprender.

Tras llenar la jarra se volvió y, al tender la mirada sobre el cementerio, advirtió un jarrón que se había caído. Fue hasta la tumba y, levantándolo, lo llenó con la jarra para volverlo a depositar en la lápida. Luego se giró para volver sobre sus pasos.

En el camino de fuera, Silas Coombe avanzaba haciendo resonar suavemente sus zapatos de tacones altos. Phyllida vaciló un momento antes de saludarlo con la mano. Como él no la vio, depositó la jarra en una losa y agitó los brazos. Silas reparó entonces en ella, que lo animó a acercarse con un gesto.

Phyllida se devanó los sesos mientras el hombre trasponía la verja y se aproximaba por el sendero. Al detenerse ante ella, le dedicó una rebuscada reverencia realizando un floreo con un pañuelo de seda. Cuando se irguió, ella sonreía.

—Señor Coombe. —Flexionó las rodillas para saludarlo, consciente de que le agradaban los formulismos—. Estaba pensando... Bueno, la otra tarde no pude evitar escuchar su conversación con el señor Cynster. —Recurrió a la expresión más comprensiva que pudo componer—. Por lo visto, está decidido a no vender ninguno de los tesoros de Horacio.

—Pues sí. Es una verdadera lástima —reconoció Silas.

—No había pensado que usted estuviera interesado en los libros de Horacio. —Tomando asiento en la losa de mármol, lo invitó con un gesto a instalarse a su lado—. Yo creía que su propia colección era ya bastante amplia, que se bastaba por sí sola.

—¡Oh, lo es, desde luego! —Silas se levantó el faldón antes de sentarse—. Que desee comprar un par de volúmenes de Horacio no significa que los necesite para dar lustre a mi propia colección.

—Ah, no sabía si era por eso...

—¡No, por supuesto que no! Créame. ¡Mi colección es muy valiosa en su estado actual!

—¿Y entonces qué le impulsa a comprar libros de Horacio?

—Verá... —Parpadeó y se inclinó hacia Phyllida al tiempo que se llevaba el índice a un lado de la nariz—. Los libros no sólo se compran con el propósito de leerlos.

—¿No?

—No puedo añadir nada más. —Irguió la espalda, claramente complacido con la actitud intrigada de Phyllida—. Aunque yo no soy el tipo de persona que se interese por algo sin tener motivos.

—Vaya, un misterio... Me encantan los secretos. Seguro que puede revelármelo. No se lo diré a nadie.

Procurando aparentar una repentina fascinación, Phylllida se aproximó un poco más, y enseguida se arrepintió de haberlo hecho. La mirada de Silas se alteró. Primero la fijó en sus labios, y después más abajo.

Luchando por no ruborizarse, Phyllida resistió el impulso de retirarse. Con el torso inclinado, el escote del vestido enseñaba más de lo que había sido su intención. De todos modos... Silas sabía algo.

—¿Iba a decirme algo más, Silas? —preguntó con tono sugerente.

Él clavó la mirada en su rostro y después la agarró. Con una exclamación de asombro, ella trató de zafarse, pero Silas la estrechó entre sus brazos.

—Querida, si hubiera sabido que prefería a los hombres más

247

elegantes, más refinados, me habría hincado de rodillas ante usted hace años.

—¡Señor Coombe, por favor! —Aplastada contra su pecho, Phyllida se esforzó por respirar entre los efluvios de colonia, que casi la sofocaban.

—Querida, he esperado tanto este momento... Tendrá que perdonar el vigor de mi pasión. Sé que no está versada en el arte de...

—¡Suélteme!

—Coombe. —La palabra sonó como una advertencia terriblemente amenazadora.

Sobresaltado, Silas emitió una especie de chillido y, liberándola, se puso en pie. A punto de chocar con Lucifer, giró como una peonza y crispó la mano en el pecho, con lo que estropeó el holgado lazo de la corbata.

—¡Ay, señor! Me... me ha asustado.

Lucifer no dijo nada más.

Mirándolo a la cara, Silas comenzó a retroceder por el sendero.

—Sólo estaba sosteniendo una amigable conversación con la señorita Tallent. No tiene nada de malo... nada... Tendrán que excusarme.

Acto seguido, dio media vuelta y se fue por el camino a la mayor velocidad que le permitieron sus zapatos de tacón alto.

Todavía sentada en la lápida, Phyllida lo observó alejarse.

—Dios santo.

Notó cuando Lucifer apartó la vista de Silas para posarla en ella.

—¿Está bien? —masculló él.

—Desde luego que estoy bien —repuso ella, levantándose con calma.

—Supongo que Coombe estaba actuando inducido por una impresión errónea, ¿no?

Con gélido semblante, Phyllida se alisó las faldas e, irguiendo la cabeza, pasó con altivez por su lado para volver al sendero.

—Silas sabe algo sobre uno de los libros de Horacio.

Lucifer se situó a su lado, proyectando su dura presencia masculina.

—Tal vez debería hacerle una visita. Estoy seguro de que podría convencerlo de que me revelara su preciado secreto.

Percibiendo la amenaza en su voz, Phyllida agradeció que Silas ya no estuviera allí para oírlo, segura de que se habría desmayado en el acto.

—Sea lo que sea, es posible que no tenga relación con la muerte de Horacio. Es muy difícil que Silas sea el asesino, y no es el hombre que me atacó, porque es demasiado bajo. —Se detuvo ante la puerta de la sacristía para mirar a Lucifer—. No puede ir por ahí intimidando a todo el mundo para que se comporte como usted desee.

El mensaje que le transmitieron los ojos de Lucifer, del color del cielo nocturno, fue muy simple: «¿Cree que no?»

Envarando la espalda, ella dio un paso en el umbral y se detuvo en seco. Él topó con su espalda. Se habría caído de no ser porque la sujetó con un brazo y la levantó sin esfuerzo para depositarla medio metro más allá.

—Me he dejado la jarra fuera —dijo ella, una vez que hubo recobrado el aliento.

Él alzó la mano que sostenía la jarra.

—Gracias —musitó Phyllida.

Al tomarla se rozaron sus dedos. Procurando hacer caso omiso de la sensación, de la reacción que le provocó en su piel, Phyllida se volvió y llenó el jarrón. A su espalda, la impresión de amenaza no se redujo.

—No vuelva a hacer eso.

—¿Hacer el qué?

—Irse donde no pueda verla.

—¿Adonde no pueda...? —repitió atónita—. ¿Quién lo ha nombrado mi guardián?

—Su padre y yo...

—¿Ha hablado de esto con papá?

—Por supuesto. Está preocupado, y yo también. No puede ir correteando por el pueblo como si nadie intentase matarla.

—¡No tiene ningún derecho a mandarme! —Se encaminó a la iglesia despidiendo chispas—. Soy dueña de mis actos desde hace años. Me asombra que papá...

Calló, incapaz de hallar palabras para expresar sus emociones encontradas. No se sentía exactamente traicionada, pero le pareció haber sido entregada a... Depositando con brusquedad el jarrón en el estante contiguo al púlpito, respiró hondo y luego arregló las flores que se habían movido. A continuación se restregó las manos, dispuesta a marcharse...

Unos dedos se deslizaron bajo su mentón y la obligaron a volver la cara hacia él. Lucifer le escrutó la expresión.

—Su padre está muy preocupado por usted —repitió—. Yo también lo estoy. Él la quiere mucho... —Calló un instante y endureció las facciones—. Y para que deje de asombrarse de una vez, le diré que su padre ha aceptado que yo la vigile. Éstas fueron sus palabras: «El permiso que necesite, puede considerarlo concedido.»

Ella se quedó mirando su abrupto semblante, lleno de acerados ángulos, y sus ojos, rebosantes de implacable sinceridad. Se sintió maniatada por una especie de poder despiadado, invencible, ineludible. No tuvo duda de que él decía la verdad, porque lo leyó en sus ojos.

—¿Y qué hay de mi permiso? —Su voz sonó calmada, firme, aunque no era así como se sentía. Los latidos del corazón le pulsaban en las sienes.

Él la miró con fijeza, hasta que por fin desplazó la vista, hasta sus labios.

—Por lo que a mí respecta, ya dispongo de su permiso. —La afirmación sonó queda, como un sombrío mazazo.

El poder que la rodeaba estrechó su cerco. Phyllida se enderezó y, apartando la barbilla, lo miró a los ojos.

—En eso se equivoca completamente.

Dio unos pasos, zafándose de aquel círculo de energía que la retenía, y salió con altivez de la iglesia.

14

Después de comer solo, Lucifer atravesó el bosque en dirección a Grange. Phyllida había insistido en irse a su casa después de salir de la iglesia y, sin dar el brazo a torcer, él la había acompañado. Una vez que ella traspuso la verja de entrada, había regresado a Colyton Manor. Ahora volvía sobre sus pasos de nuevo, porque no soportaba saberla en peligro y tenerla fuera de su vista.

Sólo habían transcurrido diez días desde que se conocieron, y ya se veía reducido a un lamentable estado.

Había ido a ver a Coombe. Pese a su incoherencia, éste le había dicho lo suficiente para convencerlo de que no sabía nada sobre ningún ejemplar específico de la colección de Horacio. Él simplemente esperaba hacerse con algunos tesoros a precios de ganga. Silas no era el asesino.

Lucifer avanzaba en silencio por el sendero cubierto de hojarasca, con el instintivo sigilo de un cazador. En cierto punto el camino trazaba una marcada curva y quedaba tapado por unos espesos matorrales. Al doblarla, tuvo que detenerse en seco, justo a tiempo para no chocar contra Phyllida.

Ella, en cambio, se abalanzó sobre él.

Él la sujetó para que no cayera, pero contuvo el impulso de estrecharla entre los brazos. La presión de los pechos contra su torso era un deleite que recordaba muy bien. La lujuria, el deseo y aque-

251

lla necesidad primaria que sólo ella le suscitaba lo estremecieron. Ella debió de notar su reacción instantánea. Conteniendo el aliento, se puso rígida, inspiró y dio un paso atrás.

—Disculpe —dijo, casi jadeante. Evitó mirarlo a los ojos, mientras se recomponía la falda—. Me dirigía a su casa.

Notó que ella lo miraba un instante a la cara mientras él escudriñaba el camino más allá de ella. No había traído ningún escolta, infirió con creciente enojo. Tuvo ganas de reprochárselo, de soltarle un responso. Pero se contuvo con un esfuerzo que lo dejó como una bestia enjaulada. Al menos acudía a verlo a él. Después de lo ocurrido por la mañana, seguramente debía darse por satisfecho.

Se hizo a un lado y le indicó que avanzara con un gesto. Luego echó a andar detrás, pisándole los talones, a la espera de que le explicara para qué quería verlo. ¿Para decirle que había entrado en razones? ¿Para reconocer que obraba mal yendo por ahí sola y que agradecía su solícita protección?

Llegaron al linde de la arboleda y Phyllida salió al soleado césped.

—Venía a preguntarle —dijo entonces— si le importaría dejarme mirar en el anexo y las bodegas. Están llenos de mobiliario... es posible que el secreter se me pasara por alto cuando los revisé ese domingo.

Lucifer la miró, pero ella le rehuía la mirada. Al cabo de un momento, resopló.

—Si es lo que desea, adelante... —Con una seca y cortés reverencia, la animó a avanzar—. Aunque tendrá que excusarme; otros asuntos reclaman mi atención.

Tras dedicarle una altanera inclinación de la cabeza, Phyllida se encaminó al anexo. Él la miró hasta que hubo entrado antes de ir hacia la casa. Allí atravesó la cocina y, dando escuetas instrucciones a Dodswell para que vigilara el anexo, se retiró a la biblioteca, con la estricta prohibición de que fueran a molestarlo.

Una vez en el anexo, Phyllida logró por fin respirar libremente. Con los nervios todavía alterados, se quedó parada en medio del silencio, esperando a que se calmaran.

¿Qué estaba ocurriendo? En cuestión de unos días, su vida había pasado de monótona a imprevisible, de mundana a apasionante, de rutinaria a intensa. El asesinato de Horacio tenía poco que ver con ello. Por más que influyera en los acontecimientos en curso, no constituía el origen de aquel torbellino de cambios.

Éste derivaba de un cálido viento llamado Lucifer.

Por fortuna, la había dejado sola. Si se hubiera quedado, cualquiera de los dos habría sido incapaz de resistirse a reanudar la precedente discusión, y el desenlace habría sido malo. Todavía le escocía que él hubiera tratado la cuestión de su seguridad con su padre en lugar de con ella. Nadie, ni Cedric, ni siquiera Basil, había asumido de una forma tan directa y arrogante el control sobre ella.

La idea le producía tal enojo que optó por apartarla, y con ella a Lucifer. Miró en torno. El largo anexo estaba lleno de cajas y muebles apilados contra las paredes, así como en el centro, de modo que formaban una especie de pasillo oblongo.

Ya había buscado allí aquel fatídico domingo. Aun cuando creía haberlo hecho a fondo, mientras examinaba aquel batiburrillo de cosas se renovaron sus esperanzas. El secreter de viaje no era grande... Tendría unos treinta centímetros de ancho por treinta de profundidad y tal vez veinte de altura en la parte posterior. La tapa inclinada estaba revestida de cuero rosa. Se trataba de una pieza realmente hermosa, que recordaba haber visto sobre las rodillas de la abuela de Mary Anne incontables veces.

Podría habérsele pasado por alto. Comenzó a revisar todos y cada uno de los muebles y las cajas, avanzando en sentido opuesto a las agujas del reloj. Con la mirada atenta, tocaba, palpaba y hurgaba hasta el último hueco.

Entretanto, dejó vagar el pensamiento hacia otra cuestión.

Nunca debió haber permitido que lo sedujera, desde luego, pero aun así no lamentaba lo ocurrido esa noche. Ella deseaba vivir la experiencia, ansiaba acceder a ese conocimiento, y gracias a él lo había logrado. No obstante, allí debería haber acabado todo. Habían hecho una especie de trato: una noche de pasión por las revelaciones que él quería. Pero el intercambio se había llevado a cabo y, pese a ello, persistía algo. Algo de otro orden, que no sabía si había nacido esa noche. La actitud posesiva de él era bien tangible y, a la luz de su reciente comportamiento, no era descabellado preguntarse si ya existía antes y si su noche de pasión había tenido origen tanto en su deseo de información como en su deseo de...

Sacudió la cabeza, con los labios apretados. Si él había creído que con eso adelantaría algo, tendría que replantearse la estrategia. Ella no era una posesión, ni de él ni de nadie, ni siquiera de su padre. Ella era dueña de sí misma y pensaba seguir siéndolo pasara lo que pasase.

Mientras permaneciera lejos de sus brazos para no verse sometida a aquella irresistible compulsión de apoyar las manos en su pecho, estaría a salvo. A salvo de él. En cuanto al asesino, tendrían que trabajar juntos para desenmascararlo. En eso coincidían los dos. Al margen de lo que se interpusiera entre ellos, atrapar al asesino seguía siendo un objetivo común.

Aquella idea le resultó reconfortante. No obstante, prefirió no pararse a pensar por qué y, concentrándose de nuevo en la tarea que tenía entre manos, prosiguió la meticulosa búsqueda.

Se hallaba casi en el extremo del edificio cuando Lucifer apareció en la puerta. Al verla se detuvo, vacilante. No sabía a qué había ido allí, ni siquiera qué iba a hacer ahora. Actuaba siguiendo un puro instinto, un instinto que le decía que ella no comprendía. Ella creía que él la había seducido para conseguir información. Dejando a un lado lo que hubiera de verdad en ello, ¿suponía que después de esa noche él se alejaría sin más? ¿Que dejaría de desearla? Pese a que ella no mostraba interés en indagar, en desentrañar las auténticas motivaciones de él, Lucifer estaba más que dispuesto a aclarar aquel malentendido en concreto.

Así pues, una vez traspuesto el umbral, cerró la puerta. La luz caía sesgadamente por los ventanucos situados cerca del techo. Sin que Phyllida advirtiera que la luz menguaba a sus espaldas, caminó hacia ella, observándola mover una caja y mirar debajo de una mesa. Acercándose, reparó en la muselina lila que le moldeaba las caderas al encorvarse.

Phyllida se enderezó con un suspiro. Después de colocar la caja en su sitio, retrocedió y chocó de lleno contra él.

Había tropezado con sus botas. Lucifer la estabilizó atrayéndola hacia sí. Ella contuvo el aliento y con el oscuro pelo desparramado como seda sobre sus hombros, alzó la cabeza para mirarlo al rostro.

Se escrutaron un instante y después ella bajó los ojos hasta sus labios. Él la imitó, pero siguió hasta los marfileños pechos que asomaban por el escote, tiernos montículos que palpitaban con la respiración. Inclinando la cabeza, la atrajo hacia él. Ella lo contuvo posando ligeramente los dedos en su mejilla.

—¿Por qué? —susurró. La pregunta expresaba genuina perplejidad.

Él la miró a los ojos, tratando de hallar una respuesta sincera.

—Deseo —contestó con voz ronca—. ¿Nadie le ha hablado de eso?

Y la besó, y ella lo correspondió a modo de tanteo. Sus labios, carnosos y cálidos, se abrieron tentadores en titubeante invitación. Él aceptó de inmediato y se rindió en sus brazos, ofreciéndole la boca, animándolo a ahondar en su conquista, pese a que no estaba claro quién era el conquistado y quién el conquistador. Lucifer prefirió no demorarse en la cuestión y se sumergió en ella, dejándose enardecer por el gozo de tenerla, liberando el deseo que ella le inspiraba. Fue un delicioso momento, sobre todo por la promesa que contenía. Cerró los brazos en torno a su talle, atrayéndola más. El beso se demoró, sumiéndolos en un estado sensual y embriagador.

Cuando se separaron para respirar, Phyllida no se apartó. Con sus ojos oscuros, le escrutó la cara y luego se detuvo de nuevo en los labios.

—¿Esto es el deseo?

—Sí. —Le rozó los labios con los suyos—. Aunque hay más. Has oído la música, pero esto es sólo la obertura. Es una danza con muchos más pasos y fases.

Phyllida titubeó mientras el deseo rebullía, como un plateado anhelo flotando en un compás de espera... Inspiró hondo y musitó:

—Enséñame.

La aproximó a él y ella no opuso resistencia. Dejó que la mantuviera así, recibiendo la caricia de su pecho y sus muslos. Él presionó las manos en su cintura, en tanto ella deslizaba las suyas hasta sus hombros. Cada uno tenía la mirada fija en la cara del otro; poco a poco, él se inclinó y le cubrió los labios con los suyos.

Phyllida se entregó sin reparos, demasiado intrigada para retirarse. ¿De veras la deseaba? Nadie lo había hecho hasta entonces.

¿Era posible? ¿Era deseo lo que persistía después de su noche de pasión? Por más apremiantes que fueran aquellos interrogantes, no era aquello lo único que la atraía, que la urgía a extender las manos e hincar los dedos en los amplios músculos de sus hombros al tiempo que se estiraba para ahondar en su boca. El beso era cada vez más profundo, más fogoso, y ella quería fundirse con él, experimentar su deseo hasta las últimas consecuencias.

El deseo fluía entre ambos, no sólo el de él, sino también el de ella, nuevo y delicado como un capullo. Él lo espoleaba con destreza, y ella así lo notaba, consciente de que aguardaba a que se desplegase a la manera de una flor. Cuando se abrió, en forma de una avalancha de calor y avidez que se desparramó por su piel, él recorrió la barbilla y la garganta con los labios, como si pudiera percibir su sabor.

Su aliento se entremezclaba, cálido y afanoso, aunque controlado aún. Él volvió a tocarle los labios.

—Ábrete el vestido —le dijo.

Un tibio hormigueo se expandió por la piel de Phyllida. Miró el cuerpo del vestido, cerrado con tres botones. Él aflojó su abrazo y, oyendo el martilleo del pulso, ella bajó las manos para desabrocharse los botones. Sabía lo que hacía, y también por qué lo hacía. Ambos compartían algo que lo explicaba todo, lo excusaba todo. Algo que la incitaba a dar curso a su deseo, al de él y al propio.

El tercer botón quedó libre, dejando ver la camisola interior, ceñida por una hilera de diminutos botones. Phyllida los desabrochó también y tras un instante de vacilación abrió la camisola. La mirada de él se fijó en sus pechos, y al punto el ardiente contacto de sus manos los puso turgentes.

La había tocado durante la noche de pasión, por lo que apenas había visto gran cosa. Ahora, en cambio, percibía el deseo desatado en su cara, tan próxima, en el brillo de su piel, en el refulgir de sus ojos entornados, en el sensual contorno de sus labios.

La acarició con suavidad; las yemas de los dedos le rodeaban las aureolas, tensando los pezones con sólo rozarlos. Lucifer observaba cómo su piel se encendía y cobraba vida gracias a las atenciones que él le dispensaba, y ella miraba también, captando la devoción que él le ofrecía con cada caricia, transmisora no de afán posesivo sino de adoración... Aquél era un aspecto desconocido del deseo.

Phyllida le tocó la mejilla y le giró la cara para verle los ojos. Éstos ardían con un oscuro resplandor, turbulentos y centrados a la vez, controlados. Él volvió la cabeza y le besó la palma de la mano. Entonces ella se puso de puntillas y le dio un beso suave y profundo, para luego retroceder y presionar el pecho contra su mano. No tuvo necesidad de explicitar su invitación. Él bajó la cabeza y le besó húmedamente los senos. Estremecida, ella enredó los dedos en su pelo. Cerró los ojos, expectante, y se estremeció cuando él le frotó un pezón con la lengua. Luego lo atrapó en su boca y Phyllida se derritió y se tensó sucesivamente con cada succión.

El ardor crecía y crecía, acompañado de un ávido deseo. Phyllida lo notaba en toda la piel. Lucifer la atrajo más hacia sí, con la respiración entrecortada igual que ella. Respiró hondo, expandiendo el pecho, rozándole con su chaqueta los desnudos pechos.

—¿Quieres más? —murmuró cerca de su oído.

—Sí...

La respuesta surgió al tiempo que bajaba las manos. Tras desprender la aguja de zafiro de la corbata, que ancló en la solapa, tiró de las puntas de ésta. De soslayo, vio que él sonreía. Una vez suelta la corbata, comenzó a desabrocharle la camisa y le dedicó una mirada.

—¿Qué ocurre? —le dijo.

La sonrisa se acentuó maliciosamente.

—No es lo que tenía previsto, pero... sigue —respondió.

Así lo hizo, dejándole el torso al desnudo. Se quedó mirándolo. La luz de la luna no le había hecho justicia, ni de lejos. Su piel tenía una cálida tonalidad que le produjo una desazón en la palma de las manos; las apoyó en la firme musculatura y las deslizó hacia el hombro. Él cerró los ojos. Luego prosiguió hacia abajo, fascinada por los contornos, las hondonadas, por el contraste de la lisa piel y la aspereza del vello. Era corpulento y delgado a la vez, esbelto pero compacto.

Phyllida desplazó las manos hasta los pectorales y, haciendo gala de una gran osadía, se acercó aún más a él, apretando sus desnudos y sensibles senos contra el tórax de él. Ella sentía un hormigueo en la piel, una comezón en los pechos. Apaciguándolos con su contacto, le rodeó los pezones con los pulgares.

Él tensó las manos en su cintura e inclinó la cabeza. Le lamió la sien y la oreja, antes de exhalar una breve risa, algo áspera y temblorosa.

—Ahora me toca a mí.

La atrajo hacia sí al tiempo que deslizaba las manos por su espalda. Le fue subiendo la falda por la parte posterior de los muslos, arrugándola, hasta que desbordó por encima de sus manos, que quedaron bajo ella, directamente sobre la piel.

Phyllida contuvo la respiración. La siguiente caricia le produjo una oleada de calor. Apoyando la cabeza en su pecho, lo rodeó con los brazos y dejó que sus sentidos la guiaran. Lucifer le recorrió las nalgas, explorándolas hasta que, estremecida, ella se aferró a él y empezó a lamerle el pecho. Él crispó las manos y le sobó las nalgas con lujuria.

—¿Más? —musitó con la boca pegada a su mejilla.

Phyllida asintió con los ojos cerrados al tiempo que saboreaba la sensación de estar rodeada por él y el creciente deseo que la embargaba.

—Quiero tenerte dentro —susurró sin pensar. Tal vez se ruborizó, pero ya estaba tan encendida que no lo percibió. De todas maneras, no se arrepentía de lo dicho. No podía mentir, no en aquella situación—. ¿Todo esto es deseo?

—Sí, cariño. —Y añadió—: Esto y lo que vendrá.

Lucifer alzó la mirada y, bajo el vestido, subió las manos para sujetarla por las caderas. La hizo retroceder unos pasos, hasta una mesa que le llegaba a la altura del talle.

—Supongo que no se trata del escritorio en cuestión.

Ocupada en desabrocharle el pantalón de ante, ella apenas le dedicó una ojeada.

—No. No es esa clase de mueble.

Él bajó la vista y le ciñó las caderas.

—No... aún no —suplicó ella.

—Sí. Ahora mismo.

Con una mano le aferró una nalga y le modificó la posición de las caderas. La otra descendió por el vientre hasta los rizos del pubis. Después hurgó más abajo. Transida por la sensación, ella abatió la cabeza sobre su pecho.

—No —protestó sin vigor. Otra discusión de la que salía perdedora. Se humedeció los labios, con los sentidos a la deriva, pendientes del recorrido de los dedos—. Si sigues... Luego ya no podré ni pensar.

—Sí, podrás. —Le dio un beso en la sien—. Te lo prometo. Esta vez, tendrás conciencia de todo. —Con cuidado, sondeó la suave hendidura del vértice formado por los muslos y a continuación la besó con ardor—. Ábrete para mí.

Las palabras la recorrieron como un suspiro. Movió los pies y, al notar la mano entre sus muslos, enlazó un tobillo en su pantorrilla, afianzando el equilibrio.

—Así, muy bien. —La palabra de aliento le llegó junto con otro beso.

Phyllida le rodeó el cuello con las manos. Bajo aquel áspero vello pectoral, que le producía un exquisito hormigueo, sus pechos estaban tensos y ardientes. Una vez concluido el beso, él apoyó la mejilla contra la suya. Ella se entregó, a él, a la escalofriante sensación que le provocaba con los dedos, al deseo que latía entre ambos, cada vez más intenso. Él lo mantenía a raya, la mantenía anclada, protegida de un súbito embate que lo consumiera demasiado pronto. Ella quería saber, aprender, experimentar el deseo en todo su esplendor, y por eso él se refrenaba a sí mismo y a ella también, para que sintiera y conociera todo cuanto sucedía y previera lo que estaba por llegar.

Pese a que con anterioridad la había tocado como hacía ahora, Phyllida no había sentido plenamente la auténtica intimidad del gesto. La piel húmeda y lábil, su hinchazón, la creciente impresión de lacerante vacío, todo ello había estado presente antes, pero sólo ahora lo apreciaba.

—Deseo... —musitó. No era una pregunta ya.

Alzó la cabeza para mirarlo a la cara. Después se estiró y le dio un beso, breve y anhelante. Una vez separados sus labios, ella apoyó la frente en su mandíbula, mientras él le introducía, despacio, un dedo.

Phyllida cerró los ojos y sintió que su intimidad se contraía, estrechando el dedo de Lucifer. Cuando abrió los ojos y se relajó, él inició el movimiento.

—Haz eso cuando te penetre —le murmuró rozándole la sien.

Prosiguió con la lenta fricción. Luego se retiró y exploró fuera un momento, antes de deslizarse de nuevo en su interior. Ella no estaba segura si era él el que enseñaba o aprendía con su indagación. Lo cierto era que notaba cada roce, cada deslizamiento, cada círculo trazado.

Irradiaba calor por oleadas, montada en la marea del deseo. Lo percibía en torno a ellos como un desbordado mar que amenazaba con sumergirlos. Latía en las venas de ambos con un repiqueteo cada vez más compulsivo.

—Ahora —musitó él con los ojos entornados, de un azul tan oscuro que parecía negro. Sus dedos mantenían su lento y repetitivo movimiento—. ¿Eres capaz de pensar?

Al principio ella no comprendió, luego se acordó. Inspiró con dificultad antes de asentir. Después bajó la mano por el pecho de él, palpó la cintura y comenzó a desabrocharle los botones.

Duro y candente, el miembro brincó y le llenó la mano. Ella cerró los dedos despacio y empezó a deslizarlos abajo y arriba, maravillada de nuevo con la aterciopelada suavidad que envolvía la rígida turgencia. Acarició con un dedo el grueso glande. Oyó el aliento estremecido de Lucifer y lo miró. Tenía los ojos cerrados y la expresión tensa, atormentada.

—¿Duele?

—No —graznó él.

Sonriendo, volvió a poner en acción la mano. Él soportó la tortura sólo un minuto más.

—Ya basta —jadeó.

La tomó por las caderas y, levantándola, la colocó en el borde de la mesa. Ella se agarró a sus hombros, pues apenas había quedado apoyada. La embargó un regocijo desbocado. Sin embargo, no quería perder la noción de las cosas. Todavía le quedaba mucho por ver, por valorar. Quería comprenderlo todo, en cada una de sus fases. Aspiró con afán antes de preguntar:

—¿Cómo lo haremos?

Él la miró a los ojos y ella percibió la lucha que libraba para contener su apremio, para mantenerlo bajo control. Lucifer respiró hondo e inclinó la cabeza.

—Espera.

Hincando los dedos en sus hombros, Phyllida se dispuso a aguardar.

Él le levantó la falda y la enagua y las echó atrás. Ella bajó la vista y se ruborizó al ver la oscura mata de rizos que formaba un suave nido en su ingle. Rodeando con las manos los desnudos muslos por encima de las medias, él le abrió las piernas y se encajó entre ellas. Ya se había bajado los pantalones.

Phyllida le recorrió el pecho con la mano y siguió descendiendo hasta envolver el ardiente miembro. Él la agarró por la muñeca para disuadirla y, tomándola por las caderas, la desplazó hasta el borde de la mesa. Luego se acercó y ella contuvo la respiración.

—Mira.

Phyllida así lo hizo.

Lucifer reparó en la absoluta concentración de su semblante mientras él presionaba sus hinchados labios. Una vez que halló la entrada, dejó que ella sintiera la presión del glande antes de deslizarse apenas en el interior con una suave embestida. Entró sólo lo suficiente para que ella contuviera el aliento, estremecida, y se pusiera en tensión. Aguardó a que se relajara y le susurró:

—No te va a doler esta vez. Ya no te dolerá nunca más. —Él poseía un grado de control excepcional, pero también ella era excepcional en su fogosidad, que lo ponía a prueba—. Cuando te hayas relajado, entraré del todo... Ya sabes que cabe...

—Sí, lo sé —repuso ella con la respiración entrecortada.

Él notó cómo se aflojaba poco a poco y dejaba de estrangularle el glande. Por fin estaba receptiva. Despacio, muy despacio, la penetró.

Con la cabeza inclinada, ella observó cómo se introducía hasta el fondo, y se estremeció. Él apretó y después retrocedió. Como ella miraba, salió y volvió a entrar. Phyllida observó cómo la penetraba dos veces más hasta que, jadeante, se dejó ir.

Él la esperaba cuando, colgada de sus hombros, ella levantó súbitamente la cabeza. Atrapó sus labios con un beso abrasador. Ella se abandonó con ávida pasión, pegada a él. Con cada embestida los erguidos pezones de los pechos lo rozaban provocativamente.

—Rodéame las caderas con las piernas —susurró Lucifer.

Phyllida obedeció y después enlazó los brazos por encima de sus hombros, reclinándose contra él. Lucifer la sostenía por las nalgas mientras la embestía cada vez con mayor ímpetu. Ella se aferraba a él, que le colmaba la boca y el cuerpo, bañado en su húmedo ardor.

El ardor era tan exquisito, tan candente, que podía reducir a cenizas los sentidos. Él se desintegró en sus honduras, ahogado en su gloria. Un instante después, ella lo seguía, estremeciéndose en sus brazos. La mantuvo abrazada, mientras se ovillaba en torno a él, con la cabeza apoyada en su hombro. Ambos tenían el pulso desbocado; él hinchaba el pecho con cada jadeante aspiración. Apoyando el dorso de las manos en la mesa, la bajó y le depositó un suave beso en el pelo.

Permanecieron largo rato inmóviles, en silencio, unidos en aquel íntimo abrazo.

Phyllida no acababa de dar crédito a la hondura del placer que la embargaba. Flotaba en un mar de rutilante gozo, anclada, retenida en la seguridad de sus brazos. Durante todo el acto había disfrutado de ello, de una combinación de deseo, intimidad, placer y gozo, al abrigo de sus brazos. En la mejilla percibía el potente latir del corazón de Lucifer, que se iba aminorando a medida que retornaban a la tierra. Lo único que lamentaba era que no se hallaran desnudos en su dormitorio. Entonces no tendrían necesidad de moverse, de interrumpir aquel momento mágico. Ella podría quedarse entre sus brazos para siempre, gozar de su calidez para siempre. Repetir el juego del deseo con él para siempre.

Sin embargo, no se había tratado de un juego. El deseo que los había atrapado, impulsado y consumido al final, había sido algo muy real. Tanto para ella como para él. Phyllida se preguntó cuál era la auténtica lección que Lucifer había pretendido enseñarle.

—¿Qué pretendes con todo esto? —le preguntó.

—Ya lo sabes.

En el fondo lo sabía, pero no había querido creerlo. Ahora no tenía más alternativa que afrontarlo.

—Dímelo tú. —Era mejor que lo dijera él, porque de ese modo no podría obviarlo.

—Nunca te habría hecho el amor si no tuviera intención de casarme contigo.

Ella lo miró fijamente.

—Yo no he dado mi consentimiento.

Él dejó que se prolongara el silencio antes de besarla en el pelo.

—Ya sé... pero lo darás.

15

—¿Dices que Covey ha descubierto algo sobre lady Fortemain? —preguntó Phyllida sin mirarlo—. Olvidé preguntarte qué era.

Sentado al escritorio de la biblioteca de la mansión con una pila de libros delante, Lucifer la observó. Phyllida estaba sentada en una silla de respaldo recto junto a una estantería. Estaba revisando todos los libros de un estante en busca de anotaciones y detalles que después transcribía en un cuaderno. Covey realizaba el mismo trabajo en el salón. Lucifer había comenzado por las estanterías de detrás del escritorio.

—Era una inscripción de un libro. «A mi querida Leticia, con cariñosos recuerdos del tiempo reciente que pasamos juntos, etc... Humphrey.» Tengo entendido que el marido de lady Fortemain se llamaba Bentley. Por lo visto Horacio compró algunos volúmenes de la biblioteca de Ballyclose y ese libro estaba entre ellos.

—Hombre, tampoco es un hallazgo tan sensacional —opinó Phyllida—. Seguro que es de cuando lady Fortemain estaba soltera.

—El libro se publicó después de que naciera Cedric.

—Ah.

—De todas maneras, como no hemos hallado otras manifestaciones de afecto por la dama, de momento no le doy mucha importancia.

Phyllida se volvió hacia su estante para enfrascarse en sus libros, en tanto Lucifer hacía lo propio con los suyos.

Su campaña para conquistarla, para llevarla al altar, progresaba de manera lenta aunque no segura. No hubiera querido manifestarle tan pronto su decisión de casarse con ella, pero tras lo sucedido en el anexo era imprescindible que ella lo supiera, para que no atribuyera motivos turbios a su comportamiento. Era muy consciente de que no le había resultado nada difícil seducirla por segunda vez porque ella lo deseaba de una manera directa y espontánea que, al menos cuando estaba entre sus brazos, no se molestaba en disimular.

Había temido que después de abandonar el anexo se mostrara quisquillosa y huraña, ya que eso sugería su calma imperturbable, como si estuviera cavilando fríamente la pregunta que él aún no le había formulado. Pero no pensaba formulársela hasta asegurarse con antelación su respuesta. Ésa era la estrategia que iba a seguir. Mientras ella no lo rechazase, continuaría cortejándola, aunque con cautela.

No era tan necio como para creer que su aceptación era cosa hecha. Ella tenía el arraigado convencimiento de que no estaba hecha para el matrimonio. De su fría actitud ponderativa se desprendía que él al menos había logrado que se replantease tal convicción. Tendría que obrar con prudencia. Conquistar a una mujer para pedirle su mano no era un juego al que se hubiera prestado antes y, por ello, no estaba seguro de sus reglas. Aun así, nadie se le había resistido nunca en el juego de la seducción, y Phyllida Tallent no iba a ser la excepción. ¿Cómo había que ganarse a una dama de carácter dominante? Gracias a sus anteriores pretendientes, ella no valoraba demasiado sus encantos femeninos, y menos aún el efecto que ejercían en él, por lo que la constatación de que ella tuviera el poder de cautivarlo probablemente ejercería un efecto halagador. Tendría que esforzarse para ser más sutil de lo que era, pero si ése era el precio para vencer su resistencia, estaba dispuesto a pagarlo. Él le haría cambiar de opinión, le mostraría cómo podía ser el futuro y después dejaría que comprendiera por sí misma cuánto le convenía.

El deseo, en todas sus manifestaciones, estaba de su parte. No tenía más que tocarla para que ella se encendiese; a veces le bastaba con mirarla a los ojos para hacerla tomar conciencia de su mutua atracción. Así pues, podía permitirse darle tiempo para decidir que, a pesar de sus reticencias, casarse con él era una excelente idea.

Durante dos días —aquél y el anterior— había aplicado la estrategia de la proximidad, confiado en que estar constantemente con él iría disipándole las dudas. El día previo, tras concluir el registro del anexo y las bodegas, Phyllida se había reunido con él en la biblioteca. Habían pasado horas examinando la colección de libros de Horacio. Y habían descubierto que compartían una misma afición, por las admirativas exclamaciones que de vez en cuando suscitaba la lámina de un antiguo ejemplar y el gusto con que compartían algún hallazgo curioso. La actitud maravillada con que ella había contemplado el día anterior las iluminaciones de un libro de oraciones había suscitado una sonrisa en él, porque en su expresión había captado un atisbo de su propio entusiasmo juvenil. Así era como debía de haberlo percibido Horacio. Por la tarde, después de que él la acompañara a casa antes de la cena, se habían separado sintiéndose más cercanos, más distendidos, con una mayor comprensión mutua.

La proximidad estaba dando sus frutos. A Lucifer no le pasó por alto que, un momento antes, ella se había sentido lo bastante cómoda como para no molestarse en mirarlo cuando le había hecho aquella pregunta, lo que constituía una señal de creciente confianza. Poco a poco, aun sin darse cuenta ella, se estaba decantando por el sí.

Pararon para la comida, que consistió en una colación fría que la señora Hemmings había dejado en el comedor. Luego, al regresar a la biblioteca, encontraron a Covey depositando libros en el escritorio.

—He terminado una de las paredes del salón. Éstos son los libros con notas manuscritas.

—Está bien, Covey. Ahora los miraremos. Eso nos distraerá de la revisión de los estantes.

Lucifer dirigió una mirada inquisitiva a Phyllida, que asintió con la cabeza antes de encaminarse al escritorio. Instalados uno enfrente del otro, ella en un cómodo sillón, se enfrascaron en descifrar las con frecuencia ilegibles anotaciones.

—Ajá.

Phyllida se incorporó y tras pasear la vista por la mesa, tomó un trozo de papel y lo colocó a modo de marca en el libro que tenía en el regazo, antes de depositarlo en el suelo junto a su asiento. Alzó la vista y advirtió la mirada de curiosidad de Lucifer.

—Una receta de salsa de ciruelas —explicó—. Tengo que copiarla.

Él sonrió y volvieron a concentrarse en los libros. Un hogareño silencio los envolvió, acompasado por el tictac del reloj de la chimenea, hasta que Phyllida se irguió de repente en la silla.

—¿Qué ocurre? —inquirió Lucifer.

—Aquí hay otra nota para Leticia del tal Humphrey. «A mi bienamada, el amor de mi vida.» Febrero de 1781.

—¿Cuántos años tiene Cedric? —preguntó Lucifer al cabo de un momento.

—Cerca de cuarenta.

—Habrá que apartarlo por si acaso —determinó Lucifer, tomando el libro.

Cinco minutos después Phyllida anunció:

—Aquí hay otra. «A mi querida Leticia.» Palabras muy cariñosas, por así decirlo.

—¿De qué fecha?

—De 1783.

Lucifer apartó el ejemplar.

Al cabo de un cuarto de hora había apartado tres más. Phyllida lo miró con consternación al tiempo que le entregaba el último, un libro de poesía enviado a «mi querida Leticia» por un caballero que había firmado como «El amante que te deparaba el destino».

—Esto comienza a ser preocupante.

Lucifer lanzó una ojeada al montón de libros con anotaciones que aún les quedaba por revisar.

—Lo que hemos encontrado da para suponer que Cedric tendría motivos para inquietarse por lo que pueda revelar la colección de Horacio.

—¿Quieres decir que Cedric no es quizás el hijo legítimo de sir Bentley Fortemain?

—Sí. Si se demostrara eso, y si el testamento de sir Bentley se ajusta a la costumbre, Pommeroy podría reclamar para sí la herencia de sir Bentley.

—Pommeroy no le tiene mucho aprecio a Cedric.

—Ya me había percatado. Eso le proporciona a Cedric un sólido motivo para querer hacerse con ciertos libros de la colección de Horacio.

Siguió un silencio cargado de tensión.

—No puedo creerme que Cedric sea un asesino —declaró Phyllida.

—¿Qué aspecto tiene un asesino?

—Y aún peor, Cedric viste de marrón muchas veces. Me consta que lleva sombreros marrones.

—Trata de hacer memoria... ¿Lo has visto alguna vez con el sombrero que había en el salón de Horacio?

—No. No recuerdo haberlo visto con ése en concreto.

—¿Estás segura de que te acordarías?

—¿Del sombrero? Sí, seguro. Lo miré directamente y estuve a punto de cogerlo. Si volviera a verlo, lo reconocería sin vacilar.

—Si Cedric es el asesino, ha de tenerlo —dictaminó Lucifer.

—No. Se habrá deshecho de él. Aunque sea un poco fanfarrón, Cedric no es tonto. —Phyllida frunció el entrecejo—. ¿Le preguntaste a Todd quién salió a caballo de Ballyclose ese domingo por la mañana?

—Fue Dodswell quien preguntó. Por desgracia, después de ir a la iglesia, Todd fue a la granja de su cuñado, por lo que no tiene ni idea de quién salió a caballo esa mañana. —Hizo una pausa—. ¿Podría haber sido Cedric el intruso que perseguimos el otro día?

—Cedric era un hombre atlético —reconoció Phyllida—. En caso de necesidad, seguramente sería capaz de correr tan rápido como ese individuo.

—Es decir, que Cedric es un posible candidato.

Phyllida guardó silencio.

—¿Qué estás pensando? —le preguntó Lucifer al cabo de un momento.

—Cedric quiere... quería... casarse conmigo. Si es el asesino, entonces...

Lucifer miró el reloj, se puso en pie y rodeó el escritorio.

—Vamos —dijo tendiéndole la mano—. Te has olvidado del baile que dan esta noche en Ballyclose Manor —le recordó él.

—¡Dios santo, es verdad! ¿Tal vez...?

—Tendremos que actuar con cuidado, pero como mínimo podemos sondear el interés de Cedric por los libros de Horacio y lo que puedan contener.

Cinco horas después, ataviada con un elegante vestido de seda azul cielo, en el salón de baile de Ballyclose, Phyllida observaba al único pretendiente que había logrado hacerle plantear la posibilidad de casarse con él. Éste se encontraba al otro lado de la sala, proyectando su hechizo sobre las señoritas Longdon. Al amparo de una palmera de interior, Phyllida observó los oscuros mechones que enmarcaban su frente, la elegante combinación de chaqueta y pantalón negros que resaltaba el marfil de la corbata y el chaleco de seda. Al igual que la mayoría de las damas presentes, percibía la aureola de fuerza y masculina confianza que con tanta naturalidad irradiaba.

Había creído que la distancia la ayudaría a tomar perspectiva. Mofándose de su propia propensión a estar pendiente de él, realizó un esfuerzo para apartar la mirada. Había mandado a Basil en busca de un cóctel, con la esperanza de que encontrase alguna distracción por el camino.

Necesitaba tiempo para pensar. Pasar un día tras otro al lado de Lucifer resultaba sin duda agradable, pero le dificultaba pensar en él, y era absolutamente necesario que lo hiciera. Tenía que pensar, en él y en la posibilidad de casarse con él, en lo que quería y en lo que le convenía hacer.

Al declarar que nunca la habría seducido si no hubiera tenido intención de casarse con ella, le había abierto los ojos, no tanto con respecto a sus motivaciones como a las suyas propias. En realidad, ella nunca le habría permitido seducirla si no lo hubiera querido ya, aun a pesar de que no comprendía en qué consistía el amor.

La cuestión del amor, el amor entre hombre y mujer, le había producido siempre cierta confusión.

La temprana muerte de su madre le había impedido formarse una idea cabal del matrimonio de sus padres. La otra pareja de casados que conocía bien eran los Farthingale, cuya relación se basaba más en la aceptación mutua que en un sólido vínculo emocional. Las aparentes incursiones de lady Fortemain fuera del matrimonio acababan de enturbiar más el panorama, ya que la señora siempre había sido para ella un modelo de cómo debía ser una dama.

Nadie le había explicado nunca qué era el amor. En lo tocante a su relación con Lucifer, había confiado demasiado en sí misma, movida por su convicción de que ella era inasequible al tipo de implicación emocional como la que parecía haber unido, por ejemplo, a Mary Anne y Robert para el resto de sus vidas. Pero ahora le había ocurrido. Lucifer había aparecido en su vida como un terremoto. Todo había cambiado y seguía cambiando. El nuevo paisaje no había adoptado todavía su forma definitiva, porque ella aún no había tomado una decisión.

Por más que el deseo le hubiera enturbiado el cerebro —como le sucedía aun sólo con un roce, sólo con una mirada de aquellos ojos azules—, seguía siendo una mujer libre, dueña de su actos. Con Lucifer no podía dejar caer en saco roto la cuestión, tal como había hecho con los demás pretendientes. A él no podía obviarlo, pues había ocupado un lugar en su mundo que no habían logrado los demás. Era su amante. Incluso más que eso.

Saltaba a la vista que en el fondo era un pirata despiadado, un tirano protector. Pero también era dulce y tierno. A la hora de mostrarle su deseo y hacerle descubrir el suyo propio había antepuesto, una y otra vez, sus necesidades a sus impulsos. Pese a ser una virgen ingenua e inocente, a lo largo de los años Phyllida había oído más de un comentario y sabía que no todos los hombres eran tan considerados. Él no sólo era considerado, sino que también la cuidaba como persona.

Aquel rasgo era tan intrínseco en él que ella lo había reconocido al instante. Ella le importaba. Aquella certeza le causaba desconcierto, porque normalmente eran los demás los que esperaban que ella cuidase de ellos.

Aunque se había planteado la posibilidad de que la hubiera seducido con la pretensión de utilizarlo como un arma para presionarla a fin de que diera su consentimiento, sabía que no era así. Se daba perfecta cuenta de que Lucifer esperaba vencer su resistencia y conseguir que aceptara casarse con él, pero al parecer iba a jugar limpio. Por otra parte, entre sus brazos ella se sentía a salvo de todo, incluso de él. Todavía estaba, pues, en condiciones de elegir por sí misma, pese a que él intentaría influir en su decisión.

Aún era posible decir no y retirarse a un terreno más seguro, pero ya no era la misma mujer de antes, y buena parte de lo que él le ofrecía era en verdad tentador. De hecho, el mayor obstáculo para aceptar ese nuevo futuro se refería a la duda de cómo iba a ser ese matrimonio. Si iba a parecerse al de los Farthingale o al de lady Fortemain, prefería responder que no. Él le había preguntado qué quería del matrimonio. De momento ella estaba segura de lo que no quería.

No podía decidirse sin haber hallado respuesta a esa pregunta capital. ¿Tenía posibilidades de salir bien su matrimonio? ¿Podría mantener su carácter independiente siendo objeto del abrumador carácter de Lucifer, tan protector como posesivo? ¿Podría aceptar ser ella la destinataria de atención y cuidados, en lugar de asumir siempre la parte activa? ¿Sería capaz de adaptarse? ¿Sabría hacerlo él? Si ambos estuvieran dispuestos... Aquello suscitaba la cuestión de hasta qué punto él estaba dispuesto a hacer concesiones.

Cuando él le había preguntado qué quería del matrimonio, ella aún no tenía una idea clara. Ahora ya había perfilado una respuesta. Quería compartir. Quería que trabajaran juntos, se amaran juntos, vivieran juntos y discreparan juntos. Quería compartir su vida y que él compartiera la suya. Ése era el trofeo por el que valía la pena arriesgarse a unir su vida a la de un tirano protector. ¿Cedería él? ¿La dejaría llevar las riendas a veces? ¿Era realmente capaz de compartir el mando?

Sonriendo, se volvió para recibir a Basil, mientras en su cabeza seguían bullendo todas esas preguntas.

Basil le tendió una copa de cóctel y ella lo compensó concediéndole el siguiente baile. Con Lucifer habían acordado esperar un rato antes de ir a sondear a Cedric. Por eso ambos estaban bailando y conversando, haciendo tiempo.

Lucifer la vio intercambiar una reverencia con Basil antes de unir las manos con él. Al punto se vio obligado a centrar la atención en su propia pareja, una tal señorita Moffat. Lady Fortemain se había tomado grandes molestias invitando a todas las señoritas solteras de la zona. Por su parte, él había estado tentado de decirle que no tenía necesidad de esforzarse tanto, porque él ya sabía quién iba a ser su esposa.

Antes esa palabra le producía escalofríos, pero ya no. Había renunciado a oponerse a su destino: era demasiado deseable para rechazarlo. De todos modos, Lucifer conocía su papel social y sabía representarlo, embelesando a las damas, conversando con los caballeros, actuando como el caballero ideal. La multitud oscilaba y se agitaba alrededor de él. Lady Fortemain no había reparado en gastos, y la velada irradiaba un aire festivo. Sus vecinos habían respondido con un entusiasmo que resultaba patente en sus caras.

Grange estaba cumplidamente representada. Sir Jasper charlaba con Farthingale y Filing, mientras la señora Farthingale hablaba con lady Huddlesford. Por su parte, Jonas, Percy y Frederick evolucionaban en la sala de baile. Percy había condescendido a asistir. Frederick se esforzaba por ser amable. Y Jonas exhibía una alegre sonrisa; sólo la mirada que de tanto en tanto posaba en su hermana delataba su inquietud.

Lucifer hacía girar a la señorita Moffat con la soltura de quien es capaz de bailar un cotillón con los ojos cerrados. Al igual que Jonas, estaba pendiente de Phyllida y del hombre que la tenía en el punto de mira. Había hablado con Jonas y decidido que, si por algún motivo, él no podía vigilar a Phyllida, lo haría éste. Pese a su miedo, con demasiada frecuencia ella se olvidaba del peligro. El pueblo era su hogar, donde había pasado a salvo veinticuatro años seguidos. Era difícil modificar las costumbres forjadas durante toda una vida. Él y Jonas debían, por consiguiente, velar por ella hasta que ya no corriera riesgo alguno.

Aquél era el segundo cotillón, la cuarta danza; mientras cambiaba de lado en la serie, Lucifer aprovechó para mirar a la gente.

Cedric contemplaba a sus invitados con expresión aprobadora y mirada patriarcal. Lady Fortemain era el centro de un ramillete de volubles damas. Pommeroy bailaba a pesar de las limitaciones que le imponía la ridícula altura de la corbata. Lucius Appleby prestaba su ayuda en atender a los invitados, función que realizaba con mayor eficacia que Pommeroy.

Las damas de la localidad consideraban a Appleby un enigma,

tal como advirtió Lucifer sin gran esfuerzo. Appleby pasaba por un hombre atractivo y a pesar de su reserva y de una actitud que sugería que no tenía interés en entrometerse en territorio ajeno, su éxito con las mujeres estaba asegurado. La tal señorita Claypoole, que bailaba con él, lo miraba con arrobo. No obstante, Appleby desviaba su interés con una confianza que dejó algo extrañado a Lucifer.

Una vez concluido el cotillón, Lucifer dedicó una reverencia a la señorita Moffat y, tras excusarse, fue a reunirse con Phyllida. Ésta lo recibió con una sonrisa y una mirada tan cálida que lo impulsó a apretarle la mano con afecto. Luego intercambió un saludo con Basil.

—Qué oportuno verlo, señor Cynster. Precisamente iba a mencionar que he sabido que Phyllida se ha visto obligada a pasar dos días en Colyton Manor por motivos de seguridad. Debe de resultar aburrido para Phyllida y lo distraerá a usted de todo el trabajo que implica hacerse cargo de la propiedad de Horacio. —Con un aire de condescendencia que proclamaba con elocuencia que sus palabras eran sinceras, Basil sonrió a Phyllida—. Mañana por la mañana te mandaré el carruaje. Mamá estará encantada de que pases el día en casa.

Lucifer miró a Phyllida y, al ver su expresión imperturbable, reprimió las ganas de aplaudir.

—Gracias, Basil, eres muy amable, pero tengo otros planes para mañana —declinó ella con una sonrisa.

—Vaya. ¿De veras? —Se contuvo de preguntar cuáles eran—. En ese caso, tal vez...

—Pasado mañana es domingo, así que queda descartado. Después... bueno, como la tarea en que estoy cooperando con el señor Cynster estará aún por terminar, seguiré prestándole mi ayuda en la mansión.

El tono con que pronunció la última frase fue suficiente para pararle los pies incluso a Basil. Al cabo de un momento, éste inclinó la cabeza.

—Le ruego me perdone, si es que no he comprendido bien... —Su voz no reflejó contrición, sino irritación y un tenue reproche.

Phyllida lo hizo callar moviendo la mano.

—Son muchas las cosas que no alcanzas a comprender correctamente, Basil, la mayoría de las veces porque te niegas a comprenderlas.

Un violín dejó oír sus notas y Phyllida se volvió hacia Lucifer.

—Creo que es nuestro vals. —Lucifer le tomó la mano e inclinó la cabeza en dirección a Basil—. Tendrás que disculparnos.

El otro le correspondió con una rígida reverencia. Apoyada en su brazo, Phyllida dejó que la condujera a la pista. Después, entre sus brazos, se dejó llevar. Al cabo de un momento, sintió que le acariciaba la espalda.

—Relájate.

Ella le lanzó una mirada que sabía él interpretaría correctamente.

—No entiendo de dónde has sacado la idea de que te pertenezco, de que puedes venir sin más a apropiarte de mí y decirme lo que he de hacer.

Lucifer optó por no responder y la atrajo un poco más, lo justo para que sus cuerpos se rozaran ligeramente al girar. Phyllida se distendió.

—No todos los hombres son así, ¿sabes? —Miró alrededor—. No, claro que no, pero no hay más que fijarse en Basil, Cedric y Henry Grisby. Ninguna mujer en sus cabales se casaría con hombres así. —Y tras una pausa añadió—: Igual es algo que tiene el agua de aquí.

Lucifer la estrechó con ademán protector mientras describían un giro.

—Appleby —murmuró a continuación—. ¿Cuánto tiempo lleva con Cedric?

—¿Appleby? Lleva aquí... bueno, parece que hace mucho, pero la verdad es que llegó en febrero de este año. ¿Por qué?

—Ya me había dado la impresión de que había estado en el ejército, y creo que acierto. Parece popular entre las mujeres.

—Sí. Les agrada su estilo y su persona, y tiene modales agradables.

—Se diría que contigo no surte efecto.

—Nunca lo he encontrado atractivo, la verdad.

Lucifer se alegró. Junto con el tono empleado, quedaba claro que para ella era desconcertante el interés que Appleby despertaba en otras damas. Sus comentarios con respecto a Basil resultaron, sin embargo, menos tranquilizadores.

—Me parece que es buen momento para hablar con Cedric —dijo.

Lucifer miró en dirección a su anfitrión, ocupado en escuchar a lady Huddlesford.

—Al final del baile. Sígueme la corriente.

—¿Qué táctica piensas aplicar? No puedes presentarte y preguntarle por las buenas si es consciente de que podría ser hijo ilegítimo.

—Le preguntaré si está interesado en adquirir algunos libros de Horacio. —Lanzó una mirada a Silas Coombe, resplandeciente con una chaqueta de seda verde y un chaleco amarillo—. ¿Crees que Coombe ha mencionado a alguien que no pienso vender la colección?

—Silas es un chismoso incorregible.

—En ese caso, tendré que ir con tiento.

El vals concluyó. Lucifer irguió a Phyllida, inclinada en la reverencia de rigor, y con su mano apoyada en el brazo se dirigieron hacia Cedric. Éste se hallaba en compañía de lady Huddlesford. Tras el intercambio de saludos, la dama, despampanante en su vestido de bombasí dorado, se alejó con majestuoso porte.

—Espero —dijo Cedric a Lucifer— que nuestra sencilla reunión pueblerina no se quede demasiado corta en comparación con lo que está acostumbrado.

—Ha sido una velada perfecta —aseguró Lucifer—. Su madre se merece que la feliciten, tal como he hecho ya.

—Ya. A mamá le encanta este tipo de reuniones. En la capital era toda una figura antes de que la salud de mi padre los obligara a retirarse aquí. Puede estar seguro de que le agrada tener un motivo para recibir con la misma esplendidez de antaño.

—Siendo así, me complace haber sido útil. —Observando la tosca cordialidad de que hacía gala Cedric, Lucifer se preguntó si sería una fachada o si ése era su auténtico carácter—. No sé si se habrá enterado, pero he decidido conservar la biblioteca de Horacio prácticamente intacta.

—Sí. Oí a Silas quejarse de ello. Por lo visto, pensaba que una parte de la colección estaría mejor instalada en su casa.

—Por desgracia para Coombe, mi decisión es firme, en un sentido general. De todas formas, al consultar los registros de Horacio, advertí que había adquirido algunos volúmenes de su biblioteca.

—Sí —confirmó Cedric—. Antes de morir, mi padre, que tenía en gran aprecio a Horacio, le vendió algunos ejemplares.

—Entiendo. Como su padre ha fallecido, y puesto que yo conservaré la colección ante todo para honrar la memoria de Horacio más que por interés propio, pensé que tal vez usted deseara volver a comprar alguno de esos libros. Se los dejaría al mismo precio que Horacio le pagó a su padre, claro.

—Yo no soy muy aficionado a los libros —repuso Cedric con una mueca—. Siempre me pareció que papá había hecho bien en deshacerse de unos cuantos. Todavía quedan muchos, si está interesado.

—No es mi especialidad —declinó Lucifer con una sonrisa.

—Ah, bueno, con intentarlo no se pierde nada. —Cedric desplazó la atención a Phyllida—. Querida, es una vergüenza lo descuidada que te hemos tenido. Me han dicho que has pasado unos días en Colyton Manor.

Cedric lanzó una mirada a Lucifer y Phyllida se puso rígida. Si quería insinuar que había estado sentada mano sobre mano...

—Seguro que habrás estado ayudando al señor Cynster de mil maneras, ¿eh?

Menos tensa, Phyllida asintió con la cabeza.

—Pues sí. En mil cosas —reiteró al tiempo que sonreía a Lucifer.

Éste le devolvió la sonrisa antes de mirar hacia otro lado y hacer una reverencia.

—Señorita Smollet.

Phyllida se volvió al tiempo que Yocasta se sumaba a ellos. Tras saludar a Cedric, ésta le dirigió una mirada. Phyllida inclinó la cabeza. Ella la correspondió con una sonrisa algo artificial y luego clavó la mirada en Lucifer.

—Tengo entendido, señor Cynster, que está pensando en instalarse como campesino. Basil me ha dicho que habla de poner una cuadra.

—Es una de las posibilidades que estoy barajando. Los campos y prados de Colyton Manor podrían dar mayor rendimiento que el actual.

—Sí, tiene toda la razón. —Cedric frunció el entrecejo—. Suelo olvidarme de que por allí hay mucha tierra, detrás de esos bosques de su propiedad.

—¿Ha estado por esa parte últimamente?

—No. No recuerdo haber ido a ese lado del valle desde hace más de un año. No es un buen terreno para la caza.

—Cedric caza con la jauría del pueblo —explicó Yocasta—. ¿Saldrá con ellos alguna vez, señor Cynster?

—A mí me gusta más sacar los sabuesos a correr que a cazar.

Phyllida captó en la respuesta la observación velada de que, para él, el zorro no era el tipo de presa adecuada. Luego se puso en pie y fingió escuchar la conversación, aunque en realidad estaba reelaborando un plan de acción. Al final, Lucifer se despidió y Yocasta se quedó con Cedric. Con la mano posada en el brazo de Lucifer, Phyllida caminó entre el tupido gentío.

—¿Han sido imaginaciones mías, o Cedric estaba menos... concentrado en ti que la última vez que lo vimos?

—Ahora que lo dices, sí. Se lo veía bastante relajado. No parece haberse perturbado porque te haya ayudado en la mansión.

—Tú lo conoces mejor, pero yo diría que se le ve casi aliviado de que estés pasando tanto tiempo en la mansión.

Phyllida lo pensó un instante. Lucifer tenía razón. ¿Y ella qué sentía al respecto?

—Si él está aliviado, yo también lo estoy. —Miró un instante a Lucifer—. Conozco a Cedric de toda la vida. Siempre lo consideré un amigo; nunca lo quise como pretendiente.

Lucifer le retuvo la mirada y le leyó el pensamiento.

—Y tampoco crees que sea el asesino.

—No. —Exhaló un suspiro—. Es horrible estar seguro de lo que uno siente hacia una persona pero saber que, desde un punto de vista lógico, es posible que sea un asesino.

—Yo no he detectado el menor grado de disimulo en lo tocante a los libros, ni respecto a los campos del otro lado del bosque.

—No, así es Cedric. Carece por completo de doblez.

—Y hablando de fachadas —la condujo hacia un lado del salón—, Yocasta se estaba esforzando por mostrarse conciliadora. Sospecho que debe de ser víctima de alguna triste experiencia. —La percibía como una mujer que había perdido el tren de la felicidad, pero que aún seguía buscándola día tras día—. Quizá sea el motivo de su causticidad.

—Muchas veces he tenido que soportar su causticidad, aunque como es algo que también casi todos los del pueblo han aguantado, nunca me había parado a pensar en ello, pero sí es verdad que parece triste. No la he visto sonreír ni reír con alegría desde hace años.

—¿Sabes qué le pasó?

—No. Y es extraño, porque si yo no lo sé, tiene que ser un secreto, cosa que resulta inusual en un pueblo pequeño como éste.

Pasaron un momento ponderando la cuestión, hasta que Phyllida salió de su ensimismamiento y dijo:

—Creo que deberíamos registrar la habitación de Cedric en busca del sombrero.

—¿Por qué? Pensaba que había superado las pruebas.

—Yo aprecio a Cedric, y no quisiera que fuese el asesino, ni mi agresor. Aun así, sabes tan bien como yo que detrás de la sencilla cordialidad de Cedric se oculta un hombre inteligente, y la amenaza que suponen esas anotaciones podría ser un motivo de peso para él, ya que podrían destruir su vida. —Abarcó con un gesto la estancia—. Destruiría todo esto, y esta sencilla vida campestre es importante para Cedric. —Escrutó el semblante de Lucifer y luego entornó los ojos—. Además, pese a lo que acabas de decir, no lo has tachado de los primeros lugares de nuestra lista de sospechosos.

—No, pero...

—Por nuestro propio bien, el del pueblo y el de Cedric, no debemos dejar ninguna piedra sin mover a fin de descubrir al asesino.

—Registrar su habitación. —Lucifer le dirigió una mirada demasiado protectora para su gusto—. Tal como tú misma señalaste...

—Ya sé que debería haberse deshecho de él, pero ¿y si no lo hizo? Esto no es Londres. Aquí cuesta conseguir un buen sombrero. Podría haberlo dejado a un lado, con la intención de deshacerse de él, pero como yo no he hecho mención alguna del sombrero, ni siquiera de que estuve allí ese domingo, podría llegar a la conclusión de que el asunto va a quedar ahí. ¿Quién sabe? Hasta podría haberse olvidado del sombrero. —Se volvió hacia la puerta del salón—. Si prefieres quedarte aquí, yo iré a echar un vistazo en la habitación de Cedric.

Dio un paso y él la detuvo.

—No. Sola no.

Las dos palabras sonaron como un retumbo encima de su oído, cargadas de una advertencia que no habría sabido describir con palabras, pero que sus sentidos interpretaron sin esfuerzo. Aguardó, con la mirada fija en la puerta.

Un suspiro le rozó el oído.

—¿Cuál es la habitación? ¿Lo sabes?

—Arriba a la derecha, la última puerta del pasillo.

—De acuerdo. Dentro de un momento, nos separaremos. Yo iré hacia la mesa de las bebidas. Tú caminarás un poco, aunque no mucho para que nadie te entretenga, y después sales como si fueras a la sala de descanso. Yo estaré atento. Te dejaré el tiempo suficiente para que llegues a la habitación de Cedric antes de ir yo.

—Por lo visto, no es la primera vez que haces algo así —señaló Phyllida.

Lucifer se limitó a sonreír antes de despedirse con una reverencia.

Phyllida siguió las instrucciones al pie de la letra, no porque obedeciera a su impulso natural, sino porque no encontró ningún motivo sensato para llevarle la contraria. Él había accedido a registrar la habitación. Eso era lo que contaba, y no sólo en lo tocante a su investigación. De ello se desprendía que se podía razonar con él, lo cual, aunque él no lo supiera, suponía un punto a su favor.

Henry Grisby trató de que bailara con él la siguiente pieza, pero ella declinó cortésmente y se encaminó a la sala de descanso. No había nadie y se escabulló por la escalera. Una vez en la galería, dobló a la derecha. Estaba a punto de accionar el pomo de la puerta de la habitación cuando oyó pasos. Al mirar atrás, comprobó que era Lucifer quien subía.

Él la vio. Phyllida abrió la puerta y entró. Menos de un minuto después, Lucifer apareció y cerró tras de sí. Ella observó cómo se acercaba al tiempo que escudriñaba el dormitorio. Después centró la vista en ella.

La luz de la luna que entraba por la ventana le iluminaba la cara. De pronto Phyllida recordó el aspecto que tenía tres noches atrás, cuando había cruzado una habitación parecida en dirección a ella. Los mismos ojos entornados, los mismos labios sensuales. Él bajó la mirada hasta sus labios; se habría atrevido a jurar que por su cabeza pasaban los mismos pensamientos voluptuosos.

Phyllida contuvo la respiración.

Lucifer se paró a escasos centímetros de ella, de tal modo que alcanzaba a percibir su calor. Luego la miró a los ojos y los escrutó. A continuación alzó la mano; con el pulgar le rozó los labios, provocándole un escalofrío. Luego sonrió como resignándose a que no era momento para eso.

—Bien, sombreros —murmuró—. ¿Dónde crees que guarda los sombreros?

Phyllida pestañeó y, con débil gesto, señaló una puertecilla.

—En el vestidor. Hay un estante para sombreros.

Lucifer enarcó una ceja.

—Éste era el dormitorio de sir Bentley —explicó Phyllida—. Estuvo enfermo durante años, y yo lo visitaba a menudo.

Phyllida fue hacia la puerta, haciendo caso omiso de la tentadora calidez que se había deslizado bajo su piel, pero aunque intentó no acusar la presencia que le pisaba los talones, fue un esfuerzo vano.

Lucifer entró en el vestidor, un largo y estrecho espacio adosado a una pared. Fijado en uno de los muros, a la altura de la cabeza, el estante para sombreros aparecía abarrotado.

—De modo que esto no es Londres. —Lanzó una mirada a Phyllida—. Cedric tiene más sombreros que cualquiera de los caballeros adictos a la moda que conozco.

—Razón de más para mirar. Por lo visto, nunca ha tirado uno en su vida.

Era muy cierto. Como Phyllida no alcanzaba hasta los sombreros, él hizo las veces de ayudante y se los iba entregando, uno a uno. Ella lo tomaba, lo observaba y sacudía la cabeza antes de devolvérselo. Con la luz de la luna todos los sombreros se veían del mismo color: marrón.

Poco a poco, fueron avanzando a lo largo del anaquel. Con un suspiro, Phyllida devolvió el último sombrero negando con la cabeza. Él lo estaba colocando en su sitio cuando oyeron un ruido que no era golpe ni chasquido.

Se quedaron inmóviles. Ella lo miró y él le indicó silencio llevándose el índice a los labios, antes de volverse.

El dormitorio tenía dos puertas, la que habían utilizado ellos para entrar, próxima a la pared del vestidor, y otra que daba a la habitación de al lado, seguramente un cuarto de estar. El ruido debía de haberlo producido alguien que se acercaba por el pasillo. ¿Habría entrado alguien por el lado de la sala de estar? ¿Cedric? Era bastante improbable que un anfitrión se ausentara del salón, aunque si era el asesino no cabía descartarlo.

Lucifer decidió salir al dormitorio.

Una corriente de aire acompañada de un quedo silbido lo previno, impulsándolo a agacharse. Una recia vara le golpeó el hombro izquierdo. El impacto lo hizo caer de rodillas. Haciendo acopio de fuerzas, aferrado con el brazo derecho al marco de la puerta, vio a un hombre que al amparo de las sombras se escabullía por la puerta del pasillo. Luego oyeron pasos que se alejaban a toda prisa.

—¡Por todos los santos! ¡Que se escapa! —Atrapada tras él, Phyllida se levantó las faldas para saltar por encima.

Él la agarró a media zancada y la obligó a retroceder.

—¡No!

Ella cayó encima de él.

—Pero... —Se debatió con furia, produciendo un revuelo de seda en su regazo—. ¡Podría atraparlo!

—¡O él podría atraparte a ti! —La retuvo con el brazo hasta que se calmó.

—Ah.

—Sí, ah.

Con la mandíbula apretada, la movió para que no lo aplastara con la cadera y luego trató de relajar el hombro.

—Estaba esperando —dedujo Phyllida.

—Con esto.

Lucifer tomó del suelo un bastón y lo levantó para observarlo. La empuñadura era una cabeza de león de bronce, muy pesada.

—Normalmente está en el rincón, junto a la puerta.

Phyllida miró hacia la puerta del pasillo e intentó no pensar en qué habría ocurrido si Lucifer no hubiera tenido unos reflejos tan acerados. Si no se hubiera agachado y el bastón le hubiese dado en la cabeza, podría haber muerto o perdido el conocimiento. Entonces ella habría quedado a merced del agresor. Al mirar a Lucifer, en sus ojos percibió la misma conclusión.

—Debemos regresar al salón de baile.

16

—Jonas, ¿podría hablar un momento contigo? —Con Phyllida a su lado, Lucifer sonrió a las dos señoritas con que conversaba Jonas.

Las damiselas soltaron unas risitas y, tras efectuar una reverencia, se alejaron, lanzando tímidas miradas por encima del hombro.

—¿Algún problema? —inquirió Jonas.

—Pues lo cierto es que sí. —Lucifer sonrió como si estuvieran hablando sobre banalidades.

—Creía que Phyllida estaba contigo.

—Y estaba con él —confirmó ésta—. Pero el problema no está ahí.

Viendo la expresión de perplejidad de su hermano, ella optó por dejar a Lucifer a cargo de las explicaciones.

—¿Te has percatado si algún caballero se ha ausentado hará cosa de un cuarto de hora?

—Cedric ha salido, y después Basil —repuso Jonas con extrañeza—. Filing ya se había ausentado antes, y Grisby también. Seguro que faltaban otros, porque en la pista evolucionaban pocas parejas y se veían escasos hombres de pie. Lady Fortemain estaba que no sabía qué hacer.

—¿Ha vuelto Cedric?

—Sí, hace unos minutos, y Basil ha entrado un minuto antes. Los dos parecían un poco enfadados. No he visto otros que regresaran, pero no estaba pendiente de eso. —Jonas los miró—. ¿Qué ha pasado?

Lucifer se lo relató sucintamente. Entretanto Phyllida paseaba la vista por la sala, tratando de precisar qué caballeros estaban presentes. El baile estaba aún muy concurrido.

—¿Creéis que podríamos idear una trampa? —propuso cuando Lucifer terminó de hablar.

Los dos la miraron con idéntica expresión de masculina incomprensión, como si les hubiera hablado en chino.

—¿Qué clase de trampa? —preguntó Lucifer.

—Yo esta vez no he visto para nada al asesino y tú apenas has percibido un atisbo. Él debe de saberlo, así que no tiene motivo para huir. Suponiendo que todavía esté aquí, tal vez podríamos animarlo a que se manifieste de nuevo.

—¿Utilizándote como anzuelo? —adivinó Lucifer.

—Si los dos vigiláis, no correré ningún peligro.

—Si los dos vigilamos él no hará nada. Ya sabemos hace tiempo que no es tonto.

—No tenéis por qué rondarme de manera que se note. Todavía quedan muchos bailes. Todo el mundo prevé que nos separemos.

Sofocando el temor que crecía en su interior, Lucifer escrutó el apacible rostro de Phyllida. Su propuesta no era descabellada, y él no podía ceder al instintivo impulso de cerrarse en banda y decir que no. No se atrevía.

—Si prometes que no saldrás del salón...

—Os aseguro que no me perderéis de vista. —Alzó, desafiante, el mentón, al tiempo que sus oscuros ojos lanzaban un destello de advertencia—. Soy perfectamente capaz de hacerlo. Lo único que tenéis que hacer es mirar desde lejos. Y ahora, me voy.

Cuando retiró la mano de su brazo, él tuvo que contener el impulso de agarrarla. Con una airosa inclinación de la cabeza, Phyllida se volvió sonriendo y se mezcló con la gente.

Mientras se alejaba, Lucifer maldijo entre dientes.

—Ojalá le hubieras dicho que no —se lamentó Jonas.

No había tenido opción. Si quería casarse con ella, debía aprender a ceder.

—Me apostaré en el otro lado de la sala —dijo Jonas y se alejó sin prisa.

Phyllida bailó, charló y volvió a bailar. Circulaba entre los congregados, radiante y encantadora. Volvió a hablar con Cedric, Basil y Grisby y hasta fingió un lapsus de memoria y conversó con Silas como si el incidente del cementerio no hubiera tenido lugar.

Todo fue en vano. Ningún caballero se acercó a ella con ninguna proposición impropia. En cierto momento, Lucifer se detuvo a su lado.

—Ya basta. No me gusta esto. Debe de sentirse presionado, y podría ser más peligroso que nunca.

—Lo más probable es que esté desprevenido y más vulnerable que nunca. —Acto seguido, siguió caminando sin esperar a oír qué opinión le merecía a él su razonamiento.

Un cuarto de hora después, Lucifer se sumó al corro de personas que la rodeaban y, con pericia de experto, la sacó de allí. Ofreciéndole el brazo, caminó con ella por el salón.

—Creo que deberíamos dar por terminada la velada. —Estaba cansado de aquello. Notaba la tensión acumulada en la nuca y le dolía el hombro—. Si no se te ha acercado a estas alturas...

Phyllida se paró y lo miró. Aunque tenía el semblante sereno, en sus ojos había un peligroso relumbre.

—Sabes tan bien como yo que, si no localizamos ese sombrero, no disponemos de ninguna prueba para identificar al asesino. Y aquí, rodeada de amigos, es el mejor sitio para probar. Tú estás aquí, y Jonas también. Es una oportunidad demasiado buena para dejarla escapar.

Lo miró fijamente y Lucifer, con una creciente sensación de acorralamiento, tuvo que reprimir un gruñido.

—No me parece una buena idea.

—Es mi idea, y es sensata —se obstinó Phyllida, irguiendo la barbilla.

A continuación, se fue con aires de reina.

Lucifer apretó los dientes y la dejó marcharse. Era eso o arriesgarse a demostrarle lo poco posesivos que en realidad eran sus otros pretendientes. Al lado de un Cynster, eran mansos corderillos. El destino debía de estar riéndose a mandíbula batiente.

Frustrado, fue hasta una pared, donde apoyó el hombro sano.

Desde allí observó a Phyllida ejecutar otro baile regional, antes de ponerse a charlar con un grupo de damas. Luego se alejó. Entonces vio que dudaba, con la vista fija en algo. Él siguió el curso de su mirada, pero no vio nada extraño.

A continuación ella echó a andar resueltamente. Al parecer había visto algo o tenido alguna idea. A él le producían más bien terror sus ideas. Con una opresión en el pecho, decidió seguirla.

La perdió entre la multitud. Se detuvo a mirar por encima de las cabezas y reparó en Jonas. Éste sacudió la cabeza. Tampoco sabía dónde estaba. Con una maldición, Lucifer dio media vuelta y entonces la vio un instante. En el otro extremo del salón, salía a la terraza con Lucius Appleby.

¿Appleby? Lucifer no quiso desperdiciar el tiempo adivinando su razonamiento. Dudaba mucho de que Appleby la hubiera invitado a salir. De haber sido así, Phyllida debería haber rehusado. No, era ella la que lo había engatusado, sabía Dios por qué. El caso era que estando fuera con un solo caballero corría un peligro considerable, porque en la oscuridad podía acechar cualquiera.

La distancia hasta la puerta más próxima se le antojó enorme, y para colmo estaba plagada de obstáculos, todos sonrientes y deseosos de charlar. Cuando por fin llegó, estaba cerrada. Tuvo que precipitarse por el lateral del salón hasta la vidriera por la que habían salido Phyllida y Appleby, con la precaución de no suscitar sospechas.

Salió a la terraza; Jonas, que se encontraba aún más lejos en la sala, iba detrás. Miró en derredor y vislumbró una falda azul que desaparecía por el extremo de la terraza. Echó a andar hacia allí, sin realizar el menor esfuerzo para amortiguar sus pasos. Tras doblar la esquina, localizó a Phyllida unos metros más allá, apoyada contra la balaustrada, hablando con Appleby, que se mantenía de pie delante de ella.

Detrás de la balaustrada había un macizo de arbustos, justo la clase de sitio idóneo para ocultar a un individuo con un puñal. Sin dudarlo, Lucifer agarró a Phyllida por la cintura y de un tirón la apartó de los arbustos. Haciendo caso omiso de la expresión de ultraje de ésta, se volvió hacia Appleby.

—Discúlpenos, Appleby. La señorita Tallent ya se va.

Appleby lo miró con semblante impasible, como la personificación del empleado que sabe cuál es su sitio. Con una somera inclinación de la cabeza, Lucifer se volvió para que Phyllida le viera bien la cara, y después se alejó a grandes zancadas, arrastrándola consigo.

—¡Pero qué haces! —susurró ésta. Forcejeó para soltarse, con lo que sólo logró que él le apretara aún más la muñeca.

—¡Te estoy salvando de tu temeridad! ¿Qué diantres pretendías hacer, saliendo fuera de ese modo? —La acercó al tiempo que moderaba el paso, con el propósito de escudarle el cuerpo con el suyo en la medida de lo posible—. ¡Ahí fuera es noche cerrada! —Abarcó con el gesto los prados y árboles que se extendían más allá de la terraza—. Podría dispararte sin correr el riesgo de que lo vieran.

Phyllida dirigió la mirada hacia el jardín.

—No había pensado en eso.

—Pues yo sí. Por eso te he hecho prometer que no saldrías del salón.

—No lo he prometido. —Irguió el mentón—. He dicho que procuraría que no me perdierais de vista. Pensaba que estabais vigilando.

Percibiendo en su tono un amago de súbita vulnerabilidad, él contuvo los reproches.

—Y lo hacíamos, Jonas y yo, pero te hemos perdido un momento, y cuando te he visto ya estabas saliendo fuera. Ha faltado poco para que te perdiéramos por completo. —Sólo de pensarlo se le heló la sangre. Su voz sonó más grave y amenazadora—: Repito, ¿qué diantres pretendías?

Se detuvo y ella se paró también, con la cabeza erguida y la mirada directa.

—Reconozco que no he pensado en la oscuridad, pero por lo demás tenía mis motivos de peso. No se me ha ocurrido otro sitio para llevar a Appleby.

—¿De modo que ha sido idea tuya?

—¡Claro! Appleby es la persona más indicada para saber qué hombres han salido y regresado a la sala. Es la mano derecha de Cedric, lo ayuda en todo y lo sustituye en caso necesario. Si Cedric ha abandonado el salón, Appleby debía de saberlo para ocuparse de los invitados en caso necesario.

—Es decir, que es poco probable que Appleby sea el asesino —concluyó de mala gana Lucifer—. Habría estado de servicio...

—¡Exacto! Por eso no corría peligro con él. Y como yo no le resulto más atractiva a Appleby de lo que él me resulta a mí, tampoco me arriesgaba a recibir ninguna demostración efusiva. Además tú dijiste que ha estado en el ejército, de manera que aparte de ti, debe de ser la persona con la que podía estar mejor protegida en la terraza.

Lucifer optó por callarse que con Appleby no habría estado protegida... de que ni siquiera lo estaba con él, y señaló en dirección al salón.

—Entremos.

Con un airado bufido, Phyllida se encaminó hacia la puerta. Lucifer caminó a su lado. Jonas había asomado la cabeza y, al verlos, había vuelto a entrar.

—¿Y bien? —inquirió Lucifer cuando se hallaban ya cerca de la cristalera abierta—. ¿Sabía algo de interés Appleby?

Phyllida traspuso el umbral.

—Pues no.

—Venía a proponerte que me acompañaras de paseo con el carruaje hasta Exeter.

Phyllida levantó la cabeza y apenas logró contener una exclamación de sorpresa. Lucifer se encontraba a medio metro de distancia. ¿Cómo había llegado tan cerca?

Él alargó la mano para coger el cesto de las flores, que ella sostenía con repentina falta de vigor. Para disimular, miró el rosal y, tomando una rosa, la cortó.

—Si puedes esperar a que las ponga en agua... —respondió mientras la depositaba en el cesto—. Sería agradable, y tengo que ver a algunas personas en Exeter.

Lucifer asintió.

—Por el placer de tu compañía, esperaré.

Veinte minutos más tarde, la ayudó a subir al carruaje y se pusieron en marcha. Cuando el vehículo abandonaba la propiedad, Lucifer sintió alivio: Phyllida iba reservada y algo distante, pero sentada a su lado. Después de su comportamiento de la noche anterior, no estaba muy seguro de cómo iba a recibirlo. Había llegado dispuesto a raptarla si no hubiera accedido a acompañarlo, pero afortunadamente había aceptado. Había acudido incluso sin sombrero.

Mientras los caballos dejaban atrás Grange, la miró un momento. Pese a que había abierto una sombrilla para protegerse del sol la blanca piel, podía verle la cara. Le escrutó el rostro, repasó la línea de los labios y el contorno de la barbilla antes de volver a centrarse en el camino. Después de lo ocurrido, tendría que proceder con mucha cautela.

Avanzaron por la campiña en silencio, un silencio que a medida que discurrían los minutos se volvía más afable. El sol pareció disolver el envaramiento de Phyllida, que al llegar a Honiton se puso a señalar de modo espontáneo los lugares más destacados.

Habían tomado la ruta del norte a fin de realizar pesquisas en las posadas de aquella localidad, por si acaso alguien hubiera alquilado un caballo el domingo que habían matado a Horacio. Phyllida le dio instrucciones para llegar a los establecimientos indicados y después dejó que se encargase de las preguntas. Tal como preveían, nadie había visto nada. Dejando atrás Honiton, prosiguieron camino hacia Exeter.

Dado que la carretera estaba en buen estado y los caballos se encontraban en óptimas condiciones, Lucifer les dio rienda suelta, y el carruaje circuló a una marcha considerable. El viento azotaba el cabello de Phyllida. La velocidad era estimulante, la calidez del sol deliciosa... Phyllida presentó la cara a la brisa y sonrió.

—¿Por qué vamos a Exeter?

Aguardó, con los ojos entornados y un resto de sonrisa. Sintió que Lucifer la escudriñaba antes de responder.

—Tengo que ver a Crabbs y, para dar por concluido el asunto, deberíamos preguntar en las cuadras. Después podríamos comer al lado del río y regresar por el camino de la costa.

—De acuerdo, parece agradable.

—¿Has dicho que querías ver a alguien?

—Quisiera ir a la oficina de Aduanas, a hacerle una visita de cortesía al teniente Niles, para mantener el contacto. Y mientras tú hablas con Crabbs, yo charlaré con Robert. —Lo consultó con la mirada y Lucifer asintió.

—Si quieres, podemos ir primero a Aduanas.

—No, primero a la cuadra de caballos de alquiler, después el señor Crabbs y a continuación la oficina de Aduanas y por último la comida en La Sirena. —Volvió a lanzar una mirada de soslayo a Lucifer, que le correspondió. Ella sonrió y volvió la vista al frente—. Jonas me ha dicho que tiene la mejor cerveza de Exeter. Desde allí podemos salir directamente por el camino de la costa.

—Muy bien —sonrió Lucifer. Después aminoró la marcha, pues ya aparecían las primeras casas—. Y ahora ¿por dónde?

Phyllida le dio las indicaciones con un alegre entusiasmo que le aportó más calidez que el sol.

En las cuadras, recibieron la misma respuesta: ningún caballero había alquilado un caballo ese domingo. En la oficina del señor Crabbs, Lucifer entró en el despacho del venerable notario, dejando a Phyllida en la sala de fuera, donde Robert Collins tenía su escritorio. Quince minutos después, al salir, se encontró a Phyllida exhibiendo una serena sonrisa y a Robert con un semblante menos tenso que antes.

Tras intercambiar una reverencia con Crabbs, que se despidió con formalidad de Phyllida, salieron a la acera, donde un muchacho se ocupaba de los caballos. Lucifer le lanzó una moneda antes de ayudar a montar a Phyllida.

—¿Qué le has dicho a Robert? ¿Sabe que estoy enterado de la existencia de las cartas?

—No exactamente. —Phyllida se recogió la falda para dejarle espacio en el asiento—. Le he dicho que me estabas dejando buscar el escritorio. Está muy preocupado con todo este asunto.

—Ya. —Lucifer optó por no exteriorizar la extrañeza que aquello le producía—. ¿Dónde está Aduanas?

Estaba en el muelle, a unos minutos bajando por una empinada calle empedrada, por la que hizo descender Lucifer el carruaje. El muelle bordeaba el río Exe, en el que se bamboleaban con la marea los barcos amarrados. Lucifer paró frente a un elegante edificio de ladrillo de dos plantas. A un grumete que holgazaneaba por allí se le iluminaron los ojos al ver los negros y elegantes caballos. Lucifer lo animó a acercarse con un gesto.

Un poco más lejos había una posada, en el pie de una colina, en cuya puerta colgaba un letrero con una sirena. Lucifer dio instrucciones al muchacho para que llevara los caballos allí y los dejara a cargo del mozo de cuadra.

—No tardaré mucho —prometió Phyllida mientras la ayudaba a bajar del vehículo.

Entrando en la oficina, se dirigió al mostrador.

—Con el teniente Niles, por favor. ¿Tendría la amabilidad de decirle que la señorita Tallent está aquí?

El individuo que se encontraba detrás del mostrador la miró mientras se quitaba los guantes.

—El teniente está ocupado. Aquí sólo atiende cuestiones de trabajo.

Irguiendo la cabeza, Phyllida le dirigió una severa mirada.

—Es por un asunto de trabajo.

Situado justo detrás de ella, Lucifer lo fulminó con ojos amenazadores. El hombre tragó saliva, apurado.

—Voy a avisarlo —se apresuró a decir—. La señorita Tallent, ¿ha dicho?

—Así es. —Phyllida esperó a que el individuo hubiera desaparecido por una puerta antes de volver la cabeza hacia Lucifer—. ¿Qué le has hecho?

—Nada de especial —repuso él con fingida inocencia—. Es que yo soy así.

Phyllida lo observó un instante. Cuando se volvió hacia el mostrador, se abrió la puerta contigua. Un caballero uniformado acudió sonriente, tendiéndole la mano.

—Señorita Tallent. —Tras estrecharle la mano, reparó en Lucifer.

—Buenos días, teniente Niles. —Phyllida señaló a Lucifer—. Permítame que le presente al señor Cynster. Se ha instalado a vivir en Colyton.

—Ah ¿sí? —Niles saludó con curiosidad a Lucifer—. ¿Significa eso que va a colaborar con la Compañía Importadora de Colyton?

—Sólo una moderada colaboración —replicó Lucifer—. Sólo en calidad de asesor.

Percibió cómo Phyllida dejaba escapar el aliento contenido. Después ésta reclamó la atención de Niles.

—Sólo quería cotejar las cuentas finales con usted y averiguar si debemos alterar algunos pagos.

—Desde luego, desde luego. —Niles les mostró la puerta—. Si tienen la amabilidad de pasar...

Con una reverencia, los hizo entrar en su oficina, donde él y Phyllida se entregaron a una animada conversación que versó sobre los diversos productos que la empresa había importado y preveía recibir en un futuro próximo, y los porcentajes de tasas aplicables a las diferentes mercancías. Lucifer escuchaba sentado, admirado de ver cómo, una vez que se le había concedido la iniciativa, Phyllida dirigía con tanta habilidad la entrevista y a su interlocutor. Era una mujer de negocios de pies a cabeza.

Cuando terminó de hablar con el teniente, sonreía para sí. Después de guardar las últimas tarifas en el bolso de redecilla, Phyllida se levantó y al volverse reparó en la expresión de Lucifer. Aguardó, con todo, a haberse despedido de Niles antes de interrogarlo.

—¿Qué es lo que te hace tanta gracia?

—Nada, nada. No es gracia sino admiración. Tanto que se me acaba de ocurrir que, de la misma manera que podría ayudarte con la empresa, tú podrías serme muy útil con mi negocio. —Tomándola del brazo, se encaminó a La Sirena.

—¿Negocio? ¿Qué negocio?

Tardó toda la comida y la sobremesa en explicárselo. Se hallaban ya en el carruaje siguiendo el camino que en dirección este los llevaría hacia la costa, y ella aún no había salido de su asombro.

—Vaya, vaya. Yo creía que eras un ricacho de Londres que lo único que hacías era ir de baile en baile deslumbrando a damas.

—Eso también, pero hay que tener algo que hacer para pasar el tiempo.

—Ya lo veo. —Le lanzó una mirada ponderativa—. ¿Así que ese interés en establecer una cuadra es auténtico?

—Puesto que ahora poseo la tierra, sería una lástima no sacarle provecho, y montar una cuadra parece el equivalente campestre del coleccionismo.

—No lo había pensado, pero supongo que tienes razón.

Phyllida miró al frente y de pronto lo agarró del brazo.

—¡Para!

—¿Qué? —Lucifer tiró de las riendas.

Ella se había girado para mirar atrás. Lucifer se volvió también y vio a un calderero que se dirigía con paso cansino a Exeter.

—¡El sombrero! —Phyllida lo miró con los ojos como platos—. ¡Ese calderero lleva el sombrero!

Lucifer hizo girar el carruaje y retrocedieron al trote.

—Con calma —advirtió a Phyllida cuando llegaron a la altura del hombre.

Ésta lanzó una dura mirada al individuo, pero no replicó. Lucifer avanzó un centenar de metros y luego volvió a girar el vehículo. De regreso, se detuvo casi al lado del calderero.

—Buenos días.

El hombre se llevó la mano al ala del sombrero, que hasta el más superficial observador habría advertido que no era suyo.

—Buenos días tengan ustedes, señor y señora.

—Ese sombrero, ¿hace tiempo que lo tiene? —preguntó Phyllida.

—Me lo encontré, lo juro —aseguró con actitud recelosa el hombre—. No lo robé.

—Ni yo creía tal cosa —lo tranquilizó, con una sonrisa, Phyllida—. Sólo querríamos saber dónde lo encontró.

—Cerca de la costa, un poco lejos.

—¿Muy lejos? ¿Antes de Sidmouth?

—Sí, bastante antes. Yo había salido de Axmouth y decidí ir un trecho hacia el interior. Hay un pueblecito tranquilo allí, Colyton.

—Lo conocemos —dijo Lucifer.

—Yo afilo cuchillos. —Señaló los hatillos que llevaba colgados a la espalda—. Cuando terminé en ese pueblo, proseguí la ruta, primero en dirección oeste y después noroeste... Hay un camino que va a Honiton, donde yo quería ir. Encontré el sombrero por allí, poco después de la salida de Colyton.

—Sí. Debió de haber subido por el callejón, pasar la iglesia y la herrería, por la pendiente...

—Sí, eso es.

—Y luego hay una bajada suave, con una hondonada que acaba en una loma (ya me dirá cuando llegue al sitio donde encontró el sombrero), y después hay unos postes muy altos, a partir de los cuales el camino se estrecha y se vuelve más sinuoso a medida que se acerca al mar...

—¡Exacto! Allí lo encontré. Yo iba caminando por el borde del seto poco antes de donde acaba ese desvío del lado del mar. Lo recogí, le quité el polvo... no tenía ningún nombre. Miré alrededor, pero no había ninguna casa ni cabaña. Después caminé un poco más y el camino se convirtió en un sendero en dirección noroeste.

El afilador miró, radiante, a Phyllida, que le correspondió con una luminosa sonrisa.

—Tenga. —Lucifer le tendió dos guineas—. Una por el sombrero y otra por su colaboración. Con eso podrá comprarse un buen sombrero, pagarse una habitación, disfrutar de una buena cena y tomarse unas copas a nuestra salud.

—Realmente fue mi día de suerte —exclamó el hombre, con la mirada clavada en las monedas— el día que encontré este sombrero.

Entregó la prenda a Phyllida y Lucifer le dio las monedas.

—¿Y qué día fue ése?

—A ver, yo me fui de Axmouth un lunes, y pasé un día entre llegar a Colyton y hacer unos trabajos allí. Dormí al lado del cementerio y salí para Honiton a primera hora de la mañana siguiente...

—O sea que lo encontró el martes.

—Sí, pero no este martes. Tuvo que ser el anterior, porque yo estuve casi una semana en Honiton, y después fui a Sidmouth.

—El martes de la semana pasada —confirmó Lucifer—. Muchas gracias.

—Soy yo el que les está agradecido —dijo el afilador, observando las monedas.

Tras dejarlo perplejo por su buena suerte, Lucifer imprimió un ritmo ligero a los caballos y lanzó una mirada a Phyllida. Ésta mantenía la vista fija en el sombrero, que llevaba en el regazo.

—No es de extrañar que no lo encontráramos. Debió de deshacerse de él enseguida.

Lucifer frunció el entrecejo.

—Esos postes altos que has mencionado son los de la verja de Ballyclose Manor, ¿no?

Phyllida asintió.

—¿Y qué hay al final del desvío en dirección a la costa?

—Es la entrada posterior de Ballyclose. No hay ni siquiera una puerta, sólo una abertura en el seto, pero siempre ha estado allí. Todo el mundo entra y sale a caballo de Ballyclose por allí a menos que vaya directamente al pueblo.

—Es decir, que si alguien saliera a caballo de Ballyclose y no quisiera regresar pasando por el pueblo, utilizaría esa entrada.

—Sí.

Él volvió a mirarla a la cara.

—¿Qué piensas? —No había logrado averiguarlo en su rostro.

—Que, después de todo, tiene que ser Cedric —repuso ella con un suspiro.

—Hay otras posibilidades.

—¿Cuáles?

—Que no sea el sombrero de Cedric, por ejemplo.

Phyllida hizo girar el sombrero.

—El que yo no recuerde habérselo visto no significa que no sea suyo. Ya viste cuántos sombreros tiene. Yo no reconocí ni la mitad.

—De la misma manera, sólo porque sea un obseso de los sombreros no se desprende que éste sea suyo. —Lucifer miró de nuevo la prenda—. La verdad es que no creo que lo sea.

—Si yo no estoy segura, no veo cómo puedas estarlo tú.

Lucifer optó por obviar la explicación de por qué creía que el sombrero no era de Cedric... al fin y al cabo, se basaba sólo en suposiciones.

—Bueno —planteó al cabo de un momento—, piénsalo de este modo. El asesino, alguien que no es Cedric, sabe que los libros de la biblioteca de Horacio procuran a éste un motivo de peso para matar a Horacio, cosa que, lo reconozco, no hemos podido descubrir con respecto a nadie más. El asesino, no obstante, tiene otro móvil que nosotros ignoramos. Llegado el momento de desprenderse del sombrero, lo coloca en un sitio bastante transitado, de modo que tarde o temprano alguien lo encuentre y todo apunte en dirección a Cedric.

—Es un razonamiento muy retorcido —objetó Phyllida—. ¿De veras crees que alguien puede planificar algo así?

—Nuestro hombre nos ha despistado varias veces. Es implacable, inteligente y sin escrúpulos. Probablemente tiene el tipo de mente retorcida que funciona así.

—Ya. —Phyllida volvió a mirar el sombrero—. O podría ser Cedric.

—A mí me cuesta mucho creerlo. No porque no crea que pudiera hacerlo, sino porque no pienso que sea un hombre de esa clase.

—Yo tampoco lo imagino como un asesino, pero... —Phyllida miró al frente—. Creo que deberíamos ir directamente a Ballyclose.

—¿Por qué?

—Por esto. —Agitó el sombrero—. No soporto seguir con esta incógnita, pensando que Cedric podría ser el asesino. Quiero salir de dudas ahora mismo.

—¿Qué demonios te propones? ¿Entrar sin más y preguntarle si es suyo el sombrero?

—Exactamente —confirmó ella con el mentón erguido.

—Phyllida...

Lucifer trató de disuadirla, primero con calma y después de manera más tensa, pero se obstinó en su propósito. Quería dejar zanjada aquella cuestión ese mismo día.

—De acuerdo —gruñó al final Lucifer—. Iremos a Ballyclose, y serás tú quien hable.

Phyllida asintió con rigidez, aceptando la condición.

Media hora después llegaron a la gravilla que rodeaba los escalones de la puerta de Ballyclose. Lucifer entregó las riendas al criado y ayudó a bajar a Phyllida, que comenzó a subir delante.

El mayordomo los invitó a entrar con una sonrisa y una reverencia. Después los dejó en el salón para ir a avisar a su amo. Al cabo de un momento estaba de regreso.

—Sir Cedric se encuentra en la biblioteca, si tienen la amabilidad de reunirse con él allí. Señorita, señor...

Lucifer ofreció la mano a Phyllida, que se levantó de la silla en que acababa de instalarse. Con el sombrero por delante, se encaminó a la biblioteca. El mayordomo abrió la puerta de par en par y Phyllida irrumpió con paso regio. Sentado a su escritorio, Cedric se puso en pie sonriente. Phyllida fue hasta la mesa y depositó el sombrero encima del secante.

Cedric lo miró fijamente.

Con expresión impasible, Phyllida le lanzó una mirada casi colérica.

—¿Es tuyo, Cedric?

—No —respondió éste, sobresaltado.

—¿Cómo puedes estar seguro?

Cedric miró a Lucifer, que se había detenido detrás de Phyllida y luego, con cautela, volvió a fijar la vista en ella. Con ademán pausado, tomó el sombrero y se lo colocó en la cabeza.

—Ah. —Fue todo lo que pudo decir Phyllida.

El sombrero le quedaba posado a buena distancia de las orejas. Saltaba a la vista que era demasiado pequeño para él.

A Phyllida la abandonaron las fuerzas y tuvo que buscar un sillón para dejarse caer. Después se cubrió la cara con las manos.

—¡Loado sea Dios!

Lucifer le apoyó la mano en el hombro antes de decir a Cedric:

—Existe una explicación coherente.

—Me alegra oírlo. —Cedric se quitó el sombrero y lo observó—. Pues no me resulta desconocido.

Phyllida se descubrió la cara.

—¿Sabes de quién es?

—Ahora mismo no lo recuerdo, pero ya me vendrá a la memoria. Yo suelo fijarme en los sombreros.

Lucifer cambió una breve mirada con Phyllida.

—Es muy importante que averigüemos a quién pertenece, Cedric —aseguró ésta.

—¿Por qué?

Le hicieron una breve exposición de los hechos.

—Las anotaciones —explicó Lucifer, tras haber aludido con tacto a ellas— te otorgaban un motivo para querer retirar ciertos libros de la biblioteca de Horacio y, teóricamente, eliminar a Horacio.

—¿Porque podrían poner en cuestión mi filiación? —se asombró Cedric.

—Sí. En ese caso, Pommeroy podría reclamar la herencia de sir Bentley.

Cedric la observó un momento, después tosió y paseó la mirada por la habitación.

—En realidad, eso no serviría de nada —afirmó, bajando la voz—. Papá redactó el testamento nombrándome heredero principal. Y en lo que respecta a Pommeroy, si existen dudas acerca de mi filiación, en su caso no las hay. No es hijo de papá.

—¿No? —Phyllida enarcó los ojos.

—No es algo para ir contando por ahí, claro. A mamá no le gustaría nada.

—Ya. —Phyllida sacudió la cabeza.

—Así que ya ves, elucubrando sobre una pista errónea...

Lucifer prosiguió con la explicación, sin omitir nada. La ridícula visión del sombrero encaramado en la cabeza de Cedric lo había tachado definitivamente de la lista de sospechosos. Cedric se tomó con una sonrisa el que durante un tiempo hubiese ocupado el primer lugar. Cuando, con las mejillas ruborizadas, Phyllida le presentó sus excusas, él le restó importancia.

—Tenías que sospechar de todos lo que no estuvieron en la iglesia ese domingo. En realidad, yo no puedo justificar en qué pasé el tiempo...

—Tú quizá no, pero yo sí.

Lucifer y Phyllida se volvieron. Yocasta Smollet se levantó de un sillón que había encarado a las ventanas unos metros más allá. Había permanecido todo el tiempo allí sin que la vieran.

Cedric se puso en pie.

—Yocasta...

Ella le sonrió. Fue la expresión más natural que hasta entonces le había visto Lucifer.

—No te preocupes, Cedric. De todas formas, no voy a quedarme cruzada de brazos viendo cómo se mancilla tu reputación, aunque sólo sea por una sospecha, simplemente para preservar el orgullo de mi hermano. Si debemos dar a conocer lo nuestro, ésta es una ocasión tan buena como cualquiera para empezar.

Situándose al lado de Cedric, Yocasta miró a Phyllida y Lucifer, que se había puesto en pie también.

—Cedric estaba conmigo ese domingo —anunció—, la mañana del domingo que mataron a Horacio.

La noticia tomó tan desprevenida a Phyllida que se quedó sin habla. Con un carraspeo, Cedric acercó una silla a Yocasta.

—Siéntate.

Una vez que lo hubo hecho, Cedric y Lucifer tomaron asiento.

Con las manos juntas en el regazo, Yocasta los miró con serenidad.

—Cedric quería hablar conmigo de nuestro futuro. El domingo por la mañana, cuando mamá y Basil estaban en la iglesia, era el único momento posible. Vino a caballo poco después de que ellos se fueran en el carruaje. El mozo que se hizo cargo de su montura lo recordará. Aunque nos vimos en privado, nuestra ama de llaves, la señora Swithins, estaba en la habitación de al lado y la puerta permaneció entornada. Ella puede confirmar que Cedric estuvo conmigo más de una hora. Se fue justo antes de que volviera mi familia de misa.

—Querida, si les hemos contado todo eso, ya tanto da hacerles partícipes del resto —intervino Cedric—. Yocasta y yo mantuvimos relaciones durante... bien, durante muchos años. Pero cuando hace ocho años le pedí su mano, Basil se negó en redondo. Él y yo tenemos nuestras diferencias. —Cedric se encogió de hombros—. Como Basil no quería ni hablar de matrimonio, yo me puse violento y nos dijimos unas cuantas cosas. Después mamá se enteró y tampoco estuvo a favor de la boda, y todo se complicó. Jocasta y yo dejamos de vernos... nos hemos evitado durante años. Después mamá comenzó a insistir en que me casara, concretamente contigo, Phyllida. Pero cuanto más tiempo pasaba contigo, más pensaba en Yocasta. Me di cuenta de que ella era la única mujer que quería como esposa. —La miró y le tendió una mano, que ella tomó sonriente.

—Cedric intentó hablar con Basil anoche —dijo con el semblante iluminado—, pero todavía se opone a nuestro enlace. De todas formas, hemos decidido que no vamos a desperdiciar más años. Pese a lo que digan Basil o mamá...

—O la mía —agregó Cedric.

—Con o sin su consentimiento, hemos decidido casarnos —concluyó Yocasta.

Conmovida, Phyllida se puso en pie y la abrazó, pegando la mejilla a la suya.

—Me alegro por ti —le dijo.

Con la sonrisa algo forzada, Yocasta se apartó y la miró a los ojos.

—Gracias. Sé que no he sido un modelo de simpatía durante todo este tiempo, pero espero que lo entiendas.

—Por supuesto. —Radiante, Phyllida se volvió para dar un abrazo a Cedric—. Os deseo toda la felicidad del mundo.

—Muy amable por tu parte. —Cedric le dio una palmada en la espalda—. Bueno, al menos ahora ya sabrás el motivo, si mamá viene hecha una furia a llorar en tu hombro.

Lucifer estrechó la mano a la pareja, haciéndolos partícipes de sus mejores deseos, y después se despidieron.

—¡Vaya por Dios! —exclamó Phyllida ya en el carruaje—. ¡Yocasta y Cedric! ¡Quién lo hubiera dicho! A Basil le va a dar un ataque —añadió un instante después.

Sonriendo, se apoyó en el respaldo del asiento, con el sombrero del asesino, de momento relegado a un segundo plano, en el regazo.

17

Al día siguiente, domingo, Lucifer subía a paso vivo por el prado comunal mientras en el cielo azul una brisa marina empujaba las nubes aborregadas. Lucifer se sumó a los parroquianos más rezagados para entrar en la iglesia, donde se situó en un banco de atrás.

Escrutó a los congregados, en busca de Phyllida. La había acompañado a casa la tarde anterior, pero no habían acordado un próximo encuentro. Por ello había dejado a Dodswell vigilando en la mansión, para ir a pedirle que pasara el día con él, mirando libros, leyendo anotaciones, paseando por los jardines... lo que le apeteciera.

Localizó a sir Jasper, sentado al lado de lady Huddlesford y Frederick. La señorita Sweet se halla presente también, pero no vio a Phyllida ni a Jonas.

El órgano subió de volumen y los fieles se pusieron en pie cuando, acompañado de un reducido coro, Filing inició su recorrido. Tras un breve titubeo, Lucifer abandonó su asiento y, con sigilo, se acercó a sir Jasper.

El juez lo recibió con una sonrisa.

—¿Y Phyllida? —susurró Lucifer.

—Tiene jaqueca —repuso en voz baja su padre—. Se ha quedado a descansar.

Jaqueca. Lucifer respiró hondo y retrocedió. Ya en el fondo de la iglesia, se quedó un momento junto al último banco y poco después abandonó el recinto.

Con expresión sombría, bajó por el prado más deprisa aún que de subida. Era lo más normal que Phyllida tuviera una jaqueca. Las mujeres solían tenerlas y, además, utilizaban ese término para referirse a otros trastornos que no era de buen tono mencionar. Cuando llegara a Grange y encontrara a Phyllida acostada en la cama, daría por cierta su indisposición y entonces se liberaría de la corrosiva preocupación que crecía como una marea en su interior.

Hasta entonces, con un criminal suelto que la tenía en el punto de mira, su imaginación estaba lista para dispararse por cualquier cosa. Al llegar al camino, apretó el paso.

Desde la iglesia, se llegaba más rápido a Grange por el pueblo. Al cabo de unos minutos trasponía la verja. Una vez en la puerta, hizo sonar la campanilla y entró sin aguardar.

—¿Phyllida?

Se abrió la puerta de la biblioteca y apareció Jonas, que lo miró con consternación.

—¿No está contigo?

Lucifer se dispuso a responder, pero Jonas se adelantó:

—La he acompañado a la mansión por el bosque. Acabo de volver. Ha dicho que tú normalmente no vas a la iglesia y que estarías en casa.

—Normalmente, pero hoy he ido para recogerla. No obstante, he dejado a Dodswell en la mansión, así que no hay motivo de preocupación. —Se encaminó a la puerta y, una vez en el umbral, se volvió—. ¿Tenía algún motivo concreto para querer verme?

—No. En todo caso no me lo ha explicado. Aunque llevaba ese sombrero marrón, el bolso y una sombrilla, de modo que he deducido que quería que la llevaras a algún sitio.

—Bien. Me enteraré pronto. —Lucifer salió y cerró la puerta tras de sí.

Que la llevara a algún sitio. Mientras abandonaba Grange y se adentraba en el bosque, trató de adivinar qué se traía entre manos Phyllida. Él había asumido que por el momento se hallaban en un punto muerto en lo relativo a su investigación, que necesitaban plantearse el siguiente paso. Por lo visto, ella ya lo había hecho y había encontrado una respuesta. Él sabía muy bien adónde le gustaría llevarla, pero para eso no necesitaba ni sombrilla ni bolso. Habitualmente no llevaba ni lo uno ni lo otro cuando lo visitaba en Colyton Manor.

Apuró la marcha, y al poco echó a trotar. El sendero del bosque era demasiado escabroso para arriesgarse a correr. Lejos de remitir, el pánico no paraba de crecer.

Cruzó a la carrera el huerto y sólo aminoró el paso cuando se halló dentro de la casa. Dodswell salió a su encuentro en el vestíbulo, muy nervioso.

—Gracias a Dios que ha llegado. —Dodswell le tendió un papel—. La señorita Phyllida vino a buscarlo aquí.

—Y yo la buscaba a ella.

Lucifer desplegó el papel y en sus manos cayó otra nota contenida en él. Leyó:

Lucifer: La mandadera ha traído esto justo antes de salir hacia la iglesia. Ha dicho que oyó llamar a la puerta de atrás y al ir a mirar, la encontró en la escalera. Como podrás ver, parece que quizás hemos encontrado por fin al asesino de Horacio, o por lo menos a alguien que sabe a quién pertenece el sombrero. Molly es la modista de lady Fortemain. Quería pedirte que me acompañaras a la cita, pero no ha podido ser. Jonas ya se había ido cuando descubrí que tú no estabas, y no quería llevarme a Dodswell y dejar la mansión sin vigilancia. Si no he regresado cuando vuelvas de la iglesia, podríamos encontrarnos allí o en el camino de regreso.

PHYLLIDA

A continuación había una serie de instrucciones para llegar al lugar. Se centró en la otra nota, la que había recibido Phyllida. En la parte de delante se leía «Señorita Tallent» con una letra inconfundiblemente femenina. Leyó:

Señorita Tallent:

Como sabrá, trabajo en Ballyclose, y oí que usted estaba preguntando por el propietario de un sombrero marrón. Yo conozco a un caballero que ha perdido un sombrero marrón, pero no sé si está bien decir quién es, por lo menos sin estar segura si ése es su sombrero.

No quisiera que se enterase nadie, y menos ese caballero, que he hablado con usted. No tengo casi tiempo libre, pero puedo escabullirme de la casa el domingo mientras todos están en la iglesia. Si quiere que mire ese sombrero que tiene para ver si es el que yo pienso, venga a verme a la vieja casa Drayton durante la misa, y procuraré ayudarla.

Atentamente,

MOLLY

La nota parecía auténtica. No era difícil imaginarse a una modista trazando con minucia las letras.

Lucifer aguardó a que el pánico cediera, pero no fue así. Su parte visceral se encontraba en estado de alerta máxima, azuzándolo cual diabólico demonio con un candente tridente para que actuara de inmediato. Tenía el cuerpo tenso a causa de la acuciante necesidad de pasar a la acción.

Con un juramento, plegó las notas.

¿Era intuición lo que le susurraba que Phyllida no estaba a salvo, que en realidad se precipitaba hacia el peligro? ¿O era un instinto primario el que insistía en que ella no estaba a buen recaudo si no se hallaba a su cuidado? ¿O era simple pánico, el miedo cerval a que, cuando la perdía de vista, pudieran arrebatársela?

Apartando esos interrogantes, trató de descifrar las instrucciones de Phyllida. La vieja casa Drayton se encontraba al norte, más allá de los campos que bordeaban el camino que conducía a Dottswood y Highgate. Había oído comentar que estaba abandonada. Pese a que la lógica le decía que todo estaba en orden, que el asesino no podía saber que Phyllida se había ido caminando sola por ese lado, también le decía que la casa Drayton era un lugar de cita algo extraño para que lo propusiera una mujer que tenía que ir a pie desde Ballyclose.

«¿Quién puede saber cómo funciona el cerebro de las mujeres?» Ése era el comentario que había efectuado él unos días antes en relación a Phyllida.

—Iré a buscar a la señorita Tallent —anunció, guardando los papeles en el bolsillo.

—Yo esperaré aquí, por si viene alguien —dijo Dodswell.

El itinerario estaba claro hasta la confluencia del estrecho sendero de la loma con el camino del pueblo. A partir de allí, Lucifer consultó varias veces las indicaciones de Phyllida mientras recorría caminos y campos, trasponía cercas y rodeaba bosquecillos. El sol caía vertical. Habría sido un agradable paseo si no hubiera estado tan tenso. Después de sortear un grupo de árboles, se detuvo para mirar las instrucciones. La brisa cambió de dirección, trayendo olor a humo. Irguió la cabeza para olisquear el aire y de nuevo percibió el mismo olor. Tras lanzar una somera ojeada a la nota, la guardó en el bolsillo y echó a correr.

Le quedaba otro campo por cruzar, puesto que la casa abandonada estaba en el claro del otro lado. Atravesó a la carrera el terreno cercado, pese a que la vegetación le llegaba hasta la rodilla. Los árboles tapaban lo que había más allá, pero el humo se distinguía en la brisa. Traspuso la verja y mientras se precipitaba entre los árboles oyó un crujido.

Al salir de la arboleda, vio la casa en llamas. La puerta estaba abierta. Corriendo por el camino enlosado de lo que antaño fuera el jardín, advirtió que alguien la había apuntalado. Las ventanas estaban abiertas también.

Del viejo tejado de paja reseca ya emergían las llamas. El aire que entraba por las ventanas y la puerta alimentaba la hoguera.

De la puerta brotó una bocanada de humo, como si tratara de disuadirlo de entrar. Tras un acceso de tos, se volvió para llenarse los pulmones antes de abalanzarse al interior.

El inmediato lagrimeo de los ojos le enturbió la visión. Aun así, apenas habría visto algo a causa del humo, arremolinado como una tangible mortaja, más densa a cada segundo. Palpó las paredes a derecha e izquierda. Se encontraba en un pasillo. Con la cabeza gacha y la nariz y la boca protegidas por un pañuelo, avanzó a tientas.

Madera... el marco de una puerta. Se adentró por ella. Tropezó con algo que le hizo caer de rodillas. El fuego avanzaba con un crepitante rugido por el techo de la habitación, hasta lamer con voracidad el montante del marco en busca del oxígeno de fuera. A gatas, Lucifer tuvo otro acceso de tos. Había perdido el pañuelo y apenas lograba respirar. Le escocían los pulmones.

¿Contra qué había chocado? Palpó un bulto, y poco faltó para que diese un grito de alivio cuando notó el contorno de una pierna, una pierna de mujer. ¿Sería Phyllida o la modista? Siguió tentando a velocidad febril, recorriendo el cuerpo, hasta llegar a la cabeza. Era Phyllida. El tacto de su sedoso pelo era un deleite que recordaba muy bien. La forma de su cabeza apoyada en su mano había quedado grabada en su mente. El alivio fue tan grande que permaneció quieto, tratando de asimilarlo. Tendida boca abajo, Phyllida respiraba aún, pero a duras penas. Él mismo tenía dificultades para respirar; le costaba concentrarse, pensar.

En el techo sonó un largo y lastimero crujido, seguido de un chasquido semejante a un disparo. Otra lengua de crepitantes llamas abrasó el aire por encima de ellos, consumiéndolo. El calor se acentuó con intensidad. Ya no podía llenar el pecho. Aspirando a pequeños soplos, se puso en pie, tambaleante, sin erguir la espalda. Después tomó a Phyllida por la cintura y, trastabillando, se la echó al hombro.

Una lluvia de cenizas descendió del techo cuando se volvió hacia la puerta. Dio dos pasos vacilantes hasta percibir la jamba. La cabeza de Phyllida oscilaba tras él, chocando contra su espalda. Sujetándola por las piernas, salió al pasillo y con trabajoso paso se encaminó a la puerta. No valía la pena mirar arriba: el techo tenía un rojo candente tras la espesa capa de humo que los envolvía.

Topó contra la pared del pasillo y después tropezó y cayó. Alargó una mano y tocó el borde de una puerta. La cabeza le daba vueltas. Se paró, mareado y aturdido. Arriba sonó un chasquido, que precedió a una lluvia de madera ardiendo. Un trozo le alcanzó la mano y otros cayeron sobre la falda de Phyllida. Inspiró sin alcanzar a tragar aire y luego sacudió los fragmentos encendidos de la falda de Phyllida. Aunque quedó chamuscada, la tela no había prendido. Una ráfaga de aire fresco llegó hasta él, mientras por detrás y por arriba rugía el fuego.

Lucifer inspiró hondo el oxígeno de la supervivencia, lo retuvo y pugnó por levantarse. Franqueó tambaleante el umbral y dio tres pasos por el sendero antes de derrumbarse. Habían superado lo peor, pero no estaban libres de peligro. Todavía se encontraban demasiado cerca.

Tosiendo, casi a punto de vomitar, miró atrás y pestañeó para apaciguar el escozor de los ojos. El hueco de la puerta estaba rodeado de voraces llamas. Las ventanas escupían humo y detrás de los alféizares bailaba el fuego. Si la modista Molly estaba dentro no podría salvarla. Observó a Phyllida, que yacía inconsciente a su lado. Inspiró hondo y sintió cómo el aire penetraba hasta los pulmones. Jadeante, se incorporó de rodillas tan sólo. No logró ponerse en pie.

Mareado, rodeó a Phyllida con un brazo y pegada a su costado, la arrastró consigo reptando por la hierba, tomando la ruta más directa para alejarse de la casa. Llegó a un punto donde el terreno iniciaba una pendiente hacia los árboles. Entonces se tumbó boca arriba, atrajo a la inconsciente Phyllida hasta él y con la cara apoyada contra su pecho y la cabeza y los hombros protegidos bajo sus brazos, se puso a rodar.

El impulso los llevó casi hasta abajo. Se detuvieron en una repisa cubierta de mullida hierba, por fin a salvo de las llamas. Lucifer alzó la cabeza para mirarla. Las llamas que asomaban por todas las ventanas lamían con voracidad las paredes. Se había convertido en una trampa mortal. A su lado, Phyllida seguía inconsciente, respirando apenas, pero viva.

Exhalando, Lucifer cerró los ojos y se dejó caer sobre la hierba.

El viento cambió de dirección, llevando el olor a humo hasta el pueblo. En aquella época del año, los incendios suscitaban una reacción inmediata. Los hombres acudieron corriendo portando horcas, sacos, cubos y todo cuanto sirviese para sofocar el fuego.

Los hermanos Thompson fueron los primeros en llegar. Unos fueron a pie, otros a caballo. Mozos de cuadra, gañanes, criados y amos, todos se presentaban por igual. Lucifer atisbó a Basil, que iba de un lado a otro gritando órdenes. En mangas de camisa, Cedric empuñaba una horca con la que desmenuzaba la paja caída, dispersándola de manera que los otros pudieran sofocar las llamas golpeándolas con sacos.

Concentrados en el incendio, nadie los vio. Lucifer permaneció con la cabeza palpitante, demasiado débil para moverse, escuchando la casi inaudible respiración de Phyllida. Ese sonido era lo único que lo mantenía consciente, con cierto grado de lucidez.

Después las llamas comenzaron a vacilar, perdiendo fuelle. La casa se había quemado casi hasta los cimientos. Thompson, que se alejó por el jardín para tomarse un respiro, fue el primero que los vio. Con una exclamación de sorpresa, echó a correr pendiente abajo. Otros lo imitaron. Lucifer hizo acopio de fuerzas e indicó por señas a Thompson que se acercase. Con la ayuda del fornido herrero, consiguió incorporarse. Tenía quemaduras en el dorso de las manos y en los dedos. Si bien el pelo había sufrido apenas estragos, la chaqueta había quedado estropeada, con un sinfín de chamuscaduras en los hombros y la espalda. Enseguida se formó un corro en torno a ellos. Oscar, Filing, Cedric, Basil, Henry Grisby y otros, todos con la consternación patente en la cara. Lucifer se aclaró la garganta.

—La he encontrado sin conocimiento en la casa —logró articular—. El incendio ya estaba bastante avanzado.

Filing se abrió paso entre los demás y se acuclilló junto a Phyllida, que estaba boca abajo. Con suavidad, el sacerdote la movió lo justo para comprobar que aún respiraba. Después la depositó sobre la blanda hierba.

—Tendremos que sacaros de aquí —observó—. Phyllida necesita que la lleven a su casa.

Lucifer cerró los ojos. Todavía le daba vueltas la cabeza.

—¿Y sir Jasper?

—Los de Grange han salido de misa antes de que dieran la alarma.

Lucifer no supo si era lo mejor. Sir Jasper se habría quedado conmocionado, pero aun así habría tomado las riendas de la situación. Él no se hallaba en condiciones de hacerlo en ese momento.

Basil se puso de cuclillas al lado de Phyllida y le retiró un mechón de pelo que le había caído en la cara. Estaba desencajado. Phyllida tenía chamuscaduras en el cabello. Su vestido azul había salido peor parado, peor aún que la chaqueta de Lucifer. Por fortuna, llevaba un vestido de paseo de batista y no uno de los muchos que tenía de muselina. Con suerte, tal vez no hubiera sufrido ninguna quemadura de consideración. Basil palideció. Lo mismo les había ocurrido a los otros. Henry Grisby contuvo la respiración antes de adelantarse a ofrecer sus servicios.

—Dottswood es la propiedad más próxima. Tengo un carro que puedo subir por el camino viejo. No es que esté muy cerca, pero...

—Sí, Henry —aprobó Filing—. Es la mejor propuesta. Vaya, rápido.

Henry retrocedió, con la mirada fija en Phyllida. Luego se volvió y comenzó a subir la cuesta, cada vez más deprisa. Al llegar arriba echó a correr.

—Terrible, terrible. —Igual de afectado que los demás, Cedric se enderezó, esforzándose por recobrar la compostura—. ¿Ha tenido algo que ver con ese sombrero? —preguntó a Lucifer.

Éste lo miró, antes de posar la vista en la casa calcinada.

—Creo que Phyllida lo llevaba.

Phyllida recuperó el conocimiento en el trayecto hacia la granja. El suave traqueteo, unido a la fresca brisa, la devolvieron a la realidad. Abrió los ojos y de inmediato se vio aquejada por un acceso de tos.

Una firme mano le estrechó la suya.

—Tranquila. Ya ha pasado.

Alzó la vista y con los ojos escociéndole vio aquella cara, la única que había tenido presente en el momento en que pensó que sería el último de su vida. Su último instante de lucidez había estado cargado de pesar por lo que ya no tendrían ocasión de compartir. Cerró los ojos y, dejando caer la cabeza, dio gracias en silencio. El destino había sido bondadoso, concediéndoles otra oportunidad.

Deslizó los dedos entre los de él.

—¿Quién me ha salvado? —preguntó, reparando en que tenía la chaqueta quemada de modo irreparable.

—Chist... No hables.

Oyó un roce procedente del pescante del carro y luego identificó la voz de Henry Grisby:

—Lucifer la ha salvado... Gracias a Dios.

Lucifer había sido elevado, al parecer, de la condición de demonio a la de dios, cuando menos a ojos de Henry. Y no sólo a ojos de éste. Phyllida le apretó los dedos, aliviada hasta lo indecible por el hecho de sentirlos fuertes y firmes en torno a los suyos.

Las horas posteriores fueron una confusión de sonidos vagamente percibidos. Al borde del mareo, sentía una opresión en el pecho y era incapaz de mantenerse en pie, de hablar y moverse apenas, ni siquiera la cabeza. Los ojos le escocían, pero por lo menos veía... por lo menos estaba con vida. Cada vez que lo pensaba, se echaba a sollozar con lágrimas de gozo, alivio y una emoción demasiado abrumadora para reprimirla.

Su padre estaba apabullado. Ella intentó tranquilizarlo, aunque no sabía si hablaba con coherencia. Jonas la trasladó arriba, pero fue Lucifer quien se quedó junto a su cama. Tras él, Sweet, Gladys y su tía iban y venían, se agitaban y hablaban en susurros. Lucifer se inclinó hacia ella, con la cara tiznada y la expresión más tierna que había visto nunca en él.

—Descansa —le dijo tras rozarle los labios con los suyos—. Cuando despiertes estaré aquí. Entonces hablaremos.

Los párpados de Phyllida se cerraron por impulso propio. A ella le pareció que había asentido con la cabeza.

Las sombras del atardecer se alargaban en su dormitorio cuando despertó. Se quedó tumbada sin más, saboreando la sensación de estar viva.

Con la ayuda de Sweet y de su tía, se había quitado la ropa estropeada y luego se había bañado. Le había pedido a Sweet que le cortara las mechas de pelo chamuscadas. Gladys había traído un ungüento. Después de untarse todas las quemaduras superficiales, se había puesto un camisón de algodón fino y se había acostado. La habían dejado sola y se había dormido. Había sido como caer a un profundo pozo negro, silencioso y calmado.

Se encontraba mucho mejor. Con prudencia, trató de incorporarse y, ya sin aprensión, sacó las piernas de la cama. Agarrada a ésta, se puso en pie. Las piernas parecían ilesas. Notaba alguna punzada que otra, las quemaduras y magulladuras, pero nada que le imposibilitara el movimiento.

Tuvo un acceso de tos y un dolor lacerante le atenazó el pecho. Se aferró a la cama, tratando de controlar la respiración. Sentía la garganta como una llaga, hasta el punto que le dolía respirar hondo, con la tos al acecho. Una vez que se calmó ésta, se puso en pie y caminó con cuidado hasta la campanilla.

Su doncella, Becky, acudió a ayudarla. Veinte minutos más tarde, Phyllida se volvía a sentir humana, resucitada. Ataviada con un vestido lavanda claro orlado con un volante y una cinta de tono más oscuro, un pañuelo de gasa en el cuello, perfumada con colonia, con el pelo liso y aliñado de nuevo, se encontraba lista para afrontar lo que hubiera más allá de la puerta de su habitación.

La doncella la abrió. Antes de cruzar el umbral, Lucifer se hallaba ya delante.

—Deberías haber avisado —la reprendió ceñudo—. Habría... Le habría dicho a Jonas que te bajara.

Phyllida sonrió con toda el alma y lo miró a los ojos. Después dejó vagar la mirada, reparando en que él también se veía descansado y recuperado. Vestía una chaqueta de aquel azul oscuro que tan bien armonizaba con los ojos y confería a su cabello la negrura del azabache. El examen disipó la tenue desazón que se había instalado en su corazón y de la que no había tenido conciencia hasta ese momento.

—No deberías caminar —le advirtió él con voz ronca.

Phyllida le observó el duro semblante antes de responder.

—¿Por qué no? Tú bien que caminas.

Lucifer frunció el entrecejo, intentando leer en sus ojos.

—A mí no me han dejado sin conocimiento de un golpe.

—¿A mí sí?

—Sí.

—Bueno, pues ahora estoy consciente. Si me das el brazo, estoy segura de que conseguiremos llegar abajo.

Lucifer lo hizo y la acompañó con solicitud por la escalera y el recorrido hasta la biblioteca, pero, tal como había predicho Phyllida, llegaron sin percance.

De pie ante la puerta de la biblioteca, Phyllida lo miró a los ojos. Después adelantó un dedo y le recorrió la mejilla, tal como había hecho por vez primera dos semanas atrás.

—Cuando actuamos juntos somos invencibles. —En principio quería hacer alusión sólo al descenso a la planta baja, pero se dio cuenta de que el comentario tenía implicaciones más amplias. Alzó la vista y se topó con su mirada azul.

Él le tomó la mano y le dio un beso en la palma.

—Eso parece —dijo.

Le retuvo un momento la mirada antes de adelantarse para abrir la puerta.

Su padre se levantó cuando entraron, y Cedric también. Jonas se hallaba de pie junto a los ventanales.

—¡Querida hija! —Sir Jasper se acercó con cara de preocupación.

—Papá. —Phyllida puso las manos entre las suyas y correspondió a su beso—. Ya me encuentro mucho mejor y quiero explicarte lo que ha ocurrido. —Tenía la voz igual de rasposa que Lucifer.

—¡Ay! —Sir Jasper la miró, dubitativo—. ¿Seguro que estás en condiciones?

—Completamente.

Apoyándose de nuevo en el brazo de Lucifer, dejó que la condujera hasta la *chaise longue*. De camino saludó con la cabeza a Cedric.

—He creído que Cedric debía estar presente —murmuró Lucifer al tiempo que la depositaba en el diván—. Puede ser útil para clarificar ciertos puntos.

Phyllida asintió y recostó la espalda. Lucifer le había asido los tobillos para depositarlos sobre el acolchado asiento. En otra ocasión, ella habría vuelto a bajarlos con airada actitud. Ahora, en cambio, se limitó a moverlos un poco para encontrar la postura más cómoda.

—Bueno. —Su padre carraspeó y tomó asiento en un sillón cercano—. Si estás decidida a explicarlo esta noche, mejor será que empecemos, ¿no?

—Tal vez, para que Phyllida no fuerce la garganta —intervino Lucifer, instalándose al lado de la *chaise longue*—, yo podría exponer las líneas generales, de modo que sólo tenga que describir los acontecimientos que únicamente ella conoce.

Sir Jasper asintió, lo mismo que Cedric. Jonas no se movió de su posición junto a la ventana, expectante ante las palabras de Lucifer.

—Para empezar, aclararé que en nuestras investigaciones hay ciertos elementos que afectan a otras personas no involucradas ni en el asesinato de Horacio ni en las agresiones sufridas por Phyllida, por consideración a las cuales tanto yo como ella debemos guardar discreción. Si estáis dispuestos a aceptar algunos de nuestros descubrimientos sin explicaciones detalladas acerca de su desarrollo, podremos mantener la confidencialidad que se merecen sin que ello redunde en perjuicio de nuestra exposición.

—Por supuesto —aprobó sir Jasper, que no en vano era juez—. A veces, las cosas son así. Si la mención de detalles innecesarios puede perjudicar a alguien que no ha hecho nada malo, no es preciso que se aireen.

—De acuerdo, pues —asintió Lucifer—. Phyllida vio un sombrero en el escenario del crimen poco después del asesinato, pero luego dicho sombrero desapareció. Ni Bristleford ni los Hemmings alcanzaron a verlo. No era de Horacio. Cuando las agresiones contra Phyllida resultaron a todas luces intencionadas, ella llegó a la conclusión de que el sombrero podía delatar al asesino, o que al menos eso cree éste. Aparte de eso, Phyllida no sabe nada más que pueda explicar el interés del asesino por ella.

—¿Reconoció Phyllida el sombrero? —inquirió sir Jasper.

—No. Ignora a quién pueda pertenecer, pero aun así las agresiones contra ella demuestran que el asesino cree que, en un momento u otro, lo recordará, y que por tanto constituye una amenaza para él.

—¿Cómo supo el asesino que Phyllida vio el sombrero? —preguntó Jonas.

—Lo ignoramos. Cabe suponer que estaba escondido y que vio cómo ella reparaba en él. Phyllida se mantuvo alerta por si volvía a ver el sombrero, que era marrón —prosiguió Lucifer—. Mientras tanto, yo me basé en la hipótesis de que la muerte de Horacio fue consecuencia de algo que hay en su biblioteca, por ejemplo, alguna información oculta en un libro que el asesino quiere eliminar. Pues bien, encontramos información comprometedora, y también, contra todo pronóstico, el sombrero marrón.

»Tanto la información como el sombrero apuntaban a Cedric, pero cuando fuimos a hablar con él quedó claro que él no es el asesino. El sombrero le iba pequeño y la información no tenía la importancia que parecía en principio. Además, Cedric disponía de una sólida coartada para el lapso de tiempo en que mataron a Horacio. Ayer lo aclaramos todo. Esta mañana, antes de ir a la iglesia, Phyllida recibió esta nota.

Lucifer extrajo el papel del bolsillo y lo tendió a sir Jasper. Tras leerlo, éste lo ofreció con expresión sombría a Cedric.

—¿De modo que no tenías jaqueca? —le dijo a su hija.

—No —reconoció ésta, ruborizándose—. Molly exigió que nadie lo supiera. Le pedí a Jonas que me acompañara a la mansión, con la intención de enseñarle la nota a Lucifer y que él fuera conmigo hasta la casa.

—Pero yo no estaba. Había ido precisamente en tu busca.

—Yo había dado por sentado que la nota era auténtica, así que como no encontré a Lucifer fui sola, pensando que no corría peligro, puesto que el asesino no podía saber que me había ido caminando por ese lado.

Cedric devolvió el papel a sir Jasper.

—Quienquiera que lo haya escrito, no fue Molly. Se ha ido a Truro a visitar a su familia y, además, esa muchacha no sabe leer ni escribir más que unas palabras. Mamá no para de lamentarse porque tiene que escribir ella misma la lista de las cosas que hay que comprar.

—El caso es que —continuó Lucifer— alguien escribió la nota tomando la precaución de darle una apariencia inofensiva y creíble al mismo tiempo. Phyllida conocía a Molly, y habíamos encontrado el sombrero cerca de Ballyclose Manor. Nadie vio quién dejó el mensaje aquí. Jonas ya ha preguntado a toda la gente que trabaja fuera y dentro de la casa.

—Hummm —murmuró sir Jasper—. Sea quien sea, es listo y tiene mucho cuidado en que nadie lo vea.

—De lo que se desprende —dedujo Jonas— que si lo vieran, la mayoría de la gente sabría quién es.

—En efecto —coincidió Lucifer—. Yo pienso lo mismo. Es alguien muy conocido en el pueblo. Eso seguro.

—¿Y qué ocurrió después? —preguntó sir Jasper a su hija.

Phyllida respiró con precaución.

—Cuando llegué a la casa, la puerta estaba abierta, como si hubiera alguien dentro. Entré llamando a Molly, pero nadie respondió. Fui hasta el salón y no encontré a nadie... —Hizo una pausa para inspirar a fin de aflojar la tenaza paralizante del miedo y recordarse que había sobrevivido.

Lucifer se levantó y rodeó la *chaise longue* para situarse detrás. Le tomó la mano y la estrechó. Phyllida alzó la vista. Aunque tenía el semblante desencajado, el contacto de su mano le dio fuerzas.

—Estaba a punto de volverme —prosiguió—, cuando me cayó en la cabeza una tela negra. El hombre me agarró por el cuello con las dos manos y apretó. Intenté resistirme, pero en vano. La presión continuó, pero como la tela era demasiado gruesa no conseguía estrangularme.

Lucifer le miró el cuello y advirtió los morados incipientes, en gran medida tapados por el pañuelo que se había puesto.

—Creo que perdió los nervios, porque se puso a proferir maldiciones y murmurar diciendo que yo llevaba una vida regalada. De todas maneras, tenía la voz tan... tan cargada, que a través del paño no pude reconocerla.

—Pero ¿era el mismo individuo que te atacó antes? —inquirió sir James.

—Sí, el mismo que me agredió en el cementerio. —Vaciló un instante antes de continuar—. Todavía me sujetaba, pero soltó una mano. Entonces me eché atrás. Creo que me golpeó con algo.

Lucifer tocó el chichón que tenía detrás de la oreja y que había descubierto mientras iban en el carro.

—Aquí. —De haberle dado dos centímetros más adelante, como al parecer era su intención, la habría matado.

—No recuerdo nada más —dijo Phyllida mirándolo—, hasta que desperté en el carro.

Lucifer querría haber sonreído, sólo un poco, para reconfortarla, pero no pudo.

—Estabas inconsciente. Ese canalla dio por supuesto que morirías en el incendio.

—Ha faltado bien poco.

Lucifer le estrechó la mano y después se dirigió a sir Jasper.

—Yo iba a la casa para reunirme con Phyllida cuando noté olor a humo. —Describió con brevedad cómo la había encontrado—. Y después, por suerte, llegaron los demás.

Con la cabeza inclinada, sir Jasper meditó un momento.

—¿Y el sombrero? —preguntó.

—Quedó en la casa —repuso Phyllida.

—Yo no lo vi —dijo Lucifer—. El humo era tan espeso que a Phyllida la encontré a tientas. Cabe suponer que el sombrero ha quedado reducido a cenizas.

—¿Serviría confeccionar una lista de todos los hombres de la zona que llevan sombrero marrón? —planteó sir Jasper.

—Ya lo intenté —dijo su hija—. Incluso con el sombrero en la mano, no conseguí recordar a ninguno tocado con él.

—En ese caso, no creo que tenga sentido declarar sospechosos a todos cuantos llevan sombrero marrón, porque eso podría representar la mitad del condado. Hasta yo mismo llevo sombreros marrones.

—Tiene razón —asintió Lucifer—. Mal que me pese admitirlo, seguimos tan desorientados como el día en que murió Horacio. Cuando teníamos el sombrero, yo quería proponer que lo enseñáramos por todo el pueblo, ya que aunque Phyllida no lograba identificarlo, cabía la posibilidad de que alguien sí lo reconociera. A Cedric le resultó familiar. Sin embargo, el asesino pasó a la acción. Quienquiera que sea, es inteligente y posee recursos para reaccionar. Si hubiéramos enseñado el sombrero a la gente, es posible que lo hubiéramos desenmascarado, pero él se adelantó y lo quitó de en medio, y por poco no elimina también a Phyllida. Es implacable y peligroso.

—Lo único que sabemos —apuntó Jonas— es que probablemente sigue creyendo que, en un momento u otro, Phyllida recordará a quién pertenecía el sombrero.

—La verdad es que nunca lo recordaré —se lamentó ella con un suspiro—. Es como si la primera vez que lo vi hubiera sido en la mesa del salón de Horacio después de su asesinato.

Dicha conclusión no remedió en nada la desazón de todos. Lucifer fue quien expresó con palabras su impotencia.

—Lo único que nos queda hacer es rezar para que el asesino se dé cuenta de que Phyllida no representa una amenaza para él.

18

Cedric se excusó antes de regresar a Ballyclose y, ante la insistencia de sir Jasper, Lucifer se quedó a cenar en Grange.

La cena fue un acto de familia. Todos los presentes estaban absortos, pensando en lo ocurrido. Incluso lady Huddlesford habló en contadas ocasiones y lo hizo en voz baja, lejos de su habitual tono imperioso. El único momento de interés se produjo cuando Percy anunció que había decidido marcharse al día siguiente para disfrutar de «la agradable compañía de unos amigos de Yorkshire». Tras recibir con un inexpresivo silencio la noticia, todos volvieron a concentrarse en la comida.

Cuando las damas se hubieron retirado al salón y el oporto ya estaba servido en la mesa, Percy se ausentó para preparar el equipaje.

Frederick se trasladó a una silla contigua a la de Jonas.

—Qué situación más terrible —comentó—. ¿Puedo hacer algo?

La pregunta, el primer indicio de que Frederick pensaba en algo más que en sí mismo, los sorprendió a los tres.

—Pues no se me ocurre nada, hijo —respondió con amabilidad sir Jasper—. No se puede hacer gran cosa... por lo menos de momento.

Lucifer no estaba tan seguro.

—¿Podríamos hablar un momento a solas? —pidió a sir Jasper.

—Ven, Frederick —dijo Jonas, poniéndose en pie—. Vamos a estirar las piernas un poco.

Frederick murmuró unas palabras de despedida antes de abandonar la sala en pos de Jonas.

—Se te ha ocurrido algo, ¿verdad? —preguntó sir Jasper, expectante.

—En cierta manera, sí. Lady Huddlesford ha mencionado antes que esperan invitados para mañana.

—¡Por los clavos de Cristo! —exclamó sir Jasper—. Lo había olvidado. Mi hermana Eliza, su marido, y su prole llegan mañana. Se quedan unas semanas todos los veranos. —Miró a Lucifer—. Tienen seis hijos.

—Aunque estoy seguro de que ella afirmará lo contrario, dudo que Phyllida esté en condiciones de enfrentarse a una invasión así en este momento.

—Sí... las cuatro niñas son una plaga, y suelen pegarse como lapas a Phyllida.

—Esta vez no podemos permitirlo.

—Por supuesto que no. Aunque no veo cómo se puede impedir que la molesten... —Sir Jasper sacudió la cabeza—. Contigo no voy a andarme con disimulos, hijo. Estoy preocupadísimo por Phyllida.

—Igual que yo. Por esa misma razón querría proponer que Phyllida se aloje como invitada en Colyton Manor en tanto el asesino ronde suelto y tengamos motivos para pensar que corre peligro. Soy consciente de que puede parecer algo impropio, pero ya le manifesté mis intenciones con respecto a ella y éstas siguen firmes. Phyllida, por su parte, también está al corriente.

—¿Y no lo ha rechazado?

—No, pero aún no ha dado su consentimiento. —Lucifer volvió a sentarse—. De todas maneras, mi interés principal es su seguridad. Después del incidente del intruso que entró por la noche, encargué cerraduras nuevas para todas las puertas y ventanas de la mansión. Ya han llegado. Thompson comenzó a instalarlas ayer y en estos momentos está terminando el trabajo. Con esta medida, la mansión será un sitio totalmente seguro. No se puede decir lo mismo de Grange. Ocurre igual con la mayoría de las casas de campo.

—Cierto. No es que haya necesidad, normalmente.

—Exacto, pero ésta es una situación especial. También hay que tener en cuenta que mis criados no tienen ningún invitado que atender, con lo que se ocuparán de que a Phyllida no le falte nada y esté protegida en todo momento. Desde luego, he pensado que la señorita Sweet podría acompañarla para guardar las formas.

—Bien pensado. Por mi parte, dada la gravedad del caso, agradezco la propuesta y me da igual que se guarden las formas o no. Aunque como las damas dan tanta importancia a esas cosas, mejor será que procuremos hacerlo todo en regla.

—Coincido con usted.

—Tal como dije en otra ocasión, el permiso que necesites, puedes considerarlo concedido. —Hizo una breve pausa—. ¿Crees que aceptará?

—Eso déjelo de mi cuenta —repuso Lucifer con semblante impasible.

—¿Adónde me llevas?

Phyllida lo miró a la espera de una respuesta. Lucifer caminaba a grandes zancadas por el bosquecillo, llevándola en brazos. Habían salido a dar un paseo al claro de luna por el prado de césped, pero después él la había alzado en volandas y se había internado entre los setos.

Todavía tenía la garganta dolorida y, pese a haber dormido varias horas, estaba cansada. Había faltado poco para que se olvidara de impartir instrucciones para que preparasen las habitaciones en previsión de la llegada de la familia de su tía al día siguiente. Mientras hablaba con Gladys, Lucifer había estado charlando con Sweet y a continuación se había presentado y la había embaucado haciéndole creer que un paseo por los jardines con el fresco de la noche la ayudaría a respirar mejor.

De pronto rememoró la expresión pícara de Sweet cuando, tras despedirse de Lucifer, se había marchado escaleras arriba. Apretó los brazos en torno al cuello de Lucifer, viendo que se hallaban casi al final del bosquecillo.

—Para.

Él no le hizo caso. Siguió hasta cruzar el hueco del seto que desembocaba en el sendero del bosque. Entonces Phyllida se relajó entre sus brazos.

—Me llevas a la mansión. ¿Por qué?

Lucifer guardó silencio un momento y se detuvo en un lugar donde penetraba la luz de la luna. Él le veía la cara bañada de plata, aunque ella apenas percibía un atisbo de la suya.

—Tendrás que dejar que cuide de ti.

Aun sin estar segura de que la frase incluyese la menor interrogación, se planteó cuál sería su respuesta. Ella era la que siempre se ocupaba de los demás, hasta el punto de que no recordaba la última vez que alguien había cuidado de ella.

Lucifer la desplazó un poco en sus brazos, atrayéndola, rodeándola no tanto como para hacerla sentir atrapada, sino sólo a salvo. Totalmente a salvo.

—Tienes que dejar que te proteja. —Esta vez las palabras sonaron más dulces, como un ruego.

Phyllida trató de descifrar la expresión de sus ojos, pero no pudo. No había, con todo, una persona más capacitada para protegerla que él. Además, Lucifer sabía que ella necesitaba protección.

Se había estado preguntando cómo iba a hacer para conciliar el sueño, aun a pesar del cansancio. El miedo y el pánico que la habían invadido en la casa incendiada permanecían al acecho, como una sombra en un reducto de su conciencia. Dormiría mucho mejor sabiendo que él estaba cerca. Por otra parte, si quería que en su matrimonio compartieran todo, que cada cual diera y recibiera, entonces tal vez aquélla era una de esas ocasiones en que debía dar... y recibir.

—Muy bien. —Y agregó—: Si así lo deseas.

El quedo bufido que exhaló él le dio a entender lo absurdo de aquella precisión.

—Sweetie está preparando tus cosas —explicó, poniéndose en marcha de nuevo—. Ella también se quedará, para no dar lugar a las habladurías. Llegará en el carruaje. Nosotros no corremos peligro en el bosque, porque nadie podría prever que estamos aquí.

Phyllida reflexionó un momento.

—Ese hombre, el asesino, ha actuado siempre así, ¿verdad? Ha planeado con meticulosidad todos sus ataques. Incluso esa vez en Ballyclose, era casi como si hubiera estado vigilando, como si lo tuviera todo calculado.

—Sí. Sabía que estábamos buscando un sombrero marrón y que Cedric los tenía por montones y que tú lo sabías. Todo el mundo sabía además que esa noche estaríamos en Ballyclose los dos.

—De lo que se desprende que el asesino conoce bien a la gente de Ballyclose. Sabía dónde guarda Cedric los sombreros.

—Sí. Por otra parte, tú mencionaste que sir Bentley estuvo enfermo durante un tiempo. Seguro que recibía a diario en su dormitorio y que allí acudía la mayoría de la gente distinguida de la zona.

—Sí —concedió ella—, pero el asesino conocía también a Molly. Y sabía que yo la conocía.

—Tienes razón.

Veinte minutos más tarde salieron de la arboleda. Colyton Manor se erguía ante ellos, pálida y maciza, como un moderno castillo. En la cocina brillaba una acogedora luz y en la puerta de atrás había una lámpara. Se abrió sin necesidad de que llamaran. La señora Hemmings se asomó con cara de regocijo.

—Bienvenida, señorita Phyllida. No sabe cuánto nos alegra que esté sana y salva. —Retrocedió para dejar paso a Lucifer y luego lo siguió pisándole los talones—. Ahora, no tiene más que dejar que el amo la conduzca arriba a la habitación del viejo amo. Es la más grande, y yo me he esmerado en que esté acogedora. La cama es grande y bonita. Lo único que tiene que hacer es acostarse y dejar que nosotros nos ocupemos de todo.

La voz de la señora Hemmings traslucía una ansiosa expectación. Mientras Lucifer iniciaba el ascenso de la escalera, Phyllida observó su impasible actitud y se preguntó a qué se había comprometido en realidad al acceder a quedarse allí.

Tres horas más tarde, permanecía acostada en la gran cama del antiguo dormitorio de Horacio, la misma que, sin que lo supiera la señora Hemmings, había ocupado ya en otra ocasión, escuchando los graves tañidos que expandía el reloj de pared del rellano por la silenciosa casa.

Doce resonantes tañidos precedieron el regreso del silencio, más denso aún que antes. Más allá de la mansión, en el pueblo y las viviendas de los alrededores, todo el mundo dormía. En algún sitio había un asesino, ¿dormido o despierto?

Rebullendo, se colocó de costado, cerró los ojos y aguardó a que viniera el sueño. En lugar de ello, la negrura se adueñó de su pensamiento... la negrura de aquella mortaja... ¡sentía aquellas manos presionándole el cuello! Abrió los ojos de par en par. Tenía la respiración alterada y la piel fría. Se había quedado helada. Estremecida, respiró hondo y a continuación bajó de la cama.

Avanzó despacio por el pasillo, con los ojos bien abiertos, lista para darse a conocer o chillar en caso necesario. Recordaba muy bien la espada que Lucifer empuñaba la última vez que se encontraron a oscuras y no sabía hasta qué punto era precisa su visión nocturna.

La puerta del dormitorio de él estaba abierta. Ella se detuvo en el umbral; nunca había estado allí. Las ventanas, con las cortinas corridas, dejaban entrar el tenue claro de luna. Pese a las densas zonas de sombra, distinguió los arcones que había entre las ventanas, encima de los cuales había diversos objetos que supuso piezas de la colección de Horacio. En las otras paredes había cómodas y armarios adosados. Un largo espejo de pared colgaba delante de la cama, un mueble de cuatro postes provisto de cortinas ceñidas a ellos con cordones de borlas.

La espléndida colcha estaba medio arrugada y la parte superior del lecho estaba cubierta de blancas sábanas y almohadas. En el centro, Lucifer yacía boca abajo, en una postura similar a la que tenía aquella primera noche en Grange. La única diferencia era que esta vez no llevaba camisón. A su cabeza acudió la imagen de la zona que no estaría tapada con nada. Titubeó, sin saber qué hacer pero sin intención de retroceder.

Había tomado ya una decisión, aunque no estaba segura cuándo. Tal vez cuando al despertar en el carro lo había encontrado a su lado, a él, su salvador, su protector que se había enfrentado a las llamas para rescatarla de sus atroces fauces. Tal vez había sido más tarde en el bosque, cuando había escuchado su ruego y lo había oído hablar con el corazón, sin protocolo alguno. O tal vez cuando había tomado conciencia de que era la faceta que más le costaba aceptar de él, su posesiva tendencia protectora, lo que le había concedido una segunda oportunidad para la vida y el amor. En todo caso, fuera en uno u otro momento, la decisión estaba tomada.

Su época de estar sola, de preverlo todo sola, de dormir sola, había tocado a su fin. Había acudido allí a comunicárselo.

Ignoraba si Lucifer estaba dormido o no, pero lo cierto fue que él se incorporó lentamente y, apoyado en un codo, se puso a observarla.

—¿Qué ocurre? —Su voz sonó firme, aunque un poco ronca, ella no supo si a causa del humo o de algo más.

Descalza, cruzó el umbral y se volvió para cerrar la puerta. Arrebujándose en el camisón, se aproximó —con el corazón en un puño— hasta detenerse a unos centímetros de la cama. El lecho era una masa de sombras que le impedían verle la cara.

Tras humedecerse los labios resecos, respiró e irguió la barbilla.

—Quiero dormir contigo —proclamó. No se refería sólo a dormir, pero era de prever que él lo entendería.

Lucifer se la quedó mirando un instante y esbozó una sonrisa.

—Estupendo. —Levantó la sábana a su lado—. Yo también quiero dormir contigo.

Phyllida exhaló un suspiro de alivio, al que siguió una especie de expectante hormigueo. Se quitó el camisón y lo dejó caer al suelo. Consciente de la súbita reacción que produjo en él la visión de su cuerpo desnudo, patente en la rigidez que adoptaron sus músculos, se deslizó con timidez en la cama.

Lucifer soltó la sábana y alargó la mano hacia ella.

—Has hecho realidad mi sueño predilecto.

—¿Crees que podrías devolverme el favor? —replicó ella, atrayéndolo hacia sí.

—Lo intentaré —aseguró mirándola a la cara—. Cuenta con ello.

La promesa quedó sellada con aquel primer beso, que a ella le llegó hasta la médula. Entre ellos se propagó una calidez que disipó el frío previo. Phyllida se abandonó entre sus brazos, ofreciendo la boca y más. Él le retenía los labios, le entrelazaba la lengua, la arrebataba con su lento ir y venir, formando con su cuerpo una caliente línea paralela al suyo, pero sin tocarla.

Ella quería tocar, sentir, explorar. Quería entregarse a él y tomar todo cuanto él le diera a cambio. Había algo liberador en la noción de ese libre intercambio que acabaría con un equilibrio de cuerpo, mente, corazón y alma en ambos lados de la balanza. Se pegó a él y se estiró, acoplando el cuerpo al suyo.

Él soltó una risita no exenta de nerviosismo. Luego la rodeó con los brazos y se puso de espaldas, colocándola a horcajadas encima de él. Phyllida se alegró de acabar en aquella posición que le permitiría tantear mejor el terreno.

Con las rodillas hincadas en el colchón, los tobillos apretados contra sus costados y las manos apoyadas en su pecho, se incorporó para analizar las reacciones de su presa.

Siempre le había fascinado su pecho, con su marcado contraste entre la fina piel ligeramente atezada y el negro vello, el palpable peso de los músculos y las curvas más duras y angulosas de los huesos. Extendiendo los dedos, apretó, maravillada por la elasticidad del músculo y la sólida resistencia del hueso. Luego aminoró la presión y siguió un vago curso de leves y tiernas caricias por los pectorales, las costillas y las ondulaciones del vientre. Sólo su postura le impidió continuar más abajo, pero aún tenía toda la noche por delante.

—No has sufrido ninguna quemadura en el pecho —comentó con satisfacción.

—En realidad casi no me he quemado. Sólo un poco en el dorso de las manos.

Phyllida le examinó las manos, que él levantó.

—¿Te duele?

—No lo bastante como para impedir que te toque —repuso él, dejándolas resbalar por su espalda.

La prolongada y diestra caricia le arrancó un quedo gemido.

Accionadas por voluntad propia, sus manos subieron de nuevo para cubrirle las planas tetillas. Luego los dedos danzaron, resbalaron, se enroscaron, hasta que los pezones quedaron tan erectos como los de ella.

Considerando que era lo justo, sonrió y se inclinó, movida por el recuerdo de aquello otro que a él le gustaba hacerle. Y también de lo mucho que le agradaba a ella. Era de prever que los mismos estímulos tuvieran un efecto similar. La manera en que él se tensó antes incluso de que ella aplicara la lengua confirmó su hipótesis. Lamió, succionó y mordisqueó levemente, con lo que provocó una sacudida. Pese a que crispó las manos en sus caderas, Lucifer no hizo nada para detenerla.

Ella prolongó el juego, apretando con firmeza una tetilla mientras con los labios, la lengua y los dientes torturaba la otra. Después intercambió la posición de la mano y la cabeza, dejando por el camino un reguero de besos en el centro del pecho. Mientras se afanaba en la tarea, le pareció oír un quedo gemido. Lucifer ardía bajo ella; allá donde tocaba, notaba ardiente la piel.

Tuvo una maliciosa idea y la puso en práctica descendiendo el cuerpo, de manera que con los pechos le acarició la parte inferior del tórax y el dorso de sus muslos ciñó las caderas de él, con la cálida y húmeda ingle apenas a un par de centímetros de su plano estómago, justo fuera del alcance del tieso trofeo. Entonces empezó a describir un movimiento oscilatorio, de lado a lado, acariciándolo precisamente allí.

Lucifer contuvo la respiración, al tiempo que se ponía rígido. Ella percibió su lucha por mantenerse inmóvil. Las manos le ciñeron las caderas. Sintiendo que subían por la espalda, hasta sus hombros, succionó un pezón, con ligereza y después con fuerza. Él se arqueó bajo ella. Luego enredó los dedos en su cabellera y la agarró para acercarle la cara a la suya.

Pasó a la carga. Le dio un abrasador y largo beso tan cargado de pasión que la dejó sin aliento. Lucifer se disponía a volverse, para colocarla debajo, pero ella se separó y le presionó el hombro contra la cama.

—Todavía no —dijo con voz tan ronca como la de él.

Estuvo tentado de desobedecer. Ella lo notó en la tensión de su cuerpo, pero al cabo de un momento volvió a recostarse en la cama. La observaba con una mirada que irradiaba un calor propio, mientras su pecho subía y bajaba bajo las manos de ella.

—De acuerdo —cedió—. Por ahora.

Con sonrisa beatífica, Phyllida agachó la cabeza para lamerle un sensibilizado pezón y luego el otro. Después dejó resbalar las piernas y las caderas más abajo, levantándose ligeramente para dejar espacio a la dura asta rampante que con tan agresivo vigor se proyectaba hacia arriba desde la espesura de negro vello para después volver a descender y prodigarle en toda su longitud una caricia con la cara interior de los muslos.

Un largo gemido fue su recompensa.

—¡Maldita sea! Si eres una muchacha inocente... sé que lo eres.

—Ajá... —Tal vez fuera inocente, pero tenía algunas ideas.

Se aplicó en ponerlas en práctica. El pausado y medido movimiento de su cuerpo y su boca sobre él se le hizo casi insoportable. Primero le aferró los hombros y después crispó los dedos en torno a su cabeza, pero tuvo la precaución de evitar el chichón del costado. Phyllida había comenzado a sentir desde el atardecer un persistente dolor de cabeza que sin embargo había desaparecido desde que sus cuerpos desnudos entraron en contacto.

No iba a permitir que unas cuantas magulladuras le impidieran aprender todo lo que quería. Únicamente la dificultosa respiración la limitaba un poco, pero cada vez menos. Sólo tenía que respirar con un superficial jadeo.

Prosiguió la exploración con las manos, seguidas por la boca. Fue bajando y bajando, hasta que los turgentes pechos rozaron sus firmes muslos. La sábana había quedado detrás, dejándolo completamente al descubierto para que ella pudiera adorarlo a la luz de las estrellas. Con la mejilla apoyada en su cadera, rozó, rodeó y por fin cerró la mano en torno al caliente falo. Ya lo había hecho otras veces... No fue eso lo que puso tan tenso a Lucifer, sino la certeza de que los dedos de ella iban seguidos por los labios y la boca. Con maliciosa expresión, Phyllida se demoró jugueteando con los dedos.

Lucifer trató de pensar en Inglaterra, pero la única parte que alcanzó a recordar fue una cama del condado de Devon. Hundía los dedos en el sedoso cabello de Phyllida, los dejaba resbalar, le recorría el contorno de la cabeza... y crispaba las manos cuando no podía más. La manera de tocar de Phyllida era una especie de ingenuo tanteo, entusiasta y natural, exenta de artificio, frente al que su cuerpo reaccionaba indefenso, esclavizado.

Era un cálido, flexible y redondeado peso posado sobre sus muslos. Con la cabeza abandonada a un lado, ella deslizaba los dedos por el objeto de su adoración. Él se sentía poseído, como si al permitirlo —al dejarla obrar a su antojo— se hubiera rendido a ella. Y en efecto lo había hecho, aunque no se lo había dicho con palabras; sólo con gemidos.

Luego ella se movió y él notó su aliento sobre el rígido miembro, una calidez que incrementó hasta dolorosos extremos su erección. Iba a matarlo no de deseo, sino por medio de un violento choque de emociones: las locas ganas de que lo acogiera en su boca, el temor de que no lo hiciera, la sospecha de que ella no tenía ni idea de que eso podía hacerse y el ansia protectora, abrumadora casi, que insistía en que no debía hacerlo. Era como para perder el juicio.

Entonces ella alzó la cabeza. Con los dedos recorrió de nuevo el tenso glande, con evidente fascinación, y luego bajó la cabeza.

Todos los músculos de Lucifer se pusieron rígidos al primer contacto de aquellos labios. Phyllida besó y lamió, con suavidad y luego con creciente avidez, como si le gustase el sabor. Luego empezó a investigar con la lengua y él creyó morir. Con el pecho dolorido, Lucifer jadeó...

Sin más preámbulo, ella lo introdujo en la boca y cerró la húmeda y dulce cavidad, primero sólo un poco y después, con deliberación, más a fondo. Por un instante, Lucifer perdió contacto con el mundo y flotó en un paraíso de lujuria desatada, mientras la lengua de Phyllida se retorcía y jugueteaba con fruición. Él se recostó de nuevo, aflojando los músculos que ni siquiera tenía conciencia de haber tensado. Tenía la respiración jadeante, y no habían hecho más que empezar. Lo sabía con una certeza que le producía vértigo. Con las manos hundidas en su pelo, acariciaba o incrementaba la tensión reaccionando al ritmo que imprimía ella, apretando, succionando, besando o reiniciando el ciclo con renovado brío.

Aferrado a los límites de la cordura, la guiaba poco a poco... El momento era demasiado precioso e intenso para interrumpirlo, pero lo estaba agotando. Se incorporó apenas y la agarró por las caderas.

—Basta... —Apenas reconoció como suyo aquel graznido.

Phyllida lo soltó y levantó la cabeza. La separación de su húmedo calor le resultó casi dolorosa a Lucifer. Ella deslizó las manos por su pecho y presionó para obligarlo a tenderse. Sin embargo, él la tomó entre sus brazos, y, aupándola hasta su pecho, giró y la dejó bajo su cuerpo.

Con una mano apoyada en su hombro, Phyllida lo miró con sus ojos oscuros, grandes y brillantes. Y en aquella mirada a la luz de las estrellas él captó algo más, el peso de una instintiva sabiduría femenina, de una necesidad primaria.

—Aún no he terminado —murmuró ella con un ronroneo, y se humedeció los labios.

La conciencia de que ella obraba de modo instintivo no le puso las cosas fáciles.

—No —admitió—, pero ahora me toca a mí.

Inclinó la cabeza para besarla y ella le entregó sin reticencia la boca. Rodeándole el cuello con los brazos, Phyllida se recostó sobre las almohadas y aflojó el cuerpo bajo el suyo.

Le tocaba a él. Le tocaba adorar, visitar el placer en su ardiente carne, rastrear, lamer y succionar hasta hacerla retorcerse. Cuando tuvo los pechos turgentes y doloridos, fue descendiendo, ungiendo la piel sobre las costillas, la cintura, el ombligo, y luego más abajo, por el vibrante vientre hasta la mata de oscuro rizo púbico.

Ya en el primer delicado tanteo de la lengua, Phyllida le hincó los dedos en los hombros. Él apartó las manos de las caderas para abarcar las nalgas, que sobó un momento antes de descender hasta la cara posterior de los muslos. Con suavidad, empujó para abrir las piernas. Tras un instante de vacilación, con una exclamación que más pareció un gemido, ella las separó. Aferrándole de nuevo las caderas, él bajó la cabeza. Se puso a lamer y ella crispó los dedos en su pelo.

Era una mujer deliciosa, ávida en la pasión, anhelante en su deseo de ser suya. Completamente suya. Sin dejar ni un centímetro de resbaladiza piel por explorar, saboreó hasta el último pliegue. Su esencia penetró hasta la médula de sus sentidos. La fue envolviendo más y más, induciéndola a experimentar para ampliar sus horizontes, insertándola sin piedad en un torbellino para devanarlo justo en el último instante antes de precipitarse por el borde.

Actuaba movido por una urgencia visceral. Ella había acudido a él, le había ofrecido todo cuanto era, sabiendo cuáles serían sus demandas, no sólo físicas sino del alma. Con sus acciones había manifestado que quería sumergirse de pleno en su nueva vida. Aquello era tan propio de ella, un reflejo tan claro de sus maneras directas que él tanto valoraba, que estaba más que dispuesto a enseñarle a volar y expandirse para ser su red, al menos en ese terreno.

En cuanto a lo demás, los reajustes emocionales, los cambios sutiles que tendrían que efectuar, estaba por ver quién enseñaría a quién. Tal vez aprenderían juntos. Aquella noche, en todo caso, ella había optado por entregarse a la pasión. La suya y la de él.

Él la avivó una y otra vez y dejó que aumentara el ardor, la insaciable ansia, la ávida necesidad, el anhelante apremio que circulaba como oro líquido por sus venas.

Y después se acopló a ella. Apoyado en los brazos, se mantuvo por encima y la penetró con un pausado y regular vaivén. Con los ojos cerrados, se concentró en el ritmo, en el cálido abrazo de su cuerpo, en el palpitante anhelo que los guiaba a los dos. Notando que las manos de ella resbalaban por su pecho, entreabrió los ojos para mirarla. Con los párpados bajados, la cabeza echada atrás, presionada sobre las almohadas, Phyllida estaba embebida en su unión. Atrapada en la sensual marea que los inundaba a ambos, se rendía a la inercia del oleaje. Cada embestida la levantaba, le agitaba los pechos y las caderas, le sacudía la cabeza, produciendo un continuado roce de sedoso pelo contra las almohadas.

Con respiración afanosa, alzaba las caderas para acudir a su encuentro y recibirlo en su seno para después retirarse y propiciar un nuevo impulso.

Se estaban ahogando el uno en el otro, arrastrados por una marejada de deseo rayano en el éxtasis que al final los arrebató. Ella alcanzó un clímax voluptuoso y él notó cómo crispaba las manos y el cuerpo. Luego aflojó la tensión y su ardiente y blanda oquedad tembló en torno al tieso miembro, dispensándole la definitiva caricia. Con la cabeza echada atrás y los ojos cerrados, Lucifer saboreó el momento antes de verse zarandeado por su propio orgasmo. Se estremeció y a continuación se inclinó con cuidado, para volverse llevándola abrazada consigo.

No pensaba dejarla ir nunca.

En la cúspide del arrobo, Phyllida sintió la húmeda tibieza vertida en sus entrañas. Con las manos, con los brazos, con el cuerpo, lo retuvo contra sí. Si ella era suya, entonces él era suyo. Y sin margen de duda, había estado a la altura de sus sueños más atrevidos.

Phyllida despertó con la cabeza apoyada en el pecho de él, la cintura rodeada por sus brazos, medio cubierta por su sólido y cálido cuerpo.

Curiosamente, se encontró despejada, sin rastro de sueño o modorra, tal vez debido a la prolongada siesta de la tarde. Estaba relajada, segura de que el espectro de la muerte no la alcanzaría allí, en esa cama. Movió una mano para apartar una oscura mecha de pelo caída sobre la frente de Lucifer y alisarla hacia atrás.

Él rebulló, se tensó un instante y después, sin abrir los ojos, la abrazó y depositó un beso en el pezón que tenía casi pegado a los labios.

—Muy bonito —ronroneó.

Phyllida se echó a reír. Parecía un enorme felino humano rebosante de viril satisfacción. Se movió un poco, liberando la mano que tenía atrapada bajo ella y después volvió a aquietarse, con la cabeza recostada en un pecho y la mano en el otro. La acarició de manera suave y sosegada, no para despertar el deseo sino para proporcionarle gratificación sensual. Phyllida así lo entendió, estableciendo sin dificultad la distinción.

Volvió a acostarse, mientras seguía disfrutando de las tiernas caricias, sumida en el dorado esplendor del momento. Mientras le acariciaba el pelo, dejó la mente libre para sentir, para pensar, para indagar.

—Creo que te quiero. —Tenía que ser eso, aquella aureola de oro.

—¿Por qué no estás segura? —replicó él, deteniendo el errabundo movimiento de los dedos.

—Yo no sé qué es el amor —respondió ella con sinceridad—. ¿Lo sabes tú?

Él la miró a los ojos, oscuros y misteriosos. Bajó la vista a su mano, posada en su pecho, y volvió a acariciarlo. Sonriendo, ella se recostó en las almohadas, con la mirada perdida en el dosel. Prefirió no presionarlo para que le diera una respuesta. Si ella no lo sabía, ¿por qué había de saberlo él?

Enseguida surgió otra pregunta...

—¿Me quieres? —Aun sin verlo, percibió que él alzaba la mirada.

—¿No lo notas?

—No.

Él levantó la cabeza y se apartó un poco. Phyllida sintió que fijaba la mirada en su cara, antes de descender, pasando por los pechos, la cintura, las caderas, hasta recorrer las largas piernas. Después regresó, para detenerse en lo alto de los muslos, al tiempo que incrementaba la presión en el pecho. Había modificado la manera de tocarla.

—Entonces tendré que demostrártelo.

—¿Demostrármelo?

—Ajá. Los Cynster somos mejores con los actos que con las palabras.

Y se lo demostró. La noche se transformó en una ardorosa odisea a través de los estadios de la pasión, el deseo, la sensación, la expectación, el ansia y el anhelo. De ellos extrajo los elementos para crear el paisaje por donde la condujo, más y más lejos, hasta las cumbres coronadas de éxtasis. Cada caricia estaba cargada con algo más que sensualidad o un mero impulso físico. Las sensaciones los acometían, las emociones los embestían, hacia imposibles alturas de beatitud.

Al final, ella se derritió embebida en ella, sintiendo cómo le calaba hasta la médula. Un momento después, él se unía a ella. Permanecieron juntos y el oleaje los bañó hasta que poco a poco se retiró. Phyllida esbozó una sonrisa y, apoyando la frente contra la de él, le recorrió la cara con los dedos para después rozarle los labios con los suyos en un último y casto beso.

Así quedó sellado su pacto.

Con una sensación de vértigo, relajados y fuera del alcance del mundo, se recostaron juntos, apartaron las sábanas y se quedaron dormidos uno en brazos del otro.

A la mañana siguiente, Lucifer salió de Colyton Manor para ir a la vieja casa Drayton. La noche le había dado más de lo que había esperado tener nunca, pero también le había dejado bastantes cosas en que pensar. Para las personas como él, poseer conllevaba cierta responsabilidad, la obligación de otorgar el debido cuidado. ¿Hasta qué grado Phyllida era importante para él? No había palabras para describir esa realidad.

Se alejó a paso vivo, respirando el aire de la mañana, dejando que le despejara la cabeza. Estaba despierto desde el amanecer, cuando había sacado a Phyllida, todavía dormida, de su cama para llevarla a su propia habitación. Ella se había aferrado a él al sentir que la depositaba entre las frías sábanas. Él se había quedado con ella, compartiendo su calor, hasta que los primeros ruidos de los criados lo habían impelido a regresar a su dormitorio.

Sólo Dios sabía las conclusiones que sacaría la señora Hemmings al ver su cama deshecha, como si la hubiera pisoteado un rebaño, pero estaba seguro de que nunca imaginaría la verdad. O por lo menos nada parecido a la verdad al completo, pues incluso a él mismo le costaba creerlo.

Bajo su decorosa y serena fachada, la señorita Phyllida Tallent era una licenciosa. Ahora lo sabía sin margen de error, y estaba muy ufano con el descubrimiento. Después del desayuno había acudido a su habitación, tras ser informado por Sweet de que la damisela a su cargo había decidido quedarse a descansar durante la mañana pero que estaba correctamente vestida para recibir al señor. La había ido a ver, pues, y con sólo una mirada y una sugerente sonrisa le había hecho subir los colores a las mejillas.

Ella le había lanzado una mirada furibunda, que había tenido que reprimir ante la intempestiva aparición de Sweet, que se quedó lo suficiente para cerciorarse de que Phyllida se encontraba en efecto bien. Mediante calculadas respuestas, ella le había dado a entender que padecía más un letargo inducido por la frenética actividad sexual que un trauma inducido por el incendio. Por su parte, él había tenido buena precaución en no adoptar un aire demasiado triunfal ni en dejar entrever su alivio. Después de explicarle adónde iba y por qué, la había dejado cosiendo los botones que él le había arrancado la semana anterior.

Caminando por los distintos senderos, siguió el acre olor de la paja quemada. El día era fresco y apacible, opuesto al pánico que había presidido el anterior, y que al final había tenido como desenlace la resolución de tantas cosas. Al menos en acciones, en intenciones declaradas no con palabras. Había comprendido lo que Phyllida había querido decirle, o eso creía. Lo que no estaba tan seguro era de por qué había tomado la decisión.

«¿Quién puede saber cómo funciona la cabeza de las mujeres?» Después de tantas experiencias, él ya debería tener cierta idea.

Ella le había preguntado si sabía qué era el amor. Sabía lo que sentía por ella: la imperiosa necesidad de que ella estuviese bien, a salvo y feliz, la alegría que lo inundaba cuando ella sonreía y reía. Sabía de qué modo se le encogía el estómago cuando ella estaba en peligro y cómo se le crispaban los nervios cuando estaba lejos de ella. Sabía del orgullo que sentía al verla ocupada en sus quehaceres diarios, competente y meticulosa, entregada con aquella actitud tan suya, controladora y generosa a la vez. Sabía, asimismo, de su constante impulso de mimarla, protegerla tanto emocional como físicamente, cuidarla, atender a todas sus necesidades, darle todo cuanto pudiera desear.

Sí, sabía qué era el amor. La amaba y la amaría siempre. Ella lo quería también, pero aún no lo sabía. No podía saberlo, por más que deseara comprender y conocer.

¿Podía él enseñarle qué era el amor?

Otra vez se le antojó que el destino se reía de él y de nuevo hizo oídos sordos con determinación. Si eso era lo que Phyllida quería, alguien que le enseñara, que le indicara el camino de la verdad de tal manera que ella pudiera verla también, en aras del buen funcionamiento de su matrimonio le correspondía a él satisfacerla en ese sentido.

Ya había tomado la decisión, sin más complicaciones. No era ella la única persona capaz de actuar con resolución.

Salió del último bosquecillo y miró hacia arriba. La renegrida ruina de la casa todavía humeaba en lo alto de la loma, exponiendo la incongruente imagen de sus carbonizadas vigas bajo el fondo del cielo de verano. Oyó un gruñido y vio a Thompson manipulando una palanca en un lado del calcinado esqueleto. Un instante después, Oscar se sumó a él.

Lucifer acabó de subir y se acercó a la única pared que se mantenía en pie, donde trabajaban los dos hombres. Éstos se volvieron para saludarlo.

—¿Y la señorita Phyllida? —se interesó Oscar.

—Está bien. Aún descansa, pero dudo que le quede alguna secuela.

—Más vale que no —refunfuñó Thompson—. Tenemos que encontrar a ese loco, porque no parece dispuesto a parar.

—Yo he venido a echar un vistazo. ¿Necesitáis una mano? —se ofreció, observando la pared medio derribada.

—No, gracias. Sólo tenemos que derribarla sin más. Si la dejáramos tal cual, tan cierto como que el cielo es azul, vendría más de un chaval a jugar aquí y luego tendríamos un accidente.

Se apoyó en la palanca y una viga quemada se partió.

—Os dejo que sigáis, pues —dijo Lucifer.

Miró alrededor antes de emprender la bajada por el camino cubierto de maleza que conducía a Dottswood, por el que había acudido corriendo la mayoría de los lugareños el día anterior. Un poco más abajo, se detuvo y giró. Con los ojos entornados, observó la casa. De haberse hallado en el lugar del asesino...

Al cabo de unos minutos reinició el descenso y se desvió para dar un rodeo a través de los árboles y arbustos que había detrás de la casa. Encontró lo que preveía encontrar, y también algo más, en un pequeño claro que quedaba retirado detrás de unas grandes matas de rododendros asilvestrados. Se agachó para mirar con más detenimiento, casi sin atreverse a dar crédito a su buena suerte. Después se irguió para ir en busca de Thompson.

Éste acudió en compañía de su hermano. De pie detrás de los rododendros, los tres escrutaron el suelo, observando las definidas huellas de cuatro herraduras de caballo.

—Un animal de tamaño normal, aunque de muy buena planta.

—Thompson se acuclilló para inspeccionar las muescas y palpó una con un grueso dedo—. ¿Y sabe qué? Éstas las puse yo, sí señor.

—¿Estás seguro?

—Segurísimo. —Thompson se enderezó con un resoplido—. Soy el único de por aquí que usa esa clase de clavos. ¿Habéis visto que tienen una cabeza un poco rara?

Lucifer y Oscar observaron y asintieron.

—¿Y esa herradura de atrás, la de la izquierda? —señaló Lucifer.

—Eso aún está mejor. Hace tiempo que no veo ese caballo, pero pronto lo veré y ya tendremos al asesino. Esa herradura se va a caer cualquier día de éstos.

Lucifer tuvo que aguardar para hacer partícipe de la noticia a Phyllida hasta la noche, cuando después de retirarse Sweet se quedaron solos en la biblioteca.

—No lo menciones a nadie —le advirtió—. Como Thompson tiene clientes de sitios aún más alejados que Lyme Regis, no es posible localizar el caballo. Tendremos que esperar a que la herradura caiga y lo lleven a herrar. Sólo estamos al corriente tú, yo, Thompson y Oscar. Hemos acordado no decir nada, para que no haya posibilidad de que el asesino se entere y lleve el caballo a otra parte.

Sentada en el sillón contiguo al escritorio, Phyllida dejó traslucir un raudal de emociones en el rostro.

—¿Thompson ha dicho que se le caerá pronto?

—Depende de la frecuencia con que monten al animal. Si cabalga cada día, Thompson calcula que en menos de una semana. En cualquier caso, no cree que la herradura se mantenga mucho más de dos semanas.

—¿Y todas las veces ha sido el mismo caballo? —preguntó ella tras reflexionar un momento.

—Creo que sí. —Lucifer frunció el entrecejo—. De todos modos, para asegurarme, mandaré a Dodswell a que mire las últimas huellas. Las otras ya deben de haberse borrado.

—Yo tampoco creo que tengamos más de un jinete fantasma

en el pueblo —corroboró ella—. Y siempre esconde el caballo, ¿verdad?

—Se cerciora de que esté en un sitio donde no pueda verlo nadie que pase por allí. Eso indica que el caballo también podría delatarlo, con lo que las perspectivas se presentan por fin favorables. —La miró a los ojos—. Es curioso. Intentó matarte y consiguió destruir la única prueba tangible que teníamos, pero con ello nos ha dado otra prueba aún más contundente. Aunque tal vez nunca hubiéramos logrado llegar hasta el propietario del sombrero, difícilmente se nos escapará el jinete de ese caballo.

—No lo había pensado.

Lucifer se levantó y rodeó el escritorio.

—Creo que debemos verlo con este enfoque. —Deteniéndose delante de Phyllida, se inclinó para situar la cara a la misma altura que la de ella—. Sea quien sea, este asesino ha demostrado que es capaz de las mayores infamias. Matar a Horacio e intentar matarte a ti. —Le alisó el pelo y después le rodeó la cara con las manos—. No podemos correr ningún riesgo durante las próximas semanas.

Phyllida lo miró y sonrió. Adelantándose, le rozó los labios.

—Tienes razón.

Lucifer parpadeó. Sin soltarle el rostro, le dijo:

—No pienso perderte de vista.

—¿Es una promesa? —repuso ella con una tierna sonrisa.

—Un juramento en toda regla —declaró Lucifer escrutándole los ojos, antes de atraerla hacia sí.

Cinco minutos después ella se echó atrás, jadeante, y con fingida expresión adusta cogió el libro que había quedado olvidado en su regazo.

—Aún no hemos terminado esto. —Esgrimió el libro como un escudo entre ambos.

Lucifer lanzó una ojeada a la pila de volúmenes con inscripciones que Covey había depositado entre el escritorio y la silla.

—Aunque es posible que estemos a punto de identificar al asesino de Horacio, no hemos encontrado ninguna explicación de su interés por sus libros. —Phyllida tomó el tomo de arriba y con él le dio un golpecito en el pecho.

—Como prefieras —obedeció él con una mueca.

—¿Tienes alguna idea sobre esa pieza que Horacio quería que examinaras?

—No. Eso también sigue envuelto en el misterio. Es posible que nunca lo dilucidemos.

—No pierdas las esperanzas. —Le tendió dos libros más—. Todavía quedan muchos sitios donde buscar pistas.

Lucifer regresó, sonriente, a su lado de la mesa.

—Hablando de buscar, tú todavía no has descubierto ese escritorio y aquellas cartas supuestamente tan importantes.

—Ya sé. —Phyllida sacudió la cabeza—. Mary Anne vino a visitarme esta tarde y no mencionó para nada las cartas, ni siquiera cuando la señora Farthingale nos dejó a solas. No sabía hablar más que del incendio y de que yo estoy aquí en tu casa.

—Perspectiva —dictaminó Lucifer, al tiempo que tomaba asiento y abría un libro—. A todo el mundo le llega en un momento u otro.

—Hummm —murmuró Phyllida, antes de concentrarse en descifrar las anotaciones.

Una hora después dieron por terminada la tarea. Dodswell les había comunicado que ya estaban cerradas todas las ventanas y puertas. Sólo les quedaba apagar las lámparas, tomar los candelabros de la mesa del vestíbulo y subir la escalera.

Continuaron por el pasillo, en silencio. Sweet ocupaba una habitación situada al fondo del otro pasillo. Cuando llegaron al punto donde debían separarse para ir a sus dormitorios respectivos, Phyllida lo miró.

—Tú eres el experto. ¿Tu habitación o la mía?

Lucifer la miró a los oscuros ojos, iluminados por la vela. Estuvo a punto de informarle de que en aquel punto en que se encontraban no tenía mayor experiencia que ella. Aunque, bien mirado, no era del todo exacto. Él era un Cynster y tenía generaciones de matrimonios celebrados por amor a sus espaldas. En ese momento, a su alrededor abundaban las parejas unidas por vínculos de amor. Era algo inherente a su familia, algo a lo que ni él mismo había podido resistirse. Se había criado con ese único modelo de pareja, el único que podía servir para él.

Inclinó la cabeza y le dio un ligero beso.

—¿Estás segura? —musitó casi encima de sus labios, antes de apartarse.

Agarrándole la solapa, ella lo miró con fijeza. Después bajó los ojos hasta sus labios.

—Sí —susurró—. Lo estoy.

—En ese caso, tu habitación. Ya tendremos el resto de nuestra vida para disfrutar de la mía.

19

Por la mañana temprano, Lucifer se puso a contemplar a través de la ventana de su dormitorio el jardín de Horacio. Su visión lo calmaba, lo ayudaba a despejar el pensamiento y aclarar las ideas.

No podía pedirle a Phyllida que se casara con él... todavía no. No mientras el asesino siguiese suelto. Aquel canalla debía de estar cada vez más desesperado, lo cual constituía una poderosísima razón para mantener a Phyllida bajo su cuidado protector. Si le pedía ahora que se casara con él... no. No iba a correr el riesgo. No iba a darle margen para que imaginara que su propuesta obedecía a otros motivos, salvo uno.

Ella quería ahondar en el conocimiento del amor, y él se lo iba a propiciar. Procuraría que lo percibiera con claridad, sin camuflaje ni disfraz. Haría que aprendiera lo suficiente para reconocerlo al instante, de manera que no hubiera posibilidad de confusión cuando por fin él le pidiera que fuera suya para siempre.

Respiró con resolución y dejó vagar la mirada por el abigarrado tapiz vegetal que resplandecía con el rocío al recibir los primeros rayos de sol. Esbozando una leve sonrisa, se volvió, se puso la chaqueta y bajó a la planta baja.

Cuando Phyllida se reunió con él en la mesa para el desayuno media hora después, se encontró con un ramo de flores junto a su plato. Las miró con sorpresa y luego, titubeante, tocó con un dedo el aterciopelado pétalo de una magnífica rosa blanca. Le lanzó una mirada a él, que se disponía a tomar asiento tras haberle aguantado la silla.

—No sabía que habías salido.

—Sólo para recoger estas flores. Para ti. Con este impulsivo acto, he desacreditado mi imagen de señorito de la capital. He birlado las tijeras de podar en la caseta del jardín y cuando he vuelto, los Hemmings estaban revolviéndolo todo buscándolas. Había olvidado que hoy es el día en que la señora lleva las flores a la iglesia.

Phyllida se acercó las fragantes rosas a la cara para disimular la risa. Aparte de la rosa blanca, había lavanda rosa y madreselva, combinadas con lirios violeta.

—Gracias —murmuró—. Te agradezco el sacrificio.

—Aunque suene raro, no me ha dolido nada —replicó él al tiempo que se servía café.

Eso la hizo reír. Tras dejar el ramo, con el propósito de colocarlo en el jarrón junto a su cama —la cama que ahora compartían—, tomó una tostada.

—¿Y ahora qué? No podemos quedarnos mano sobre mano quince días y esperar que todo se solucione solo.

Lucifer vaciló un instante antes de contestar.

—Ayer envié una carta mientras tú estabas ocupada con la visita de los Farthingale. El contenido no es tan importante como los resultados que pueda acarrear.

—¿Resultados?

—Le escribí a mi primo Diablo. Ahora estará en Somersham, en el condado de Cambridge. Le expuse de manera sucinta la situación y le di los nombres de los caballeros que aún no hemos descartado.

—¿Y qué esperas que haga ese tal... Diablo?

—Que haga preguntas. O que encargue a otros que las hagan. Eso se le da muy bien a Diablo. Será discreto, pero si hay alguna información útil en algún punto de Londres, no te quepa la menor duda de que Diablo y sus leales la descubrirán.

—¿Sus leales?

—Los tipos a quienes recurra.

Phyllida lo observó con la cabeza ladeada.

—¿Qué estás evitando decirme?

341

—Diablo es el duque de Saint Ives —contestó él con una mueca—. Cuando quiere algo, lo consigue.

—Ah. —Phyllida asintió—. Ha de ser un déspota. ¿Es un pariente cercano?

—Primo hermano.

—¿Que eres primo de un duque? —preguntó estupefacta.

Lucifer lo confirmó con la cabeza, agradecido de que Sweet se encontrara fuera, ayudando a los Hemmings.

—Eso no tiene por qué afectarte.

No obstante, estaba claro que la noticia la había alterado un tanto.

—Si eres pariente cercano de un duque...

—Cercano pero a bastante distancia de la sucesión del título, así que puedo casarme con quien quiera. —Enarcando las cejas, añadió—: Aunque en realidad en la familia nadie se casa de otro modo.

Phyllida lo sometió a un atento escrutinio, ceñuda.

—¿Hablas en serio?

—Tampoco soy culpable de mi alcurnia, ¿no?

Phyllida le lanzó una mirada airada, pero prefirió cambiar de tema.

—Así que le has pedido ayuda a tu primo...

—Y además creo que, llegados a este punto, es hora de informar a los colegas de Horacio de su asesinato y solicitar su colaboración.

—¿Otros coleccionistas?

—Sí. Yo conozco a la mayoría. Covey debe de tener sus direcciones. Les escribiré para ver si pueden aportar algún indicio sobre algún elemento de la colección de Horacio que pudiera haber motivado su asesinato, y también por si saben de alguna pieza especial que él hubiera descubierto recientemente.

—¿Quieres que te ayude?

—Bueno, así las cartas estarán listas antes. Tiene que haber alguien que conozca algún dato pertinente.

Phyllida lo miró, tan fornido, moreno y apuesto que dominaba la estancia con su presencia.

—Debería acompañar a la señora Hemmings a la iglesia, para preparar los jarrones. Ayer no los vacié.

—La señora Hemmings puede llevarse a Sweet. Estarán encantadas de librarte de esa carga. —Lucifer le devolvió con firmeza la mirada y, tomándole la mano, se la estrechó—. No es que quiera tenerte encerrada como a una doncella en una torre de marfil, pero hasta que tengamos a raya a ese individuo, no deberías atender tus compromisos habituales. Nada de flores para la iglesia, nada de Compañía Importadora de Colyton. Nada de visitar a la señora Dewbridge ni a ninguna de tus ancianas protegidas. Nada de excursiones que el asesino pueda prever.

—¿Y entonces qué nos queda? —repuso ella, mirándolo con fijeza.

Esa tarde, se encontró en el pescante del carruaje de Lucifer, que circulaba por el camino del pueblo tirado por sus briosos caballos negros. Pese a su reticencia, iba rodeada de hombres: Jonas a un lado y Lucifer al otro, y como Jonas sostenía las riendas, Lucifer le había rodeado la espalda con un brazo. No cabía el menor margen de duda de que estaba a salvo de posibles agresiones. No obstante, viendo cómo Jonas conducía el vehículo, no estaba segura de que su hermano gemelo no acabaría por hacerlos caer en una zanja.

Lucifer, que prodigaba instrucciones y explicaciones con tono relajado, parecía más optimista. Phyllida se limitó a observar y escuchar. Cuando llegaron al final del camino y, tras recuperar las riendas, Lucifer hizo girar el coche, ella adelantó su enguantada mano con autoritario ademán.

—Ahora conduciré yo.

Los dos la miraron con ceño.

Phyllida no hizo caso de esta y otras manifestaciones de masculina desaprobación, y tampoco de los argumentos en que se basaban. Después de conducir el carruaje de regreso, se sintió mucho más satisfecha con el paseo.

Los días siguientes adoptaron un pausado ritmo, aunque cargado de inquietud. Tras mandar misivas a todos los colegas conocidos de Horacio, volvieron a centrar la atención en el ingente número de libros que quedaban por inspeccionar.

—Es asombroso lo que se tarda en revisar sólo un estante.

—Sí —concedió Lucifer—. No quiero ni saber cuántos estantes quedan.

La actividad consumía las horas. Las visitas servían de intermedios que, en cierto modo, aliviaban el tedio. Su padre acudía con semblante alegre y exagerado optimismo, que ella desenmascaraba sin dificultad, pues en sus ojos acechaba una preocupación constante. Lo único que ella podía hacer era sonreír, apretarle la mano y demostrarle que era feliz. Eso al menos parecía animarlo un poco.

Jonas permanecía con frecuencia allí, pero ella no lo consideraba una visita. Era como una sombra, alguien a quien no necesitaba entretener ni dar conversación. Otros aportaron más distracción.

Su tía Eliza llegó con toda la prole, lo que equivalió a una ruidosa invasión. No sin un sentimiento de culpa, Phyllida agradeció para sus adentros que, a instancias de su tía Huddlesford, Lucifer se llevara a los niños al estanque de los patos. Eliza se quedó para expresarle su apoyo, comentar lo apuesto que era Lucifer y tranquilizarla sobre la situación en Grange, donde pensaban quedarse ocho días tan sólo.

Lady Fortemain fue de las primeras en irla a ver. Pese a la consternación que le había producido el atentado contra su vida, la dama estaba convencida de que el destino había cometido un monumental error al hacer que fuera Lucifer y no Cedric quien la rescatara. Aparte de eso, se mostró muy solícita e insistió en mandarle un tarro de mermelada de ciruelas de Ballyclose con un criado.

Cedric y Yocasta acudieron juntos, tal como esperaba Phyllida, irradiando por todos los poros la felicidad recuperada. Estaban preocupados pero no de un modo angustiante, lo que convirtió su visita en un bienvenido respiro.

La de Basil no fue tan afortunada. Llegó cuando Lucifer, ante la insistencia de Phyllida, había salido para hablar un momento con Thompson. Pese a que su desvelo por su salud era genuino, le costaba comprender su presencia bajo el techo de Lucifer. Por suerte, éste regresó antes de que ella perdiera la paciencia y se encargó de aclarar el asunto, de tal forma que Basil se fue sin hacerse falsas ilusiones.

Éstas fueron sólo las primeras personas. Filing la visitó con regularidad, al igual que los Farthingale. Henry Grisby se presentó dos veces, con un ramo de margaritas; habló con aplomo y no exteriorizó ninguna objeción. Phyllida se forjó un mejor concepto de él. El martes trajo consigo un auténtico diluvio: todas las ancianas y señoras a quienes iba a ver Phyllida acudieron a interesarse por su estado, a proponer consejos y a lanzar ponderativas miradas a Lucifer. Todas le llevaron regalos, pequeñas muestras de afecto, como una funda de tetera hecha con ganchillo, un ramito de retama atado con un lazo y un bote de ungüento para las quemaduras. Cuando la anciana Grisby en persona apareció renqueante por el sendero del jardín, Phyllida se sintió abrumada.

Las damas se hicieron cruces, pródigas en lamentos. Como era evidente que lo pasaban en grande, no tuvo corazón para echarlas. Cuando por fin se marcharon, agasajadoras y admirativas, se dejó caer en un sillón.

—¿Qué mosca les ha picado? —preguntó a Lucifer.

—Eres tú quien las ha convocado —respondió él sonriendo, al tiempo que se sentaba en el brazo del sillón.

—¿Yo? ¡Bobadas! Yo soy la que cuida de ellas y no al revés.

Él la rodeó con un brazo y le dio un beso en el pelo.

—Sí, pero si mal no me equivoco, ésta es la primera vez que tú has necesitado que se ocupen de ti. Están aprovechando la oportunidad para expresarte lo mucho que te aprecian. Según palabras de lady Fortemain, para ellas eres un tesoro. Quieren corresponderte.

—Ha sido incómodo ser la que recibe las atenciones.

—A ciertas personas les cuesta mucho dejar que alguien cuide de ellas, pero a veces eso es precisamente lo que los otros necesitan más. Cuidar de ellos significa permitirles cuidar de uno.

Phyllida lo miró. En sus oscuros ojos azules no advirtió asomo de socarronería, pero sonrió, no con ánimo de burla sino invitándola a reírse con él. Al fin y al cabo, la frase era perfectamente aplicable a ellos.

Se oyó un ruido en la entrada y la señora Hemmings fue a recoger la bandeja. Lucifer le dedicó un guiño a Phyllida, le pasó el índice por la nariz y salió.

Los días se sucedían. A pesar de las actividades en que ocupaban el tiempo, experimentaban una sensación de expectante espera, de que el hombre del caballo cayera en la trampa. Era como si vivieran una especie de paréntesis, la calma previa a la tempestad. A medida que avanzaba la semana, la tensión iba en aumento.

El viernes llegó un paquete enviado por «St. Ives», escrito con garbosos trazos en una esquina. Sentado al escritorio detrás de una pila de libros, Lucifer rompió el precinto. Phyllida observó mientras él sacaba las numerosas hojas que contenía.

Leyó la primera, comenzó la segunda y paró. Una vez que hubo vuelto a doblar el segundo papel y los siguientes, los introdujo en el bolsillo, dejando sólo el primero encima del secante.

—Es un informe de Diablo. Ha puesto a Montague a investigar los nombres que le envié. Montague es el hombre que se ocupa de los negocios de la familia. Es sumamente meticuloso. Si hay algún dato de interés en Londres, él lo averiguará. —Volvió a mirar la nota.

»En principio, parece que ninguno de los nombres ha suscitado ninguna información particular. Diablo ha reclutado para la causa a otro de mis primos, Harry, también conocido como Demonio. Como estaba sin nada que hacer en Kent con su hermano mayor, Diablo lo avisó y ahora se encuentra en Londres, frecuentando las tabernas de Whitehall, en busca de los amigos que teníamos en el cuerpo de guardia.

—¿Los guardias? —preguntó Phyllida.

—No los guardias. Él no era un guardia.

—¿Quién? ¿Appleby?

—Es uno de los hombres que tenemos que investigar.

—Pero...

—Pero tú decidiste que no era el asesino porque debía de haberse quedado en el salón de baile cumpliendo con su obligación en el lugar de Cedric mientras el asesino nos atacaba en la planta de arriba.

—Supongo que vas a decir que es una simple suposición y puesto que no sabemos de manera fehaciente que estuviera en el baile, podría ser él el criminal.

—Aparte está el hecho de que la nota de la tal Molly daba la impresión de haber sido escrita por una mano de mujer. Le sirvió el hecho de que para una persona de su condición tenía que ser una letra laboriosa, pero son pocos los hombres que habrían pensado en eso.

—Aunque a alguien que ha pasado la vida escribiendo y leyendo cartas tenía que ocurrírsele de modo casi espontáneo.

—Exacto —corroboró él.

—¿Por qué estabas tan seguro de que Appleby estuvo en el ejército?

—Por su porte, la rigidez de los hombros, la manera como se inclina. Es algo que se aprende en el entrenamiento militar. Apuesto a que estuvo en la infantería.

—Y entonces, ¿por qué el cuerpo de guardia?

—Muchos de los que estuvieron con nosotros en Waterloo son ahora secretarios y ayudantes de campo de generales y comandantes. Ellos son los que tienen acceso a los archivos. Demonio averiguará en qué regimiento estuvo destacado Appleby y quién era su superior inmediato, y sostendrá una conversación con él. Si dice que Appleby era un hombre sin tacha, al menos lo sabremos de buena tinta.

—Tú crees que es él, ¿verdad?

—Creo que el asesino ha demostrado una peculiar capacidad para la planificación meticulosa y los actos sin escrúpulos, pero el ser tan prudente le ha impedido culminar su propósito. Cuando las cosas se tuercen, conserva la sangre fría. Actúa, pero pierde oportunidades y no acaba de lograr su objetivo. Ésa es una descripción bastante ajustada de las características de un oficial de infantería inteligente. Siempre tienen un plan, no les gusta obrar de manera improvisada. Son precavidos, y aunque mantienen la calma cuando las cosas se complican, sus reacciones no son siempre las más atinadas.

—Hablas como si supieras mucho sobre el carácter militar.

—Es que vi muchos soldados y muchas batallas de infantería, en Waterloo.

—Tú estabas en la caballería —señaló ella, recordando el sable.

—Sí. Nosotros nos regíamos por reglas distintas. La planificación nunca fue nuestro fuerte. Nuestro estilo era más bien la improvisación.

—¿Por qué no podría ser Basil? Él es precavido.

—Estaba en la iglesia cuando mataron a Horacio. De todas maneras, no voy a descartar nada. Con suerte, pronto tendremos la prueba de quién es.

Llegada la noche del domingo, Phyllida se sentía tensa, cansada de esperar aquella confirmación. Lucifer lo comprendía bien. En aquella sosegada hora posterior al ocaso del sol en que la oscuridad aún no había tomado el relevo, la llevó a pasear por el fragante jardín de Horacio.

Tomados de la mano, caminaron por los senderos de grava. Aparte de los principales que partían de la verja y de la casa, había varios que serpenteaban entre los cuidados arriates.

—Podría estar por aquí. —Phyllida miró las sombras que se profundizaban más allá de los árboles.

—No lo creo. No solemos pasear por el jardín a esta hora.

—Es que ahora ya no tenemos costumbre de hacer nada... —Phyllida calló un instante y precisó—: Me refiero fuera de casa.

Lucifer soltó una carcajada, que fue como una cálida invitación a distenderse. Phyllida inspiró el aire perfumado con el aroma de los alhelíes.

—No se ha ido de los alrededores, ¿verdad?

—No.

Lo sabía porque, precisamente esa mañana, Dodswell había informado de que habían intentado forzar la ventana del comedor, la que antes tenía un cierre defectuoso. Todos habían ido a mirar, incluso Sweet. Había raspaduras en el marco de la ventana y marcas en la tierra dejadas por los pies del intruso, pero ninguna huella clara.

Phyllida suspiró despacio.

—Ya ha transcurrido una semana.

—Sólo una semana. Thompson dijo que podían ser dos. —Lucifer la atrajo a su lado y torció por otro sendero—. ¿Leíste la nota de Honoria?

En el paquete mandado por el duque venía una larga carta que la duquesa le dirigía a ella. Lucifer se había acordado de dársela después de haber descubierto la tentativa de intrusión. Dado el contenido de la misiva de Honoria, no estaba seguro de que en otra circunstancia lo hubiera «recordado».

Había sido, en todo caso, una buena distracción para ella. Honoria había escrito que era consciente de que tal vez fuera un poco precipitada al darle la bienvenida a la familia, pero que si eran tan insensatas como para vivir sus vidas ateniéndose a los caprichos de aquellos hombres... A partir de allí, la carta se volvía aún más interesante.

—Tienes una familia sorprendente —comentó sonriendo.

—Y numerosa, sobre todo si se toma en cuenta a todos los parientes.

—Habías mencionado un hermano... Gabriel.

—Es un año mayor que yo. Se casó hace unas semanas, el día antes de que yo llegara aquí.

—¿El día antes?

—Ajá. Gabriel y Alathea... Solíamos formar un trío de pequeños. Cuando se casaron y se fueron de Londres, tuve la impresión de que partían rumbo a una aventura dejándome relegado. Y mira por dónde, ahora estoy aquí contigo, inmerso hasta el cuello en una aventura. —La miró—. Hasta el corazón en algo más.

Ella aún no estaba preparada para analizar el sentido de la última frase.

—¿Tienes más hermanos?

—Tres hermanas. Yo les doblo la edad. Heather, Eliza y Angelica. Gabriel abriga grandes esperanzas de que Alathea consiga enseñarles que no deben andar todo el tiempo con risitas.

—Se les pasará con la edad.

—Ya, aunque no es una perspectiva que nos guste mucho plantearnos. Nos cuesta aceptar que nuestras hermanas se hagan mayores.

Alertada por su tono, le escrutó la cara.

—¿Y ahora en quién piensas?

Lucifer la miró y esbozó una mueca.

—En dos primas nuestras, las gemelas. Debido a un triste accidente ocurrido hace años, no tienen ningún hermano mayor que vele por ellas, así que todos asumimos el papel. O en todo caso así lo hacíamos.

—¿Todos?

—¿No menciona Honoria el Clan Cynster?

—Pues sí —reconoció Phyllida, desviando la mirada—. Muy interesante.

—No hace falta que sepas mucho sobre el tema —replicó Lucifer con un resoplido—. Esos tiempos han quedado atrás.

—¿Sí?

—Sí, de verdad. —Frunció el entrecejo—. Aunque estoy bastante disgustado con las gemelas.

—Según Honoria, las gemelas son muy capaces de dirigir sus vidas y dice que si pretendes inmiscuirte en ellas, mi deber es recordarte dicha realidad.

—Con el debido respeto, Honoria es una duquesa y Diablo su duque. Ella nunca ha puesto el pie en ningún salón sin tenerlo a él espiritual o físicamente al lado. No es lo mismo que ir frecuentando los bailes sin ninguna protección.

—Pues tus primas parecen jóvenes sensatas que saben desenvolverse muy bien.

—Lo sé, pero de todas maneras no me gusta.

Su tono de enfado casi la hizo reír.

—¿Entonces cómo vas a ser con tus propias hijas?

—Sólo de pensarlo me dan escalofríos. —La miró—. Claro que antes tendré que engendrarlas.

La atrajo hacia sí, rodeándole la cintura para pegarla contra sí. El sendero terminaba en un emparrado enmarcado por un arriate de exuberantes peonías. Allí se detuvieron. Abrazándola por detrás, Lucifer inclinó la cabeza y con un leve roce de los labios trazó una línea desde la sien hasta la oreja, para luego descender por la curva de la garganta hasta el punto donde latía el palpitante pulso de Phyllida.

—¿Cuántos hijos te gustaría tener? —preguntó ella con un tímido susurro.

—Una docena estaría bien —murmuró contra su cuello, antes de hacerla girar para rozarle los labios—. Pero como mínimo un niño y una niña, me parece.

Phyllida se acomodó en sus brazos y le correspondió con un ligero beso.

—Como mínimo.

Permaneció así, con los brazos relajados en torno a ella mientras sus cuerpos se tocaban. Cerca había un arbusto de madreselva que despedía su sutil aroma, el mismo que perfumaba su cama. Lucifer le acarició la espalda y la miró a la cara.

—¿Te he contado la historia de este jardín?

La noche se cerraba en torno a ellos, avanzando lentamente.

—¿La historia? —Todavía quedaba luz suficiente para que se vieran la cara y la expresión de la mirada.

—La primera vez que vine aquí me cautivó el jardín. —Miró en derredor—. Antes de entrar en la casa me paré a contemplarlo. Luego caí en la cuenta de que era el jardín de Martha.

—¿Martha... la esposa de Horacio?

—Sí. Esto es una perfecta imitación del jardín que ella proyectó y plantó junto a su casa, en las orillas del lago Windemere.

—¿Horacio lo recreó aquí?

—Sí, y eso me produjo desconcierto. El primer día, antes de entrar, sentí como si Martha tratara de decirme algo. Más tarde, pensé que debió de haber sido una especie de presentimiento de que Horacio estaba muerto. Más adelante, me di cuenta de que no era eso.

»Era Martha la que creaba, tal como hacen las mujeres. Ella creó la atmósfera que impregnaba su casa y el jardín que la rodeaba. Horacio no sabía nada de jardinería. Aún los recuerdo cuando paseaban del brazo por los senderos y Martha le enseñaba esta o aquella planta. En muchos sentidos el jardín era la personificación de Martha y, más aún, del amor que le profesaba a Horacio. Era una forma más de expresar ese amor, una declaración pública y tangible. Eso fue lo que sentí, lo que todavía siento, en este jardín.

»Te he comentado que me desconcertó encontrarlo aquí. Sabía que Horacio abandonó la casa del lago Windemere porque no soportaba convivir con los recuerdos de Martha. Era demasiado doloroso para él. Sin embargo aquí estaba el jardín de Martha, convertido en el jardín de Horacio. ¿Por qué? Tardé un tiempo en desentrañarlo, pero sólo existe una explicación posible. —Torció los labios con amargura y luego miró a Phyllida—. Ahora ya sé qué quiso comunicarme simbólicamente Martha, ese primer día.

351

—¿Qué?

—Aquí entras tú. Y no sólo tú, sino también la posibilidad de lo que podríamos compartir. Martha trató de decirme que abriera bien los ojos para no dejar escapar la oportunidad. —Miró en derredor y volvió a posar la mirada en su cara—. Horacio recreó el jardín de Martha porque se dio cuenta, como me ocurre a mí ahora, de que no es posible darle la espalda al amor. Uno no ama por proponérselo... no es así como funciona el enamoramiento... Pero una vez que ama, lo hace para siempre. Por más que se aleje poniendo leguas de por medio, no puede dejarlo atrás, porque permanece con uno, en el corazón y la mente; pasa a integrar la propia alma. Horacio recreó el jardín por la misma razón que Martha lo creó antes, como expresión de su amor por ella y en reconocimiento del amor que ella le había profesado. Martha todavía estaba con Horacio cuando éste murió. Lo sé con la misma certeza de que ahora estoy aquí contigo. Los dos siguen aquí, como memorias encarnadas en este jardín. Su amor, el amor compartido, creó este lugar, y mientras perviva, su amor pervivirá también. — Volvió a sonreír, esta vez con gesto de modestia.

»Los hombres de mi familia, por ejemplo, por más que intentemos evitar el amor aduciendo elaborados y razonables motivos, cuando nos alcanza, ninguno a lo largo de las generaciones lo ha rehuido. Para nosotros, esto es más duro, más amedrentador que cualquier batalla, pero si algo he aprendido de mi familia es que rendirse al amor, a las exigencias del amor, es el único camino para la auténtica felicidad.

»Aparte de ser testigo de los efectos del amor en mi familia, también aprendí mucho de Horacio y Martha. El amor existe sin más... no pide permiso. Lo único que pide, lo único que exige es aceptación, pero ésta conlleva un compromiso absoluto. Uno puede admitirlo en el fondo de su corazón o rechazarlo, pero no hay otra opción.

Durante un largo momento, escrutó los ojos grandes y relucientes de Phyllida.

—Tú preguntabas qué era el amor, cómo era. Pues bien, te ha estado rodeando durante esta semana. ¿Lo has sentido?

—Sí. Es una realidad que produce temor, terror a veces, pero es tan maravilloso y resplandeciente, tan vital... —Inspiró hondo.

Lucifer inclinó la cabeza para besarla.

—¿Has tomado ya una decisión? ¿Vas a aceptar el amor o no? —le susurró con los labios pegados a los suyos.

—Ya sabes que sí.

Él le dio un beso suave.

—Cuando llegue el momento, te lo preguntaré y entonces me lo dirás.

—¿Por qué no ahora?

—No es el momento adecuado.

—¿Cuándo será? —alcanzó a articular Phyllida tras emerger del siguiente beso.

—Pronto.

Con el próximo beso le dejó claro que eso era todo lo que lograría esa noche. De todos modos, él le había explicado lo suficiente y con eso se daba por satisfecha.

Se contentaba con dejar que él la despertara poco a poco, con pericia, hasta dejarla flotando con languidez en un mar de expectación. Tomados de la cintura, ella con la cabeza apoyada en su hombro, regresaron con paso sosegado por el jardín —impregnado de perfumes, de nuevos brotes y de la eterna promesa de amor— hacia la casa, la cama, el amor que ya compartían.

El paso de los días no hacía más que aumentar la tensión. Jonas pasaba casi todo el tiempo en la casona y sir Jasper acudía a verlos dos veces al día como mínimo. Incluso Sweetie parecía más nerviosa, aun cuando Lucifer no sabía hasta qué punto comprendía la situación. Era la sufridora más encantadora que había conocido nunca, y eso que había tenido ocasión de observar a unas cuantas. La idea de presentarla a su tía abuela Clara estaba alcanzando dimensiones de obsesión.

Lo único que rompía, aunque sólo fuera de manera transitoria, el tedio y la inquietud creciente eran las respuestas que llegaban de los otros coleccionistas. Las respuestas distraían a Phyllida, y Lucifer sentía alivio por ello. Por desgracia, si bien todos se mostraban horrorizados por el fallecimiento de Horacio, ninguno pudo arrojar luz alguna en relación a los dos misterios que rodeaban la colección de aquél.

Con obstinación, Lucifer y Phyllida la examinaban, en busca de algo inconcreto, algún indicio del móvil del asesinato de Horacio, alguna pista de la pieza que había querido que valorase Lucifer. Pese a que nadie lo expresaba en voz alta, eran conscientes de que no tenían ni idea de qué podía ser, lo que no contribuía precisamente a crear un clima de entusiasmo.

El jueves por la tarde, Lucifer comenzó a extrañarse de que no hubiera recibido ninguna misiva más de Diablo, puesto que su primo era una persona bastante expeditiva. La respuesta a su interrogante llegó al atardecer del mismo día, justo cuando terminaba de cenar en compañía de Phyllida y Sweet.

Al traqueteo de unas ruedas en el camino siguió un sonoro repiqueteo de cascos.

—Me parece que ha de ser el mensaje de Diablo —dijo Lucifer a Phyllida.

En cierto modo lo era... aunque presentado en forma de una aparición de rizos dorados y una esbelta figura ataviada de azul celeste.

—¡Felicity! —Lucifer se apresuró hacia ella con los brazos tendidos. Debía de haberlo imaginado, por supuesto, pero no había pensado con detenimiento en todo.

—¡Hola! —La juvenil esposa de Demonio le tomó las manos y presentó la mejilla para recibir un beso, aunque ya su mirada estaba centrada en otra persona—. Y tú debes de ser Phyllida. —Olvidándose de Lucifer, se precipitó hacia ella—. Honoria me escribió y me habló de ti. Soy Felicity. Hemos venido a ayudar.

Phyllida sonrió. Era imposible no hacerlo bajo el encanto de Felicity. Como no veía necesidad de andarse con disimulos, le acarició una mejilla y le estrechó las manos como si ya fueran parientes.

—¡Caramba! Casi estáis en el fin del mundo.

Phyllida reparó entonces en un alto Cynster rubio, ancho de hombros, que saludaba a Lucifer.

—No tanto... aún faltan unos kilómetros. —Sonriente, Lucifer dio una palmada en el hombro a Demonio—. Me alegro de verte. ¿Seguro que podéis permitiros una estancia aquí? —preguntó, lanzando una ojeada a Felicity.

Ésta, que acababa de saludar a Sweet, se volvió para dedicar una mirada de advertencia a su marido y erguir la barbilla, antes de enlazar el brazo de Phyllida.

—Estábamos con Vane y Patience cuando llegaron las cartas de Diablo y Honoria.

Demonio se adelantó y, tomando la mano que Phyllida le tendía, le dio un beso en cada mejilla.

—Bienvenida a la familia. Ya le dijimos a Lucifer que no le serviría de nada huir al campo, y aquí está... hechizado.

Phyllida posó la mirada en un par de ojos azules, mucho más claros que los de Lucifer, que traslucían una despreocupada actitud muy propia de la familia.

—Bienvenido a la mansión y a Colyton.

—¿No sé si...? —Lucifer dirigió un gesto interrogativo a Phyllida. Le estaba pidiendo que asumiera las funciones de anfitriona, que actuara como su esposa.

Con una sosegada sonrisa, Phyllida señaló en dirección al salón.

—¿Y si tomamos asiento antes de ponernos al día de las noticias de la familia? Debéis de estar muertos de sed. ¿Habéis cenado?

—En Yeovil —repuso Felicity—. Como no sabía cuánto faltaba hasta Colyton, Demonio ha preferido no correr riesgos.

Lucifer parpadeó pero no dijo nada, y acompañó a Felicity y Demonio al salón. Después de dar órdenes a Bristleford para que preparasen las habitaciones y sirvieran la bandeja del té, Phyllida se reunió con ellos.

—Bueno —se dispuso a explicar Felicity cuando Phyllida se sentó a su lado en el diván—, parece que vosotros dos sois los más entretenidos de toda la familia, así que hemos venido a compartir la distracción. Honoria habría venido también, pero en su estado Diablo no la deja ir más allá de la puerta de la casa. Y Vane se comporta más o menos igual. Por lo visto se imagina que Patience es de porcelana. Escándalo estuvo tentado, pero como Catriona dijo que si iba él, ella también, se han quedado en Somersham. Y nadie sabe dónde están Gabriel y Alathea. Así que sólo hemos podido venir nosotros —concluyó con una sonrisa.

Lucifer, que había ido palideciendo según desgranaba el ingenuo discurso, recuperó el color.

—¡Loado sea Dios! Tampoco esperaba ver aparecer a la familia al completo.

—Es verano... —replicó Demonio con un encogimiento de hombros—. No hay otra cosa que hacer.

Bristleford sirvió el té y las bandejas de pasteles. Phyllida y Felicity se pusieron a sorber y mordisquear con delicadeza mientras charlaban juntas, en tanto que Demonio y Lucifer se dedicaban a tomar coñac y acabar con los pasteles.

—Bueno, vamos al grano —urgió Lucifer cuando Demonio hubo dado cuenta del último—. ¿Qué has averiguado?

Demonio tenía la vista fija en el diván. Siguiendo su mirada, Lucifer se percató de que Felicity había reprimido un bostezo primero y después disimulado otro.

—Aunque bien pensado —rectificó Lucifer—, se está haciendo tarde y aún tenéis que instalaros. ¿Hay algo que no pueda esperar hasta mañana?

—No —respondió Demonio con un gesto de agradecimiento. Reflexionó un instante antes de ponerse en pie—. No hay nada que altere en absoluto la situación esta noche, y aparte preferiría que vosotros nos explicarais qué ha ocurrido aquí antes de que yo os exponga mis hallazgos. Conociendo los detalles podré situar con mejor perspectiva lo que he descubierto.

Phyllida se levantó para acompañar a Felicity. Ella también había advertido el bostezo y captado la vaga referencia anterior.

—Desde luego. Después de un buen sueño reparador, mañana estaremos mejor dispuestos. Ven, Felicity, os presentaré a la señora Hemmings y os enseñaré la habitación.

A la mañana siguiente se reunieron para el desayuno. Descansada y repuesta, Flick —como insistió en que la llamaran todos— estaba impaciente por escuchar su relato. Demonio, liberado de la ansiedad del día anterior, se sentía igual de intrigado. Lucifer y Phyllida comenzaron a detallar los hechos mientras tomaban el té y luego continuaron en la biblioteca. De manera concisa, describieron un incidente tras otro. Demonio los interrumpía de vez en cuando para pedir alguna aclaración, mientras Flick escuchaba en silencio.

—¡Qué atrocidad! —exclamó cuando hubieron terminado—. ¡Qué monstruoso, dejarte para que murieras en una casa ardiendo!

Phyllida se mostró de acuerdo.

—¿Y cuáles son las noticias de Londres? —preguntó Lucifer a Demonio.

—En primer lugar, vuestros vecinos son personas respetuosas de la ley a rajatabla. Montague les ha concedido un sobresaliente. Ni deudas ni episodios raros en su pasado, ni nada de nada. Lo único que hemos descubierto de Appleby es que es hijo ilegítimo de un miembro de la pequeña nobleza, un tal Croxton, ya fallecido. Aunque su padre no le dispensó mucho afecto, sí le dio una educación y le facilitó el ingreso en el ejército. En la infantería, no te equivocabas.

—De modo que —resumió Lucifer— Appleby es un antiguo miembro de la infantería, carente de fortuna propia con una educación suficiente que le permite trabajar como amanuense de un aristócrata.

—Sí, pero hay más. Como Appleby era el único de la lista que estuvo en el ejército, no tuve mucho trabajo en mi indagación. Localicé su regimiento y comprobé que participó en la batalla de Waterloo. Estaba en el noveno. Conseguí encontrar a su superior inmediato, el capitán Hastings. Y ahí es donde se pone interesante la cosa. Tuve que dejar a Hastings prácticamente ciego de alcohol para sonsacarle la pesadilla que esconde, pero por lo visto Hastings sospecha que Appleby cometió un asesinato en el campo de batalla.

—¿Un asesinato durante una batalla? —se extrañó Flick—. ¿Es eso posible?

—Sí —confirmó Lucifer—, cuando uno dispara de manera deliberada a alguien del mismo bando.

—Qué horrible —comentó Phyllida con un escalofrío.

—Sí —abundó Demonio—. Durante una carga de la caballería... —Miró a Phyllida y Flick—. La caballería suele atacar desde el flanco, fuera de la línea de fuego de la infantería. Ésta suele aprovechar para recomponerse durante la carga. La mayoría limpia y recarga el arma. Pues bien, durante una de esas cargas, Hastings estaba casi detrás de Appleby, y jura que éste causó una baja en nuestras filas. Cree que vio disparar a Appleby y caer a uno de los nuestros, pero era media mañana y aquél fue un día infernal. Al concluir la tarde eran muchos los muertos y todos habíamos sufrido alguna que otra pesadilla. Hastings no estaba lo bastante seguro para presentar una acusación de inmediato, pero sí se tomó la molestia de averiguar quién era el muerto.

»Resultó ser el mejor amigo de Appleby, con quien había compartido incluso tienda la noche anterior. Aunque él también resultó herido, Appleby había ido a recuperar el cadáver y estaba, en apariencia, muy afectado. Hastings concluyó que Appleby había utilizado simplemente la mira para vigilar de cerca a su amigo durante la carga. Eso era lo que se decía a sí mismo. Es lo que todavía se dice ahora, pero cuando se le suelta la lengua por los efectos de un buen coñac, la verdad surge a borbotones. Hastings sigue convencido de que vio cómo Appleby mataba a su mejor amigo, el cabo Sherring. —Demonio miró a Lucifer—. Por cierto, Hastings mencionó que Appleby es un excelente tirador con el mosquete.

—De modo que podría ser Appleby —reiteró Lucifer.

—Pero ¿lo es? —objetó Demonio—. Lo único que tenemos es una posibilidad no demostrable de que ha matado a sangre fría con anterioridad. No hay nada que lo relacione con Horacio ni con su colección.

—Ahí está lo malo —reconoció Lucifer.

La resolución del asunto dependía del misterioso libro que, según creía el asesino, se hallaba oculto en la colección de Horacio. Demonio y Flick aportaron su colaboración en la búsqueda.

Al cabo de una hora, Flick se alejó de la estantería en que trabajaba.

—¿Por qué hacemos esto? —preguntó a Lucifer—. Quienquiera que sea, seguramente llevaba buscando aquí todos los domingos desde hace meses. Sin embargo, si sabe qué libro le interesa, y es de esperar que sí, no le costaría tanto localizarlo.

—Por desgracia, no es tan claro. —Lucifer caminó junto a las estanterías, se paró y extrajo un volumen de aspecto anodino—. *Las legiones romanas* de Brent. Una bonita encuadernación y valorado en unas cuantas guineas, pero nada extraordinario. —Luego estiró y extrajo la tapa entera—. En realidad, se trata de una primera edición de *El tratado de los poderes* de Cruickshank, que vale una pequeña fortuna.

—Ah. —Flick examinó la tapa y el libro que ocultaba—. ¿Hay muchos así?

—Cada dos o tres estantes. —Phyllida tomó otro libro.

—Muchos coleccionistas utilizan cubiertas falsas para esconder sus piezas más valiosas —explicó Lucifer—. Por ello, para revisar la colección de Horacio es preciso mirar libro por libro.

Volvieron a ponerse manos a la obra.

Después de la comida, a petición de sus damas, Lucifer y Demonio fueron caminando hasta la herrería para hablar con Thompson. Todavía no habían traído un caballo con la herradura floja. Mientras regresaban con pausado paso, Lucifer lanzó una irónica mirada a Demonio.

—Debo decir que me sorprende que consintieras en traer a Flick aquí... Si mal no me equivoco, se encuentra en estado de buena esperanza, ¿no?

—Así es. —La sonrisa de orgullo de Demonio fue fugaz—. Pero la condenada se negó en redondo a quedarse. Insiste en que está de maravilla y no deja que la traten con miramientos ni nada. Es inútil discutir con ella. Además, Honoria la apoyó, por supuesto.

—¿Honoria?

—Honoria, que está embarazada hasta unos extremos que Diablo ha perdido poco menos que toda su autoridad ducal. Como ella decretó que Flick estaba perfectamente para viajar hasta aquí, él también dijo que sí... ¡y hasta me animó a traerla! ¡No porque lo considerara aconsejable, desde luego, sino porque no quería incomodar a Honoria!

—¡Dios santo! ¿Es esto lo que nos espera?

—A menos que estés pensando en una relación platónica, cosa que no creo, sí. Y eso es lo mínimo que te puede pasar. A juzgar por el estado en que se encuentra Vane en este momento, la cosa no hace sino empeorar.

—¿Por qué haremos esto? —Lucifer sacudió la cabeza con estupor.

—Sabrá Dios por qué.

Cambiaron unas miradas y sonrisas de complicidad y después apretaron el paso.

Fue Flick quien, a última hora de la tarde, se decidió a poner en palabras lo que todos pensaban.

—Si el asesino busca algo de aquí —dijo, señalando las estanterías—, ¿por qué no dejamos que entre y lo coja? No me refiero a dejar que se lo lleve, claro, pero ¿y si organizáramos una merienda campestre con todo el servicio o algo así, asegurándonos de que el pueblo entero se entere de que no quedará nadie en la casa, y entonces nos vamos, pero ocultándonos para vigilar? ¿Qué os parece?

—No es mala idea. Debemos reconocer que existe una posibilidad de que el asesino haya hecho herrar el caballo en otra herrería.

—Faltan dos días para la fiesta del pueblo —anunció Phyllida, atrayendo todas las miradas—. Es el sábado —prosiguió—. Acude toda la gente de los alrededores. Es de asistencia casi obligatoria. —Se dirigió a la ventana y desde allí indicó a Flick que se acercara—. Se celebra en el prado de debajo de la iglesia.

Lucifer y Demonio se reunieron con ellas en la ventana y todos contemplaron la pendiente del prado comunal contiguo a la iglesia.

—Es un plan muy interesante —aprobó Demonio.

—Resultaría fácil coordinar una vigilancia constante de la casa y de los posibles sospechosos. —Lucifer asintió despacio—. Aquí cerramos con llave por la noche, pero durante el día se dejan las puertas abiertas.

—La mañana de la fiesta habrá un montón de idas y venidas, para subir la comida y los caballetes para las mesas —previó Phyllida—. A cualquiera le resultaría sencillo vigilar discretamente hasta que la casa quede vacía.

Reflexionaron un momento, intercambiando miradas, hasta que Lucifer tomó una decisión.

—De acuerdo. Lo haremos, pero tendremos que perfilar con cuidado todos los detalles.

Pasaron el resto de la tarde planificando, y a la mañana siguiente todavía estaban precisando cuestiones como quién vigilaría a quién, cuándo y desde qué lugar, cuando llegó el correo. Bristleford llevó las cartas a la biblioteca en una bandeja que dejó encima del gran escritorio, al lado de Lucifer.

Cuando efectuaron una pausa en las deliberaciones para tomar té y dar cuenta de los pasteles de mantequilla de la señora Hemmings, Lucifer centró la atención en la correspondencia. Tras entregar unas cuantas cartas a Phyllida, comenzó a abrir las demás.

—Más respuestas de más coleccionistas.

Había terminado de abrir y echar un vistazo a las que se había quedado y las arrumbaba a un lado con pesadumbre cuando de repente Phyllida se irguió como un resorte, con la mirada fija en la hoja que sostenía.

—¡Dios bendito! ¡Escuchad esto! Es de un notario de Huddersfield. Escribe que la carta que mandamos hace poco a uno de sus difuntos clientes atrajo su atención y que, dadas las circunstancias, creyó oportuno informarnos de que su difunto cliente, un colaborador de Horacio, murió a manos de un desconocido hace aproximadamente un año y medio.

—¡Cielos!

Todos se pusieron en pie para ir a leer por encima del hombro de Phyllida.

—Dice que a ese otro coleccionista lo estrangularon por la noche y que registraron sus archivos y documentos.

Lucifer alargó la mano para enderezar la hoja.

—Shelby. No sé si... —Volvió a sentarse al escritorio y extrajo un fajo de tarjetas de un cajón—. Horacio siempre anotaba en tarjetas la pieza que había comprado o vendido a cada persona. Las notas remiten a los libros de cuentas. —Repasó con rapidez las tarjetas—. Shelby, Shelby... ¡Uuuy!

Alertados por el asombro de su voz, los otros tres aguardaron en vilo mientras él permanecía paralizado, con la tarjeta en la mano.

—Vaya por Dios. —Miró a Demonio—. Sherring.

—¿Sherring? —Demonio acudió a mirar por encima de su hombro—. El cabo Sherring a quien Hastings cree que disparó Appleby.

—Probablemente su padre. —Lucifer se puso a buscar de nuevo en el fajo de tarjetas—. Tres anotaciones más dedicadas a Shelby, aunque son de hace más de tres años y según parece se refieren a compraventa de mobiliario.

»Libros —informó, volviendo a mirar la tarjeta relacionada con Sherring—. Una compra, hace poco más de cinco años.

—Casi después de Waterloo —añadió Demonio.

—Sí —convino Lucifer—. ¿Dónde están esos libros de registros?

—Antes escribe una carta a su notario —le aconsejó Demonio—. Dale el nombre de Appleby, a ver si lo reconoce.

Lucifer cogió pluma y papel tras pensarlo un momento.

—No nos llegará la respuesta a tiempo, suponiendo que esa herradura se suelte, pero si todo lo demás no da resultado... Incluiré una descripción de Appleby también. Si fue él, es muy posible que no utilizara su auténtico nombre.

La carta quedó lista en pocos minutos. Después mandaron a Dodswell a Chard para no perder el correo de la noche.

A continuación Lucifer sacó los libros de cuentas de Horacio. Esta vez contaban con un fecha y no tardaron en hallar el registro. Constaban nueve libros, que anotaron en cuatro cuartillas. Luego cada uno cogió una y se repartieron la labor en las estanterías.

Jonas llegó. Asombrado por las noticias, se sumó a la búsqueda. Covey también se puso a ayudarlos, cotejando con el inventario realizado hasta entonces, lo cual redujo la cantidad de estanterías que registrar.

Lucifer les indicó que se fijaran en los títulos teniendo en cuenta que ninguno de los nueve libros parecía poseer un valor que justificara su inclusión en una tapa falsa. Aun siendo seis, tardaron prácticamente un día entero en localizar los nueve volúmenes. De paso, encontraron tres falsas encuadernaciones de *Los sermones del doctor Johnson*, seis falsas encuadernaciones de *Los viajes de Gulliver* y nada más y nada menos que ocho de las *Fábulas* de Esopo.

—Como para confundir a cualquiera —comentó Demonio.

—No es de extrañar que el asesino haya tenido que buscar con tanto detenimiento —convino Phyllida—. Y tampoco se puede saber si Horacio, por el motivo que fuera, escondió alguno de los libros de Sherring.

Lucifer negó con la cabeza. Con la tarjeta de Horacio en la mano, estaba cotejando los nueve libros.

—No, éstos son los ejemplares de Sherring. Horacio anotaba todos los detalles y nunca duplicaba los volúmenes específicos.

—Sólo para usarlos para tapas falsas —replicó Demonio.

Siguiendo las intrucciones de Lucifer, habían sonsacado los libros en los estantes pero sin sacarlos de su sitio.

A las cinco, Lucifer volvió a examinar por tercera vez los nueve ejemplares, prestando especial atención a los *Sermones*, los *Viajes* y las *Fábulas*. Tras fijarse en el lugar que ocupaba cada uno en su lista, volvió a colocarlos con el lomo parejo al de los demás libros.

Todos los presentes habían escrutado cada uno de los libros. No había absolutamente nada que explicara por qué alguien iba a cometer un asesinato por alguno de ellos.

Demonio se aposentó en el diván al lado de Flick.

—Algo se nos escapa —resopló.

—Seguramente. —Lucifer se instaló en un sillón y observó la lista—. Supongamos que nuestro hombre inició la búsqueda en la biblioteca.

—¿Por qué? —terció Jonas.

—Porque si yo quisiera buscar un libro de valor en esta casa, daría por sentado que Horacio lo guardaría en el sitio consagrado a la lectura —explicó Demonio.

—Exacto —convino Lucifer—. Bien, él había acabado en la biblioteca, después de tropezar con una gran cantidad de tapas falsas, y había empezado aquí... —paseó la mirada por las estanterías que casi cubrían por completo todas las paredes del salón— cuando Horacio lo interrumpió. La noche en que Phyllida y yo lo vimos, aún intentaba seguir buscando aquí.

—La mayoría de los libros provenientes de Sherring está en la biblioteca o aquí —señaló Phyllida—. Sólo los *Viajes* y las *Fábulas* auténticos se encuentran en el comedor. ¿Por eso has examinado con especial atención los libros de aquí y esos dos? —preguntó a Lucifer.

—Sí. Cuatro libros y, aunque no soy experto en la materia, juraría que no tienen nada que les confiera un valor especial. Las *Fábulas* de Esopo habían sido utilizadas para esconder algo, porque la tapa tiene doble fondo, pero no se trata de algo infrecuente. En otro tiempo era corriente ocultar testamentos y documentos importantes en las tapas de este tipo de libros. Ahora no contiene nada salvo un relleno de lona. Lo he comprobado levantando una esquina de la cubierta.

Guardaron silencio mientras asimilaban la información. Al final, Demonio exhaló un suspiro.

—También podría ser, claro, que todo se limite a una curiosa coincidencia y que el asesino sea en realidad otra persona.

—Cierto —reconoció Lucifer—, y por eso tenemos que plantearnos muy bien la estrategia que vamos a aplicar mañana.

Volvieron a centrarse en los planes, los argumentos y las sugerencias sobre la manera de atrapar a un asesino.

20

El día de la fiesta amaneció claro y apacible. Durante toda la mañana, los hombres y muchachos fueron subiendo tablones y caballetes por la cuesta de la iglesia. Thompson y Oscar ayudaron a Juggs a trasladar rodando dos grandes toneles desde la puerta del cementerio hasta la pendiente detrás de la iglesia. Hacia las nueve una continua procesión de mujeres ataviadas con vestidos y delantales de vistosos colores transportaba en cestos toda clase de alimentos.

En torno a las once, cuando los ocupantes de la mansión subieron por el prado, se había formado una calima y no corría ni una gota de aire. Hacía un bochorno que se pegaba a la piel. Deteniéndose junto a la iglesia en el punto más elevado de la loma, Phyllida contempló el horizonte.

—Tendremos tormenta esta noche.

Lucifer siguió el curso de su mirada, hasta la lontananza emborronada de plúmbeo gris.

—Y parece que va a ser fuerte.

—Sí —confirmó Jonas—. Aquí las tormentas son dignas de verse. Llegan desde el Canal con un brío espectacular.

En la hondonada detrás de la iglesia se estaban concentrando los lugareños y las familias de los alrededores. Los habitantes de la mansión bajaron, prodigando saludos y presentando a Demonio y

Flick; luego se confundieron entre el gentío y, tal como hubieran hecho de forma natural, se dispersaron. Cada uno tenía un papel que desempeñar.

Sólo los implicados estaban al corriente de sus planes. Cuanta más gente lo supiera, más posibilidades habría de que por inadvertencia alguien dijera o hiciera algo que pusiera sobre aviso al asesino. Habiendo llegado a la conclusión de que no había que dar por seguro que Appleby era el asesino, tendían una red destinada a cubrir otras posibilidades.

Habían fraguado una estrategia sencilla. Pese a que Phyllida estaría segura rodeada del pueblo al completo, Lucifer y Demonio habían establecido que ella y Flick debían permanecer juntas en todo momento y de que ambas debían llevar puestos sus sombreros de paja de ala ancha, una atado con un pañuelo de color lavanda y la otra con uno azul, para poder identificarlas fácilmente entre la multitud.

Lucifer y Demonio compartían la vigilancia de sus damas y de Appleby de forma disimulada. Lucifer iba presentando a Demonio y lo dejaba charlando. Aunque se cruzaron varias veces con Appleby y hablaron un poco con él, se guardaron bien de dar el menor indicio de que estaba sometido a observación.

Jonas fue asignado a merodear sin objetivo, atento a cualquier comportamiento inusual en algún hombre, por poco verosímil que resultara como asesino. Pese a la compañía de varias señoritas del lugar, que le sirvió para disfrazar sus intenciones, se mantenía despierto y alerta.

Los demás se ocupaban de la tarea más ardua. Dodswell, el criado de Demonio, Gillies, Covey y Hemmings se turnaban en la guardia de la casa, que vigilaban por parejas en todo momento, uno en la parte posterior y otro en la frontal. Permanecían ocultos en el bosquecillo y el bosque, pero tenían que relevarse con frecuencia para que todos se dejasen ver a menudo entre los asistentes a la fiesta.

A medida que avanzaba el día, el calor se hacía opresivo. Phyllida presentó a Flick a las damas del pueblo y, desplazándose con ella por el prado, charlaba animadamente con unos y otros. En múltiples ocasiones, una mirada, una velada alusión, los pensamientos que había detrás de una sonrisa, hicieron tomar conciencia a Phyllida del profundo cambio que Lucifer había operado en su vida.

Pese a que no hubiera respondido a ninguna pregunta ni formulado promesa alguna, por sus actos y sus pensamientos —por su deseo— era ya su esposa. Las pequeñas modificaciones en su posición social, los reajustes en la manera como se relacionaban con ella las otras damas, se habían producido ya. Parecía de consenso general que el reciente atentado contra su vida, combinado con la presencia entre ellos de su agresor, justificaba con creces un período de espera previo a la publicación de las amonestaciones. Nadie abrigaba dudas de que la boda tendría lugar en breve.

Sin embargo, el cambio más radical se había producido en sí misma. Lo notaba dentro mientras sonreía y escuchaba la continuación de las historias que había oído contar durante toda su vida. Se había apartado de la gente, sin descartarlos, pero ya no constituían el eje central de su vida; se habían trasladado a la periferia, que era el sitio que les correspondía. Su vida ya no era una acumulación de la de ellos, de sus penas y alegrías, problemas y necesidades. Había iniciado una nueva vida para ella y Lucifer en Colyton Manor.

Por primera vez en veinticuatro años se sentía realmente identificada con la función que le correspondía desempeñar, sin resquemores, sin deseos inalcanzables, sin ansias indefinidas.

Después de comer bocadillos regados, por cortesía de Ballyclose Manor, con champán, ella y Flick ayudaron a Filing con las carreras infantiles y después, de buena gana, supervisaron algunos juegos.

—Estoy que me derrito. —Flick se apartó un poco el sombrero de la cara—. Ahora me alegro de que nos hayan obligado a llevar estos sombreros.

—Es más cómodo de manejar que una sombrilla —convino Phyllida.

Entonces vio a Jonas que pasaba con una señorita del brazo y le dedicó un gesto inquisitivo, al que él correspondió con una mirada y un semblante tan campechano como de costumbre.

—¿Qué novedad hay? —preguntó Flick.

—Jonas no sabe nada. —Phyllida exhaló un suspiro y apretó los dientes—. Si hoy no ocurre nada, me va a dar algo. Por lo menos un ataque de histeria.

—Los dejarías a todos patidifusos —comentó, riendo, Flick.

Phyllida bufó al tiempo que localizaba a Mary Anne y Robert entre el gentío. Ya antes se habían parado a hablar con ella y, si bien se habían interesado por las cartas, habían aceptado sin pánico la ausencia de avances en ese sentido. Era casi como si por fin se hubieran dado cuenta de que las cartas eran sólo una complicación menor por la que no valía la pena desesperarse. En todo caso, no eran nada en comparación con la presencia de un asesino.

El día siguió su curso.

Appleby se detuvo a hablar un momento con el mayordomo de Ballyclose y luego se alejó, en apariencia en dirección a Ballyclose Manor. Lucifer y Demonio lo estaban observando.

—¿Para dar un rodeo, tal vez? —apuntó Demonio.

—Lo más probable —convino Lucifer.

Se separaron y avanzaron entre la gente. Aunque observaron a sus respectivas damas, no se acercaron a ellas y siguieron abriéndose paso entre la multitud, con intención de llegar al lado de la iglesia, al amparo de cuya sombra podrían observar con discreción la mansión. Ésa era su intención, pero antes de llegar al cementerio, Oscar llegó a su lado y dijo a Lucifer:

—Pasa algo que tiene que saber.

Lucifer avisó a Demonio con una mirada y retrocedió un poco para alejarse del gentío.

—¿Qué es?

—Pues... —Oscar calló al ver aparecer a Demonio.

—Es mi primo —explicó Lucifer—. Puedes hablar en confianza.

—De acuerdo —asintió Oscar—. Pues que acabo de recibir este mensaje y me ha puesto en un aprieto. No sé si la señorita Phyllida le ha contado lo de la banda que opera en Beer...

—Me dijo que eran unos contrabandistas poco menos que legendarios en la región.

—Oh sí, sí lo son, eso está claro. Un poco brutos también, pero siempre nos hemos llevado bastante bien, y ahora me han mandado un mensaje. Dicen que una persona se puso en contacto con ellos para que la pasaran al otro lado del Canal. Por lo visto, tiene que ser esta noche. Los de Beer no tienen el cargamento listo para esta noche y como saben que nosotros más o menos sí, le hablaron del barco que esta noche tiene que encontrarse con nosotros en los acantilados. Hasta aquí todo bien, pero como usted sabe, el carguero con el que nosotros trabajamos se dedica al comercio legal, o sea que no es un barco de contrabandistas. El capitán no querrá saber nada de ningún pasajero sospechoso.

Oscar lanzó una mirada a Phyllida, que en compañía de Flick charlaba con tres jóvenes.

—No quería molestar a la señorita Phyllida con este asunto, y no sé si el señor Filing serviría de algo.

—Tienes razón. —Lucifer frunció el entrecejo—. ¿Vais a embarcar la carga esta noche?

—En principio sí. —Oscar observó el horizonte, cada vez más negro—. Aunque dudo que se pueda. Esta tormenta se nos va a echar encima, y ninguno querrá salir con un tiempo así.

—En tal caso, esperemos a ver qué ocurre... —Lucifer calló al ver acercarse a Thompson.

Éste llegaba jadeante, con aire de excitación.

—¡Ya lo tenemos! Mi chico acaba de decirme que esta mañana han traído un caballo para cambiarle la herradura de la pata izquierda trasera. El chico se había olvidado, con la fiesta y todo. Acabo de ir a mirar y es el mismo caballo. Lo juraría sobre la tumba de mi madre.

—¿De quién es?

—De Ballyclose Manor. No es uno de los de sir Cedric, ni un jamelgo de los que montan todos. He zarandeado al criado que lo trajo para hacerle hablar, y dice que nadie lo ha montado mucho últimamente, que él supiera. Sólo el señor Appleby de vez en cuando.

—¿Es suficiente con esto? —dijo Demonio a Lucifer.

—Creo que sí. Vayamos en busca de sir Jasper.

—¡Cynster! ¿Dónde se había metido?

Cedric se acercaba presuroso entre la gente. Al verlos, agitó la mano y apretó aún más el paso. Yocasta Smollet lo seguía. Otras personas, intuyendo algo extraño, se apresuraron a acudir.

—¡Es Appleby, Appleby! —Cedric se detuvo, sin resuello, delante de ellos—. Burton, mi mayordomo, acaba de darme la noticia. Appleby le ha dicho que se iba a casa porque tenía una insolación. El muy tonto vino sin sombrero. Y entonces me he acordado. ¡El sombrero! El sombrero que Phyllida dijo que era el del asesino. Es de Appleby. Lo he visto en sus manos un sinfín de veces, aunque muy pocas lo lleva puesto. Justo ahora he atado los cabos. Desde que mataron a Horacio no ha llevado sombrero.

—Es verdad, señor —apoyó Burton, el mayordomo de Ballyclose—. Aunque no puedo afirmar nada sobre ese sombrero en concreto, el señor Appleby no ha llevado sombrero desde entonces.

—Estoy segura de que Cedric no se equivoca —terció Yocasta—. Ese día no me fijé bien en el sombrero, pero sí sé que Appleby se estaba quitando siempre el suyo, con actitud de caballero. No ha llevado sombrero durante estas últimas semanas.

—Iremos por él. —Cedric se irguió y miró en derredor—. Lo acorralaremos y lo llevaremos ante sir Jasper.

—¡Excelente idea! —aprobó Basil con una vehemencia que sorprendió a todos—. Disponemos de muchos hombres aquí. Esta vez no escapará.

—¡De acuerdo pues! —zanjó Cedric—. Finn, Mullens... vamos, muchachos.

Basil ya reunía a sus hombres. Grisby concentraba asimismo sus fuerzas para sumarlas a la creciente multitud, de donde brotaban gritos y atropelladas exclamaciones.

—¡Cedric! —Sir Jasper se abrió paso—. ¿Qué es esto? No va a haber justicia sumaria aquí, ¿entendido?

—Ya sé, ya sé. Sólo se lo traeremos aquí, y después ya podrán ahorcarlo.

Los congregados lanzaron un coro de aclamaciones. Sin dar margen a más preámbulos, partieron como una marea detrás de Cedric, Basil y Grisby, y tras culminar la loma iniciaron el descenso en dirección a Ballyclose Manor.

—No está allí —murmuró Demonio.

—Seguro que no.

Lucifer se volvió hacia Phyllida y Flick, que tras verse abandonadas por los niños subían la cuesta. En el prado de la fiesta no quedaban más que ellos y las damas y lugareñas de mayor edad.

Sir Jasper observó a Lucifer con suspicacia.

—¿Qué os traéis entre manos?

—Creemos —explicó Lucifer, indicando con un gesto que debían separarse un poco más de las mujeres aún presentes— que si Appleby es, según parece, el asesino, realizará otro intento de llegar hasta los libros de Horacio. Lo ha estado probando una y otra vez. Por eso hemos dejado la mansión vacía y sin cerrar con llave.

—¿Una trampa, eh?

—¡Oh, no! —exclamó, con ojos desorbitados, la señora Hemmings.

—¿Qué ocurre? —preguntó Lucifer.

—¿Ha dicho que ese asesino del señor Appleby va a entrar en la mansión?

—Eso creemos, pero no hay nadie...

—Sí, sí. Amelia volvió hace una hora, porque hacía demasiado calor para ella.

—¿Amelia? —inquirió, perplejo, Lucifer.

—¡Dios mío! —Phyllida lo tomó del brazo—. ¡Sweet!

—¿Ha vuelto?

—Según parece, sí —repuso Phyllida—. Yo no tenía ni idea.

—Se ha ido hará una hora —intervino lady Huddlesford—. Estaba un poco abatida, pero como no quería preocupar a nadie, se fue sin decir nada.

Lucifer maldijo entre dientes.

—Más vale que nos pongamos en marcha —propuso Demonio.

Iniciaron el ascenso y, antes de llegar a la iglesia, Jonas se sumó a ellos.

—Filing acaba de entrar en la mansión. Lo vi subir por aquí y después no volvía, así que fui a mirar. Acabo de verlo entrar por la puerta principal.

—¿Filing? —se extrañó Demonio—. ¿Qué pinta en todo esto?

—Dios lo sabrá, estoy seguro —murmuró Lucifer—, pero sugiero que vayamos a averiguarlo. Por si no os habéis dado cuenta, nuestro plan maestro está haciendo aguas.

—Nunca me han inspirado mucha confianza los planes. —Demonio cerró la mano en torno al codo de Flick mientras rodeaban la iglesia.

—¡Ay!

Volvieron a detenerse al ver a Dodswell salir corriendo de la rectoría.

—¿Adónde van? —Se acercó presuroso—. Appleby ha llegado y entrado por atrás. Ha pasado por el bosque. Lleva dentro un cuarto de hora o más. He tenido que dar un rodeo por el bosquecillo para evitar que me viera.

Lucifer y Demonio intercambiaron una mirada.

—Bien. —Lucifer miró pendiente abajo—. Sólo podemos hacer una cosa: ir allí e improvisar sobre la marcha.

Observó a sus acompañantes. Aparte de Phyllida, Demonio y Flick, Jonas, sir Jasper y Dodswell, estaban lady Huddlesford, Frederick y los Hemmings.

—Entraremos todos juntos. Somos bastantes para que se sienta intimidado y no intente pasarse de listo, aunque no tantos como para darle pánico, por lo menos si mantenemos la calma. —Miró a Frederick y lady Huddlesford, y luego a Jonas y sir Jasper—. Otra cosa: si van a venir con nosotros, deben actuar exactamente como yo les diga. A estas alturas, lo más importante es que Appleby salga de la mansión sin que Sweet ni nadie resulte herido. Nada de heroísmos, ¿de acuerdo?

Todos asintieron.

Al final, Lucifer miró a Phyllida.

—Nunca haría nada que supusiera un riesgo para Sweet.

—Por supuesto que no. —Lucifer le tomó la mano y miró a los otros—. Vamos allá.

Al llegar al estanque, vieron a Covey apostado entre los árboles. Dodswell le indicó que se acercara.

—La señorita Sweet ha vuelto a casa —musitó Covey—. Antes de que me diera tiempo a avisar, he visto al señor Filing mirando desde arriba, al lado de la iglesia. Después ha bajado y no he podido salir. También ha entrado.

—Sí —asintió Lucifer—. Ven con nosotros. Vamos a aclarar la situación.

Pese a que no era lo mismo que dirigir una carga, con Demonio a su lado y Phyllida y Flick a sus espaldas, contó con el mismo ímpetu. Lucifer abrió la verja, sin reparar en el chirrido de los goznes. Tomó el sendero principal y rodeó la fuente...

—¡Alto! —Se detuvo y los demás lo imitaron.

La silueta de Lucius Appleby era apenas visible en la penumbra de la entrada. Atenazada por uno de sus brazos ante él, Sweet era más perceptible debido al color de su vestido. También advirtieron el destello de un cuchillo.

—¿Lo veis? —gruñó Appleby.

—Sí. —Lucifer no precisó añadir nada más. Con el tono de su voz bastaba.

—Si hacéis exactamente lo que os diga, no os pasará nada.

—Así lo haremos —afirmó con calma Lucifer—. ¿Qué quiere?

—Entrad uno a uno, despacio, en fila india.

Phyllida agarró el faldón de la chaqueta de Lucifer y se negó a soltarlo. Torciendo el gesto, Demonio se colocó detrás de ella. Todos subieron detrás de Lucifer el escalón de la puerta y entraron en el fresco vestíbulo de la mansión.

—Quietos.

Pestañearon, deslumbrados. Luego Phyllida enfocó la mirada en Sweet. Su antigua institutriz tenía los ojos como platos y la tez tan pálida que casi se confundía con el tono marfil de su delicado vestido veraniego de volantes. Appleby la sujetaba por los hombros, delante de sí, y cuando tiró de ella para retroceder se movió con rigidez. Con la otra mano, Appleby empuñaba un cuchillo de aspecto escalofriante.

Un gruñido atrajo las miradas. Filing yacía boca abajo junto a la escalera, pugnando por apoyarse en un codo, con un hilillo de sangre en la barbilla. Algunos hicieron ademán de acudir a socorrerlo...

—¡Quietos!

Todos se quedaron petrificados al oír la orden.

—Tú, Covey —escogió Appleby—. Ayuda a ese cura entrometido.

Covey se apresuró a obedecer y trató de incorporar a Filing. Con un bufido, Jonas lanzó una mirada de desafío a Appleby y abandonó la fila para ir junto a Filing.

—Covey no puede solo.

Appleby lanzó a Jonas una airada mirada que éste devolvió sin inmutarse.

—De acuerdo —concedió Appleby—. Sólo para ponerlo de pie y traerlo con los demás.

Appleby retrocedió hasta situarse casi pegado a la pared, a la derecha de la puerta del salón.

—Entrad. —Señaló con la cabeza—. En fila y despacio. —Apretó el cuchillo contra el cuello de Sweet—. No os conviene ponerme nervioso.

—No —le dio la razón Lucifer—. No nos conviene.

—Colocaos delante de la pared de estanterías, enfrente de las ventanas.

Así lo hicieron. Jonas y Covey ayudaron a Filing a entrar en la habitación, y Appleby los siguió arrastrando a Sweet.

—Perfecto. —Los contó—. Dos por cada estantería. Quiero que busquéis un libro, las *Fábulas* de Esopo. Tendréis que sacar uno por uno los volúmenes y mirar dentro de la cubierta, porque algunas tapas son falsas.

Todos lo observaban fijamente.

—Venga, manos a la obra —ordenó—. ¡Ahora mismo! No tengo todo el día, y la señorita Sweet tampoco.

Se encararon a las estanterías. Mientras levantaba la mano para coger un libro, Phyllida cruzó una mirada con Lucifer y enarcó una ceja a modo de interrogación. Ellos dos, Demonio y Flick, Jonas y Covey, todos sabían que las *Fábulas* de Esopo se encontraba en el comedor. Lucifer inclinó la cabeza, apuntando a los libros antes de extraer el primer volumen del estante de arriba.

Phyllida comenzó por el del medio. A su lado, Flick y Demonio se aplicaron también en su cometido.

Al cabo de unos minutos, Lucifer miró por encima del hombro.

—¿Por qué no deja que se siente la señorita Sweet? —Señaló la silla de respaldo recto que había cerca de la ventana—. De todos modos, a la distancia en que está, ya no le sirve como escudo. Y si no se sienta pronto, podría desmayarse, lo que resultaría perjudicial para todos —advirtió, enfatizando la palabra «todos».

—Ya —admitió Appleby—. No sería útil para nadie. —Tras calcular la distancia hasta la silla, arrastró a Sweet hasta ella y antes de soltarla, los miró—. ¡Seguid buscando!

Todos se volvieron hacia las estanterías.

Lucifer siguió sacando y examinando libros, para devolverlos luego a su sitio. Ocupada con igual quehacer, Phyllida reparó en Lucifer y vio que intercambiaba miradas con Demonio. Estuvo observando el intercambio. Era como si se comunicaran sin palabras, como si sus pensamientos resultaran obvios, cuando menos entre sí.

Phyllida miró a Flick, que también había advertido aquella silenciosa comunión. Con un encogimiento de hombros, ésta le dio a entender que ella tampoco sabía qué estaban pensando.

—¿Fue este ejemplar de las *Fábulas* de Esopo el motivo por el que mató al cabo Sherring? —murmuró Lucifer un minuto después.

Pese a que había hablado en voz baja, la pregunta fue audible para todos. Se volvió para mirar a Appleby, como también hizo Phyllida. Demudado, el hombre abrió la boca varias veces antes de contestar.

—¿Cómo...? —Calló un instante—. Qué más da ya. —Hizo una pausa, pero no pudo contenerse—. ¿Cómo os enterasteis?

—Hastings lo vio —repuso Demonio.

—Nunca dijo nada.

—Hastings es una persona honrada. No podía concebir que hubiera alguien capaz de matar a su mejor amigo.

—Sherring era un idiota —espetó con rigidez Appleby—. Un don nadie de provincias con un padre enriquecido gracias al comercio. Habían conseguido a base de dinero un título y una propiedad, y todos los lujos que acompañan tal posición. Yo tengo mejor cuna que él, pero nunca habría tenido ni la mitad de lo que iba a disfrutar él.

—¿O sea que se ocupó de equilibrar la balanza? —Como Demonio, Lucifer no interrumpió la metódica búsqueda, dando ejemplo a los demás.

Al ver a todos ocupados, Appleby se calmó un poco.

—Sí, en cierto modo. Aunque ellos me mostraron la manera de conseguirlo, él y su padre. La noche antes de la última batalla llegó el correo al campamento. A mí nunca me llegaban cartas, claro, así que, para ser amable, Jerry Sherring me leyó en voz alta la suya. Su padre había llenado la biblioteca de costosos libros y la galería de valiosos cuadros.

»A su heredero, el hermano mayor de Jerry, le traía sin cuidado todo lo que no fuera dinero en mano. Aunque ya estaba débil de salud, casi antes de morir, el anciano había realizado un fantástico descubrimiento. Había topado con una miniatura de un antiguo maestro. Estaba convencido de que era auténtica, pero carecía de fuerzas para llevar a cabo las indagaciones. Como no quería que su heredero se enterase y lo malvendiera, lo escondió a la espera de que, a su regreso de la guerra, Jerry, que tenía las mismas aficiones que él, lo ayudara.

—¿Así que escondió la miniatura en el libro? —inquirió Lucifer.

—Sí. —Appleby se hallaba justo detrás de Sweet. Por más que resultaba obvio que se había retrotraído al pasado, estaba demasiado cerca de la silla para que Lucifer intentara reducirlo—. Todo estaba en la carta. El viejo advertía incluso a Jerry de que no se lo contara a nadie. A él ni se le ocurrió pensar que me había leído la carta a mí.

—Confiaba en usted.

—Era un tonto. Confiaba en todo el mundo.

—Y por eso murió.

—En el campo de batalla. Lo más probable es que hubiera muerto de todas maneras. Yo sólo me aseguré de que fuera así.

—Y después acompañó el cadáver hasta la casa de su familia, interpretando el papel de amigo apenado. —Lucifer pasó la mirada por los estantes. Los demás permanecieron de cara a los libros, pero habían aminorado la actividad; todos estaban pendientes del diálogo—. ¿Qué fue lo que falló pues?

—Todo... todo lo que podía fallar y más —replicó con amargura Appleby—. Tardé dos semanas en verme libre del ejército y cruzar el canal de la Mancha, para después efectuar todo el recorrido hasta Scunthorpe. Los Sherring vivían más lejos aún. Cuando llegué me encontré con que el padre había muerto y el hermano había tomado posesión de la herencia.

—Me sorprende que eso supusiera un problema.

—No lo era en sí mismo, pero la esposa del hermano resultó una complicación imprevista.

—Las mujeres a menudo plantean complicaciones.

—No tanto como ésa —espetó Appleby—. Era una tacaña, la muy maldita, igual que el hermano. Como sabían que Jerry se opondría a que vendieran las colecciones del padre, hicieron venir a los comerciantes antes de que el cadáver del anciano se hubiera enfriado en la tumba. Y vendieron las *Fábulas* de Esopo.

—¿Ha estado buscando en todas las colecciones de Inglaterra? —inquirió Lucifer.

Appleby dejó escapar una amarga carcajada.

—Hasta eso habría hecho, en caso necesario. De todas maneras, tal como ha ocurrido más de una vez en mi búsqueda de este tesoro, la esperanza ha resplandecido en las horas más sombrías. La mujer del hermano tenía una lista de las personas que invitaron para la venta de la biblioteca. Quince coleccionistas y profesionales. Yo se la pedí aduciendo que quería comprar algún libro como recuerdo de Jerry y me la dio. —Volvió a soltar una carcajada—. Como todo en mi vida, esa lista fue a la vez una bendición y una carga.

—¿Estaba por orden alfabético? —inquirió Lucifer.

—¡Sí! —exclamó Appleby con rabia—. Si hubiera iniciado las averiguaciones por el final, ahora sería un hombre inmensamente rico. En lugar de ello, comencé por el principio.

—A esas indagaciones cabe atribuir, supongo, el repentino fallecimiento del señor Shelby de Swanscote, cerca de Huddersfield.

Siguió un prolongado silencio.

—No ha perdido el tiempo —dijo Appleby. Lucifer se mantuvo callado, sin volverse, y el otro prosiguió—: Shelby habría vivido muchos años si no hubiera sido un viejo memo y desconfiado. Me sorprendió en su biblioteca una noche. Si hubiera entrado de inmediato, yo hubiera podido salir del aprieto, porque tenía preparada una excusa, pero no, se quedó mirando cómo revisaba en las estanterías. Después de eso, tuve que matarlo.

»Nunca le di margen a ninguno para que sospechara que buscaba algo... Por eso he tardado cinco largos años hasta llegar a la biblioteca de Welham. En los catorce casos anteriores tuve que conseguir un empleo, unas veces con el coleccionista y otras, la mayoría, en casa de algún vecino, y después enterarme de las costumbres de la casa del coleccionista para saber cuándo colarme. Me he convertido en un experto en leer los libros de ventas de los intermediarios. Eso era lo primero que consultaba. Ninguno había vendido ese libro, sin embargo, y la pintura oculta en él nunca ha salido a la luz, y créame que estuve bien pendiente del tema. Sé que el libro está aquí y que la pintura sigue en su interior. Y vosotros lo vais a localizar... Esta noche lo tendré en mis manos —afirmó con febril intensidad.

—Siendo así las cosas... —suspiró Lucifer— le confesaré que hemos terminado de catalogar esta habitación, y también la biblioteca. No hay ningún ejemplar de las *Fábulas* de Esopo ni aquí ni allí. Tapas falsas sí, pero no el libro auténtico.

Appleby lo observó con ojos entornados.

—Si quiere mirar el inventario... —propuso Lucifer, señalando la biblioteca.

—No, no será necesario, ¿verdad? —Pese a su expresión de recelo, Appleby habló con tono confiado—. Lo único que le interesa es que me vaya de aquí, ¿no? Es tan rico que le importa un comino cualquier cuadro, sea de un maestro antiguo o no.

—Bueno, yo no diría tanto, pero en todo caso la pintura vale menos que la vida de la señorita Sweet, lo que viene a ser lo mismo.

—De acuerdo —aceptó Appleby tras escrutarle el rostro—. ¿En qué habitación sugiere que busquemos?

—Yo seguiría por el comedor. El salón de atrás parece más bien dedicado a los libros de jardinería, cocina y hogar.

Todos pararon de buscar mientras Appleby paseaba la vista por todos y cada uno.

—Nos trasladaremos en orden inverso. Yo retrocederé hasta la puerta y después esperaré en el vestíbulo. Quiero que salgáis en fila india, que crucéis el vestíbulo y entréis en el comedor.

Volviendo a poner en pie a Sweet, la retuvo contra sí para encaminarse a la salida. Todos lo siguieron en silencio. Hacia el final de la fila, Phyllida fijó la mirada en la alabarda colgada en el hueco detrás de la puerta.

—No —susurró Lucifer—. No la necesitamos. Lo único que

necesitamos para que libere a Sweet es ese ejemplar de las *Fábulas de Esopo*.

Aunque torció el gesto, Phyllida pasó de largo.

Cuando entraron en el comedor, con su gran mesa central y estanterías de libros en todas las paredes, Appleby repartió a las mujeres a un lado y los hombres al otro. Phyllida vaciló un instante, pero Lucifer le dio un apretón en la mano. Ella se dirigió a la estantería contigua a la ventana del rincón. Era una ironía que en una casa repleta de estanterías, la que contenía el ejemplar vital era aquella junto a la que Appleby había pasado más veces, la que estaba situada al lado de la ventana que tenía un cierre defectuoso. Phyllida se puso a buscar en los estantes, mientras Flick lo hacía en la estantería contigua.

Appleby se retiró a una esquina de la estancia, donde situó una silla en la que obligó a sentarse a Sweet. Tenía una pared repleta de libros a la espalda, la puerta a cierta distancia, y la persona más próxima era la señora Hemmings, que no suponía ningún peligro.

—¿Y cómo murió Horacio? —preguntó Lucifer una vez que todos hubieron puesto manos a la obra.

—Fue un accidente. Nunca tuve intención de matarlo. Ni siquiera sabía que estaba en la casa. No lo oí bajar por la escalera ni nada... iba descalzo, por eso no hizo ruido. De repente apareció en la puerta y me preguntó qué demonios hacía allí. Había visto que estaba buscando algo. Me levanté y caminé hacia él. Como era bastante robusto y gozaba de buena salud, no pensé que pudiera estrangularlo. Se quedó parado, mirando cómo me acercaba. Entonces vi el abrecartas encima de la mesa. —Hizo una pausa—. Es sorprendente lo fácil que resulta si uno sabe cómo utilizarlo.

—¿Por qué intentó matar a Phyllida? —Sir Jasper se volvió, ceñudo, y con un esfuerzo de voluntad, se puso otra vez a revisar los libros.

—¿La señorita Tallent? —contestó con sorna Appleby—. Fue un verdadero sainete, ella tropezó con el cadáver y después llegó Cynster y se le cayó la alabarda encima. Yo estaba tan nervioso que poco me faltó para echarme a reír. Vi que se fijaba en el sombrero. Cuando me fui de la casa, con el sombrero y la identidad a salvo, sabía que ocurriera lo que ocurriese, por más contratiempos que aparecieran, acabaría haciéndome con esa miniatura. Con ella podría vivir tal como me merezco, con las comodidades dignas de un caballero.

—¿Por qué se empeñó en atacar a Phyllida, entonces? —preguntó Jonas.

—Porque regresó en busca del sombrero.

Phyllida se volvió para mirar a Appleby, que esbozó una tensa sonrisa.

—Yo estaba en el vestíbulo cuando le preguntó a Bristleford por el sombrero. No lo había olvidado, ni era previsible que se olvidara de él.

—Pero yo no sabía de quién era.

—No podía fiarme de que al final no le viniera a la memoria. Me había visto muchas veces llevando ese maldito sombrero, que era el único que tenía. Claro que, al estar aquí Cynster, que la tenía muy distraída, cabía la posibilidad de que no lo recordara, pero no era seguro.

Lucifer miró a Phyllida y frunció el entrecejo. Obedeciendo a la advertencia, ésta omitió replicar que nunca había reparado lo bastante en Appleby para recordar su sombrero.

—Me deshice de él enseguida, por supuesto. Lo metí en un seto en los fondos de Ballyclose. Más tarde, lo pensé mejor y volví a buscarlo con intención de quemarlo, pero ya no estaba. Supuse que lo habría cogido algún vagabundo, así que consideré que no corría peligro, o que no lo correría en cuanto me hubiera asegurado de que la señorita Tallent no recordara nada más.

—Así que intentó dispararle.

—Sí —confirmó con exasperación Appleby—. Después traté de estrangularla. Lo único que conseguí fue que Cynster la vigilara más de cerca, pero esperaba que con eso también la asustaría y le impediría recordar. Volví a intentarlo durante el baile en Ballyclose, porque sospechaba que quizás iría a mirar los sombreros de Cedric. Mi plan fracasó, pero después ella misma me llevó fuera, a la terraza, para preguntarme por Cedric. No podía creer en mi buena suerte. Estuve a punto de estrangularla y esconder el cadáver entre los arbustos, aunque me contuve pensando que quizá nos habían visto salir juntos. Entonces llegó Cynster y tuve que ver cómo se la llevaba de nuevo.

Phyllida lanzó una breve mirada a Lucifer.

—Después encontró el sombrero. Y aún peor, se lo enseñó a Cedric. Si no actuaba de inmediato iban a descubrirme. Por eso escribí la nota de Molly, dejé inconsciente a Phyllida y prendí fuego a la casa. El sombrero se quemó, pero Phyllida no —resumió con irritación—. Tras eso renuncié a tratar de matarla. Por lo menos, el sombrero había desaparecido y ya no tenía una prueba para relacionarme con nada. Lo malo es que habían puesto cerrojos en esta casa, y aún existía la posibilidad de que las sospechas recayeran sobre mí. Tenía que actuar de manera contundente y decisiva para culminar con rapidez mi búsqueda. La fiesta de esta tarde me procuró la oportunidad perfecta. De modo que aquí estamos todos.

—Tenía previsto tomar un rehén —dedujo Lucifer.

—Por supuesto. Era la única manera de poder terminar. Era demasiado arriesgado buscar en un estante o dos cada vez. Quiero tener ese ejemplar de las *Fábulas* de Esopo en mis manos antes del anochecer.

Phyllida tuvo que reprimir el impulso de preguntarle por qué, y también advirtió idéntica curiosidad en los ojos de Flick. Ambas optaron por respirar hondo para fingir que continuaban revisando libros.

Siguió un tenso silencio, puntuado por el ruido que hacían al sacar los libros y revisar sus tapas. Al cabo de unos minutos, Phyllida consultó con la mirada a Lucifer y éste asintió con la cabeza.

Phyllida se movió frente a la estantería como si iniciara un nuevo estante y extrajo el ejemplar marrón forrado de bucaron en cuyo lomo se leía «*Fábulas* de Esopo» en sencillas letras doradas. Lo sopesó en la mano antes de abrir la tapa, donde advirtió la esquina que había levantado Lucifer. Palpando, con la yema de los dedos notó algo blando bajo el papel. Lucifer había dicho que lo había revisado y ella no tenía motivos para creer que se hubiera equivocado.

Cerró el libro, asombrada de que un objeto de tan inocente aspecto pudiera ser la causa de tres muertes. También de privar a Lucius Appleby de cordura, y de humanidad, y casi de acabar con su propia vida. Enderezó la espalda y miró a Appleby.

—Me parece que éste es el ejemplar que busca —anunció, tendiéndoselo.

Faltó poco para que Appleby no se precipitara a cogerlo, dejando atrás a Sweetie, pero se contuvo. No alcanzaba a leer el título. Observó con ansiedad el volumen, se humedeció los labios y lanzó una mirada de advertencia a Lucifer y Demonio.

—Que nadie se mueva. —Puso a Sweet de pie y la sujetó por los hombros empuñando el cuchillo con la mano derecha—. Dele el libro a la señora Hemmings y después regrese a donde está ahora —ordenó a Phyllida—. Los demás, quedaos en vuestro sitio.

Phyllida obedeció. Luego Appleby indicó a la señora Hemmings que avanzara.

—Dele el libro a Sweet.

La señora Hemmings se acercó con cautela y depositó el volumen en las trémulas manos de su vieja amiga. Luego retrocedió.

—Bien. —Tembloroso, Appleby echó un vistazo al libro—. Abra la tapa.

Sweet lo hizo con torpeza. Sin perder de vista a Lucifer, Demonio y los otros hombres, Appleby palpó sin mirar la tapa hasta localizar la bolsa oculta. Por su rostro cruzó, rauda, una fugaz expresión de inefable alivio y triunfo.

—Quiero que todos os trasladéis al fondo de la habitación y os quedéis allí, al lado de las estanterías —ordenó, cerrando el libro.

Tras un instante de vacilación, Lucifer obedeció. Los demás lo siguieron, salvo lady Huddlesford, que no se movió ni un palmo.

—La señorita Sweet está agotada —declaró con voz imperiosa—. Si necesita un rehén, tómeme a mí.

Sweet pestañeó. Atrapada contra Appleby como un pobre pajarillo, mirando a lady Huddlesford, recobró un tanto la compostura.

—Gracias, Margaret. Es un ofrecimiento muy amable, pero...
—Pese al brazo de Appleby, Sweet irguió la espalda—. Creo que resistiré. No hay de qué preocuparse, de verdad.

Lady Huddlesford tardó un momento en ceder.

—Si estás segura, Amelia. —Acto seguido dio media vuelta con porte majestuoso y fue a reunirse con los demás.

—Si ya está solucionada la cuestión, me despediré de vosotros —anunció Appleby con un tono tenso, mezcla de una desaforada excitación y algo parecido al pánico—. Me llevaré a Sweet hasta el bosque. Mucho antes de que alguien me dé alcance, oiré los pasos, y si tal cosa se produce, es posible que Sweet lo pase mal. No obstante, si os quedáis exactamente donde estáis hasta que ella vuelva, tenéis mi palabra de que saldrá ilesa. —Calló un momento para dedicar una breve mirada a Lucifer, Demonio, Jonas y sir Jasper, tal vez en busca de una comprensión que no halló—. Nunca tuve intención de matar a nadie, ni siquiera a Jerry. Si hubiera habido otra manera... —Parpadeó y enderezó el cuerpo. Arrastrando a Sweet, se encaminó a la puerta—. Mataré a todo aquel que se interponga en mi camino.

—Esperaremos aquí —aseguró con voz calmada Lucifer.

—Bien. En ese caso, adiós.

—Hasta la vista —murmuró entre dientes Lucifer.

Aguardaron. Lucifer levantó una mano para que nadie se moviera.

—Está al límite. No le daremos motivos para que ceda al pánico.

Los minutos se sucedieron con lentitud extrema. Luego sonó un crujido de gravilla que fue mitigándose a medida que Appleby se alejaba con Sweet por el sendero del jardín. Intercambiaron mudas miradas, inquietos por la suerte de la anciana institutriz.

Después oyeron ruido de gravilla, que sonó cada vez más próximo a la casa. Era un sonido tan ligero que temieron estar imaginando que eran pasos. A continuación la puerta de atrás se abrió de golpe y, precedida de unos pasitos precipitados, Sweet apareció en el umbral del comedor.

—¡Se ha ido! —anunció agitando las manos—. ¡Ha echado a correr por el bosque! —Alargó un brazo en la dirección del bosque y después se desmayó.

Lucifer la sostuvo antes de que cayera al suelo y la llevó al diván del salón.

Más tarde, ya recuperada, cuando contó su peripecia a las damas del pueblo, la señorita Sweet fue, por primera vez en su vida, la protagonista del día.

21

A la caída de la tarde, Lucifer, Phyllida, Demonio y Flick se congregaron en la biblioteca junto con Jonas, sir Jasper, Filing y Cedric para elaborar un nuevo plan.

—He mandado a Dodswell en busca de Thompson y Oscar —anunció Lucifer.

—¡Ajá! —exclamó Demonio—. A eso te referías con lo de «hasta la vista».

Todos los miraron sin comprender.

—Alguien se puso en contacto con la banda de contrabandistas de Beer para que lo llevaran a Francia —explicó Lucifer—. Tenía que ser esta noche. La banda de Beer le dijo al hombre que se pusiera en contacto con la banda de Oscar, que en principio iba a despachar un cargamento hoy.

Jonas miró por la ventana. Con el ocaso se había levantado viento y la tormenta avanzaba inexorablemente.

—Nadie va a salir a la mar hoy.

—Yo lo sé, como tú y la mayoría de los presentes. Lo que no es tan seguro es si Appleby lo sabrá.

—Él nació, se crió y vivió casi toda la vida en Stafford —informó Demonio—. Stafford está muy lejos de la costa, con lo que es probable que no tome en cuenta las consecuencias del mal tiempo.

—Entonces acudirá al lugar de la cita esperando encontrarse con contrabandistas —dedujo Phyllida, sentada al lado del escritorio de Lucifer.

—La gente que tiene tanto que ocultar como él así lo hace —señaló Lucifer—. Es la única clase de personas con las que considera prudente tener tratos. Hoy quería dejar las cosas resueltas. Ha acudido a la mansión con los planes definidos y todo previsto, sin intención de regresar a Ballyclose.

—El caballo que utilizaba ha vuelto hace unas horas —apuntó Cedric—. No falta ningún otro caballo.

—Estando nosotros aquí —dijo Lucifer, mirando a Demonio—, los dos con briosos tiros, habría sido arriesgado huir a caballo.

—Es un tipo precavido, pero aun así... —Demonio sacudió la cabeza—. Es raro pasarse cinco años buscando algo de lo que sólo se tiene noticia por la carta de otra persona. Y después resulta que ese objeto ya no está en el sitio donde se suponía.

—Él no lo sabía. Está obsesionado. —Phyllida cruzó los brazos—. Ésa es la única explicación. Está loco.

—Esa pintura que Appleby pensaba que estaba en el libro... ha dicho que no había salido a la luz —comentó sir Jasper—. ¿Os parece lógico?

—Sí —confirmó Lucifer—. El revuelo que se habría producido a raíz del descubrimiento de una miniatura de un antiguo maestro habría sido fácilmente localizable. En eso tiene razón. Yo no he oído nada al respecto.

—Pero si no está en el libro y no lo han descubierto, ¿dónde está?

—¿Recuerdas la pieza que Horacio quería enseñarme? —preguntó Lucifer a Phyllida—. ¿La pieza que motivó mi viaje aquí?

—¿Crees que podría ser eso? —Ella se quedó mirándolo con asombro.

—Es el tipo de objeto para el que Horacio recabaría mi opinión. Yo conozco bien las colecciones privadas dedicadas a los maestros antiguos que poseen varios miembros de la aristocracia, así como la Corona. Además, ése es un tipo de pieza que él habría guardado con sumo cuidado sin comunicarle a nadie su existencia.

—¿Dónde está entonces?

—Escondida. —Lucifer levantó la cabeza al oír que llamaban a la puerta—. Habrá que registrar la casa entera, pero antes tenemos que ocuparnos de Appleby.

Bristleford hizo pasar a Thompson y Oscar y después se acercó a Lucifer.

—Con su permiso, señor —murmuró mientras los demás tomaban sillas para incorporarse a la reunión—, Covey, Hemmings y yo queríamos solicitar con todo respeto que nos incluyeran en cualquier partida que se organice para ir tras ese hombre.

—Sí, desde luego —aceptó Lucifer, viendo el ansioso semblante de Bristleford—. En realidad, si la señora Hemmings puede prescindir de ustedes, quizá puedan acudir de inmediato aquí los tres.

—Gracias, señor. Iré a buscar a Covey y Hemmings.

Phyllida posó la mano sobre la de Lucifer y la estrechó sobre el escritorio.

—Aún no han asimilado el hecho de haber dejado que alguien matara a Horacio.

Lucifer asintió y se dispuso a exponer en líneas generales la situación. Oscar describió la zona donde se reunían los contrabandistas, el montículo adonde había dirigido la banda de Beer al impaciente pasajero. A continuación trazaron un plan.

—Recordad —les advirtió sir Jasper—, nada de temeridades ni violencias innecesarias. No quiero tener que detener a nadie más por asesinato.

—En principio no hay necesidad de ello. Somos demasiados para que pueda escapar y, aparte de ese cuchillo, no dispone de armas. —Lucifer los miró, uno por uno, a la cara—. Nos veremos en el montículo en cuanto anochezca. No os retraséis.

Flick siguió a los hombres al vestíbulo y buscó con la mirada a Phyllida.

—¿Podríamos hablar un momento? —Tomando del brazo a Phyllida, Flick se encaminó a las escaleras.

Al llegar a la puerta de la biblioteca, Lucifer y Demonio vieron a los amores de su vida desaparecer, con las cabezas pegadas, en el piso de arriba.

—Esto no augura nada bueno —vaticinó Demonio.

—Supongo que será mejor que afrontemos la situación como hombres —dijo con una mueca Lucifer.

—Por probar no se pierde nada. —Endureciendo la expresión, Demonio se dirigió a las escaleras.

Veinte minutos más tarde, acompañados de sus damas, Lucifer y Demonio se encontraron en lo alto de las escaleras. Lucifer se quedó mirando con asombro a Flick, al tiempo que Demonio observaba, no menos sorprendido, a Phyllida. Después los primos se miraron entre sí.

—Yo no preguntaré nada si tú no lo haces —propuso Demonio.

—De acuerdo —refunfuñó Lucifer.

Sin dar señales de haberlos oído, Flick y Phyllida comenzaron a bajar las escaleras, ataviadas con pantalones y botas.

Al lado de Lucifer, Demonio las siguió, desplazando la mirada del airoso trasero de su bien amada a las armoniosas piernas de Phyllida. Descendiendo el último tramo, sacudió la cabeza.

—Apuesto la cabeza a que ninguno de nuestros antepasados tuvo que vérselas con esto.

Dodswell y Gillies esperaban, ya montados, junto a la casa, cada uno con un par de caballos ensillados. Ninguno de ellos tenía silla de amazona, tal como observó Lucifer. Había un pequeño grupo congregado a la luz del crepúsculo, ninguno de cuyos miembros pareció encontrar nada de extraordinario en el atuendo de Flick y Phyllida. Mientras ayudaban a subir a sus respectivas damas a caballo y después montaban a su lado, la indignación de ambos Cynster cedió un poco.

Se pusieron en marcha. Lucifer no perdía de vista a Phyllida, que le dedicó una mirada de reojo. Después de que ella saltara el primer seto y lo dejara atrás, dejó de estar continuamente pendiente de ella.

Cruzando un campo tras otro, se dirigieron hacia el sur, hacia la costa. Phyllida iba la primera, pues era la única que conocía la ruta. La brisa salobre arreció. Entre la penumbra se perfiló una casita, adosada a una enorme cuadra. Phyllida tomó el camino que conducía a ella. Habían acordado dejar los caballos allí a fin de no alertar a Appleby.

El viejo granjero y su esposa recibieron a Phyllida con la confianza que da la amistad. Dodswell regresó tras haber atado los caballos.

—Ya hay unos cuantos allí dentro. Parece que son los de Thompson, sir Jasper y los otros.

—Bien. Oscar llegará con la banda y los ponis, como de costumbre —explicó Lucifer.

—¿Cómo vamos a continuar ahora? —preguntó Demonio, que había estado escrutando la arboleda.

—Yendo en fila india, despacio. La cita no es hasta la noche cerrada. Tenemos tiempo para obrar con cautela.

Así lo hicieron. Precedidos por Phyllida y Lucifer, caminaron en silencio por el bosque. Tras bordear dos campos, se adentraron en la última aglomeración de achaparrados árboles próximos al acantilado.

Los demás aguardaban ya allí. Sin mediar palabra, la comitiva de Colyton Manor se dispersó al amparo de las densas sombras de los árboles que casi rodeaban el herboso montículo. El terreno ascendía desde el linde de los árboles hasta el borde del acantilado, y también había subida por ambos costados; más allá, la tierra caía en picado.

Se instalaron agazapados bajo el ramaje y el ruido de sus pasos fue ahogado por el incesante romper del oleaje contra las rocas, allá abajo. El fuerte y frío viento les azotaba la cara. Ningún barco se atrevería a acercarse a aquella traicionera costa con un temporal semejante.

Una hora después, la tormenta había tomado posesión del cielo y la oscuridad había caído como un sudario sobre la tierra. Con los músculos agarrotados y las articulaciones doloridas, seguían esperando.

Después, hasta sus oídos llegó un ruido de pasos. Al cabo de unos minutos, el turno de noche de la Compañía Importadora de Colyton entró en escena. Estaban todos, Oscar, Hugey, Marsh y los demás, que se apiñaron en la falda del montículo, buscando protección frente al viento.

—¿Cuánto rato tendremos que esperar a ese rufián? —preguntó Hugey.

—Más vale que no se haga esperar —refunfuñó Oscar—. Tenemos cosas mejores que hacer.

—Aquí estoy —dijo alguien—. Si es a mí a quien esperan.

Todos se volvieron, escudriñando la oscuridad. Lucius Appleby surgió dando traspiés de la hondonada situada a un lado del montículo. Con la ropa desaliñada y el cabello revuelto por el viento, aferraba las *Fábulas* de Esopo contra el pecho. Por un momento dio la impresión de que estaba borracho, descontrolado, pero luego, con un visible esfuerzo, se serenó.

—Ya era hora de que llegaran. Estoy impaciente por irme de este maldito lugar —espetó con una amargura concentrada como la hiel.

Se tambaleó con la mirada fija en los supuestos contrabandistas, sin dedicar ni un vistazo a un lado de los árboles.

—¿Qué pasa? —se impacientó—. ¿A qué esperamos? Vamos ya. —Dio un vacilante paso hacia ellos.

Todos los contrabandistas retrocedieron, salvo Oscar, y se colocaron en círculo sin perder de vista a Appleby. Después se unieron con los que avanzaban desde los árboles.

Appleby se quedó pasmado. Aun con la escasa luz, en su cara fue perceptible la conmoción cuando se dio cuenta de que lo rodeaban.

—¡No!

Giró sobre sí para correr hacia lo alto del montículo.

—¡Eh! —gritó Oscar, permaneciendo en la ladera—. No se acerque al borde.

Sir Jasper dio un paso al frente y miró con severidad a Appleby.

—En mi condición de juez, lo acuso, Lucius Appleby, de tres cargos de asesinato y tres de tentativa de asesinato, por usted mismo confesados. —Aguardó un momento—. Baje, hombre. ¿No ve que no puede escapar? No tiene sentido empeorar las cosas.

Apretando el libro contra el pecho con mano crispada, Appleby se lo quedó mirando y después echó la cabeza atrás y se puso a reír a carcajadas.

—¿Empeorar las cosas? —Recobró el aliento y de nuevo observó a sir Jasper—. No tiene ni idea. ¿Ve esto? —Le enseñó el libro mientras retrocedía con paso incierto—. Maté a tres hombres para conseguirlo. Condené mi alma inmortal y aún más. Cinco largos años de paciente búsqueda, ¿y para qué? ¿Cuánto cree que puede valer mi vida, mi alma, eh?

Abrió con furia la tapa y la mostró a todos. La cara interna había sido arrancada, junto con el relleno, dejando al descubierto el cartón.

—Nada. —Appleby redujo la voz a un sollozante susurro, para luego elevarla hasta un agudo chillido—: ¡No contiene nada! —bramó al cielo—. ¡Algún malnacido llegó antes que yo!

Con los ojos desorbitados, arrojó el libro a sir Jasper y después echó a correr montículo arriba.

—¡No! ¡No...! —Oscar empezó a subir la cuesta.

Thompson fue tras su hermano y Lucifer y Demonio avanzaron también. Con expresión amenazadora, Appleby se volvió hacia ellos, blandiendo el cuchillo.

—Venid a atraparme, pues —los retó—. ¿Quién será el primero? —Retrocedía a trompicones, componiendo una grotesca silueta recortada contra el turbio cielo.

Thompson se adelantó y posó la mano en el hombro de Oscar.

—No entiende...

—Sois vosotros los que no entendéis. No voy a pagar... y menos cuando no hay nada ahí dentro. —Appleby se echó a reír como un poseso—. Ya he pagado con los últimos cinco años de mi vida.

—También les quitó la vida a otras tres personas —señaló Lucifer, elevando la voz para hacerse oír sobre el estrépito del viento.

—¡Ellos se interpusieron en mi camino! —gritó Appleby. Siguió subiendo, con la mirada enloquecida—. Si no lo hubieran hecho, aún estarían vivos. Fue por su culpa. —La última palabra quedó ahogada por un estruendoso murmullo.

Todo el mundo se quedó petrificado.

Luego Thompson se llevó a Oscar. Entre los árboles, Phyllida agarró del brazo a Flick.

—Oh, no.

Appleby se desconcertó. Permanecía en el borde del acantilado, observando el espanto pintado en los rostros de todos.

—¿Qué demonios...? —preguntó—. ¿Qué...?

De pronto el suelo se hundió bajo sus pies, llevándoselo.

Cayó un relámpago, pero fueron las toneladas de tierra caídas sobre las rocas y el mar las que hicieron las veces de trueno. El viento arreció, obligándolos a ocultar la cara hasta que cedió la racha.

Cuando volvieron a mirar la ladera, el nuevo borde del acantilado cortaba por el medio la cima del montículo.

Lucifer y Demonio regresaron a la arboleda. Phyllida se arrojó mudamente en brazos de Lucifer y lo abrazó con fuerza, agradecida hasta lo indecible por su calor, por la solidez de los brazos que la rodearon, por el contacto de la barbilla contra su pelo.

—¿Estará muerto? —susurró por fin.

—Ese acantilado tiene al menos doscientos metros de altura. No creo que haya alternativa.

Los otros quisieron asegurarse y se pusieron en marcha. Sir Jasper y Oscar iban los últimos.

—El camino que utiliza la banda de Oscar para bajar es seguro —explicó Phyllida.

Junto con Flick y Demonio, fueron tras ellos. Al llegar al rocoso saliente de donde partía el sendero, los recibió una ráfaga de viento. La mayor parte del grupo bajaba ya.

Una serie de relámpagos venidos del Canal iluminó de improviso el escenario. Todos se detuvieron a escrutarlo.

—¡Allí! —gritaron algunos, señalando.

Desde el nido de protección aportado por los brazos de Lucifer, Phyllida miró hacia abajo. El cuerpo de Lucius Appleby yacía con los brazos extendidos, boca abajo encima de las negras aguas. No se percibía un asomo de movimiento. La distancia impedía distinguir los estragos que sin duda le habían causado las rocas y el oleaje. Ante sus ojos, el cadáver se elevó en la cresta de una ola y después dio una vuelta antes de ser absorbido por el oscuro mar.

La luz cesó y la noche regresó, más negra aún.

Lucifer estrechó a Phyllida y le dio un beso en la sien.

—Ya ha terminado —murmuró—. Volvamos a casa.

Para su sorpresa, la llevó de regreso a Grange. Demonio y Flick no los acompañaron. Tal como les había pedido Lucifer, se llevaron sus caballos a la mansión.

Todos se reunieron en el salón. Phyllida, todavía vestida con pantalones, dio instrucciones para que sirvieran bebidas y refrigerios a fin de quitarse el frío que los embargaba, en parte debido al tiempo y en parte al mal encarnado en Lucius Appleby.

Pese a que sacudieron con frecuencia la cabeza con pesar y profusión de exclamaciones, el sentimiento general era de alivio por la conclusión del caso. La amenaza que había enturbiado la paz de Colyton había tocado a su fin.

En el instante en que Phyllida tomó plena conciencia de ello, buscó la mirada de Lucifer y sonrió. Ya no le sorprendía que se encontrasen allí. Por fin había recuperado su sosegada vida... la serenidad y la seguridad habían regresado al pueblo. De nuevo estaba a salvo. Lo único que habían perdido era a Horacio, pero en su lugar tenían a Lucifer.

Lo siguió con la mirada mientras se desplazaba por la habitación, intercambiando comentarios —los más adecuados, estaba segura— con Oscar, Thompson y los demás. La vida daba vueltas, cambiaba y progresaba. El destino se servía a veces de misteriosos procedimientos.

Poco a poco, la gente se fue marchando, de nuevo en paz. Al día siguiente por la mañana, la noticia se propagaría por el pueblo, las mansiones y las granjas.

Phyllida se acercó a Lucifer. Con la mirada perdida en la oscuridad del jardín, éste dio cuenta del contenido de su copa antes de mirarla.

—Quería hacerte una pregunta, pero puede esperar hasta mañana. —Titubeó y luego le entregó la copa—. Vendré a verte.

—¿Significa eso que vas a dejarme que regrese sola por el bosque en medio de la oscuridad? —Viendo su expresión de desconcierto, le dio una palmada en el brazo—. Voy a volver a casa... a Colyton Manor.

Lucifer parpadeó y lanzó una mirada a sir Jasper, que estrechaba la mano a Cedric, el último en marcharse.

—Por más que lo deseara...

—No tiene nada que ver con tus deseos —le informó ella—. Te has olvidado de que tengo todas mis cosas allí.

—¿Todas?

—Cuando le dijiste a Sweet que preparase mis cosas, las puso todas. Es una romántica incurable, así que para lo bueno y para lo malo, toda mi ropa está en la mansión.

Lucifer la miró con sus oscuros ojos azules y después le rozó los labios con el pulgar.

—¿Para lo bueno y para lo malo?

Sonriendo, Phyllida lo empujó hacia la puerta acristalada.

—Espérame en la terraza. Tengo que hablar con papá.

Lucifer buscó con la vista a sir Jasper, pero Phyllida sacudió la cabeza y siguió empujándolo. Cuando traspuso el umbral, lo observó, embelesada con sus anchos hombros, con la fuerza que irradiaba aquella desenvuelta gracia, y con una serena sonrisa volvió hacia donde estaba su padre.

En el centro del salón, sir Jasper le tomó las manos.

—Bueno, cariño, es un gran alivio que todo haya acabado. No diré que me dé pena que haya muerto Appleby. Era un mal sujeto, de eso no cabe duda.

—Tienes razón, papá.

—¿Y entonces? —Sir Jasper miró a hurtadillas a Lucifer, que esperaba en la terraza contemplando la noche—. Supongo que ahora que ya no hay peligro, vas a trasladarte aquí, ¿no?

Su tono no era insistente ni expectante, sólo curioso. La observó con un destello casi esperanzado en aquellos ojos presididos por las enmarañadas cejas.

—No, papá. —Sonriente, ella se puso de puntillas para darle un beso en la mejilla—. Mi lugar está en otra parte ahora.

—¿Sí? —inquirió sir Jasper, reprimiendo las ganas de frotarse las manos—. Bueno, en ese caso..., ¿te veré mañana seguramente?

—Seguramente —confirmó con una risita su hija—. Y ahora te deseo que pases una buena noche.

Tras despedirse de su padre, salió a la terraza y deslizó el brazo por el de Lucifer. Como él, se puso a contemplar el cielo, donde las nubes corrían huyendo de los relámpagos.

Luego sintió la mirada de Lucifer en su cara y, al cabo de un momento, lo miró a los ojos. Pese a que con la escasa luz no alcanzó a percibir su expresión, acusó la posesiva actitud protectora que cayó sobre ella como un manto.

—Volvamos a casa —dijo él, tomándola de la mano.

Dejó que la condujera hasta allí por el bosque, invadido por la agitación previa a la tormenta. A medida que el viento arreciaba provocando un frenético vaivén de ramas, aceleraron el paso, hasta que él acabó tirando de ella a la carrera. Phyllida iba riendo cuando la sacó de entre los árboles y la llevó hacia la casa. Imaginaba que se dirigía a la puerta principal, pero después advirtió que no era ése su objetivo.

La arrastró por el jardín de Horacio, guarecido del viento gracias al bosque, la casa, el pueblo y su propia hilera de árboles. En medio de la oscuridad de aquella húmeda noche, era un paraíso de evocadores aromas, de lujuriante vegetación y misteriosas formas. Lucifer la llevó hacia el emparrado recubierto de madreselva, contiguo al arriate de peonías, donde se habían detenido una tarde para hablar de las realidades del amor.

Allí se paró, de cara a ella, con el oscuro cabello alborotado, como si se lo hubiera despeinado con los dedos, y el semblante serio. La observó tal como lo observaba ella a él y a continuación, cogiéndole las manos, hincó una rodilla en el suelo.

—Phyllida Tallent, ¿quieres casarte conmigo? ¿Me ayudarás a cuidar de este jardín durante los años venideros? —Había elevado la voz para que resultara audible entre el rugido del viento y el frenético zarandeo de las hojas.

Phyllida lo miró a la cara. Había trastocado por completo su mundo para estabilizarlo después; le había enseñado mucho y había dado respuesta a un sinfín de preguntas. Sólo le quedaba una por formularle.

—Este jardín necesita un amor constante para seguir floreciendo. ¿Me quieres hasta ese punto?

—Más. —Le besó el dorso de las manos, primero una y luego otra—. Te querré siempre.

Phyllida tiró para que se pusiera en pie.

—Más te vale, porque yo te querré aún más. —Se instaló entre sus brazos, un seguro refugio que ya era suyo—. Yo te querré para siempre, y también después.

Lucifer la estrechó. Sus labios se encontraron y se fundieron mientras sus cuerpos se pegaban en busca de un deleite recordado.

—¿Cuándo podemos casarnos? —preguntó Lucifer, interrumpiendo el beso.

—Hoy es sábado. Si hablamos con el señor Filing esta noche, puede leer las amonestaciones mañana. Entonces podríamos casarnos al cabo de quince días.

Elevaron la mirada hacia la rectoría, envuelta en oscuridad.

—No creo que a Filing le importe que lo despertemos —opinó Lucifer—, en todo caso no por esto.

Lejos de sentirse importunado, el párroco se mostró encantado al enterarse del motivo por el que lo sacaban de la cama, y les aseguró que a la mañana siguiente se harían públicas las amonestaciones. Después de rehusar la copa de jerez que les ofreció para celebrar la ocasión aduciendo que debían apresurarse ante la inminencia del aguacero, se fueron corriendo, con la idea de disfrutar de una celebración de otra clase.

Cuando llegaron al estanque, comenzó a descargar la tormenta. Llegaron al porche de la mansión chorreando y manchados de barro. El aroma de las plantas mojadas y el perfume que rezumaba el jardín —ahora su jardín— llegó hasta ellos mientras recobraban el aliento y Lucifer buscaba la llave.

Phyllida entró una vez que hubo abierto y él la siguió para después cerrar. Al volverse, advirtió que ella se había quedado parada junto a la entrada del salón. Juntos, traspusieron el umbral y luego Lucifer le rodeó la cintura por detrás, atrayéndola contra sí. Apoyando los brazos en los suyos, ella echó atrás la cabeza para susurrarle al oído:

—Ahora reina la paz. ¿No lo notas?

Sí lo notaba.

—Horacio ha ido a hablar de petunias con Martha —dijo al tiempo que restregaba la barbilla sobre la mojada seda de su cabello.

Phyllida volvió la cabeza y sonrió. A continuación giró entre sus brazos y le tocó la mejilla.

—Eres el hombre más fantasioso que conozco.

—A que no sabes qué fantasía tengo ahora —murmuró, después de besarla.

El suspiro, algo trémulo y jadeante de ella, le indicó que sí.

—Mejor será que vayamos arriba.

—Si insistes...

Phyllida se encaminó a las escaleras, precediendo sus sigilosos pasos de ágil y obediente felino. Tras detenerse un momento para coger dos toallas de baño, lo condujo no a su dormitorio, sino al de él. Sin formular objeción alguna, Lucifer fue a encender la lámpara que había encima de una cómoda.

Fuera llovía a cántaros y aún estaban activos los truenos y relámpagos, pese a que el frente de la tormenta se había alejado ya. Frotándose el pelo con la toalla, Phyllida cerró la puerta y se volvió, justo en el momento en que Lucifer graduaba la mecha, de tal forma que la lámpara arrojó un dorado resplandor por la habitación.

—¡Dios del cielo! —exclamó—. ¡Está allí!

Caminó en dirección a Lucifer, con la mirada clavada más allá de él.

—¿Qué está? —inquirió él, volviéndose a su vez. Enseguida cayó en la cuenta de qué se trataba.

—No me digas que siempre ha estado ahí. —Phyllida tomó el secreter de viaje situado en un ángulo de la cómoda.

—Si no quieres, no te lo diré —contestó Lucifer—. Pero tú no especificaste que era un secreter de viaje, así que yo he estado buscando un escritorio con cuatro patas.

—Seguramente te lo dije... —repuso Phyllida con la caja de pulida madera entre las manos—. Bueno, puede que no —concedió por fin—. Pero yo me refería a un escritorio de viaje, sabía qué era lo que buscaba.

—De todas maneras, creía que tú habías revisado toda la casa.

—Aquí no busqué, porque imaginé que no dejarías de ver un secreter de viaje que estuviera en tu habitación. La única vez que estuve aquí era de noche y estaba oscuro.

—No es que no lo viera. Sabía que estaba allí. Lo que pasa es que nunca se me ocurrió que fuera un escritorio de esa clase. —Observó el pequeño mueble—. ¿Dónde está ese compartimento secreto? Por el tamaño, no se diría que tenga uno.

—Por eso es un escondite tan bueno. —Phyllida se sentó en la cama, con el escritorio en el regazo; Lucifer se instaló a su lado—. Está aquí, ¿ves?

Tanteó la madera de atrás y localizando el fiador; apretó. El tablón se abrió. Entonces introdujo los dedos para palpar el interior, de donde extrajo un fajo de papeles.

—¡Santo Dios! —exclamó, dejándolo caer encima de la colcha.

Los dos se quedaron paralizados, no por la visión de las cartas atadas con una cinta rosa, sino por una pequeña tela enrollada junto con ellas. Se había desenroscado un poco, lo bastante para dejar ver los profundos tonos pardos y los suntuosos rojos al óleo, y parte de una mano.

—Cuidado —advirtió Lucifer, que fue el primero en recuperarse—. Estamos chorreando agua.

Phyllida se apartó de la cama al tiempo que él se ponía en pie y cogía la otra toalla. Mientras él se secaba el pelo y la cara, Phyllida cerró el compartimento secreto y dejó el escritorio encima de la cómoda. De regreso a la cama, sacudió su toalla y se secó las manos y la cara, antes de envolverse el cabello con ella. Después tomó con cautela las cartas de Mary Anne y Robert para depositarlas al lado del escritorio.

—No querría que se mojaran y se corriera la tinta, después de lo que ha costado encontrarlas.

Lucifer se reunió de nuevo con ella en la cama. Phyllida señaló la miniatura enrollada.

—Ábrela tú.

Lucifer cogió la tela y, tocando sólo los bordes no pintados, la desenrolló.

Incluso a la tenue luz de la lámpara, los colores relucían como joyas. Una mujer, una dama a juzgar por el esplendor de su atuendo, sonreía desde su asiento. El vestido, de terciopelo burdeos, tenía un escote cuadrado, adornado de encaje, en tanto que el tocado lo constituía una especie de griñón que caía con elegantes pliegues. La frente, muy despejada por efecto de la depilación, evidenciaba los dictados de una moda vigente siglos atrás.

Phyllida contuvo la respiración.

—Esto es lo que había en las *Fábulas* de Esopo, ¿verdad? Ésta es la pieza que Horacio te invitó a valorar. La miniatura, la antigua obra maestra, por la que Appleby mató a tres hombres.

—Sí. No me sorprendería que no haya sido el primero en matar por esta dama.

398

—¿Es auténtico?

—Es demasiado perfecto para no serlo. Demasiado parecido a sus otros cuadros.

—¿De quién? ¿Quién lo pintó?

—Holbein *el Joven*, retratista de la corte de Enrique VIII.

Pasaron la hora siguiente charlando y haciendo cábalas, hasta llegar a la conclusión de que la miniatura debía ser expuesta en un museo. Una vez decidida la cuestión, Lucifer la devolvió al compartimento secreto, tras lo cual desplazó la lámpara a la mesita de noche.

Él ya se había quitado las empapadas botas, la chaqueta y la camisa hacía rato. Phyllida, en cambio, conservaba aún la camisa y los pantalones mojados. Lo observó con aire pensativo, fascinada por el juego de luces que producía la vacilante luz de la lámpara en los músculos de su pecho. Luego dejó vagar la vista hacia abajo, hasta donde el húmedo pantalón moldeaba sus perfectas formas, y después devolvió con languidez la mirada a su cara, a sus ojos azules, dotados de un brillo abrasador.

Phyllida enarcó con altivez una ceja.

Lucifer esbozó una maliciosa sonrisa. Después cogió los botones de la pretina y le sostuvo la mirada, como si la retara a no desviar la vista mientras se quitaba los pantalones. Enarcando aún más la ceja, ella aceptó el desafío. Los pantalones cayeron al suelo y él se acercó a la cama con lentos y deliberados movimientos. Con una facilidad que todavía la asombraba —la cautivaba, le cortaba la respiración—, la cambió de postura, dejándola de rodillas, sentada sobre los talones, de espaldas a él. Luego se arrodilló detrás, rodeándola con los desnudos muslos. De cara al pie de la cama, que tenía las cortinas corridas, Phyllida contempló su reflejo en el gran espejo que colgaba de la pared.

La imagen era hipnotizante. Con los hombros de él sobresaliendo por encima y por los lados, prácticamente cercada por él, ella se veía frágil y vulnerable. Hombre y mujer, uno vestido y la otra desnuda, ofrecían un espectacular contraste. Las manos que le aferraban la cintura se veían muy grandes. Lucifer desplazó la mirada hacia abajo. Phyllida observó las manos que se elevaban y después los dedos que se afanaban en desabrocharle la camisa. Esta vez, al menos, no tendría que volver a coserlos.

—Voy a quitarte esta ropa mojada y después te secaré y te calentaré, no sea que pilles un resfriado.

Sin ninguna gana de llevarle la contraria, Phyllida apoyó la cabeza tocada con la toalla en su hombro y, mirando con los ojos entornados, lo dejó hacer.

Dejó que le quitase la camisa empapada y el sostén, y observó cómo cogía una toalla y la aplicaba a sus pechos con un lento movimiento circular. Cuando éstos estuvieron no sólo secos sino turgentes, cálidos y enhiestos, dejó la toalla y pasó a los pantalones. Para quitárselos, precisó un poco más de cooperación. Riendo a causa de las maldiciones e inventivas sugerencias que él murmuraba entre los besos que le depositaba en la espalda y las gotas errantes que lamía según las encontraba en su piel, ella lo ayudó a desprender la fría tela pegada a las caderas y los muslos.

Él la levantó para desprenderle a partir de las rodillas la mojada prenda, que luego arrojó al suelo. Acto seguido recogió la toalla al tiempo que la depositaba delante de sí, todavía de rodillas, frente al espejo. Frágil, vulnerable y desnuda, rodeada por su fuerza.

Manejó con eficacia la toalla, valiéndose de su leve efecto abrasivo para despertar y provocar hasta que todo el cuerpo reaccionó, enrojecido, hasta que cada centímetro de la piel quedó sensibilizado y dolorido, hasta que se halló impregnada de un lascivo deseo que sólo él podía saciar.

Después él dejó caer la toalla.

Phyllida estaba seca. Luficer puso en acción sus sabios dedos, sus expertas manos, sus pícaros labios y lengua con el objetivo de excitarla. Así siguió hasta alterarle la respiración, hasta un punto en que ella sintió un hormigueo en la piel y una ardiente necesidad corriendo por sus venas. Con las pestañas entornadas vio su propio cuerpo encendido por el deseo, aureolado de una luz sin igual. Lo necesitaba, lo deseaba... se acurrucó entre sus brazos y hundiendo los dedos entre sus muslos, echó la cabeza atrás.

Él la movió, animándola a seguir, amoldándola tal como era su deseo, mostrándole el modo de actuar sin temor a mostrar su lujuria.

Después se acopló a ella, de una manera fácil, perfecta, completa. Estrechándola en sus brazos, la acunó, se balanceó en su interior. Ella cerró los ojos y saboreó la sensación de tenerlo dentro, en lo más hondo de sí.

Ardiente como el sol, la rodeaba con su calor, al tiempo que flexionaba los músculos, como candente acero, en torno a ella. Después de mostrarle las posibilidades, la dejó escoger, y ella se volvió y apretó las largas piernas en torno a sus caderas y lo recibió en sus entrañas, estrechándolo entre sus brazos y besándolo en la boca. Dejó que ella lo arrastrara al territorio del olvido.

Juntos. Para siempre.

Se casaron un lunes, el día después de que Filing leyera las amonestaciones por tercera vez. El párroco ofició la ceremonia en una iglesia llena a rebosar. Todos los habitantes del pueblo y las granjas y casas de los alrededores asistieron, así como numerosos Cynster, que habían removido cielo y tierra para poder acudir.

Muy contento al lado de su hermano, Gabriel le entregó el anillo. Flick y Mary Anne fueron las damas de honor, y Demonio el segundo padrino de boda.

En la nave de la iglesia se encontraban sentadas, luciendo una tierna sonrisa, la esposa de Gabriel, Alathea, y Celia Cynster, la madre de Lucifer, que no paró de llorar durante el breve servicio. Junto a ella, Martin, el padre de Lucifer, exhibía un aire satisfecho al tiempo que entregaba pañuelos limpios a su esposa. Las tres hermanas de Lucifer, Heather, Eliza y Angelica estaban radiantes.

Después la boda acabó, y el último miembro del Clan Cynster estaba ya casado.

Lucifer se inclinó para besar a Phyllida. El sol asomó entre las deshilachadas nubes para colarse por la vidriera y verter sobre los novios un nimbo de luz dorada. Luego se volvieron sonrientes, ya marido y mujer, a saludar a su familia y amigos.

Por insistencia de los recién casados, el banquete se celebró en la mansión. Los invitados se desperdigaron por la casa, el césped y el magnífico jardín. De pie junto a su padre, Gabriel y Demonio, Lucifer observaba cómo Celia exhibía con orgullo a su nueva nuera, manifiestamente satisfecha con la elección de su segundo hijo. Phyllida había mantenido hasta el último momento la aprensión por la recepción que le depararía aquella dinastía ducal, pero habían bastado tres minutos en compañía de Celia para disipar dicha inquietud. Con ello, la dama se había granjeado la eterna gratitud de su segundo hijo, aunque él no tenía la menor intención de decírselo. En su condición de esposa de un Cynster, Celia poseía ya armas suficientes.

A su lado, Martin rió entre dientes, con cariño y un punto de recelo a un tiempo. Lucifer, Demonio y Gabriel siguieron el curso de su mirada, hasta el lugar donde Celia y Phyllida se habían reunido con Alathea y Flick y habían formado un estrecho corro.

Lucifer enderezó la espalda. Demonio emitió un suspiro. Gabriel sacudió la cabeza. Martin quedó a cargo de expresar lo que pensaban:

—No sé por qué nos molestamos en plantarles cara. Es inevitable: el poder tiene nombre de mujer.

—En nuestro caso, yo creo que sería más bien: tiene nombre de esposa —corrigió Lucifer.

—Tú lo has dicho —murmuró Gabriel.

—En efecto. —Demonio observó cómo sus cuatro damas rompían el círculo para encaminarse hacia ellos—. ¿Y ahora qué va a ser?

—Sea lo que sea, no tenemos escapatoria —repuso Martin—. Oíd mi consejo: rendíos de buena gana. —Y salió al encuentro de Celia.

—Preferiría que no hubiera utilizado esa palabra —comentó Gabriel.

—¿Rendirse? —inquirió Demonio.

—Eso. Aunque sea la verdad, no me gusta oírla. —Tras dicha declaración, Gabriel fue a reunirse con Alathea y con airoso porte se alejaron hacia el bosquecillo.

—Hay un pabellón muy recoleto cerca del lago —murmuró Lucifer al oído de Demonio.

—¿Y tú adónde vas a ir? —quiso saber Demonio.

—Hay un emparrado en el jardín que procuro impregnar de agradables recuerdos.

—Buena suerte —le deseó Demonio.

—Buena suerte a todos —los despidió Lucifer, mientras cada uno se alejaba en busca de su dama.

Y con ello, el Clan Cynster se rindió con alegría, cada cual a su propio destino particular.

Epílogo

Agosto de 1820
Somersham, condado de Cambridge

Habían transcurrido casi dos años desde el día en que había visto por vez primera aquella casa y había paseado por sus amplios jardines. Desde el porche de su casa, Somersham Place, Honoria, duquesa de Saint Ives, miraba en torno a sí, maravillada por los cambios que habían tenido lugar y que, pese a todo, apenas habían alterado nada.

La explanada lateral estaba llena de familiares y allegados, de tal modo que los vaporosos vestidos de verano salpicaban cual confeti el verde césped. Muchos habían aprovechado la sombra de los añejos árboles para recostarse en el suelo; otros iban de un lado a otro, deteniéndose en los diversos grupos para charlar, ponerse al corriente de las novedades y, principalmente, para saludar a los nuevos miembros de la familia.

Estos últimos eran numerosos, lo que confería a la reunión una alegría desenfadada, una tangible sensación de efervescencia vital.

Dos años atrás, muchos de los presentes se habían congregado allí para compartir el duelo. Aun cuando no hubieran relegado a Tolly ni a Charles al olvido, como todas las grandes familias, aquélla se había seguido ampliando. Habían prosperado, habían conquistado, y ahora saboreaban los frutos de su labor.

Sosteniendo en un brazo a uno de aquellos retoños, Honoria se recogió la falda para bajar al jardín. Aún no había dado tres pasos cuando su marido se separó de un grupo y acudió, dotado de diabólica apostura y arrogante confianza, a su encuentro.

—¿Cómo está? —Diablo inclinó la cabeza para observar a su segundo hijo.

Michael pestañeó, dio un bostezo y después agarró el dedo de su excelencia.

—Como ha comido y lo han cambiado, está a gusto. Me parece que ahora te toca a ti hacer de niñera.

Honoria le confió el bulto envuelto en un chal. Después disimuló una sonrisa, al ver la prontitud con que Demonio lo aceptaba. Sabía que había estado esperando para asumir el papel de orgulloso padre. Nunca dejaba de sorprenderla que —al igual como ocurría con los demás varones de la familia—, él que era tan fuerte, poderoso, tan seguro de sí y tan dominante, pudiera, con sólo ver la agitación de una manita, entregarse con tanta devoción a sus hijos.

—¿Dónde está Sebastian? —Escrutó el prado en busca de su primogénito. Había aprendido a caminar hacía poco y no tardaría en empezar a correr.

—Está con las gemelas. —Diablo levantó la cabeza para localizar a las muchachas—. Están en las escaleras de la glorieta.

Su mirada traslucía un asomo de inquietud. Consciente de que no era porque dudara de la capacidad de las gemelas para vigilar a Sebastian, Honoria le dio una palmadita en el brazo y, cuando él la miró con sus pálidos ojos azules, le sonrió.

—Piénsalo de este modo. Más vale que sueñen con tener hijos propios, porque con ello aceptarán todos los pasos previos.

Él tardó un momento en comprender su razonamiento y cuando lo hizo, endureció el semblante.

—Preferiría que no pensaran en esa clase de cosas.

—Tienes tantas posibilidades de conseguirlo como de tocar la luna con la mano. —Le apretó el brazo y luego abarcó con un gesto a los invitados—. Y ahora ve a cumplir con tus funciones de anfitrión y exhibe a nuestro hijo, mientras yo voy a admirar a los de los otros.

Majestuosamente instaladas en un asiento de hierro forjado situado en el centro del jardín, la duquesa viuda y Horacia presidían el acto. Entre ambas sostenían con amorosas manos y profusión de tiernas exclamaciones tres pequeños bultos envueltos en chales, sus nietos, que exponían para edificación del corro de admiradores que las rodeaban y que, a lo largo de los últimos treinta minutos, se habían ido relevando sin que mermara en ningún momento su número.

Al lado, en un tumbona reposaba Catriona, Señora del Valle, con el rostro todavía pálido, enmarcado por la encendida aureola de su cabello. Mirando con embeleso cómo Helena acunaba a sus hijos, resplandecía radiante, como una madona.

Richard permanecía de pie junto a ella, con los dedos entrelazados con los suyos, desplazando alternativamente la mirada de su esposa a sus hijos. La expresión plasmada en sus oscuros ojos y en su delgado y anguloso rostro pregonaba sin necesidad de palabras su alegría y su orgullo.

Gemelos: un niño y una niña. Si Catriona lo había presentido, no había dicho nada, consciente de lo importante que era para Richard viajar al sur para asistir a la reunión veraniega de su clan. Los gemelos, no obstante, raras veces se atenían a las previsiones, y en ese caso habían llegado con un mes de antelación, pequeños pero sanos. De este modo la próxima Señora del Valle, Lucila, había sido la primera en venir al mundo fuera de aquel místico valle escocés. Había nacido allí, en Somersham Place, cuna ancestral de sus antepasados, los Sassenach. Catriona, que se había conformado de inmediato con tal circunstancia, se había limitado a recordar con una sonrisa a Richard que la pequeña sabría muy bien quién iba a ser.

Y para mantenerlo ocupado, allí estaba Marcus, un varón al que adiestrar en la compleja gestión de las tierras del Valle y la gente a la que prestaban su apoyo. Se necesitaba otra persona para dicha labor, y ahora ya eran dos.

Si bien las dos cabecitas pelirrojas de los gemelos centraban mucha atención, también la recibía en igual medida el rubio bebé que mecía Horacia. Christopher Reginald Cynster, el hijo de Patience y Vane, había nacido cuatro semanas antes, dos después de la llegada de Michael. En común con Michael, Christopher era ya un veterano en los encuentros de familia, y con gran desenvoltura bostezaba, se destapaba o trataba de agarrar algún mechón de pelo de su abuela.

Todos reían con alborozo sus gracias, que el pequeño aceptaba como un merecido tributo.

—¡Un Cynster de pies a cabeza, ya a su edad! —exclamó lady Osbaldestone, observando su despreocupado comportamiento—. Siempre supe que era algo heredado. Por lo visto, no se ha perdido con el paso de las generaciones. —Sacudió la cabeza y soltó una carcajada—. Ya se pueden preparar las señoritas a partir de 1850.

Honoria se cercioró de que Helena y Horacia no estuvieran cansadas y, tras intercambiar unas palabras de aliento y una comprensiva sonrisa con Catriona y estrechar la mano de Richard, siguió caminando entre los asistentes para ver si todo se desenvolvía bien.

Patience, que había dado a luz un mes atrás, estaba perfectamente recuperada. No obstante, como era su primer hijo, a Vane le costaba permitir que su esposa se alejara de su vista y de su brazo protector. Honoria los encontró charlando con el general, antiguo tutor de Flick, y con su hijo Dillon, quienes habían venido de Newmarket para pasar el día con ellos. En dicho círculo, los caballos eran el tema de conversación predilecto. Honoria prosiguió su ronda después de cruzar una mirada de complicidad con Patience.

Flick y Demonio se encontraban con el grupo que se había formado en torno a la tía abuela Clara y a la menuda señorita Sweet, a quien habían traído consigo Lucifer y Phyllida desde Devon. Clara ya había invitado a Sweet a visitarla en Cheshire, lo que había dado pie a la elaboración de planes para dicho viaje.

Por lo demás, Gabriel y Alathea y Lucifer y Phyllida, al igual que Flick y Demonio, se movían de un corro a otro con objeto de ver y hablar con todos los parientes, conocidos y allegados que habían viajado hasta el condado de Cambridge con el expreso propósito de conocer y dar la bienvenida a las nuevas esposas y nuevos bebés.

Satisfecha del buen desarrollo del encuentro, Honoria pasó unos minutos deambulando discretamente por la sombra, observando, tal como debía hacer una matriarca, dónde, con quién y de qué manera empleaban el tiempo los miembros más jóvenes de la familia.

Allí estaba Simon, tan espigado que parecía crecer de un día para otro, con el pelo dorado tan rubio y reluciente bajo el sol como el de Flick. Tenía un rostro más delicado que sus primos mayores, menos agresivo, pero poseía la misma fuerza detrás de un semblante tan angelical que sin duda haría llorar a más de una mujer con el correr del tiempo. Aun sin ser miembro del Clan Cynster, era igualmente un Cynster el que llenaría el intervalo entre la generación de los hijos de Honoria y la de sus padres.

En el mismo grupo, esparcidas sobre la hierba como tulipas casi a punto de florecer, se hallaban Heather, Eliza, Angelica, Henrietta y Mary. Unas eran más jóvenes, otras mayores, pero en sus caras se advertía la misma avidez, el mismo entusiasmo por la vida.

Sonriendo, Honoria siguió adelante y encaminó los pasos hacia la glorieta.

Las gemelas la recibieron con una alegría cuyo origen no tuvo que indagar.

—¡Somos libres! —exclamaron.

Amanda abrió los brazos en cruz y a punto estuvo de chocar con Sebastian, que fue a subirse al regazo de Honoria. Sentada en los escalones, al sol, ésta se apoyó contra una columna.

—Cierto, pero ahora que Lucifer ha fijado su residencia en Devon, y entre nosotras, no creo que ni él ni Gabriel, ni siquiera Demonio, vuelvan a la capital para la siguiente temporada social, porque tendrán otras cosas en qué pensar, ya me entendéis... ¿qué planes tenéis entonces vosotras, queridas?

—Vamos a someter a examen a todos los caballeros de la buena sociedad —respondió Amelia.

—Un examen metódico y sistemático —precisó Amanda.

—Sin precipitarnos ni dejar que nos atosiguen.

—La próxima temporada tendremos diecinueve años, así que como aún nos quedan bastantes por delante, podemos permitirnos el lujo de ser exigentes.

—Y no hay motivo por el que no debamos serlo. Al fin y al cabo, de eso depende el resto de nuestra vida.

—En efecto. —Honoria inclinó la cabeza a modo de aprobación. Hubiera querido decirles muchas cosas, advertirlas, orientarlas, pero ¿cómo podía explicárselo cuando, pese a que hacía dos temporadas de su presentación en sociedad, aún eran tan inexpertas e inocentes?—. Otra cosa —añadió, consciente de que había captado toda su atención—. Si buscáis amor, no esperéis que sea sencillo, no esperéis que sea fácil. Si de algo no cabe duda es de que no será ni lo uno ni lo otro. Si queréis amor, buscadlo sin reparos, en todos los rincones. Ya sabéis que siempre podréis contar con nosotros, con todos nosotros, si necesitáis ayuda, aunque llegado el momento el amor es una cuestión que atañe sólo al corazón de cada uno. Nadie puede preveniros ni prepararos, ni deciros cómo será. Cuando llegue, si es que llega, lo sabréis, y entonces tendréis que decidir hasta qué punto lo deseáis, hasta qué punto estáis dispuestas a ceder para permitir que viva.

La escucharon en silencio, y en silencio asimilaron sus sabias palabras. Honoria miró al otro lado de la explanada, adonde su apuesto marido, aquel que ahora ocupaba el centro de su vida, tenía en brazos a su hijo menor.

—¿Y vale la pena?

No estuvo segura de cuál de las dos, Amelia o Amanda, había formulado la pregunta. La respuesta, en todo caso, era la misma.

—Sí. Vale la pena, sin que haya punto de comparación con nada, pero sólo si uno tiene el valor para dar y para dejarlo vivir.

Al cabo de un momento, Honoria se puso en pie y, cargando con el dormido Sebastian, se fue hacia el lugar que le correspondía, al lado de su esposo.

Diablo la había estado observando. No en vano, una parte de su mente y prácticamente toda su alma se hallaban siempre con ella. ¿Quién lo hubiera creído? ¿Quién podía haberlo adivinado? Ni siquiera el placer de ridiculizar a su enemigo ficticio, con el que tanto le gustaba medirse, bastaba para interferir en aquella etérea conexión que había entre él y su mujer.

—¿Y de quién fue la idea de elegirme Cynster honorario? —refunfuñó Chillingworth.

—Gabriel lo propuso —respondió sonriente Diablo—, y como ha sido tan útil colaborador en lo que se refiere a la previsión de nuestro futuro, yo lo apoyé, al igual que Demonio, y los demás estuvieron encantados de dar su consentimiento. Así quedó resuelto todo. Ahora eres, por elección, un miembro del clan.

—Pero sólo con apellido de ceremonia —precisó, receloso, Chillingworth.

—Con eso será suficiente —bromeó Diablo.

—No, no. Os aseguro que el hecho de que me hayáis elegido para ingresar en el clan no me hará acreedor de sufrir vuestra particular maldición. —Tras un momento de reflexión, Chillingworth soltó un bufido—. De todas modos, ¿qué manera es ésta de dar las gracias, aunque sea a un enemigo?

—En tu caso, es un regalo de muchísimo provecho. Considéralo el mapa secreto de un tesoro. Sigue las instrucciones y también tú podrás ser rico. Acéptalo. Nosotros así lo hicimos, y mira adónde nos ha conducido.

La réplica de Chillingworth provocó una expresión de hilaridad en el rostro de Diablo.

—De todas maneras —contestó—, no puedes escapar, así que ¿por qué no tomas el toro por los cuernos y haces de la necesidad virtud? Al fin y al cabo necesitas un heredero, porque si no, ese necio primo tuyo de Hampstead heredará el título. ¿Me equivoco?

—No, maldita sea, y no es preciso que me lo recuerdes. Mi madre hasta ha llegado a ponerte a ti como modelo de virtud. Estoy tentado de invitaros a ti y Honoria al castillo sólo para que vea por sí misma cuál es la situación.

—Invítanos —murmuró Diablo—. Llevaremos a la familia.

—Por eso precisamente no lo he hecho, no soy tan tonto. —Chillingworth señaló con la cabeza a Michael, que dormía sobre el brazo de Diablo—. Deposita eso en el regazo de mi madre y mi vida se convertirá en un infierno.

—Vas a necesitar uno algún día.

—Ya, pero no a cualquier precio. —Chillingworth reparó en Honoria, que con el heredero de Diablo dormido encima de su hombro se despidió de un grupo de invitados para seguir caminando hacia ellos. Le bastó con lanzar una ojeada a la cara de Diablo para sacudir la cabeza—. Un simple matrimonio me procurará el resultado necesario. No veo ninguna razón para caer en los extremos que vosotros los Cynster parecéis considerar inevitables.

—Te aseguro que voy a divertirme mucho bailando el día de tu boda —afirmó, con una carcajada, Diablo.

—La pregunta que cabe hacerse es —Chillingworth bajó la voz viendo que Honoria se encontraba ya cerca— si me divertiré yo. —Dedicó una sonrisa y una reverencia a Honoria—. Si me disculpa, debo regresar a Londres esta noche. Dejo a su marido a buen recaudo en sus manos.

Con aire de suficiencia, dispensó una inclinación de la cabeza a Diablo. Poco impresionado, éste le correspondió con una impertinente sonrisa.

—¿A qué ha venido eso? —preguntó Honoria mientras se alejaba Chillingworth.

—Vanas esperanzas. —Observó un momento a su viejo amigo, antes de mirar a su esposa y señalarle el bebé que sostenía—. Ya me pesa un poco. Y Sebastian está dormido del todo. Quizá deberíamos llevarlos arriba.

Honoria estaba demasiado distraída mirando la carita de Sebastian para reparar en el malicioso destello que refulgió en los ojos verdes de su marido.

—Iré a buscar a las niñeras para que los suban.

—Deja que las muchachas disfruten lo que queda de tarde. Podemos llevarlos nosotros mismos. Hay muchas personas dentro que los oirán si lloran.

—Bueno... —La necesidad maternal de apretar a sus retoños contra sí entró en conflicto con los instintos de anfitriona de Honoria—. De acuerdo. Los llevaremos y después mandaré subir a las niñeras cuando bajemos.

Entraron en la casa y subieron las escaleras, con los niños dormidos como patente excusa, de modo que nadie encontró extraño que se ausentaran. Tampoco nadie advirtió que no volvieron a salir de inmediato.

De hecho, sólo las personas muy observadoras y suspicaces se percataron de que cuando el duque y la duquesa se reunieron de nuevo con sus invitados, la marfileña tez de ella presentaba un de-

411

licado toque de rubor y en sus ojos había la soñadora mirada de la mujer bien amada, en tanto un inconfundible orgullo masculino —una expresión muy propia de los Cynster— iluminaba los verdes ojos de su marido.

Los tiempos cambian; los Cynster, no.